U0095958

《诗经》语言研究

（修订本）

向熹 ⊙ 著

商务印书馆
The Commercial Press

图书在版编目(CIP)数据

《诗经》语言研究/向熹著. —修订本. —北京:商务
印书馆,2023
ISBN 978 - 7 - 100 - 21681 - 4

Ⅰ.①诗… Ⅱ.①向… Ⅲ.①《诗经》—诗歌语
言—诗歌研究 Ⅳ.①I207.222

中国版本图书馆 CIP 数据核字(2022)第 172910 号

《诗经》语言研究
(修订本)
向 熹 著

商 务 印 书 馆 出 版
(北京王府井大街36号 邮政编码100710)
商 务 印 书 馆 发 行
北 京 冠 中 印 刷 厂 印 刷
ISBN 978 - 7 - 100 - 21681 - 4

2023 年 9 月第 1 版 开本 850×1168 1/32
2023 年 9 月北京第 1 次印刷 印张 14⅛
定价:80.00 元

目　录

第一章　前人的研究

第一节　《诗经》述略

一、《诗经》的内容

　　《诗经》是我国最早的一部诗歌总集，收录了从西周初年到春秋中叶的305首诗[①]。《诗经》在先秦只称《诗》或《诗三百》，汉代以后成为儒家的经典，才叫《诗经》[②]。

　　《诗经》305篇，分为《风》《雅》《颂》三大类。《风》即《国风》，共160篇，大都是各地民间歌谣，音乐上体现了地方曲调。它们包括：

---

　　① 《诗经》篇目311，其中《南陔》《白华》《华黍》《由庚》《崇丘》《由仪》6篇是所谓"笙诗"，有目无辞，所以实际是305篇。

　　② 《庄子·天运》："孔子谓老聃曰：'丘治《诗》《书》《礼》《乐》《易》《春秋》六经。'"这是《诗》最早称为"经"。《史记·儒林列传》："弟子自远方至，受业者百余人，申公独以《诗经》为训以教，无传疑。"这是历史上最早出现的《诗经》之名。

《周南》11 篇，今洛阳以南到江汉一带民歌；

《召南》14 篇，今河南西南部及长江中上游一带民歌；

《邶风》19 篇，今河南北部及河北南部一带民歌；

《鄘风》10 篇，今河南新乡一带民歌；

《卫风》10 篇，今河南淇县一带民歌；

《王风》10 篇，今河南洛阳一带民歌；

《郑风》21 篇，今河南新郑一带民歌；

《齐风》11 篇，今山东临淄一带民歌；

《魏风》7 篇，今山西西南一带民歌；

《唐风》12 篇，今山西太原以南至汾水流域一带民歌；

《秦风》10 篇，今陕西西部至甘肃东南一带民歌；

《陈风》10 篇，今河南淮阳一带民歌；

《桧风》4 篇，今河南新密一带民歌；

《曹风》4 篇，今山东定陶一带民歌；

《豳风》7 篇，今陕西彬州、旬邑一带民歌。

总之，《国风》160 篇产生的地域东起山东，西至陕西陇东，南达江汉，北抵河北，包括了整个黄河中下游广大地区。

《国风》160 篇内容丰富多彩。有的反映了古代人民的劳动生活；有的揭露了社会的黑暗腐朽，表达了人民反抗剥削压迫的思想；有的表现了爱国主义的热情；更多的是有关婚姻恋爱的诗歌，描写了古代人民对于爱情、幸福的追求以及对歧视、压迫妇女的反对和批判。以上这些都是《诗经》里最精彩的部分。

《雅》分《小雅》《大雅》。《小雅》74 篇，是西周后期和东周初期的诗；《大雅》31篇，大部分是西周前期的诗，一部分是西周后期的诗。二《雅》都是朝廷乐歌，内容比较复杂，包括政治诗、史诗、祭祀诗、宴飨诗等。其中有的对贵族统治者进行讴歌，有的对朝政昏乱、社会动荡、周王朝衰落表示不安，有的暴露了统治阶级的内部矛盾，有的记录了部族发迹的历史，还有少数诗篇抒发了诗人对剥削压迫者的怨愤。《小雅》里的《黄鸟》《谷风》《蓼莪》《苕之华》等十二篇，风格很像民间歌谣，龚橙《诗本谊》称之为"西周民风"。

《颂》诗40篇，都是庙堂祭祀乐歌。其中《周颂》31篇为西周初期的作品，内容大都是歌颂周代统治者及其先公先王。只有《闵予小子》《访落》《敬之》《小毖》四诗调子低沉，带有自责自励的语气，在《颂》诗中别具风格，自成一组。《鲁颂》4篇是公元前七世纪鲁国贵族歌颂鲁僖公的诗。《商颂》5篇，古文经学派以为商朝贵族祭祀先公先王的乐歌，今文经学派则以为公元前八世纪到前七世纪宋国贵族赞颂宋襄公的诗。从语言上看，后说似较可信。

《诗经》以四言为主，普遍运用赋、比、兴的艺术表现手法。不少优秀篇章描写生动，语言朴素优美，音节自然和谐，富有艺术感染力。《诗经》是我国第一部伟大的文学作品，开创了我国现实主义文学的优良传统，历代文人学士都把它奉为诗歌创作的圭臬。不仅如此，《诗经》又是研究周代社会经济、政治、文化、思想、风俗、语言、部族起源和关系的真实史料，具有非常重要的学术价值。

二、《诗经》的来源

305 篇包括的地域如此广阔，它们的作者是什么人？司马迁说："《诗》三百篇，大抵贤圣发愤之所为作也。"[①] 这些贤圣中有平民、兵士、妇女、下级公务员，也有身居高位的大官僚。时代早至公元前十一世纪，晚到公元前六世纪，前后相去五百年，它们是怎样汇集起来的呢？大约不外三种情况：

1. 采诗。古代帝王为了考察风俗的好坏，政治的得失，设立采诗的官，定期到各地采集诗歌，献给太师（乐官），太师配上乐曲，再献给天子。汉代学者关于"采诗"的记载甚多。《礼记·王制》："天子五年一巡守（狩）。……命大师陈诗以观民风。"又《汉书·食货志》："孟春之月，群居者将散，行人振木铎徇于路以采诗，献之大师，比其音律，以闻于天子。故曰王者不窥牖户而知天下。"又《汉书·艺文志》："诵其言谓之诗，咏其声谓之歌。故古有采诗之官，王者所以观风俗，知得失，自考正也。"

此外，《孔丛子·巡狩篇》、《方言》载《刘歆与扬雄书》、何休《公羊传解诂》（宣公十四年）、《郑志·答张逸问》、左思《三都赋序》等也都有关于"采诗"的记载。有的学者认为"采诗"的说法出自汉魏人的臆度，各不一

_____

① 见《史记·太史公自序》。

致，不一定可靠。其实《左传·襄公十四年》师旷引《夏书》说："遒人以木铎徇于路。"杜预注："徇于路，求歌谣之言。"可见先秦已有"采诗"的记载。

2. 献诗。周代有公卿列士向天子献诗的制度。《国语·周语上》："故天子听政，使公卿至于列士献诗，瞽献曲，史献书，师箴，瞍赋，矇诵，百工谏……"又《毛诗·卷阿·传》："明王使公卿献诗以陈其志，遂为工师之歌焉。"所献的诗，有的是公卿自作，有的可能是从民间搜集起来的，内容不外颂美和讽谏。

3. 作诗。一些祭祀诗以及记述统治者游猎出兵或宫室落成之类的诗，可能就出自巫祝、史官之手。不过305篇中有作者确切姓名的数量很少，总共不过35篇。例如《载驰》为许穆夫人作，见《左传·闵公二年》；《抑》为卫武公作，见《诗序》和《国语·楚语上》；《桑柔》为芮良夫作，见《左传·文公元年》；《巷伯》为寺人孟子作，《崧高》《烝民》为尹吉甫作，《閟宫》为奚斯作[①]，都见于各诗本文；《駉》为鲁史官史克作，见《诗序》，《左传·文公十八年》有史克事迹。另外，《尚书·金縢》和《诗序》都以《豳风·鸱鸮》为周公所作，但不少学者表示怀疑。《诗经》里绝大多数诗的作者是谁，古无记载。有的前人虽有揣测，并不一定可信。[②]

---

① 《閟宫》九章："奚斯所作。"《毛传》以为"作是庙"，《文选·两都赋序》注引《薛君章句》以为"是诗公子奚斯所作也"。

② 参看陆侃如《三百篇的年代》，载《说文月刊》四卷，757页。

三、《诗经》的成书

《诗经》里的诗，来源不一，积累多了，编成一集，广泛传播，就成为《三百篇》即后来的《诗经》。编辑者就是当时的乐官，他们可能还进行过某些润色和整理。成书年代在公元前六世纪，即公元前599年（或前594年）至公元前544年先后50年（或55年）之间。

《左传·襄公二十九年》（即公元前544年）载吴公子札到鲁国访问，鲁国招待他观看周乐，乐工依次演奏《周南》《召南》《邶》《鄘》《卫》《王》《郑》《齐》《豳》《秦》《魏》《唐》《陈》《桧》《小雅》《大雅》《颂》，几乎包括了今本《诗经》的全部内容，次序也大致相同。《左传》说："自《桧》以下无讥焉。"也许还演奏了《曹风》。这就表明，至晚到公元前544年，《三百篇》已经编定，而且规模和现在的《诗经》基本一致了。

有一种观点以为《诗经》是孔子编定的。《史记·孔子世家》说：

> 古者诗三千余篇，及至孔子，去其重，取可施于礼义，上采契、后稷，中述殷周之盛，至幽厉之缺。始于衽席，故曰《关雎》之乱，以为《风》始；《鹿鸣》为《小雅》始；《文王》为《大雅》始；《清庙》为《颂》始。三百五篇，孔子皆弦歌之，以求合《韶》《武》

《雅》《颂》之音。

司马迁的观点，孔颖达已表示反对。他说：

> 书传所引之诗，见在者多，亡逸者少，则孔子所录，不容十分去九。马迁言古诗三千余篇，未可信也。①

按孔子生于鲁襄公二十二年（公元前551年），吴公子札访问鲁国时，孔子还未满八岁，无论如何也不可能删诗。清代学者姚际恒说："《易》《诗》《书》皆夫子前所有。"② 方玉润说："孔子未生以前，三百之编已旧，孔子既生后，三百之名未改。"③ 现代学者高亨说："《诗经》是周王朝各个时期乐官所编。"④ 他们认为，《三百篇》不是孔子编定的。

孔子说："吾自卫反鲁，然后乐正，《雅》《颂》各得其所。"⑤ 其实，《诗经》文本经过多次编辑、补充才完成。最后的统一定稿者就是孔子。春秋时期，汉字尚未统一，各地《诗经》文本差别甚大，孔子门下弟子三千、贤人七十，势力最大，地位最高。由孔子来整理编定《诗经》文本，自然是众望所归，最为恰当。这就是后世广泛流传的

---

① 见《诗谱序·正义》。
② 见姚际恒《诗经通论·自序》。
③ 见方玉润《诗经原始·自序》。
④ 见高亨《诗经今注》附《诗经简述》。
⑤ 见《论语·子罕》。

《诗经》。①

《诗经》的成书也不会早于公元前 599 年。郑玄《诗谱序》说："孔子录懿王、夷王时诗，迄于陈灵公淫乱之事，谓之《变风》《变雅》。"所谓"陈灵公淫乱之事"，相传即指《陈风·株林》一诗：

> 胡为乎株林？从夏南。匪适株林，从夏南。
>
> 驾我乘马，说于株野。乘我乘驹，朝食于株。

《诗序》："《株林》，刺灵公也。淫乎夏姬，驱驰而往，朝夕不休息焉。"据《左传》宣公九年、十年记载：夏姬是陈国大夫叔御的妻子，容貌美丽而生性淫荡，生子征舒。陈灵公和大夫孔宁、仪行父"通乎夏姬"。他们到夏姬家喝酒，灵公对仪行父说："征舒长得像你。"仪行父回答说："也像君王。"夏征舒对此感到愤恨。灵公出去，夏征舒从马房里用箭射死了他。孔宁、仪行父逃亡到楚国。《株林》写的就是陈灵公君臣"通乎夏姬"的丑事，发生在公元前 600 年到公元前 599 年。据此，《诗经》的成书就不会早于公元前 599 年。

如按三家诗的说法，《诗经》的编定更要晚些。《盐铁论·取下》："及周之末途，德惠塞而嗜欲众，君奢侈而上求

---

① 夏传才教授认为《诗经》文本经过四次编辑。第一次是周穆王时期，第二次是周宣王时期，第三次是周平王时期，第四次是孔子将前三次编辑的《诗三百》再作整理编订而成后世流传的《诗经》。见《诗经学大辞典》上册，河北教育出版社，309—311 页。

多；民困于下，怠于上公。是以有履亩之税，《硕鼠》之诗作也。"《潜夫论·班禄篇》也说："履亩税而《硕鼠》作。"据此，《魏风·硕鼠》是为反对"亩税"制度而作的。按《春秋·宣公十五年》："初税亩。""税亩"就是按亩征税，这是古代税收制度的大改革。鲁国开始实行"税亩"制度是公元前594年，《硕鼠》诗的产生不会早于这一年，《诗经》的编定更应在这一年之后。

第二节　汉代的《诗经》研究

一、三家诗和《毛诗》

春秋时代，《诗三百》一度成为社会政治和生活的教科书，在外交场合赋诗言志成为一时风尚。《左传》记述闲居卿大夫赋《诗》的场面多达34处，引《诗》言事近100处。孔子多次谈到学《诗》的重要。他说："小子何莫学夫《诗》，《诗》可以兴，可以观，可以群，可以怨。迩之事父，远之事君，多识于鸟兽草木之名。"[1] "不学《诗》，无以言。"[2] "诵《诗三百》，授之以政，不达；使于四方，不能专对。虽多，亦奚以为？"[3] 战国时代，外交场合一般不再赋诗，但在议论

---

[1]　见《论语·阳货》。
[2]　见《论语·季氏》。
[3]　见《论语·子路》。

说理中引《诗》的风气仍然盛行。不仅荀、孟等儒家著作中引《诗》甚多，《墨子》《庄子》《晏子春秋》等非儒家著作也不止一次地引《诗》，可见《诗》的作用大大超出了儒家的范围。到秦始皇统一中国，崇尚法家，燔《诗》《书》而弃礼义，"天下敢有藏《诗》《书》百家语者悉诣守尉杂烧之，有敢偶语《诗》《书》，弃市"①，《诗经》的传播遭到了毁灭性的打击。直到汉王朝建立，儒家的地位得到恢复，《诗经》才又广泛地传播开来，而且取得了经典的地位。

汉代传《诗》的有鲁、齐、韩、毛四家。鲁、齐、韩起于西汉初年，统称三家诗，为今文诗学；《毛诗》晚出，为古文诗学。

鲁人申公，也叫申培公，相传为荀卿弟子浮丘伯门人，治《诗》，为诂训传，称为《鲁诗》，文帝时立为博士，在三家诗中最先出。西汉时期传《鲁诗》的有瑕丘江公、刘向等，势力最盛。《汉书·艺文志》著录有《鲁故》《鲁说》等书，到西晋时亡佚。《齐诗》为齐人辕固生所传，景帝时立为博士。此后传《齐诗》的有夏侯始昌、后苍、翼奉、萧望之、匡衡等人，喜引谶纬，以阴阳灾异推论时政。《汉书·艺文志》著录有《齐后氏故》《齐孙氏故》《齐后氏传》《齐孙氏传》《齐杂记》等，到三国时都已亡佚。《韩诗》为燕人韩婴所传，文帝时立为博士。此后传《韩诗》的有淮南贲生、蔡义等人。《汉书·艺文志》著录有《韩故》三十六

---

① 见《史记·秦始皇本纪》。

卷、《韩内传》四卷、《韩外传》六卷、《韩说》四十一卷。西晋以后，《韩诗》虽存，没有传授的人。南宋时《韩故》《内传》《韩说》相继亡佚，只有《韩诗外传》至今尚存。

《毛诗》比三家晚出，汉平帝时始立为博士。《史记·儒林传》记载汉初传《诗》的经师只有申公、辕固生、韩婴三人，没有提到《毛诗》。《汉书·艺文志》在三家诗之后著录《毛诗》二十九卷、《毛诗故训传》三十卷，并说："又有毛公之学，自谓子夏所传，而河间献王好之，未得立。"又《儒林传》："毛公，赵人也，治《诗》，为河间献王[①]博士。"没有名字，也没有大毛公、小毛公之分。《后汉书·儒林传》："赵人毛苌传《诗》。"有了名字，但没有说他作《诂训传》。郑玄《诗谱》：

> 鲁人大毛公为《诂训传》于其家，河间献王得而献之，以小毛公为博士。

又陆玑《毛诗草木鸟兽虫鱼疏》[②]：

> 孔子删《诗》，授卜商，商为之序以授鲁人曾申，申授魏人李克，克授鲁人孟仲子，孟仲子授根牟子，根

---

① 河间献王，名德，汉景帝子，武帝弟，封河间王，谥为献。爱好儒学，立《毛氏诗》《左氏春秋》。河间，汉高帝置郡，文帝时改为国，其后或为郡，或为国。辖境相当于今河北献县、交河、光复、阜城等各一部分地。因在黄河、永定河之间，故称"河间"。

② 据《四库全书总目提要》卷十五《毛诗正义提要》引。

牟子授赵人荀卿，荀卿授鲁国毛亨，毛亨作《诂训传》以授赵国毛苌。时人谓亨为大毛公，苌为小毛公。

又《经典释文·序录》引徐整说：

> 子夏授高行子，高行子授薛仓子，薛仓子授帛妙子，帛妙子授河间人大毛公，毛公为《故训传》于家，以授赵人小毛公。小毛公为河间献王博士，以不在汉朝，故不列于学。

以上郑、陆、徐三家都以为大毛公毛亨作《毛诗诂训传》，传于小毛公毛苌。但《隋书·经籍志》载《毛诗》二十卷，汉河间太守毛苌传，郑玄笺。以毛苌为《毛诗诂训传》的作者，与郑、陆、徐三家的说法不同。清朱彝尊《经义考》列《毛诗》二十九卷，题毛亨撰，注曰"佚"；又《毛诗故训传》三十卷，题毛苌撰，注曰"存"。朱氏意在调停两说，可惜于古无征。东汉时郑众、贾逵、马融、郑玄等都治《毛诗》，郑玄为《毛诗》作《笺》，使之得到广泛的传播。魏晋以后，三家诗有的亡佚，有的没有传授的人，只有《毛诗》独盛[①]。唐孔颖达撰《五经正义》，《诗》取毛、郑，从此，《毛诗》确立了经典的地位，长为后世所尊尚。

[①] 唐陆德明《经典释文·序录》："（平帝）元始五年公车征说《诗》，后汉郑众、贾逵传《毛诗》，马融作《毛诗注》，郑玄作《毛诗笺》，申明毛义，难三家，于是三家遂废矣。"

二、《毛诗诂训传》

《毛诗诂训传》简称《毛传》，这是我国现存最早最完整的一部传注。"传"是讲述诗的大义，"诂训"是解释词语的意义。"诂训"再分开讲，"诂"是用今语解释古语，"训"是用通俗的话解释比较深奥难懂的话。

毛氏是儒家学者，他把《诗》看成宣扬儒家正统思想的工具。他认为诗的作用离不开美刺两途，往往用儒家的观点并比附某些历史事实去解释诗义，有时不免要歪曲诗的本来面貌，这是缺点。但是《毛诗》没有三家诗中存在的某些神秘观点，通观全书，大体做到了"不语怪力乱神"；它着重训释词义，言简意赅，言而有据，有些训释到现在也还是精确的。陈奂评论《毛传》"文简而义赡，语正而道精，洵乎为小学之津梁，群书之钤键"①，并不是过分的夸张。这是《毛传》的优点。

《毛传》言简意赅，有一套比较完整的训诂方法，大体上可分以下六类：

1. 解释词义。例如：

① 寤，觉；寐，寝也。（《关雎》传）
② 螮蝀，虹也。（《螮蝀》传）
③ 种之曰稼，敛之曰穑。（《伐檀》传）

---

① 见陈奂《诗毛氏传疏·序录》。

④ 绸缪，犹缠绵也。(《绸缪》传)

⑤ 先人，文武也，(《小宛》传)

⑥ 骓骓，行不止之貌，(《四牡》传)

⑦ 驺虞，义兽也。白虎黑文，不食生物，有至信之德则应之。(《驺虞》传)

⑧ 杂佩者，珩，璜，琚，瑀，冲牙之类。(《女曰鸡鸣》传)

⑨ 百姓，百官族姓也。(《天保》传)

⑩ 单，信也。或曰：单，厚也。(《天保》传)

⑪ 流，求也。(《关雎》传)

例①②以同义词相释；例③以"A曰B"的方式相释；例④以"A犹B"的方式相释，表示两义相近或辗转相通；例⑤解释词在句中的特指义；例⑥以"貌"字表示形容；例⑦对字义进行描写；例⑧列举词语所含的内容；例⑨分解字义；例⑩兼存异义；例⑪释通假文。《周南·关雎》二章："参差荇菜，左右流之。"《毛传》："流，求也。"陈奂《传疏》："古流，求同部。流本不训求，而训诂云尔者……此古人假借之法也。"牟庭《诗切》："流即摎之假音，故训为求。今俗语取于水中谓之捞，即流之声转，诗人之遗言也。"还有一些别的释义方式，不具举。

2. 解释句意。例如：

①《邶风·新台》："鱼网之设，鸿则离之。"《毛

传》："言所得非所求也。"

②《豳风·七月》："九月授衣。"《毛传》："九月霜始降，妇功成，可以授冬衣矣。"

③《曹风·鸤鸠》："其仪一兮，心如结兮。"《毛传》："言执义一，则用心固。"

例①说明全句的比喻义；例②兼释原因；例③概括全句的意思。

3. 征引史实，说明背景。例如：

《邶风·二子乘舟》："二子乘舟，泛泛其景。"《毛传》："二子，伋、寿也。宣公为伋取于齐女而美，公夺之，生寿及朔。朔与其母愬伋于公。公令伋之齐，使贼先待于隘而杀之。寿知之，以告伋，使去之。伋曰：'君命也，不可以逃。'寿窃其节而先往，贼杀之。伋至，曰：'君命杀我，寿有何罪？'贼又杀之。国人伤其涉危遂往，如乘舟而无所薄，泛泛然迅疾而不碍也。"

在这一段《传》文里，不仅注明"二子"是谁，而且比较详细地叙述了宣公夺媳，宣姜进谗，寿、伋争死，国人伤悼的史实，这就使读者对全诗的背景和含意有了较深入的了解。

4. 解释章旨。《传》不只解释一词一句，而是申释全章以至全诗意旨。例如：

　　①《召南·摽有梅》三章："求我庶士，迨其谓之。"《毛传》："不待备礼也。三十之男，二十之女，礼未备则不待礼，会而行之者，所以蕃育民人也。"

　　②《卫风·木瓜》三章："匪报也，永以为好也。"《毛传》："孔子曰：'吾于《木瓜》见苞苴之礼行。'"

例①传文申明男女不备礼而行是为了蕃育民人，是统括全诗意旨。例②"匪报也"二句，三章相同。《毛传》于末章引孔子语，也是总释全诗意旨。木瓜、木桃、木李都可用以行"苞苴之礼"。

　　5. 释表现手法，注明"兴"体。例如：

　　①《卫风·竹竿》："籊籊竹竿，以钓于淇。"《毛传》："兴也。……钓以得鱼，如妇人待礼以成为室家。"

　　②《魏风·园有桃》："园有桃，其实之殽。"《毛传》："兴也。园有桃，其实之殽；国有民，得其力。"

　　③《秦风·蒹葭》："蒹葭苍苍，白露为霜。"《毛传》："兴也。……苍苍，盛也。白露凝戾为霜，然后岁事成，国家待礼然后兴。"

《诗经》广泛地运用赋、比、兴的表现手法。《毛传》标明"兴"体的诗共113首，但不注"比"和"赋"。

　　6. 离章析句，注明每首诗的章数和句数。例如《周南·葛覃》为"三章章六句"，《大雅·卷阿》为"十章，六章章五句，四章章六句"，《鲁颂·閟宫》为"八章，二章章十七句，一章十二句，一章三十八句，二章章八句，二章章十句"，等等。

《毛传》绝大多数释义精确，反映了《诗经》词汇的实际；也有一些解释不大正确乃至于错误的。我们应当很好地进行分析整理，去粗取精，使《毛传》这一份宝贵的训诂遗产，能够更好地为我们研究《诗经》服务。

三、《郑笺》

《郑笺》是东汉大经学家郑玄（公元127—200年）为《毛诗》做的注释。郑玄，字康成，北海高密（今属山东省）人。曾经注释"三礼"（《周礼》《仪礼》《礼记》），都称"注"，注释《毛诗》为什么称"笺"呢？孔颖达疏引吕忱《字林》说："笺者，表也，识也。"郑氏在《六艺论》中谈到他的宗旨是"注《诗》宗毛为主。其义若隐略，则更表明；如有不同，即下己意，使可识别。"[1] 可见"笺"有补充和修正《毛传》的意思。概括起来，有以下几点：

1. 补充《毛传》。例如：

　　①《邶风·谷风》："我有旨蓄，亦以御冬。"《毛

---

[1]　郑玄《六艺论》，分别评论《易》《书》《诗》《礼》《乐》《春秋》六经。《隋书·经籍志》存一卷，今已佚。清马国翰《玉函山房辑佚书》有辑本。此据《经典释文》卷五《毛诗音义上》引。

传》："旨，美；御，禦也。"《郑笺》："蓄聚美菜者，以禦冬月乏无时也。"

②《小雅·黄鸟》："言旋言归，复我诸兄。"《毛传》："妇人有归宗之义。"《郑笺》："宗，谓宗子也。"

③《鄘风·载驰》："既不我嘉，不能旋反。"《毛传》："不能旋反我思也。"《郑笺》："既，尽；嘉，善也。言许人尽不善我欲归唁兄。"

④《大雅·绵》："曰止曰时，筑室于兹。"《郑笺》："时，是；兹，此也。卜从则曰：可止居于是，可作室家于此。定民心也。"

例①《传》释词义，《笺》补释句意；例②《传》释句意，《笺》补释词义；例③《传》释下句，《笺》补释上句；例④《传》无释，《笺》补释两句词义和句意。

2. 申释《毛传》。有些诗句毛氏已有《传》，郑氏以为"其义隐略"，进一步对《毛传》加以注释。例如：

①《小雅·采薇》："靡室靡家，猃狁之故。"《毛传》："猃狁，北狄也。"《郑笺》："北狄，今匈奴也。"

②《小雅·何人斯》："彼何人斯？胡逝我陈？"《毛传》："陈，堂涂也。"《郑笺》："堂涂者，公馆之堂涂也。女即不为，何故近之我馆庭？"

例①《传》以"北狄"释"猃狁"，《笺》更以汉代的"匈奴"释"北狄"。例②《传》以"堂涂"释"陈"，《笺》进一步指明为"公馆之堂涂"，就是从堂下到门的路。

3. 修正《毛传》。郑氏兼通古文和今文《诗》学，他为《毛诗》作《笺》，"间杂《鲁诗》，并参以己意"[1]。其实还吸取了某些齐、韩诗说，不全同毛义。例如：

①《召南·小星》："肃肃宵征，抱衾与裯。"《毛传》："裯，禅被也。"《郑笺》："裯，床帐。"

②《郑风·褰裳》："子不我思，岂无他士？"《毛传》："士，事也。"《郑笺》："他士，犹他人也。"

③《豳风·七月》："亟其乘屋。"《毛传》："乘，升也。"《郑笺》："乘，治也。"

④《商颂·殷武》："罙入其阻，裒荆之旅。"《毛传》："罙，深。"《郑笺》："罙，冒也。"

例①《传》释"裯"为禅被，表示与"衾"不同。三家诗"裯"作"幬"，就是帐，《笺》据三家改毛。[2] 例②《传》训"士"为"事"，用声训。《笺》释"士"为"人"，用义训。例③"乘""升"蒸部叠韵，"乘""治"蒸之对转，毛、郑都用音训。郑以为"十月定星当中，亟当治野庐之屋"，故改《传》训。例④郑氏也是据三家改毛。陈奂说："罙即

---

[1]　见陈奂《诗毛氏传疏·序》。

[2]　参看《诗三家义集疏》卷二。

突之隶变。《说文·穴部》：'突，深也。'本毛；又《网部》'罙'下引《诗》'罙入其阻'，本三家。《笺》云：'罙，冒也。'郑于字同毛而义用三家。"

4.毛、郑释义角度不同，但意义上可以互相补充。例如：

①《郑风·大叔于田》："将叔无狃，戒其伤女。"
《毛传》："狃，习也。"《郑笺》："狃，复也。"

按"复"是反复、重复。事情反复地做就是习以为常，毛、郑的解释其实是相通的。

②《小雅·车攻》："东有甫草。"《毛传》："甫，大也。"《郑笺》："甫草者，甫田之草也。"胡承珙《后笺》："郑之甫田，正以广大有草得名。《传》训甫为大，而《笺》引甫田以证之，申《传》，非易《传》也。"

③《小雅·巧言》："蛇蛇硕言，出自口矣。"《毛传》："蛇蛇，浅意也。"《郑笺》："硕，大也。大言者，言不顾其行，徒从口出，非由心也。"

按毛、郑义亦相通。胡承珙《毛诗后笺》："凡欺谩者，虽为大言，而其器度实浅，故毛以蛇蛇为浅意，郑以硕言为大言也。"

④《大雅·假乐》："威仪抑抑，德音秩秩。"《毛

传》："抑抑，美也；秩秩，有常也。"《郑笺》："抑抑，
密也；秩秩，清也。"

按此例毛、郑义也可通。黄焯说："《笺》用《释训》文。
《抑》篇《传》亦以'抑抑'为密，《正义》以为密审，于此
《笺》则申为'密致'。一言其功，一言其效，要之皆为美，
故此《传》以'抑抑'为美也。秩秩，《释训》训智又训清。
清、明义同，明、智义近，故清、智义亦通。《传》训'有
常'者，有常则清而不紊矣，其致一也。《诗》毛、郑往往
各执一义，实则互相申足，《正义》辄以为异，非也。"[1]黄
氏的话可供我们分析《传》《笺》时参考。

5. 毛无《传》，郑玄作《笺》补释词义句意。例如：

①《邶风·日月》："父兮母兮，畜我不卒。"《郑
笺》："畜，养也。卒，终也。……言己尊之如父，又
亲之如母，乃反养遇我不终也。"所谓父母，特有所指。
马瑞辰《通释》："此庄姜伤己不见答于庄公之诗，故
《笺》以'父兮母兮'谓尊亲庄公如父母也。"

②《小雅·十月之交》："不慭（yìn）遗一老，俾
守我王。"无《传》。《郑笺》："慭者，心不欲，自强之
辞也。言尽将旧在位之人，与之皆去，无留卫王。"对
"慭"的词义和全句的意义都做了解释。

---

[1]　见黄焯《诗说》。

③《周颂·载见》："俾缉熙于纯嘏。"无《传》。《郑笺》："俾，使；纯，大也。祭有十伦之义。成王乃光文百辟与诸侯，安之以多福，使光明于大嘏之意。天子受福曰大嘏，辞有福祚之言。"使我光明而长享大福，也解释了词义和句意。

6.《郑笺》与《毛传》训释不同。例如：

①《小雅·何人斯》："俾我祇也。"（祇，一作"祇"）《毛传》："祇，病也。"陈奂《传疏》："祇，读为疧，此假借字也。"《郑笺》："祇，安也。是使我心安也。"阮元《校勘记》引段玉裁说："《笺》云'安也'者，谓祇为禔之假借也。"毛、郑都用假借义而不同。

②《大雅·板》："价人维藩。"《毛传》："价，善也。"《尔雅·释诂》《说文·人部》并云："价，善也。"《郑笺》："价，甲也。被甲之人，谓卿士掌军事者。"王先谦《诗三家义集疏》："《鲁》，价作介。"则郑义盖用《鲁诗》。

③《周颂·敬之》："佛时仔肩。"《毛传》："佛，大也。"胡承珙《后笺》："《传》意当云：'大矣是予之所任者。'""佛"是形容词。《郑笺》："佛，辅也。时，是也。仔肩，任也。"孔颖达《正义》："郑读佛为辅弼之弼。""佛"是动词。

④《齐风·敝笱》："敝笱在梁，其鱼鲂鳏。"《毛传》："鳏，大鱼。"孔颖达《正义》引王肃云："鲁桓

之不能制文姜，若敝笱之不能制大鱼也。"王引之《经义述闻》卷五："鲂也鳏也，鱼之形体差大者，故曰大鱼。"《郑笺》："鳏，鱼子也。鲂也鳏也，鱼之易制者，然而敝败之笱不能制。兴者，喻鲁桓微弱，不能防闲文姜。"是郑以鳏为小鱼，与毛异义。

7. 郑改《诗》字，与毛异义。例如：

①《邶风·绿衣》："绿兮衣兮，绿衣黄里。"《毛传》："绿，间色；黄，正色。"孔颖达《正义》："绿，苍黄之间色；黄，中央之正色。""绿"是颜色词，郑改为"褖"，王后之便服。《郑笺》："褖衣黑，皆以素纱为里，今褖衣反以黄为里，非其礼制也。"

②《小雅·大东》："舟人之子，熊罴是裘。"《毛传》："舟人，舟楫之人。熊罴是裘，言富也。"舟人是操舟的人，指商贾。裘，是皮袍。用本义。《郑笺》："舟当作周，裘当作求。声相近故也。周人之子，谓周世臣之子孙。"郑改字，用假借义。

③《大雅·常武》："徐方绎骚。"《毛传》："绎，陈。"陈就是阵，指两军交战时的战斗队列。《郑笺》："绎当作驿。……徐国传遽之驿见之，知王兵必克，驰走以相恐动。"郑改"绎"为"驿"，指传送公文信息的人。

研究《诗经》的学者往往扬毛而抑郑，其实《郑笺》也有很精彩并胜过《毛传》的地方，例如：

> ①《郑风·子衿》："青青子衿，悠悠我心。纵我不往，子宁不嗣音。"《毛传》："嗣，习也。古者教以《诗》乐，诵之歌之弦之舞之。"《郑笺》："嗣，续也。女曾不传声问我，以恩责其忘己。"《释文》："《韩诗》作诒，诒，寄也。"

"不嗣音"，《毛传》释为"不练习音乐"，《郑笺》释为"不继续与我通音讯"。依诗义，郑的训释就比毛好。《集传》以为"此亦淫奔之诗"，就更不能释"嗣"为"习"了。

> ②《小雅·小旻》："谋犹回遹，何日斯沮。"《毛传》："沮，坏也。"《郑笺》："沮，止也。今王谋为政之道回辟，不循旻天之德已甚矣，心犹不悛，何日此恶将止？""沮"字毛训为坏。孔颖达《正义》："何日王之此恶可散坏乎？"陈奂《传疏》："何日斯沮，言不日天下毁坏也。"按此例中"沮"的对象是"谋犹"，《笺》训为"止"，直截了当，比毛义好。

郑玄之后，魏王肃作《毛诗注》《毛诗义驳》《毛诗奏事》《毛诗问难》等书，申毛难郑；王基作《毛诗驳》，申郑难王；孙毓作《毛诗异同评》，又申明王说；陈统作《难孙氏诗评》，复申明郑义；形成了一种有关《诗经》学术讨论的热烈气氛。以上诸书现在都已亡佚①，唯吴陆玑所著《毛诗草木鸟兽虫鱼疏》二卷，至今尚存，对于我们研究《诗经》里涉及的动植物名称，很有帮助。

第三节 《毛诗音义》和《毛诗正义》

自六朝至唐，关于《诗经》有两部最重要的著作，就是陆德明（公元552—622年）的《毛诗音义》和孔颖达（公元574—648年）的《毛诗正义》。它们至今保存完整，是研究《诗经》必读的书。

一、《毛诗音义》

《毛诗音义》是陆德明《经典释文》（以下简称《释文》）中的一部分。《释文》作于陈后主至德元年，隋文帝开皇三年（公元583年），比陆法言的《切韵》早十八年（《切韵》成书于601年）。《释文》共三十卷，第一卷《序录》，说明撰著用意、条例、次第和各书传述人。其余各卷是《周易》《尚书》《毛诗》等十四部书的音义。《释文》综合了汉魏以来文字、音韵、训诂的研究成果，采集了儒家230余人所注五经的文字、音韵和训诂，是继《说文》以来一部工程十分浩大

---

① 清马国翰所编《玉函山房辑佚书》中有辑本。

的学术著作。《毛诗音义》是《释文》中的五至七卷。它为《毛诗》和《传》《笺》的字注音，兼收各家反切、注释以及《毛诗》和三家诗的异文，为研究《诗经》提供了重要的材料。《毛诗音义》的注释方式是先摘录原文，然后注释音义，引证他书，列举异文，辩证异同或指出讹误，注文简略，但也有注释和引证较详的。例如：

①窕　徒了反·毛云："窈窕，幽间也。"王肃云："善心曰窈，善容曰窕。"

②瘏矣　音涂，病也。本又作屠，非。

③干城　如字，《尔雅》云："干，扜也。"孙炎注云："干楯所以自蔽扜也。"郑云："干也城也，皆以御难也。"旧户旦反，沈音扜。

④芣苢　音浮；苢本亦作苡，音以。芣苢，马舄也，又名车前。《韩诗》云："直曰车前，瞿曰芣苢。"郭璞云："江东呼为虾蟆衣。"《草木疏》云："幽州人谓之牛舌，又名当道，其子治妇人生难。"《本草》云："一名牛遗，一名胜舄。"《山海经》及《周书·王会解》皆云："芣苢，木也，实似李，食之宜子，出于西戎。"《卫氏传》及许慎并同此，王肃亦同，王基已有驳难也。

历代学者都肯定《释文》有很高的学术价值，其中《毛诗音义》对于《诗经》的研究，非常重要，可分以下三点讨论：

1. 注明音读。《毛诗音义》为全《诗》难字、多音字以及容易误读的字注音，给后人阅读和研究《诗经》字音提供了很大方便。孔颖达《毛诗正义》即将《毛诗音义》的音切全部采录。例如：

> 《王风·兔爰》："雉离于罿。"《毛传》："罿，罬也。"《释文》："罿，昌钟反。《韩诗》云：'施罗于车上曰罿。'《字林》上凶反。罬，张劣反，郭徐姜雪、姜穴二反。《尔雅》云：'罬谓之罦。'罦，覆车也。"

《毛传》释"罿"为"罬"，都是比较难认的字，前人注释不同，《释文》分别加以注释和引用。一字多音，在一定的上下文里应选择其中的一个，有时很费斟酌，《释文》的注音可以帮助我们解决不少困难。例如：

> 《大雅·思齐》："刑于寡妻，至于兄弟，以御于家邦。"《毛传》："御，迎也。"《郑笺》："御，治也。"《释文》："御，毛牙嫁反，郑鱼据反。"又《召南·鹊巢》："百两御之。"《郑笺》："御，迎也。"

据此可知"御"作"迎"讲，音五嫁反，是不常见音；其余各义音鱼据反，是常见音。常见音一般不注。《思齐》"御"字毛、郑异义，即分别注音。有些常见而且易认的字，《释文》也加注音，那是提醒读者不要把这些字跟某些形近的字相混。例如：

> ①《魏风·硕鼠》："适彼乐土。"《释文》："土，如字，他古反，沈徒古反。"
>
> ②《陈风·东门之枌》："谷旦于差。"《郑笺》："旦，明；于，曰；差，择也。朝日善明，曰相择矣。"《释文》："曰相，音越。"

例①的"土"，例②的"曰"，都是常见易认的字。但"土"与"士"形近，"曰"与"日"形近。《释文》分别给"土"和"曰"注音，是提醒读者不要误读成"士"与"日"。

2. 确解字义，纠正讹误。《释文》释义简略，但有时非常精当；《毛诗正义》解释详尽，有时却不够精确。后世学者往往根据《释文》来确诂字义或纠正讹误。例如：

> ①《召南·驺虞》："彼茁者蓬。"《毛传》："蓬，草名也。"《释文》："蓬，草也。"

《正义》无释。段玉裁以《传》"草"下"名"字为"俗增"。[①]陈奂《传疏》："全《诗传》'蒲，草；茖，草；蓍，草；葽，草；芩，草；莱，草；苢，草；芄兰，草；龙，红草；鹝，绶草；勺药，香草；茆，香草；蓼，水草；苴，水中浮草'；

---

① 见段玉裁《毛诗小笺》。

草下皆无名字可证。"可见《释文》的解释很精确，足以纠正今本《传》文的讹误。

②《郑风·大叔于田》："大叔于田，乘乘马。"《释文》："'叔于田'，本或作'大叔于田'者误。"

按《正义》本作"大叔于田"。阮元《校勘记》分析说：本诗三章，十言"叔"字，不应一句独为"大叔"，"当以《释文》本为长"。

③《大雅·行苇》："序宾以贤。"《毛传》引《礼记·射义》："耄勤称道不乱者，不在此位也。"《释文》："八十曰耄。勤，音其，百年曰期颐。"《正义》："至八十九十之耄而能勤行称举其道不为乱者。"

《释文》读"勤"为"期"，百岁为"期颐"，《正义》读"勤"如字，释为"勤行"。按《礼记·射义》郑注："八十九十曰耄，百年曰期颐。耄期或为耄勤。"可见《释文》的解释完全正确，《正义》则是望文生义。

3. 保存三家及六朝遗说。《毛诗音义》引证三家诗说和汉魏六朝研究成果，很有参考价值。例如：

①《小雅·车辖》："觏尔新昏，以慰我心。"《毛传》："慰，安也。"《释文》："慰，怨也，於愿反。王申

为怨恨之义。《韩诗》作'以愠我心',愠,恚也。本
或作'慰,安也',是马融义,马昭、张融论之详矣。"

按毛、郑以"新昏"为"季女",毛释"慰"为"安",郑
氏也说:"我得见女之新昏如是,则以慰除我心中之忧也。"
《韩诗》以"新昏"指褒姒,所以作"以愠我心","愠"是
"恚怒"之意,与"怨恨"义合。《释文》指出,释"慰"为
"安"是马融义,而释为"怨"是王肃义,这是别的书里没
有谈到的。从训诂上看,"慰"与"怨"相反相成,段玉裁
说:"释慰为怨,如释乱为治,释徂为存。"①

　　②《周南·汝坟》:"王室如燬。"《毛传》:"燬,火
也。"《释文》:"燬音毁,齐人谓火曰燬。郭璞又音货。
字书作烜,音毁,《说文》同。一音火尾反。或云:楚
人名火曰燥,齐人曰燬,吴人曰烠,此方俗讹语也。"

在这一注释里,《释文》保存了"燬"字的不同读音,列举
了方言中的不同字形,对于全面了解"燬"字的形、音、义
是非常重要的。

二、《毛诗正义》

　　《毛诗正义》七十卷,唐太宗贞观十六年(公元642年)

---

①　见段玉裁《毛诗小笺》。

孔颖达奉敕撰。参加编写的有王德韶、齐威、赵乾叶、贾普曜等学者。孔颖达当时任国子祭酒，为《五经正义》主编，所以《毛诗正义》又称《孔疏》。

《毛诗正义》包括三个部分：

1. 文字据颜师古《毛诗》定本。唐太宗为提倡儒学，派颜师古等著名学者考定"五经"文字，撰成"五经定本"颁行。《毛诗正义》即以"定本"为依据，从而固定了《诗经》的字句，一直流传到今。

2. 音切采陆德明《毛诗音义》。使之成为《诗经》音读的标准，这就在质量上比以前任何《诗经》传本更为完备。

3. 释义兼及《传》《笺》。以刘焯《毛诗义疏》①、刘炫《毛诗述义》②为稿本，博采众说，融贯群书，内容十分详尽丰富。

《正义》的体例是正文之下，先列《传》《笺》；次列《释文》音义，中间以〇隔开；再列《疏》文。先疏正文，然后以"正义曰"的形式分疏《传》《笺》。这是当时研究《毛诗》的一部集大成的著作。孔氏恪遵"疏不破注"的原

---

① 刘焯（公元544—610年），字士元。隋代最具代表性的经学家。信都昌亭（今河北衡水市冀州）人。文帝开皇中，举秀才，对策甲科，除员外将军。因为飞章所谤，除名归里。炀帝时，又举为太学博士。有《尚书义疏》《毛诗义疏》《五经述义》《稽极》《历书》等著作。《北史》卷八十二、《隋书》卷七十五有传。

② 刘炫，字光伯。河间景城（今河北河间市）人。少以聪敏见称。与刘焯齐名，都是隋代最著名的经学家。其经学著作有《尚书述议》《毛诗述议》《毛诗集小序》《毛诗谱注》《春秋规过》《春秋攻昧》《孝经述议》《孝经去惑》《孝经稽疑》《论语述议》《五经正名》等十二种。均已亡失。《北史》卷八十二、《隋书》卷七十五有传。

则，全部保留《传》《笺》，分别疏释，属于严格的汉学体系。概括起来，《毛诗正义》有三方面的优点和特点：

1.申释《传》《笺》，引证广博，阐发详尽。例如：

①《周南·关雎》："参差荇菜，左右芼之。"《毛传》："芼，择也。"《正义》："《释言》云：'芼，搴也。'孙炎曰：'皆择菜也。'某氏曰：'搴犹拔也。'郭璞曰：'拔取菜也。'以搴是拔之义，《史记》云'斩将搴旗'，谓拔取敌人之旗也。芼训为拔，而此云芼之，故知拔菜为择之也。"

《传》训"芼"为"搴"，《正义》引《释言》、某氏、郭璞、《史记》反复证明"搴"即"拔取"之义。

②《小雅·北山》："率土之滨，莫非王臣。"《毛传》："滨，涯也。"《正义》："《释水》云：'浒，水涯。'孙炎曰：'涯，水边。'《说文》云：'浦，水滨。'《广雅》云：'浦，涯。'然则浒、滨、涯、浦皆水畔之地，同物而异名也。"

《正义》引《释水》、孙炎、《说文》、《广雅》互相证明"浒、滨、涯、浦皆水畔之地，同物而异名"，颇有启发性。

③《小雅·渐渐之石》："山川悠远，维其劳矣。"

《郑笺》："其道里长远，邦域又劳劳广阔。"《正义》："广
阔辽辽之字，当从辽远之辽。而作劳字者，以古之字少，
多相假借，《诗》又口之咏歌，不专以竹帛相授，音既相
近，故遂用之。此字义自得通，故不言当作辽也。"

《笺》训"劳"为"劳劳广阔"，《正义》进一步指出"劳"
的本字当为辽远之"辽"，并对《诗经》多用通假字的事
实，从两个方面进行理论上的分析，这样就比较透彻了。

2. 原则上"疏不破注"，但不妨自立新意。一些学者责
备孔氏详于阐发《传》《笺》，缺乏自己的创见，其实不完
全是这样。例如：

①《小雅·小弁》："伐木掎矣，析薪杝矣。"《毛
传》："伐木者掎其巅，析薪者随其理。"《正义》："伐木
而言掎，是畏木倒而掎之，明掎其巅矣。掎者倚也，谓
以物倚其巅峰也。"

按《说文》，"掎，偏引也。"陈奂申《传》说："盖凡伐木者，
必先以绳索系其巅木而角束之，而偏引之，而从后牵之，今
人斩伐大木者犹如是也。""掎"是用绳子拴住向一边拉。《正
义》以"掎"为"倚"之假借，作"支撑"讲。今《辞源》
《辞海》都采用《正义》之说。

②《小雅·何草不黄》："有栈之车，行彼周道。"

> 《毛传》:"栈车,役车也。"《正义》:"栈是车状,非士所乘之栈名也。"

《正义》明显地不同意《毛传》以"栈"为车名,得到了清代学者的赞成。马瑞辰说:"此诗'有栈之车'与'有芃者狐'皆形容之词,据《说文》'栈,尤高也,从山栈声',则栈当为车高之貌。"①《正义》的说法无疑是正确的。

> ③《鲁颂·闳宫》:"黍稷重穋,稙稚菽麦。"《毛传》:"先种曰稙,后种曰稚。"《正义》:"当谓先种先熟,后种后熟。"

按《七月·释文》:"先种后熟曰重,后种先熟曰穉(穋)。"重、穋、稙、稚是按成熟期长短先后划分的四种农作物。《正义》改易《传》说,对于四种作物的区别更为清楚。

> ④《小雅·常棣》:"是究是图,亶其然乎?"《毛传》:"究,深;图,谋。"《郑笺》:"女深谋之。"《正义》:"汝于是深思之,于是善谋之。"

《传》《笺》都把"是究是图"释为"深谋",是偏正关系;《正义》释"究"为"深思","图"为"善谋","是究是图"为并列结构,与《传》《笺》异趣。

---

① 马瑞辰《毛诗传笺通释》卷二十三。

⑤《小雅·巧言》："跃跃毚兔，遇犬获之。"《郑笺》："遇犬，犬之驯者，谓田犬也。"《正义》："遇犬者，言兔逢遇犬则被获耳。遇非犬名，故王肃云'言其虽腾跃逃隐其迹，或适与犬遇而见获'是也。"

毛无《传》，《郑笺》以"遇犬"为犬名，《正义》从王肃说，以"遇犬"为动宾结构，也许就是《毛传》的意思。

3. 对实词和虚词的划分有了比较明确的认识。从《毛传》以来，训诂学通常都把助词一类的虚词叫作"词"或"辞"，但缺乏明确的概念和范围。孔氏第一个提出了实词"为义"而虚字"不为义"的划分标准。例如：

①《周南·关雎》疏："之、兮、矣、也之类，本取以为辞，虽在句中，不以为义，故处末者皆字上为韵。"

②《小雅·白驹》疏："来思、遁思二思，皆语助，不为义也。"

③《周南·芣苢》："薄言采之。"《毛传》："薄，辞也。"《正义》："薄……于义无取，故为语辞。"

④《大雅·文王》："有周不显，帝命不时。"《毛传》："有周，周也。"孔颖达《正义》："以'周'文单，故言'有'以助之。《祭民》曰'天监有周'，《时迈》曰'明昭有周'，皆同也。"

《毛诗正义》颁行之后，它的经文和训诂义疏被规定为

《诗经》的唯一标准，不允许有任何出入和改变。如唐代科举中的"帖试"，一字一义都必须按《正义》答卷，否则就是异端邪说，不能入选。这样，一方面《毛诗正义》集中了唐以前研究的成果，统一了《诗经》的面貌，扩大了《诗经》的影响，形成《诗经》发展史上一个重要的里程碑；另一方面，《毛诗正义》又停止了《诗经》的自由研究，是唐代《诗经》研究的终结。终唐之世，几乎没有什么《诗经》研究的其他重要著作，只有成伯玙的《毛诗指说》一卷，施士丐的《施氏诗说》一卷，这与唐代文化的高度发展很不相称。

第四节　宋代的《诗经》研究

宋代《诗经》研究，打破了《毛诗正义》严守的汉学体系，开创了自由研究的新时期。学者们根据自己的理解去解释《诗经》，《诗序》《传》《笺》可信可不信，不再被看成非遵循不可的了。根据学者们对于《诗序》的态度，可以分为疑《序》和遵《序》两派。

一、疑《序》派

这一派的特点是不相信《诗序》，演变到后来，甚至完全废弃《诗序》，代表人物有郑樵、朱熹、王质等。

宋代最早对《诗序》《传》《笺》提出怀疑和异议的是欧阳修（公元 1007—1072 年）。他著有《毛诗本义》十六卷。对于前人的《诗经》研究，他的态度比较实事求是，不轻易否定，也不盲目信从。他说："先儒于经，不能无失，而所得固已多矣；尽其说而理有不通，然后以论正之。"根据这个原则，他在《麟之趾》《鹊巢》《野有死麕》等篇中批评了《诗序》，在更多的诗篇中批评了《传》《笺》。如《诗序》："《麟之趾》，《关雎》之应也。"就是《关雎》为《周南》首篇，《麟之趾》为《周南》末篇，表示王化流行，天下太平，所以瑞麟与《关雎》相呼应。毛、郑都本《序》意以为说。欧阳修则认为："《关雎》《麟趾》作非一人，作《麟趾》者，了无及《关雎》之意。"《序》说"怪妄不经"，毛、郑从之亦误。《四库全书总目提要》评论欧氏"立论未尝轻议二家，而亦不曲徇二家，其所训释往往得诗人之本志"。这个评价是比较公允的。

苏辙著《诗集传》二十卷，明确地表示了对《诗序》的怀疑。他说："今《毛诗》之序，何其详之甚也？世传以为出于子夏，予窃疑之。"又说："其言反复繁重，类非一人之辞者，凡此皆毛氏之学，而卫宏之所集录也。"因此他对于各诗的《小序》只取首句，其余文字一律删去。不过，认为《小序》首句作于子夏，其余为后人所续的观点，早在唐成伯玙的《毛诗指说》中已露端倪，并不是苏氏一人的独创。[1]

---

[1]　参看拙文《苏辙和他的〈诗集传〉》，《四川省文史研究馆六十周年纪念文集》，巴蜀书社，209—223 页。

南宋史学家郑樵著《诗辨妄》，反对《诗序》最为激烈。他认为汉代《毛诗》最晚出，所谓出于子夏，只是为了取信于时，而诡诞其说，并非事实。他认为不能只信《毛诗》，因为"事无两造之辞，则狱有偏听之惑"。《诗》《书》可信，但不一定字字可信，于是有"辨妄"之作。这在当时是非常大胆的见解。[①]

王质有《诗总闻》二十卷，解说三百篇每篇大义，有闻音、闻训、闻章、闻句、闻字、闻物、闻用、闻迹、闻事、闻人十门，每篇为总闻，又有闻风、闻雅、闻颂冠于"四始"之首。王氏废弃《诗序》，屏弃了《诗序》的某些穿凿附会，代替的却仍然是新的穿凿附会，学术价值不高，但不失为一家之言。所以《四库全书总目提要》说，此书"虽不可训，而终不可废焉"。

这一派里还有一个重要人物朱熹，在《诗经》研究中影响极大，我们留到下面讨论。

二、遵《序》派

这一派学者相信《诗序》，但不一定就是墨守陈说，他们在训释中往往有自己独到的见解。比较重要的学者有王安石、段处义、吕祖谦、严粲等。

王安石著《三经新义》，包括《诗义》二十卷、《书义》

---

① 郑氏《诗辨妄》已亡佚，顾颉刚先生从郑氏《六经奥论》及周孚《非诗辨妄》中辑出二卷，1930年由景山书社出版。

十三卷、《周官义》二十二卷，重新解释《书》《诗》《周官》，颁行天下。在《诗义》中，王氏推崇《诗序》，力图按《诗序》的精神释诗。他说："序《诗》者不知何人，然非达先王之法言者不能为也。""故其言约而明，肆而深，要当精思而熟讲之尔，不当疑其有失也。"① 不过这些都是借古人的酒樽，浇自己的块垒，王氏的目的是为他的新法服务。随着王氏变法失败，他的《诗义》也亡佚了。②

段处义《诗补传》三十卷，自称以《序》为据，兼取诸家之长，揆之性情，参之物理，以平易求古诗人之意。又称"文义有阙，补以六经史传；诂训有阙，补以《说文》《篇韵》"。他是南宋初年研究《诗经》的学者中最能信守《诗序》的人。

吕祖谦《吕氏家塾读诗记》三十二卷，坚守毛、郑，以《小序》为主，博采众家注释（包括宋人），保存名字。先列诂训，后陈文义；有所发明，别为标明。体例比较完整，材料也很丰富，不失为宋代汉学派《诗经》研究的一部代表性著作。吕氏的学生戴溪撰《续吕氏家塾读诗记》三卷，解释各篇题旨，大抵涵泳文义，以求诗人本意，不甚墨守《小序》。

严粲《诗缉》三十六卷，以《吕氏家塾读诗记》为主要依据，杂采众说，互相发明，不废《诗序》，也有自己的创

---

① 王安石《答韩求仁书》。

② 邱汉生从吕祖谦、李樗、朱熹、杨简等人的著作中辑录了王氏《诗义》七百余条，名曰《诗义钩沉》，由中华书局出版。

见。例如《大雅》《小雅》之分，《诗序》以为"政有小大，
故有《小雅》焉，有《大雅》焉"；而严氏以为两者特以体
制不同，并非内容有异。又《邶风·谷风》："习习谷风，以
阴以雨。"《毛传》："东风谓之谷风。"《诗缉》以"谷风"为
山谷中之风，象征丈夫的暴虐。并且指出：《诗》多以风雨
喻暴乱。'北风其凉'，喻虐；'风雨凄凄'，喻乱；'予室翘
翘，风雨所漂摇'，喻危；'大风有隧'，喻贪。故《风》《雅》
二《谷风》，《邶》下文言'以阴以雨'，喻暴怒，犹'终风
且噎'喻州吁之暴也；《雅》下文言'维风及雨'，喻恐惧，
犹后人以振风凌雨喻不安也。"可以说是发前人所未发。《四
库全书总目提要》评论严书"多深得诗人本意，至于音训疑
似，名物异同，考证尤为精核"，是比较符合实际的。

三、朱熹和他的《诗集传》

朱熹（公元1130—1200年），字元晦，号晦庵，南宋
哲学家、教育家、学者，徽州婺源（今属江西省）人，长期
侨寓建阳（今属福建）。曾任秘阁修撰等职，主张抗金。他
完成了以"三纲五常"为中心的理学体系，成为官方哲学。
他广注典籍，对经学、史学、文学、自然科学等都有贡献。

朱氏注《诗》，两次易稿。最初与吕祖谦同宗《小序》，
后改从郑樵，成《诗集传》二十卷，后人并为八卷，流传至
今，有以下三个方面的特点：

1. 废除《诗序》，自立新解。朱熹早年遵《序》，晚年

受郑樵《诗辨妄》的影响，于《诗集传》中完全弃去《诗序》，按自己的理解重新诠释诗义。他反对《毛传》篇篇有美刺的说法，认为"古人作诗，其间亦有感物道情，吟咏性情之作，几时尽是讥刺他人"。例如《诗序》以《邶风·静女》为"刺时"，《王风·大车》为"刺周大夫"，《郑风·将仲子》为"刺庄公"，《蒹葭》为"刺忽"，《子衿》为"刺学校废"①，《诗集传》都不同意，而认为是男女"淫奔之诗"（应该说是男女恋爱的情歌）。这类男女"淫奔之诗"共有二十六篇。从诗的内容看，《诗集传》的说法比较符合实际。

2. 释义不拘一家，择善而从。朱子解《诗》，博采众说，采用《毛传》的较多，其余或从郑，或用三家义，或采时人新说，或自立新解，都能前后贯通，深入浅出。例如：

　　①《小雅·鼓钟》："淑人君子，其德不犹。"《毛传》："犹，若也。"《郑笺》："犹当作瘉，瘉，病也。"《集传》从毛说："犹，若也，言不若今王之荒乱也。"

　　②《小雅·四牡》："是用作歌，将母来谂。"《毛传》："谂，念也。"《郑笺》："谂，告也。"《集传》从郑说："谂，告也。以其不获养母之情而来告于君也。"

　　③《小雅·斯干》："殖殖其庭，有觉其楹。"《毛传》："有觉，言高大也。"《郑笺》："觉，直也。"《集

---

　　①　朱熹《白鹿洞赋》也以《子衿》为"刺学校之废"，这是他早期的观点。

传》合毛、郑为一："觉，高大而直也。"

④《大雅·云汉》："我心惮暑。"《毛传》："惮，劳。"《郑笺》："惮犹畏也。"《集传》兼取毛、郑："惮，劳也，畏也。"

⑤《小雅·宾之初筵》："百礼既至，有壬有林。"《毛传》："壬，大；林，君也。"《郑笺》："壬，任也，谓卿大夫也。"《集传》："壬，大也；林，盛也，言礼之盛大也。"不取毛、郑。按"有壬有林"承上句"百礼既至"说，指"礼"的规模盛大。毛释"林"为"君"，与"大"不类；郑谓"壬"指卿大夫，与上句不相承，而且须添字解经。"林"本丛木，引申为盛多，《集传》的解释更为贴切。

⑥《小雅·无羊》："尔羊来思，其角濈濈。尔牛来思，其耳湿湿。"《毛传》："聚其角而息，濈濈然；呞而动其耳，湿湿然。"《集传》："王氏曰：濈濈，和也。羊以善触为患，故言其和，谓聚而不相触也。湿湿，润泽也。牛病则耳燥，安则润泽也。"《毛传》没有具体解释"濈濈""湿湿"的意义，《集传》引王氏说进行了具体的解释，而且从物理上说明其所以然，非常精当。王氏即王安石，朱熹不同意他的变法主张，但仍然引用他的某些学术观点，这也是一种科学的态度。

3. 实事求是，不强不知以为知，这是一种很好的学风。例如：

①《郑风·羔裘》:"羔裘晏兮,三英粲兮。"《毛传》:"三英,三德也。"《郑笺》:"三德,刚克、柔克、正直也。"《集传》:"三英,裘饰也。其制未闻。"按《毛传》以"三英粲兮"指人,所以释"三英"为"三德";而《郑笺》申释为"刚克、柔克、正直"。《集传》以为"三英"承上句"羔裘"说,所以不取《传》《笺》而释为"裘饰";但于"三英"的制度如何,则不妄说。

②《小雅·节南山》:"节彼南山,有实其猗。"《传》《笺》都有解释。《集传》:"'有实其猗',未详其义。《传》曰:'实,满;猗,长也。'《笺》云:'猗,倚也。言草木满其旁,倚之畎谷也。'或以为草木之实猗猗然。皆不甚通。"朱氏不同意《传》《笺》和或说,自己也做不出正确的解释,宁可存疑。及至清代王引之,比较全《诗》句法,释"猗"为"阿",释"实"为"广大貌",才算做出了比较满意的解释。但《集传》的态度也是实事求是,应当肯定的。

朱熹是唯心主义哲学家,政治上是封建皇权的坚决维护者,他的《诗集传》不可能没有错误。例如《鄘风·蝃蝀》:"乃如之人也,怀昏姻也,大无信也,不知命也。"《集传》:"命,正理也。言此淫奔之人,但知思念男女之欲,是不能自守其贞信之节而不知天理之正也。程子曰:'人虽不能无欲,然当有以制之;无以制之,而惟欲之从,则人道废而入于禽兽矣。以道制欲，则能顺命。'"按此诗"命"字当依《郑笺》释为"父母之命"，《集传》释为"正理"，又引程子的话作为论据，把宋代理学家"以道制欲"的观点强加在两千年前的《诗经》身上，这是站不住脚的。

总的说来，《诗集传》是《诗经》学史上一个新的里程碑，其中有不少正确的内容值得很好地继承。虽有缺点错误，究竟瑕不掩瑜。元明两代，《诗集传》被奉为科举考试的标准。直到今天，《诗集传》仍然是《诗经》的重要读本之一，仍有它重要的参考价值。

四、《诗集传》余波

朱熹以后，他的三传弟子王柏（公元1197—1274年）撰《诗疑》二卷，不仅认为《诗序》不可信，而且认为《诗经》本身的文字、标题、编次都有错误。如《召南·行露》首章与二、三章意思不连贯，句法不同，当是别诗掺入。他公然提出，《野有死麕》《静女》《桑中》《氓》《有狐》《大车》《丘中有麻》《将仲子》《遵大路》《有女同车》《山有扶苏》《萚兮》《狡童》《褰裳》《丰》《东门之墠》《风雨》《子衿》《野有蔓草》《溱洧》《晨风》《东方之日》《绸缪》《葛生》《东门之池》《东门之枌》《东门之杨》《防有鹊巢》《月出》《株林》《泽陂》等三十二篇是"淫诗"，应从《诗经》里删去。他的这种观点受到很多学者的责难。从篇目看，王氏所要删除的正是一些优美的抒情民歌。他在反对前人荒谬的同时，自己陷入了更大的荒谬。王柏还著有《读诗记》十卷，《诗叮言》二十卷，均已亡佚。

元明两代开科取士，《诗》用朱熹《集传》，影响极大。这一时期的《诗经》著作，如元刘瑾的《诗传通释》二十卷、明胡广的《诗经大全》二十卷等，大都是阐发和推演《诗集传》，没有多少新意。元许谦的《诗集传名物钞》八卷，集录《诗集传》中的名物音训，除朱（熹）、吕（祖谦）、王（应麟）、金（履祥）诸大家之外，多采用陆德明《经典释文》和孔颖达《毛诗正义》之说，不株守一家，值得参考。

明代能够超出《诗集传》范围而独立说《诗》的，有何楷的《诗经世本古义》二十八卷。《四库全书总目提要》评论此书"于《诗》三百篇，皆强分时代，附会作者姓名，殊为纰缪。然于名物训诂引据详明，本本元元，足资参证，与饾饤拾掇者迥殊"。季本《诗说解颐》四十卷（总论二卷，正释三十卷，字义八卷），也多有新意，不蹈袭前人，引证也很广博，足以自申其说。丰坊伪托端木赐《诗传》一卷、鲁申培《诗说》一卷，敢于移动诗篇次第，也很有见地。此外，陈第（公元1541—1617年）著有《毛诗古音考》四卷，是研究《诗经》古读的重要著作。此书列字目503条，每字先以直音或反切注音，解说之后，分别列出本证和旁证，以证明字的古读，条例很清楚，否定了宋人的"叶音"说，开创了古音研究的新局面。

第五节　清代的《诗经》研究

清代是《诗经》研究的全盛时期，著述很多，本节分三个时期进行讨论，着重谈谈几部有代表性的著作。

一、清代早期的《诗经》研究

清代早期研究《诗经》取得比较重大成绩的有顾炎武、王夫之、钱澄之、毛奇龄、阎若璩、陈启源、姚际恒诸家。

顾炎武（公元 1613—1682 年）著《音学五书》，奠定了清代古音学的基础。其中《诗本音》十卷，以《诗经》用韵为主，其他古书中的韵语为旁证，考定《诗经》古音与今韵不同，是继陈第《毛诗古音考》之后研究《诗经》用韵的名著，迄今仍然有重要的参考价值。

王夫之（公元 1619—1692 年）是明末清初的唯物主义思想家，学术成就很高，著述很多。《诗经》方面著有《诗经稗疏》四卷，辨证《诗经》名物训诂，以补《传》《笺》诸说的不足。如谓雀的角为味（《召南·行露》"谁谓雀无角"《传》："雀之穿屋似有角者"）；"犉"为七尺之牛而非黄牛黑唇（《小雅·无羊》"谁谓尔无牛？九十其犉"《传》："黄牛黑唇曰犉"）；"鳣"是鲤鱼，"鲔"亦鲤属，而不是黄鱼和鲟鱼（《卫风·硕人》"鳣鲔发发"《集传》："鳣鱼似龙，黄色锐头，口在颔下，大者千余斤；鲔似鳢而小，色青黑"）；蜾蠃负螟蛉以食其子，而非取为己子（《小雅·小宛》"螟蛉有子，蜾蠃负之"《笺》："蒲卢取桑虫之子负持而去，煦妪养之以成其子"）；等等。都很有见地。又有《诗广传》五卷，是读《诗经》的杂感，共237篇；《姜斋诗话》卷上是研究《诗经》的诗话。王氏是清代第一个把《诗经》当作文学作品进行艺术分析的学者，例如他分析《小雅·庭燎》说："'庭燎有辉'，乡晨之景，莫妙于此。景色渐明，赤光杂烟而氤氲，但以'有辉'二字写之……益叹三百篇之不可及也。"[①]这对"庭燎有辉"一句的艺术分析是颇为精彩的。

钱澄之（公元 1612—1693 年），有《田间诗学》十二卷。成于康熙二十八年（公元 1689 年），大旨以《小序》首句为主。自称于毛、郑、孔三家之书，取十之二，《集传》取十之三，二程欧苏等二十家取十之四。持论颇为精核，对于名物训诂，山川地理，考证详明，甚有参考价值。

毛奇龄（公元 1623—1716 年）著《国风省篇》一卷、《毛诗写官记》四卷、《诗札》二卷、《白鹭洲主客说诗》一卷、《续诗传鸟名》三卷。攻击朱熹，否定《诗集传》的权威性。

阎若璩（公元 1636—1704 年）著《毛朱诗说》一卷，也攻击朱熹和《诗集传》；他的《〈诗传〉〈诗说〉驳议》一书，却是用确凿的事实证明所谓子贡《诗传》、申培《诗说》为丰坊的伪托，一洗明代数十年间崇信两书的风气，功劳是不小的。

---

①　见《诗绎》七。

陈启源（公元 1623—1716 年）著《毛诗稽古编》三十卷。前二十四卷依次解释各诗，题解依《诗序》，内容诠释依《传笺》，文字训诂依《尔雅》，名物解释依陆玑《草木疏》，据汉晋资料辨证朱熹及宋元其他诸家《诗》说；二十五至二十九卷为总结，是文字、音训、名物的考证；最后《附录》一卷，总论《风》《雅》《颂》的意旨。陈氏这部书反映了清代《诗经》研究中汉学和宋学分道扬镳，并用汉学取代宋学的趋势。

姚际恒（公元 1647 年—？），为康熙时诸生。五十岁以后闭门著书，经十四年成《九经通论》一百七十卷，又有《古今伪书考》《好古堂书画记》《庸言录》等书，足见其治学范围的广泛。《诗经通论》十八卷，是《九经通论》之一。姚氏说《诗》，不依傍《诗序》，不附和《传》《笺》或《集传》，只从诗的本身去探求诗的意旨，从而能够做出比较实事求是的解释。姚氏在《自序》中说："前之尊《序》者，《集传》出而尽反之以尊《集传》；后之驳《集传》者，又尽反之而仍尊《序》，更端相循，靡有止极。"而姚氏自己"惟是涵泳篇章，寻绎文义，辨别前说，以从其是而黜其非"。他的有些见解的确是相当出色的。例如《召南·小星》，《诗序》以为"惠及下人"，《集传》也说是"南国夫人承后妃之化，能不妒忌以惠其下"。姚氏则以为当从章俊卿说，以此诗为"小臣行役之作"，从三方面驳斥了《序》与《集传》不可通。姚氏的说法与《韩诗》一致[①]，比较接近

---

① 参看《韩诗外传》卷一。

于实际。又《邶风·击鼓》，《诗序》以为怨州吁用兵，《郑笺》以为写鲁隐公四年卫国与宋、陈、蔡伐郑的事。姚氏独据《左传》所记，详为剖析，认为是写鲁宣公十二年宋伐陈，卫穆公出兵救陈的事，破两千年疑案。有些诗中，姚氏批驳了汉宋诸家学说，而自己提不出适当的新解，就以"不可详""不得其解"存疑，不穿凿妄断。

二、乾嘉时代的《诗经》研究

清王朝到乾隆（公元1736—1795年）、嘉庆（公元1796—1821年）时期，封建文化专制主义统治极为严酷，知识分子被迫脱离现实政治去考证古书的文字、音韵、训诂、名物、制度等，形成一代学风，世称乾嘉学派。关于《诗经》研究，乾嘉学者也做了大量工作，写出了大量著作。

乾嘉学派分吴、皖两派。吴派创建于惠栋（公元1697—1758年）。特点是好博而尊古，崇尚考据而不大注意思想内容。有关《诗经》的著作有惠栋《毛诗古音义》一卷，洪亮吉《毛诗天文考》一卷，焦循《毛诗地理解》四卷、《毛诗陆玑疏考证》一卷，徐鼎《毛诗名物图说》九卷，等等。皖派创始于休宁戴震（公元1724—1777年）。这一派的学术特点是考证经典文字、音韵、训诂和典章制度以疏证经传，阐述经义。有关《诗经》著作有戴震《毛郑诗考证》四卷、《杲溪诗经补注》二卷，段玉裁《诗经小学》四卷、《毛诗故训传定本》三十卷，王引之《经义述闻》三十卷①等。

三、道咸以后的《诗经》研究

清代学术研究的鼎盛时期是乾嘉时代，而《诗经》研究成果最大的是在道光（公元 1821—1850 年）、咸丰（公元 1851—1861 年）以后，代表人物有胡承珙、马瑞辰、陈奂等。

胡承珙（公元 1736—1832 年）是汉、宋兼通的《诗经》专家，著有《毛诗后笺》三十卷，扬毛而抑郑，引证丰富，断制颇严谨。当时学术界汉学势力极盛，《后笺》独能吸取两宋学者的研究成果，表明他在治学上的求实精神。

马瑞辰（公元 1782—1853 年）是以古文为主、兼通今文的《诗经》专家，著有《毛诗传笺通释》三十二卷。以《传》《笺》为主，利用乾嘉学者的研究成果，逐一疏释 305 篇的文字通假、词义引申、名物典制、世次地理等。马氏善于吸取今文三家诗的一些优点，通过切实的考证，广征博引，以纠正《传》《笺》尤其是孔疏中的错误，提出自己新的见解，有不少超出了前人的水平。对于《诗经》语言研究，这是一部很有参考价值的著作。例如《豳风·鸱鸮》："予所捋荼，予所蓄租。"《传》："租，为。"《通释》做了如下一段分析：

---

① 《经义述闻》卷五、六、七是《诗经》部分。

"蓄租"与"捋茶"义正相承，"租"当读如"菹"。《说文》："藉，祭藉也。""菹，茅藉也。"引《礼》曰："封诸侯以土，菹以白茅。"又通作"苴"，《说文》："苴，履中草。"谓以草藉履。《贾谊传》"冠虽敝，不以苴履"是也。又通作"蘆"。《尔雅·释草》"蒚，蘆"是也。《汉书·郊祀志》"席用苴稭"，如淳曰："苴，读如租。"师古曰："苴，藉也。""菹"又借作"钼"，《周官·司巫》"祭祀共钼馆"，杜子春曰："钼读曰菹，菹，藉也。"鸟之为巢，必以萑苕茅秀为藉，与藉履之以苴者正同，故曰"蓄租"，《正义》本作"祖"，即"租"之假借。《传》"租，为也"，"为"乃"薦"字形近之讹。《说文》："且，薦也。"古"祖"字多省作"且"，二字同义，故《传》训"租"为"薦"，薦犹藉也。"薦"与"荐"通，《说文》："荐，薦席也。""薦"讹作"为"，《正义》遂以"为"字释之，误矣。又按《释文》："租，子胡反，本又作祖，如字，为也。"是《释文》本亦误"荐"作"为"。但据《释文》又引《韩诗》云："积也。"积累与薦藉义正相通。"租"之训"积"，犹"荐"之训"聚"也。韦昭云："荐，聚也。"益证《毛传》训"为"是"薦"字之误。

马氏从诗义、语音、文字通假、古籍、字书等材料，论证《传》文"为"是"薦"字之误，而《正义》是因误而误，可以说精确不移。书中此类例子多不胜举，读后很有启发。

如果认为马氏《通释》是清代《诗经》研究中首屈一指的著作，恐怕也不是十分过分的。

陈奂（公元 1786—1863 年），字倬云，号硕甫，江苏长洲（今苏州市吴中区、相城区）人。著《诗毛氏传疏》三十卷，是清代研究古文《毛诗》集大成的著作。在今文学兴盛的咸丰年间，陈氏力主古文《诗》学，专尊《毛传》，笃信《小序》，成一家之言。陈氏以为，"凡传注唯毛氏最为近古，义又简括，其训诂与《尔雅》详略异同相表里"；而郑氏"兼用韩、鲁，不仅文字、音韵、训诂异于毛也"。这是他专释《毛传》而不及《郑笺》的原因。

《传疏》的体例是先列《毛传》，然后申释其所以然；《传》有未及，间加补充；辨别异同，订正讹误。例如《周南·关雎》："左右流之。"《传》："流，求也。"《传疏》："古流、求同部，流本不训求，而诂训云尔者，流读与求同，其字作流，其意为求，此古人假借之法也。"《传疏》申明《传》之所以训"流"为"求"，是"古人假借之法"。《小雅·蓼萧》："既见君子，为龙为光。"《传》："龙，宠也。"《传疏》："龙，古宠字，古文以龙为宠也。"《传疏》指明《毛传》是以今字释古字。《周南·卷耳》："陟彼砠矣。"《传》："石山戴土曰砠。"《传疏》："《尔雅》：'土戴石为砠。'与《毛传》异。……戴者增益也。石在上则高不平，故曰崔嵬；土在上则雨水沮洳，故曰砠，毛之立文为善矣。"《传疏》辨证了《尔雅》《毛传》立训的异同和《传》训的长处。《周南·葛覃》："言告师氏，言告言归。"《传》："言，我也。"《传疏》："言、曰、云三字同义，若皆训言为我，则辞义俱累矣。全《诗》言字，有在句首者为发声，若《汉广》之'言刈其楚'之类是也；有在句中者为语助，若《柏舟》'静言思之'之类是也。言皆不作我解。"《传疏》概括了《诗经》"言"字用法的通例。《秦风·小戎》："交韔二弓，竹闭绲縢。"《传》："闭，绁；绲，绳；縢，约也。"《传疏》："《传》文'绲，绳；縢，约'，疑有互讹。《宋策》'束组三百绲'，此'绲'有'约'义；《少仪》'甲不组縢'，《周书》有《金縢》，此'縢'有'绳'义；《閟宫》'绿縢'，《传》亦训'縢'为'绳'。'绲縢'，谓约之必以绳也。"《传疏》多方引证，以订正《毛传》的互误。这些对于我们正确理解《诗》义和《毛传》，研究《诗经》的语言，都是很有帮助的。

陈氏推崇《毛传》"文简而义赡，语正而道精"，有时《毛传》不一定正确，也曲为疏说，不加辨正，这是《传疏》的缺点，值得我们注意。

今文派《诗经》研究，道光（公元1821—1850年）以后有所发展。魏源和王先谦是这一派的代表。

魏源（公元1794—1857年），湖南邵阳人，有名的思想家、史学家和文学家。有关《诗经》的著作有《诗古微》二十卷，宗尚三家，贬斥毛氏。卷首一卷，分别考证齐、鲁、韩、毛四家的传统源流及其著述。上编六卷，分别讨论四家诗的异同、诗乐、《毛诗》四始及《风》《雅》《颂》各篇诗义。中编十卷，是十五《国风》、《小雅》正变、《大

53

雅》、三《颂》的通论以及有关的疑难答问。下编三卷，辑
录古《诗序》并收录王夫之的《诗广传》。魏氏认为，汉初
史传及儒家诸书引《诗》及所取《诗》义，都是三家诗。读
《诗》要明名义、古训，当于三家求之。《毛诗》晚出，本
义未全传。《诗序》多有穿凿歪曲，失去《毛诗》本义十之
四五。他批判《毛诗》美刺说和正变说的谬误，论证《雅》
《颂》世次的失误；批评《毛诗》只标兴体，不及比赋，往
往把比兴混为一谈。此外，魏氏还认为《诗经》全部入乐，
这一点现在已成为定论。总之，魏氏书对于研究和了解三家
诗义是很有启发性的。

王先谦（公元 1842—1917 年），湖南长沙人。和魏源
一样尊尚三家而抑《毛诗》，以为《说文》所引十九皆三家
诗，"许、郑之用毛者，特欲专立古文门户，而意实以韩、
鲁为胜"。王氏著《诗三家义集疏》二十八卷，《序例》一
卷，论述三家诗源流，比较三家诗与《毛诗》的异同得失，
列为"卷首"。《集疏》以收集三家诗遗说为主，凡古籍所
引三家诗遗文遗说，几乎辑录无遗，是研究三家诗遗说集大
成的著作①。全书体例是先列经文，次列《尔雅》及有定论的
《鲁诗》遗说为"注"，再列《毛序》《传》《笺》，详引三家
诗遗说及后人疏解，加以考核说明，使久已失传的三家诗义
得以稽考。王氏不愧为三家诗的最大功臣。

清代研究《诗经》取得成效的学者还很多，如崔述（公

---

① 清代后期学者已做了许多三家诗的辑佚工作。《玉函山房辑佚书》
和《皇清经解续编》所收三家诗遗文即达二十部一百余卷。

元 1740—1816 年）的《读风偶识》、方玉润（公元 1811—
1883 年）的《诗经原始》、俞樾（公元 1821—1907 年）的
《毛诗平议》等，都有不少新的见解值得参考，我们不一一
讨论了。

第六节　清以后的《诗经》研究

从清朝灭亡直到全国解放，新中国成立，《诗经》研究
有了新的进展。王国维、林义光、闻一多、郭沫若、顾颉刚、
陈子展、于省吾、余冠英、高亨等先生都做出了很好的成绩。

王国维（公元 1877—1927 年），浙江海宁人，生活在
晚清和民国两个时代，是有名的史学家和古文字学家，戏
曲史、音韵学、词学方面也都很有造诣，生平著述六十二
种。有关《诗经》的论著如《肃霜涤场说》《与友人论〈诗〉
〈书〉中成语书》《说周颂》《说商颂》等都收集在《观堂集
林》一书里。有的见解很精辟。如认为"《风》《雅》《颂》
之别当于声求之"，"《颂》之声较《风》《雅》为缓"。他从
《风》《雅》有韵而《颂》多无韵；《风》《雅》分章而且句法
多叠，《颂》不分章、不叠句；《风》《雅》篇幅长而《颂》
的篇幅短等方面加以论证，可以说确凿不移。

林义光是清华大学教授，著有《诗经通解》，全面解
释 305 篇，颇有新意。如《召南·摽有梅》三章"顷筐塈
之"，《传》《笺》《集传》都训"塈"为"取"，林义光则读

为"既"作"尽"讲:"《广雅》:'墍,尽也。'……其实七兮,言在树者七也,二章在树者三,三章在尽在筐内矣。"似更明白而顺畅。又《小雅·小明》三章"兴言出宿",林义光读"宿"为"夙",谓早作而趋事,也比《传》《笺》读"宿"如字,解为"住宿"较为妥当。

闻一多(公元 1899—1946 年)是英勇的爱国民主战士、诗人、画家和学者。在《诗经》研究方面著有《诗经通论》《诗经新论》《风诗类钞》等。他把《诗经》和民俗学的研究结合起来,往往有很好的创见。如以为"三百篇"中"鸠"为女性的象征,以鸟起兴的基本观点导源于图腾;[①]"芣苢"音近"胚胎",古音根据类似律(声音类近)的魔术观念,以为食芣苢则能受胎而生子;[②]《国风》中凡言"鱼",皆两性间互称其对方之廋语,无一实指鱼者;[③]《国风》中凡妇人之诗而言日月者,皆以喻其夫;[④]析薪束薪盖上世婚礼中实有之仪式,非泛泛举譬,析薪以喻婚姻,薪以喻女;[⑤]等等。都是别有见地,很能给人以启发。此外,闻先生还有研究《诗经》的手稿十四种三十余万字,有关人员正在整理出版中。[⑥]

郭沫若先生(公元 1892—1978 年)是大家熟识的著名

---

① 见《古典新义》上,古籍出版社,1956 年,106—107 页。

② 同上,121 页。

③ 同上,127—129 页。

④ 同上,163—164 页。

⑤ 同上,179—180 页。

⑥ 闻先生上述手稿均藏在北京图书馆,线装四册,缩微特藏 2725 号复制稿本。

史学家、古文字学家、诗人和文学家。他是我国第一个运用马列主义，根据《诗》《书》材料进行古代史研究并取得巨大成果的学者。《诗书时代的社会变革与其思想上之反映》①研究了《诗》《书》所反映的周代社会及其意识形态的发展变化；《由周代农事诗论到周代社会》②专门研究了《七月》《楚茨》《甫田》《大田》《信南山》《噫嘻》《臣工》《载芟》《良耜》等九篇农事诗，探讨了当时社会的性质和生产关系。郭先生利用《诗经》的材料进行历史研究，反过来他的研究更有助于我们对《诗经》的了解。此外，郭氏还是我国最早把《诗经》译成白话的学者，早在 1923 年郭氏出版《卷耳集》，就是《国风》中四十首民歌的今译。

顾颉刚先生（公元 1893—1980 年）是我国著名的古史专家，《诗经》研究方面，他有《诗经在春秋战国间的地位》《读诗随笔》《论诗经所录全为乐歌》等文，都载在《古史辨》第三册中。

陈子展先生（公元 1898—1990 年）于二十世纪五十年代先后出版《国风选译》和《雅颂选译》两书，影响颇大；1983 年出版《诗经直解》上下册，对 305 篇全部进行了翻译和分析。陈氏在论述本书宗旨时说："批判、继承，自知谢短，但求总结旧学，融会新知，往往以现代知识解之，愿为未来治《诗》者之先马焉。其于今之社会科学，自然科学家涉及《诗》义，辄有新解，即只字孤义有可取证者，见

---

① 这是《中国古代社会研究》的第二编。
② 见《青铜时代》。

闻所及，必予网罗，未尝轻忽而弃人之长。"① 各诗首出《小序》，次列原诗及译文，次列各章章旨，诗末以"今按"形式对全诗进行比较详细的辨证分析。又于一卷之末总列各诗简注。全书体例完整，诗句直译，分析深入，广征博引，应用新知，但不穿凿妄说。在近来出版的《诗经》译注中，这是用功最深的一部，很有参考价值。

于省吾先生（公元 1896—1984 年）是著名的古文字学家，著有《双剑誃诗经新证》《泽螺居诗义解结》等。他的特点是把《诗经》研究和文字研究结合起来，时有新解。如以为《魏风·伐檀》"胡瞻尔庭有县鹑兮"中的"鹑"，不是旧解所说的鹌鹑，而是一种猛禽，即雕，这就很有见地。

高亨先生（公元 1900—1986 年）是一个有多种著述的学者，《诗经》方面，他继《诗经选注》（1956 年）、《周颂考释》（1964 年）之后，又于 1980 年出版了《诗经今注》，对 305 篇做了简明扼要的注释，有不少自己独到的见解。

此外，自 1923 年郭沫若出版《卷耳集》、1928 年许啸天出版《分类诗经》、1934 年江荫香出版《国语注解诗经》以来，许多《诗经》今译本相继问世。新中国成立后，尤其近几年里，这类本子更像雨后春笋一般地涌现出来。有选译，也有全译，大都有译有注，读起来比较方便。虽然风格各异，精粗不同，但往往各有千秋，在研究《诗经》语言时值得好好参考。

---

① 见《诗经直解·赘语》上册，复旦大学出版社，1983 年，26 页。

第二章 《诗经》的文字

《诗经》自先秦流传至今，面貌发生了不小的变化。朱鹤龄《毛诗通义自序》说：

> 孔子去周公将近五百年，太史掌记未亡，曚瞍吕律未艾，贤人君子弦诵未绝也，《雅》《颂》犹残缺失次，反鲁始克正之。况经战国之扰，秦政之燔灭，楚汉之战斗，能保无简编之淆乱者哉？《书》藏鲁壁，犹亡逸居半，三百篇特存于占毕讽诵之流传，何独能一无舛误如故哉？

朱氏的看法无疑是正确的。先秦《诗三百》原貌如何，已无从窥见；可以肯定那是用六国古文书写，远不是现在《诗经》的样子。现在我们能够看到的是《毛诗》与三家诗以及《毛诗》内部都存在着很大的文字差异。下面分别讨论。

第一节 《毛诗》与三家诗的文字差异

西汉时期，《尚书》有今文、古文之分，《诗经》也有今文、古文之分，两者情况并不相同。汉初伏生所传今文《尚书》二十九篇用汉隶写成；而汉武帝末年鲁恭王从孔子旧宅中所得古文《尚书》四十五篇是用六国古文写成，保存了《尚书》的先秦原貌。《诗经》的情况不是如此。汉初鲁、齐、韩三家诗用汉隶写成，立于学官，称为今文《诗经》。《毛诗》只在民间流传，称为古文《诗经》，其实也是用汉隶而不是用六国古文写成。《毛诗》也许较多地保存了先秦《诗三百》的某些特点，但不能反映它在先秦的整个面貌。

古文《毛诗》和今文三家诗师承不同，方言有别，或传写有误，简牍有错，不仅训诂有所不同，文字也多有差别。主要表现在以下五个方面。

一、形异

自战国以来，汉字形体几经变化，由六国古文变而为小篆，为隶书，为楷书，往往同一个字而变为几个不同的形体。《毛诗》与三家诗的文字差异，这一类型的例子特多。有形声字义符不同的，如《卫风·考槃》"考槃在涧"，"槃"三家诗作"盘"，《汉书·叙传》颜师古注引《诗·卫风》、《太平御览》六十九引《诗》都作"考盘在涧"。

有声符不同的，如《鄘风·君子偕老》"鬒发如云，不屑髢也"，"髢"三家诗作"鬄"，《周礼·天官·追师》郑注引《诗》作"不屑鬄也"。

有义符和声符都不同的，如《周南·兔罝》"肃肃兔罝，施于中逵",《韩诗》"逵"作"馗",《文选·鲍明远·芜城赋》注引《韩诗》"施于中馗",薛君曰:"中馗,馗中,九交之道也。"

有的是古今字的不同,例如《豳风·东山》"蜎蜎者蠋",三家诗"蠋"作"蜀"。《说文》:"蜀,葵中虫也,《诗》曰:'蜎蜎者蜀。'"《太平御览》五十五也引《诗》"蜎蜎者蜀"。按"蜀"本虫名,后专用为"巴蜀"字,葵中虫之"蜀"即另加"虫"旁为"蠋"。

有的是籀文和小篆的不同,如《齐风·甫田》"婉兮娈兮",三家诗"娈"作"嬽"。《说文》:"嬽,顺也,《诗》曰:'婉兮嬽兮。'娈,籀文嬽。"今本《毛诗》用籀文"娈","娈"行而"嬽"字废。

也有毛、鲁、齐、韩四家诗用字各异的。例如《郑风·溱洧》"溱与洧,方涣涣兮",《毛诗》用"涣";《说文》"潧"字下引《诗》"潧与洧,方汍汍兮",《鲁诗》用"汍";《汉书·地理志》引《诗》"溱与洧,方灌灌兮",《齐诗》用"灌";又《释文》:"涣,《韩诗》作洹。"《后汉书·袁绍传》注、《太平御览》九百八十三都引《韩诗》"方洹洹兮"。"涣""汍""灌""洹"都从"水"旁而声符不同。又《卫风·硕人》"鳣鲔发发",《毛诗》作"发发"。《鲁诗》又作"泼泼"。《吕氏春秋·季春纪》高诱注引《诗》"鳣鲔泼泼",此《鲁诗》,但《谕大篇》高注又引《诗》"鳣鲔发发",与《毛诗》同。《韩诗》作"鲅鲅",《释文》:"发,《韩诗》作鲅。"《齐诗》作"鲅鲅",《说文》:

"鲅，鳣鲔鲅鲅，从鱼，犮声。"王先谦以为《齐诗》文。《集韵》入声十三末"鲅"下云："鱼游貌，或省作发，亦作鲅。"又"鲅"下云："或作发，亦从鱼。"是"鲅、鲅"同字，"发"是省文，"泼"是别字。

二、通假

《毛诗》与三家诗的文字差别有的表现为通假字与本字的关系。一般地说，《毛诗》古文多用通假字，三家诗今文多用本字。例如《卫风·淇奥》"有匪君子"，《毛诗》作"匪"，三家诗作"斐"。《礼记·大学》《列女传·班婕妤》引《诗》都作"有斐君子"。《礼记》所引为《齐诗》，而《列女传》所引为《鲁诗》[①]。按《说文》："匪，竹器似匡。""斐，分别文也。"《毛诗》用通假字，齐、鲁诗用本字。又《王风·中谷有蓷》"啜其泣矣"，《韩诗外传》卷二引《诗》作"惙其泣矣"。按《说文》："惙，忧也。""啜，尝也，一曰喙也。"《毛诗》用"啜"为通假，《韩诗》用"惙"为本字。

少数情况是《毛诗》用本字而三家诗用通假字。例如《周南·兔罝》"赳赳武夫"，《后汉书·桓荣传》注引谢承《后汉书》引《诗》作"纠纠武夫"。王先谦《集疏》以为《韩诗》，赳或作纠"。按《说文》："赳，轻劲有材力

---

①　王先谦《诗三家义集疏》卷三下。

也。""纠，三合绳也。"《毛诗》用本字，《韩诗》用通假字。又《周颂·般》"隋山乔岳"，《毛诗》作"隋"。《尔雅·释山》"峦山堕"，郭注引《诗》"堕山乔岳"，所引为《鲁诗》。郝懿行《义疏》："堕者，隋之假借。"是《毛诗》用本字，《鲁诗》用通假字。

也有《毛诗》和三家诗都用通假字而各不相同的。例如《邶风·泉水》"毖彼泉水"，《释文》："毖，《韩诗》作祕。"按《说文》："毖，慎也。""祕，神也。"都与泉水无关。本字当为"泌"，毛、韩都用通假字。《陈风·衡门》"泌之洋洋"《传》："泌，泉水也。"即用本字。

三、通用

同一诗句，《毛诗》与三家诗用字不同，这些字，意义可以通用，语音可以相同，也可以不同。例如《郑风·清人》"左旋右抽"，三家诗"抽"作"搯"。《说文》："搯，拔兵刃以习击刺也，《诗》曰：'左旋右搯。'"按《说文》："抽，引也。"就是拔出，可以拔矢，也可以拔兵刃。"抽"与"搯"同义，上古彻母双声，幽部叠韵。又《小雅·皇皇者华》"周爰咨谋"，《鲁诗》"谋"作"谟"，《淮南子·修务训》引《诗》"周爰咨谟"。按《说文》："虑难曰谋。""谟，谋议也。"《尔雅·释诂》："谟，谋也。"两字同义，明母双声。又《小雅·巷伯》："取彼谮人，投畀豺虎。"《毛诗》作"谮"，齐、韩作"谗"。《礼记·缁衣》注、荀悦《汉纪》引《诗》都作"取彼谮人"，这是《齐诗》[①]；《后汉书·马援传》朱勃上疏引《诗》"取彼谗人"，这是《韩诗》[②]。按《说文》："潛，恝也。谗，潛也。"两字同义，上古"潛"庄母侵部，"谗"崇母谈部，声和韵相近。又《大雅·文王》"万邦作孚"，《郑风·羔裘》"邦之同直"，《毛诗》作"邦"，《齐诗》作"国"。《礼记·缁衣》引《大雅》"万国作孚"，《汉书·叙传》有"国之司直"[③]，都是《齐诗》文。"邦"与"国"同义，但音不相同。《齐诗》因避汉高祖刘邦讳，改"邦"为"国"。

四、义异

有的地方《毛诗》与三家诗不仅文字不同，意义也不同。例如《周南·汉广》"言刈其蒌"，《毛诗》作"刈"，《鲁诗》作"采"。《楚辞·大招》王注、《广韵·十九侯》引《诗》都作"言采其蒌"，这是《鲁诗》文。陈乔枞说："《鲁诗》刈作采，不与毛同。"[④]"采"是摘其叶，"刈"是断其茎。又《秦风·终南》"有纪有堂"，《毛传》："纪，基也；堂，毕道平如堂也。"《韩诗》作"杞""棠"，为木名。《白帖》卷二引《诗》"有杞有棠"，这是《韩诗》文，毛、韩

① 见王先谦《诗三家义集疏》卷十七。
② 见王先谦《诗三家义集疏》卷十七。
③ 见《汉书叙传·倪宽传赞》。
④ 陈乔枞《鲁诗异说考》。

异义。《毛诗》就山势言，《韩诗》就山之植被言。又《邶风·谷风》"我躬不阅"，《毛诗》作"躬"，当"自身"讲，指行为主体；三家诗作"今"，《礼记·表记》引《诗》"我今不阅"，"今"对"后"言，指时间，与毛义不同。又《大雅·抑》"质尔人民"，《毛传》："质，成也。"是采取措施安定其生活，平治其事态。三家诗作"告"或"诰"。《说苑·修文》引《诗》"告尔民人"，《韩诗外传》卷二引作"告尔人民"，《盐铁论·世务》引作"诰尔人民"，都是用语言"命告、戒勉"之意，与毛不同。

五、句异

《毛诗》与三家诗的差异，有时还表现在句子结构不同或某些成分的有无上。例如《邶风·谷风》"不我能慉"，三家诗作"能不我慉"。《说文》："慉，起也，从心，畜声。《诗》曰：'能不我慉。'"陈奂以为《毛诗》"能字各本在'不我'下，转写误耳"，其实 1977 年安徽阜阳出土的《诗经》也作"不我能畜"。可见原有两种不同的词序，不一定是《毛诗》转写致误。又《豳风·鸱鸮》"予维音哓哓"，《说文》"哓"字下引作"唯予音之哓哓"，《玉篇·口部》《广韵·三萧》都引作"予维音之哓哓"，三家诗多一"之"字。"维"字或作"唯"，词序也有不同。又《邶风·北门》："已焉哉，天实为之，谓之何哉？"《韩诗外传》卷一作"亦已焉哉"，多一"亦"字。又《周颂·般》"时周之命"，三家诗作"时周之命，於绎思"，《释文》："'於绎思'，《毛诗》无此句，齐、鲁、韩有之。今《毛诗》有者，衍文也。"

以上是《毛诗》与三家诗文字差异的几种情况。但三家诗亡佚已久，清代学者虽有辑录，未必反映了三家诗全貌。汉代传《诗》的也不一定就只有鲁、韩、齐、毛四家。七十年代湖北出土汉镜一枚，上铸《诗经·硕人》一段文字，有人以为属《鲁诗》。拿它和今本《诗经》及王先谦所辑《鲁诗》遗文相对照，可以看出它们之间的差别非常大：

今本《诗经》	汉镜	《鲁诗》遗文
硕人其颀	石人姬姬	
衣锦褧衣	衣纠缎衣	鲁，褧作䌹
齐侯之子	夷侯之子	
卫侯之妻	卫侯之妻	
东宫之妹	东宫之妹	
邢侯之姨	荆侯之夷	
谭公维私	登公惟私	鲁，谭亦作覃
手如柔荑	手如汇淒	
肤如凝脂	肤如凝脂	
领如蝤蛴	领如□夷	鲁，蝤作蟖
齿如瓠犀	齿如会师	鲁，犀作棲
螓首蛾眉	□首□麋	三家作颖首俄眉
巧笑倩兮	咔呋眜兮	
美目盼兮	美目瞋兮	鲁下有"素以为绚兮"

硕人敖敖	石人韧韧	
说于农郊	税于农郊	鲁，说作税
四牡有骄	四牡有乔	
朱帻镳镳	带□耕耕	
翟茀以朝	□□□朝	三家茀作蔽
大夫夙退	大夫宿艮	
无使君劳	每使君劳	
河水洋洋	河水洋洋	鲁，洋洋亦作油油
北流活活	北流（下缺）[①]	

以上共录《硕人》二十二句半，九十字。其中七字汉镜磨损难辨，两字仅存偏旁，实存八十一字。与今本《毛诗》不同的三十字，占三分之一以上。这段诗里，王先谦辑《鲁诗》遗文十处，五处与汉镜不合，三处汉镜磨损，无从比较。"衣锦褧衣"之"褧"，《鲁诗》作"绚"，汉镜残存"纟"旁，似与《鲁诗》合。只有"说于农郊"之"说"，汉镜与《鲁诗》都作"税"，占全部《鲁诗》遗文的十分之一。因此很难肯定汉镜所录就是《鲁诗》里的文字，也许它并不属于三家诗中的任何一家。

1977年安徽阜阳双古堆出土西汉早期竹简，内有长短不一的《诗经》残简一百七十枚，其中有《国风》残诗六十五首，《小雅》《鹿鸣》等四首诗中的残句。阜阳《诗

---

① 见罗福颐《汉鲁诗镜考释》，载《文物》1980年6期。

经》与今本《诗经》文字上也大有差异。其中有的是异体字和通假字的不同。如《周南》"南有樛木"，《阜诗》"樛"作"杋"；《燕燕》"瞻望弗及"，《阜诗》"瞻"作"章"；《淇奥》"猗重较兮"，《阜诗》"猗"作"倚"；等等。有的是意义不同。如《北风》"携手同车"，《阜诗》"车"作"居"；《山有枢》"弗鼓弗考"，《阜诗》"考"作"骚"；等等。有的是虚词应用不同。如《北风》"惠而好我"，《阜诗》"惠而"作"惠然"；《著》"俟我于堂乎而"，《阜诗》"于"作"乎"；《卷耳》"我马瘏矣"，《阜诗》"瘏矣"作"屠诶"；等等。此外还有一些因为文字错误而造成的异文，如《简兮》"山有榛"，《阜诗》作"山有業"，"業"是"亲"字之误，而"榛"是"亲"的通假字[①]。《阜诗》与鲁、齐、韩三家也不一致，可能是"鲁国流传下来的另一种本子"[②]。总之，汉代《诗经》各家训释不同，文字差异很大，不仅鲁、齐、韩、毛四家如此，看来还有别的传本。

第二节 《毛诗》内部的文字差异

　　同是《毛诗》系统，理论上文字应该完全一致。可是由

---

① 参看段玉裁《说文解字》"亲"字注。
② 胡平生、韩自强《阜阳汉简〈诗经〉简论》，载《文物》1984 年 8 期，13—21 页。

于传授不同，地域不一，或者转抄有误，《毛诗》内部文字
也有差异。

一、《毛诗》各本文字不一致

六朝以来，《毛诗》流传着各种本子，文字上大同小异。
陆德明《毛诗音义》对唐以前《毛诗》各本的异文，阮元
《校勘记》对清以前各本的异文，都做了比较详细的记述。
按其内容，约有四端：

1. 异体字并存。例如《卫风·淇奥》"如切如磋"，《正
义》本作"磋"，相台本作"瑳"。《说文》有"瑳"无
"磋"，"磋"是后起的俗体。《唐风·山有枢》"弗洒弗埽"，
唐石经、相台本作"埽"，闽本、明监本作"掃"。《说文》：
"埽，弃也。"（段玉裁改作"坌也"。）"掃"字后起，《广韵》
"掃"为"埽"的异体字。《大雅·棫朴》"奉璋峨峨"，此
《正义》本，闽本、明监本作"莪莪"。按《说文》《玉篇》
作"峨"，《广韵》作"莪"，二者本一字。《秦风·晨风》：
"鴥彼晨风，郁彼北林。"《毛传》："鴥，疾飞貌。"唐石经、
《正义》本、相台本同。陆德明《释文》作"鴆"，云："鴆，
疾飞貌。"是古本《诗》又作"鴆"，不与今同。《周南·芣
苢》"薄言襭之"，《正义》本、相台本作"襭"，《释文》作
"擷"云："一本作襭。"《说文》："襭，以衣衽扱物谓之襭；
擷，襭或从手。"可见"擷"是"襭"的或体字。《毛诗》中
这类例子很多，不一一例举。

2. 依注改字。例如《大雅·皇矣》"其政不获",《释文》:"其政,如字。政,政教也。郑作正,正,长也。"唐石经作"其正不获"。按郑以"政"为"正"的通假字,于训释中改"政"为"正",唐石经即依《笺》改《诗》。《小雅·采薇》"岁亦莫止",《释文》:"莫,本或作暮。"《正义》:"集注、定本作暮,古字通用也。"按"暮"为"莫"的后起分别字,《诗》本作"莫",集注和定本即依后起字改《诗》。

3. 为避讳改字。封建时代遇到本朝帝王的名字,都不直接说出或写出,古书里遇到这类字也往往要用别的字加以替代。时代过去,避讳的字有的改回去了,有的没有改,这就形成了异文。《毛诗》各本的文字差异中有这类情况。例如《魏风·十亩之间》"桑者泄泄兮",唐石经作"洩洩"。按"泄"字从"世"声,涉唐太宗李世民讳,故石经改"泄"为"洩"。《卫风·氓》:"氓之蚩蚩。"唐石经"氓"并作"甿",避唐太宗李世民偏讳改。《邶风·燕燕》"其心塞渊",《说文系传》引作"其心塞泉"。按"渊"字涉唐高祖李渊讳,所以《系传》改作意义相近的"泉"。《王风·丘中有麻》:"丘中有麻,彼留子嗟。"《小雅·绵蛮》:"绵蛮黄鸟,止于丘阿。"相台本"丘"并作"址",《正义》本"丘"并作"𠀌"。这是清人避孔子讳而改,唐石经、朱熹《集传》本仍作"丘",是唐宋时还没有避孔子名的规定。《商颂·殷武》:"天命降监,下民有严。不僭不滥,不敢怠遑。"江有诰以为"严"当作"庄",与下文"遑"字协韵,汉人避明帝刘庄讳,改为义近的"严",这样就变成了谈阳合韵。

4. 传写有误。有些字在转写、印刷中,因为形近、音近或其他原因写成错字,久之积非成是,形成了异文。例如《小雅·雨无正》"旻天疾威",唐石经、相台本"旻"作"昊"。《正义》说:"上有昊天,明此亦昊天,定本皆作昊天,俗本作旻天,误也。"阮元《校勘记》也说:"此诗凡三言昊天,'浩浩昊天','昊天疾威','如何昊天'是也。不应其一作旻,乃涉《小旻》而误耳。"《正义》和《校勘记》的分析是正确的。《小雅·巧言》"乱如此幠",闽本、明监本"幠"作"怃"。朱熹《集传》亦作"怃"。按《说文》:"幠,覆也。"引申为"大"。"怃"的本义为"爱",与《诗》义无关,乃因音同形近而误。《大雅·生民》"不坼不副",相台本作"坼",《正义》本作"拆"。按《说文》:"坼,裂也。《诗》曰:'不瑳不疈。'""坼"字后起,《正义》作"拆"者,因形近而误。《大雅·云汉》"忧心如熏",《正义》本作"薰",按《说文》:"熏,烟火上出也。""薰,香草也。"此诗当依《释文》作"熏","薰"是误字。

二、《诗集传》与《毛诗正义》的文字不一致

《十三经注疏》中的《毛诗正义》和朱熹的《诗集传》同属《毛诗》系统,是现在通行的两种《诗经》本子,它们之间也有文字差异七十余处。除了一些印刷字体不同,如

《正义》本"直、寘、罦、踰、穴、悁"等字,《诗集传》作"直、寘、罦、踚、宂、悄"以外,大约有以下五种情况:

1.异体字互用。例如《周南·汝坟》"鲂鱼赪尾",《正义》本作"頳",《诗集传》作"赪"。按《说文》作"桱","赪"为或体,无"頳"字。《广韵·十四清》:"赪,赤色,俗作頳。""頳"是后起的俗字。《邶风·柏舟》"之死矢靡它",《正义》本作"它",《诗集传》作"他"。按《说文》:"它,虫也,从虫而长,象冤曲垂尾形。上古草居患它,故相问无它乎。"段注:"上古者,谓神农以前也。相问无它,犹后人之不恙、无恙也。语言转移,则以无别故当之。而其字或假佗为之,又俗作他。经典多作它,犹言彼也。"又:"佗,负何也。"段注:"佗之俗字为驼为驮,隶变佗为他,用为彼之称。"可见作"其他"讲,"它"是本字,"佗"是通假字,"他"是后起字。此诗《正义》本用本字,《诗集传》用后起字。而《小旻》"莫知其他",《诗集传》作"它",用本字,《正义》本作"他"用后起字。《鹤鸣》"它山之石",《正义》本、《诗集传》都作"它",即都用本字,《頍弁》"兄弟匪他",两本都用"他",即都用后起字。《郑风·风雨》"风雨凄凄",《正义》本作"凄凄",从"氵",《诗集传》作"凄凄",从"冫"。《说文》:"凄,雨云起也。"无"凄"字。《玉篇》:"凄,寒也。"无"凄"字。《广韵》:"凄,云貌;凄,寒也。"可见"凄"是后起的分别字。但《邶风·绿衣》"凄其以风",《小雅·四月》"秋日凄凄",《正义》本、《诗集传》都作"凄凄",用字亦不统一。《魏风·伐檀》"不素飧兮",《小雅·大东》"有饛簋飧",《诗集传》都作"飱"。按《说文》:"飧,铺也。""飱"字始见于《正字通》,是晚起的俗字。这类情况甚多,不具列。

2. 本字或通假字互用。有的《正义》本用本字,《诗集传》用通假字。例如《秦风·蒹葭》"蒹葭萋萋","萋萋",草茂盛的样子。《集传》本作"凄凄",用通假字。《大雅·荡》"天降滔德",《毛传》:"滔,慢也。""滔"本水大弥漫,引申为怠慢。《诗集传》作"慆",用通假字。《说文》:"慆,说(悦)也。"与"怠慢"义无关。《小雅·祈父》"靡所厎止",《毛传》:"厎,至也。"《诗集传》作"底",用通假字。《说文》:"底,山居也。"无"至"义。有的《诗集传》用本字,而《正义》本用通假字。例如《秦风·无衣》"脩我戈矛",《大雅·常武》"以脩我戎",《集传》本作"修",用本字。《说文》:"修,饰也。"段注:"修者,治也。引申为凡治之称。"《正义》本作"脩",用通假字。《说文》:"脩,脯也。"即干肉,与"修治"义无关。

3. 异字同义。例如《小雅·我行其野》"言归斯复",《诗集传》"斯"作"思",按"斯"与"思"古不同音,都做语助词,无实义。但诸本都不作"思",《诗集传》可能是误字。

4. 异字异义。例如《秦风·晨风》"隰有六驳",《毛传》:"驳,如马,倨牙,食虎豹。"《诗集传》作"驳",说:"驳,梓榆也。其皮青白如驳。"《正义》本与《诗集传》字和义都不同。

5. 错字。例如《小雅·北山》:"陟彼北山,言采其杞。"《集传》本作"涉彼北山,言采其杞"。按诗言登山,不言徒步过水,字当作"陟",《集传》作"涉",疑为误字。

以上五种情况,第一种数量最多,第二种次之,三、四两种都是极少数,第五种更只有个别例子。

三、同书文字前后不划一

《诗经》文字,不仅《毛诗》与三家诗不同,《毛传》各本之间不完全相同,同书前后用字也不划一。异体字、古今字、分别字往往并用。例如:

鳖、鼋并用。《小雅·六月》"炰鳖脍鲤","鳖"下从"鱼";《大雅·韩奕》"炰鼋脍鲤","鼋"下从"黾"。两字义符不同,《说文》有"鼋"无"鳖"。

饎、糦并用。《小雅·天保》"吉蠲为饎",《毛传》:"饎,酒食也。"《商颂·玄鸟》"大糦是承",《郑笺》:"糦,黍稷也。"黍稷所以为酒食,《传》《笺》义相承。《说文》:"饎,酒食也。糦,饎或从米。"都是形声字而义符不同。

眷、睠并用。《大雅·皇矣》"乃眷西顾",字作"眷";《小雅·小明》"睠睠怀顾",《大东》"睠然顾之",字都作"睠"。"眷""睠"都是形声字而声符不同。

晢、晰并用。《陈风·东门之杨》"明星晢晢","晢"字"日"在下;《小雅·庭燎》"庭燎晰晰","晰"字"日"在左。都是形声字,声符、义符相同而位置不同。

麌、噳并用。《小雅·吉日》"麀鹿麌麌",《毛传》:"麌麌,众多也。"《大雅·韩奕》"麀鹿噳噳",《毛传》:"噳噳然,众也。"按"麌"从鹿,吴声;"噳"从口,虞声。都是形声字而声符与义符并异。

雷、靁并用。《小雅·采芑》"如霆如雷",《大雅·常武》"如雷如霆",字用"雷";《召南·殷其雷(靁)》"殷其雷(靁)",《邶风·终风》"虺虺其靁",字用"靁"。"靁""雷"为古今字。

愒、憩并用。《小雅·菀柳》"不尚愒焉",《大雅·民劳》"不尚愒焉",《毛传》:"愒,息也。"字作"愒"。《召南·甘棠》"召伯所憩",《毛传》:"憩,息也。"字作"憩"。《说文》有"愒"无"憩"。段玉裁说:"憩者,愒之俗体。"

总之,由于种种原因,《诗经》内部存在着种种文字差异。它们并不妨碍这部典籍的完整性,但是我们在研究《诗经》语言的时候适当注意这种差异是完全必要的。

第三节 《诗经》篇名和诗句的重出

《诗经》里篇名和诗句重出的不少,现在分别进行讨论。

一、篇名的重出

《诗经》一般都是截取首句中的两个或几个字作为篇名。

首句相同，篇名往往也相同。全《诗》篇名重出的共有九组二十一篇，有的两诗篇名重出，也有的三诗篇名重出。元赵惪《诗辨说》已有记述。即：

> 《邶风·柏舟》，言仁人不遇也。
> 《鄘风·柏舟》，共姜自誓也。

首句都是"汎彼柏舟"，同取"柏舟"二字名篇。

> 《邶风·谷风》，刺夫妇失道也。
> 《小雅·谷风》，刺友道绝也。

首句都是"习习谷风"，同取"谷风"二字名篇。

> 《郑风·叔于田》，刺郑庄公。
> 《郑风·大叔于田》，刺庄公。

今本首句一为"叔于田"，一为"大叔于田"，《诗集传》引苏氏说："二诗皆曰'叔于田'，故加'大'以别之。"

> 《齐风·甫田》，大夫刺襄公也。
> 《小雅·甫田》，刺幽王也。

《齐风》诗首句为"无田甫田"，《小雅》诗首句为"倬彼甫田"，同取"甫田"二字名篇。

> 《唐风·无衣》，刺晋武公也。
> 《秦风·无衣》，刺用兵也。

二诗首句都是"岂曰无衣"，同取"无衣"二字名篇。

> 《小雅·白华》，刺幽王也。
> 《小雅·白华》，孝子洁白也。

"刺幽王"诗首句为"白华菅兮"，即取"白华"二字名篇。另一首为"笙诗"，有目无辞，何以篇名《白华》，不得而知。

> 《王风·扬之水》，刺平王也。
> 《郑风·扬之水》，闵无臣也。
> 《唐风·扬之水》，刺晋昭公也。

三诗首句都为"扬之水"，即都以"扬之水"名篇。

> 《郑风·羔裘》，刺朝也。
> 《唐风·羔裘》，刺时也。
> 《桧风·羔裘》，大夫以道去其君也。

《郑风》诗首句为"羔裘如濡",《唐风》诗首句为"羔裘豹袪",《桧风》诗首句为"羔裘逍遥",同取"羔裘"二字名篇。

> 《唐风·杕杜》,刺时也。
>
> 《唐风·有杕之杜》,刺晋武公也。
>
> 《小雅·杕杜》,劳还率(帅)也。

三诗首句都是"有杕之杜",即取"杕杜"名篇。但《唐风》有两《杕杜》,故以"刺晋武公"一首为《有杕之杜》,以便区别。

以上两诗同名的六组十二首,三诗同名的三组九首。应当指出的是《诗经》篇名与诗旨无关,所以除《郑风》两诗外,同名的诗内容都不相同。

二、诗句的重出

《诗经》里诗句重出或基本重出的很多。其中两句重复的有十三组,即:

> 女子有行,远父母兄弟。 (《邶风·泉水》)
>
> ① 女子有行,远父母兄弟。 (《鄘风·蝃蝀》)
>
> 女子有行,远父母兄弟。 (《卫风·竹竿》)

② $\left\{\begin{array}{l}\text{扬之水，不流束薪。（《王风·扬之水》）}\\\text{扬之水，不流束薪。（《郑风·扬之水》）}\end{array}\right.$

③ $\left\{\begin{array}{l}\text{如彼流泉，无沦胥以亡。（《小雅·小旻》）}\\\text{如彼流泉，无沦胥以败。（《大雅·抑》）}\end{array}\right.$

④ $\left\{\begin{array}{l}\text{纠纠葛屦，可以履霜。（《魏风·葛屦》）}\\\text{纠纠葛屦，可以履霜。（《小雅·大东》）}\end{array}\right.$

⑤ $\left\{\begin{array}{l}\text{投我以木桃，报之以琼瑶；投我以木李，报之以琼}\\\text{玖。（《卫风·木瓜》）}\\\text{投我以桃，报之以李。（《大雅·抑》）}\end{array}\right.$

⑥ $\left\{\begin{array}{l}\text{鸳鸯在梁，戢其左翼。（《小雅·鸳鸯》）}\\\text{鸳鸯在梁，戢其左翼。（《小雅·白华》）}\end{array}\right.$

⑦ $\left\{\begin{array}{l}\text{祀事孔明，先祖是皇。（《小雅·楚茨》）}\\\text{祀事孔明，先祖是皇。（《小雅·信南山》）}\end{array}\right.$

⑧ $\left\{\begin{array}{l}\text{匪鹑匪鸢，翰飞戾天。匪鳣匪鲔，潜逃于渊。}\\\text{（《小雅·四月》）}\\\text{鸢飞戾天，鱼跃于渊。（《大雅·旱麓》）}\end{array}\right.$

⑨ $\left\{\begin{array}{l}\text{战战兢兢，如临深渊，如履薄冰。（《小雅·小旻》）}\\\text{战战兢兢，如履薄冰。（《小雅·小宛》）}\end{array}\right.$

⑩ $\left\{\begin{array}{l}\text{簟茀鱼服，钩膺镂革。（《小雅·采芑》）}\\\text{簟茀错衡……钩膺镂锡……鞗革金厄。（《大}\\\text{雅·韩奕》）}\end{array}\right.$

⑪ $\left\{\begin{array}{l}\text{兕觥其觩，旨酒思柔。（《小雅·桑扈》）}\\\text{兕觥其觩，旨酒思柔。（《周颂·丝衣》）}\end{array}\right.$

⑫ {
顾予烝尝，汤孙之将。 （《商颂·那》）
顾予烝尝，汤孙之将。 （《商颂·烈祖》）
}

⑬ {
如冈如陵……不骞不崩。 （《小雅·天保》）
不亏不崩……如冈如陵。 （《鲁颂·閟宫》）
}

三句重出的有三组，即：

⑭ {
春日载阳，有鸣仓庚。……春日迟迟，采蘩祁祁。
（《豳风·七月》）
春日迟迟，卉木萋萋。仓庚喈喈，采蘩祁祁。（《小
雅·出车》）
}

⑮ {
以其妇子，馌彼南亩，田畯至喜。（《小雅·甫田》
《小雅·大田》）
同我妇子，馌彼南亩，田畯至喜。（《豳风·七月》）
}

⑯ {
芃芃黍苗，阴雨膏之。四国有王，郇伯劳之。
（《曹风·下泉》）
芃芃黍苗，阴雨膏之。悠悠南行，召伯劳之。
（《小雅·黍苗》）
}

四句重出的有六组，即：

⑰ {
毋逝我梁，毋发我笱。我躬不阅，遑恤我后。
（《邶风·谷风》）
无逝我梁，无发我笱。我躬不阅，遑恤我后。
（《小雅·小弁》）
}

⑱
析薪如之何？匪斧不克。取妻如之何？匪媒不得。
（《齐风·南山》）

伐柯如何？匪斧不克。取妻如何？匪媒不得。
（《豳风·伐柯》）

⑲
昔我往矣，杨柳依依。今我来思，雨雪霏霏。（《小雅·采薇》）

昔我往矣，黍稷方华。今我来思，雨雪载涂。（《小雅·出车》）

⑳
无竞维人，四方其训之。有觉德行，四国顺之。（《大雅·抑》）

无竞维人，四方其训之。不显维德，百辟其刑之。
（《周颂·烈文》）

㉑
万亿及秭，为酒为醴。烝畀祖妣，以洽百礼。
（《周颂·丰年》）

万亿及秭，为酒为醴。烝畀祖妣，以洽百礼。
（《周颂·载芟》）

㉒
有略其耜，俶载南亩。播厥百谷，实函斯活。
（《周颂·载芟》）

畟畟良耜，俶载南亩。播厥百谷，实函斯活。
（《周颂·良耜》）

六句重出的有一组，即：

㉓ 喓喓草虫，趯趯阜螽。未见君子，忧心忡忡。亦既见止，亦既觏止，我心则降。（《召南·草虫》）
喓喓草虫，趯趯阜螽。未见君子，忧心忡忡。既见君子，我心则降。（《小雅·出车》）

《诗经》里有这么多诗句重出，究其原因，大概有四种情况：

1. 引用当时通行的方俗成语。钱澄之《田间诗学》说："'女子有行，远父母兄弟'二句，似是当时陈语，故多引用之。"这类方俗成语，有的概括了人们的生活经验；有的比喻生动，富于形象性，在语言里很有生命力，所以诗人乐于引用。如"毋逝我梁"四句，"投桃报李"两句，"析薪伐柯"四句都属于这种情况，有的一直流传到现在。

2. 描写常见景物，用语略同。如"有杕之杜"，两见《唐风》，一见《小雅》。大约杜是当时北方常见的树木，诗人即物取兴，不免写出了相同的诗句。"鸳鸯在梁"二句（例⑥）、"兕觥其觩"二句（例⑪），也属于这一类。

3. 内容相似，互相影响。例如《七月》《小雅·甫田》《大田》《载芟》《良耜》等都是农事诗，叙写农事活动，有一些类似或相同的诗句，可能就是彼此影响甚至互相抄袭的结果。例如"俶载南亩"（例㉒）、"馌彼南亩"（例⑮）等句，都属于这一类。

4. 编简错乱，张冠李戴。例如"芃芃黍苗，阴雨膏之"二句，一在《曹风·下泉》四章，一在《小雅·黍苗》首章。按《诗序》，《下泉》是"曹人疾共公侵刻下民，不得其所，忧而思明王贤伯"的诗，《黍苗》是刺幽王"不能膏润天下，卿士不能行召伯之职"的诗，内容并无关系。《下泉》末章与前三章句法内容不相类，却与《黍苗》首章相似。除了编简错乱，把《黍苗》诗的一章误入《下泉》，很难说出别的理由。这一点早在宋王柏的《诗疑》里已经提出来了。《下泉》末章中的"郇伯"，也当是"召伯"的误写。"召"字本当作"邵"，金文如"邵公鼎""邵公毁"等都作"邵"，《诗经》"召"字在先秦两汉的引文中也多作"邵"，"召"是"邵"的省文，"郇"与"邵"形近，音又双声，所以"邵伯"容易误为"郇伯"。一诗之内也有可能因为错简而使诗句重出的。如《小雅·巷伯》二章："哆兮侈兮，成是南箕。彼谮人者，谁适与谋。""谋"与"箕"为韵。六章："彼谮人者，谁适与谋。取彼谮人，投畀豺虎。豺虎不食，投畀有北。有北不受，投畀有昊。""彼谮人者，谁适与谋"两章重出，"谋"与"虎"不协韵。所以江永以两句为衍文，看来不无道理。①

---

① 见江永《古韵标准》。

第三章 《诗经》的用韵和今读

这一章里，我们将要讨论《诗经》的韵例、韵部、合韵以及《诗经》今读等问题。《诗经》305篇的韵脚及所属韵部，《诗经词典》的附录《诗经》原文及用韵中已一一标注清楚，可参看。

第一节 韵在句中的位置——《诗经》韵例之一

《诗经》的韵，一般用在句尾，叫作句尾韵；也可以用在句中，叫作句中韵；还可以用在句首，叫作句首韵。

一、句尾韵

《诗经》用韵有百分之八十以上是句尾韵。例如：

① 出其东门，有女如云。虽则如云，匪我思存。
缟衣綦巾，聊乐我员。(《郑风·出其东门》一章)

② 谁谓雀无角，何以穿我屋？谁谓女无家，何以
速我狱？虽速我狱，室家不足。(《召南·行露》二章)

如果句尾是语气词或同一个代词，通常就把韵用在倒数第
二字身上，可以叫作准句尾韵。《诗经》里准句尾韵共有
二百六十余处。用在句尾的语气词有"矣、止、哉、忌、
思、且、乎而、兮、只、斯、也、焉"十二个，用在句尾的
代词有"之、我、女"三个。

1."矣"在句尾。例如：

① 中谷有蓷，暵其干矣。有女仳离，嘅其叹矣。
嘅其叹矣，遇人之艰难矣。○中谷有蓷，暵其修矣。有
女仳离，条其啸矣。条其啸矣，遇人之不淑矣。○中谷
有蓷，暵其湿矣。有女仳离，啜其泣矣。啜其泣矣，何
嗟及矣。(《王风·中谷有蓷》)
② 骍骍角弓，翩其反矣。兄弟昏姻，无胥远矣。
○尔之远矣，民胥然矣。尔之教矣，民胥效矣。(《小
雅·角弓》一、二章)

2."止"在句尾。例如：

① 葛屦五两，冠緌双止。鲁道有荡，齐子庸止。
既曰庸止，曷又从止。(《齐风·南山》二章)
② 采薇采薇，薇亦作止。曰归曰归，岁亦莫止。
(《小雅·采薇》一章)

85

3. "哉"在句尾。例如：

怀哉怀哉，曷月予还归哉？（《王风·扬之水》）

4. "忌"在句尾。例如：

叔善射忌，又良御忌。抑磬控忌，抑纵送忌。○
叔马慢忌，叔发罕忌。抑释掤忌，抑鬯弓忌。（《郑
风·大叔于田》）

5. "思"在句尾。例如：

① 翩翩者鵻，烝然来思。君子有酒，嘉宾式燕又
思。（《小雅·南有嘉鱼》四章）
② 神之格思，不可度思，矧可射思。（《大雅·抑》）

6. "且"在句尾。例如：

椒聊且，远条且。（《唐风·椒聊》）

7. "乎而"在句尾。例如：

俟我于著乎而，充耳以素乎而，尚之以琼华乎而。
○俟我于庭乎而，充耳以青乎而，尚之以琼莹乎而。

〇俟我于堂乎而，充耳以黄乎而，尚之以琼英乎而。
(《齐风·著》)

8.“乎”在句尾。例如：

① 彼狡童兮，不与我言兮。维子之故，使我不能
餐兮。〇彼狡童兮，不与我食兮。维子之故，使我不能
息兮。(《郑风·狡童》)
② 子之还兮，遭我乎峱之间兮，并驱从两肩兮，
揖我谓我儇兮。〇子之茂兮，遭我乎峱之道兮，并驱从
两牡兮，揖我谓我好兮。〇子之昌兮，遭我乎峱之阳
兮，并驱从两狼兮，揖我谓我臧兮。(《齐风·还》)

9.“只”在句尾。例如：

母也天只，不谅人只。(《鄘风·柏舟》)

10.“斯”在句尾。例如：

恩斯勤斯，鬻子之闵斯。(《豳风·鸱鸮》)

11.“也”在句尾。例如：

① 墙有茨，不可埽也。中冓之言，不可道也。所

87

可道也，言之丑也。○墙有茨，不可襄也。中冓之
言，不可详也。所可详也，言之长也。○墙有茨，不
可束也。中冓之言，不可读也。所可读也，言之辱也。
(《鄘风·墙有茨》)

②尔还而入，我心易也。还而不入，否难知也。
壹者之来，俾我祗也。(《小雅·何人斯》六章)

12.“焉”在句尾。例如：

①嗟行之人，胡不比焉。人无兄弟，胡不佽焉。
(《唐风·杕杜》)

②有菀者柳，不尚息焉。上帝甚蹈，无自瘵焉。
俾予靖之，后予极焉。○有菀者柳，不尚愒焉。上帝甚
蹈，无自瘵焉。俾予靖之，后予迈焉。(《小雅·菀柳》)

13.“之”在句尾。例如：

①维鹊有巢，维鸠居之。之子于归，百两御之。○
维鹊有巢，维鸠方之。之子于归，百两将之。○维鹊有
巢，维鸠盈之。之子于归，百两成之。(《召南·鹊巢》)

②知子之来之，杂佩以赠之。知子之顺之，杂佩以问
之。知子之好之，杂佩以报之。(《郑风·女曰鸡鸣》三章)

14.“我”在句尾。例如：

①王事适我，政事一埤益我。我入自外，室人交
徧谪我。○王事敦我，政事一埤遗我。我入自外，室人
交徧摧我。（《邶风·北门》）

②父兮生我，母兮鞠我，拊我畜我，长我育我，
顾我复我，出入腹我。（《小雅·蓼莪》四章）

15."女"在句尾。例如：

萚兮萚兮，风其吹女。叔兮伯兮，倡予和女。○萚
兮萚兮，风其漂女。叔兮伯兮，倡予要女。（《郑风·
萚兮》）

另外《商颂·那》"猗与那与，置我鞉鼓。奏鼓简简，衎我
烈祖"四句，江有诰、朱骏声、王力先生都以"猗、那"为
韵，"与"字不入韵。我认为"与"字入韵，与"鼓""祖"
相协，这就不是准句尾韵而是完全的句尾韵。当然，句尾相
同的语气词或代词本身可以押韵，但同字押韵不大好，所以
要在前面再加韵字，并且认为那才是全诗的韵脚。有时一章
里面，句尾用了几个不同的虚词，韵脚仍然落在倒数第二字
的身上。例如：

①已焉哉，天实为之，谓之何哉？（《邶风·北门》）
②墓门有梅，有鸮萃止。夫也不良，歌以讯之。
（《陈风·墓门》）

③ 心之忧矣，如或结之。今兹之正，胡然厉矣。燎之方扬，宁或灭之。赫赫宗周，褒姒威之。(《小雅·正月》八章）

④ 旄丘之葛兮，何诞之节兮。叔兮伯兮，何多日也？(《邶风·旄丘》一章）

⑤ 坎坎伐檀兮，寘之河之干兮，河水清且涟猗。不稼不穑，胡取禾三百廛兮。不狩不猎，胡瞻尔庭有县貆兮。彼君子兮，不素餐兮。(《魏风·伐檀》一章）

⑥ 汉之广矣，不可泳思。江之永矣，不可方思。(《周南·汉广》）

例①"之""哉"在句尾，例②"止""之"在句尾，例③"之""矣"在句尾，例④"兮""也"在句尾，例⑤"兮""猗"在句尾，例⑥"矣""思"在句尾，它们都不入韵。如果一章之内，句尾有虚词也有实词，就有两种情况。一是句尾的虚词不入韵，倒数第二字与其他句尾的实词协韵，这种情况占多数。例如：

① 鱼网之设，鸿则离之。燕婉之求，得此戚施。(《邶风·新台》三章）

② 采菽采菽，筐之筥之。君子来朝，何锡予之。虽无予之，路车乘马。又何予之，玄衮及黼。(《小雅·采菽》一章）

③ 舒而脱脱兮，无感我帨兮，无使尨也吠。(《召

南·野有死麕》三章）

④山有榛，隰有苓。云谁之思，西方美人。彼美
人兮，西方之人兮。（《邶风·简兮》四章）

⑤鸡既鸣矣，朝既盈矣。匪鸡则鸣，苍蝇之声。
（《齐风·鸡鸣》一章）

⑥南山崔崔，雄狐绥绥。鲁道有荡，齐子由归。
既曰归止，曷又怀止。（《齐风·南山》一章）

⑦鸟乃去矣，后稷呱矣。实覃实訏，厥声载路。
（《大雅·生民》三章）

⑧慎尔出话，敬尔威仪。无不柔嘉。白圭之玷，
尚可磨也；斯言之玷，不可为也。（《大雅·抑》五章）

例①第二句句尾"之"字不入韵，例②二、四、五、七
句句尾"之"字不入韵，例③一、二句句尾"兮"字不入
韵，例④五、六句句尾"兮"字不入韵，例⑤一、二句
句尾"矣"字不入韵，例⑥五、六句句尾"止"字不入韵，
例⑦一、二句句尾"矣"字不入韵，例⑧五、七句句尾的
"也"字不入韵。另一种情况是句尾的虚词也入韵，与实词
相协。《诗经》里这类例子共四十五章。例如：

①籊籊竹竿，以钓于淇。岂不尔思，远莫致之。
（《卫风·竹竿》）

②维桑与梓，必恭敬止。靡瞻匪父，靡依匪母。
不属于毛，不离于里。天之生我，我辰安在？（《小

雅·小弁》三章）

③抑此皇父，岂曰不时？胡为我作，不即我谋。彻我墙屋，田卒污莱。曰予不臧，礼则然矣。（《小雅·十月之交》五章）

④宜尔室家，乐尔妻帑。是究是图，亶其然乎？（《小雅·常棣》八章）

⑤皎皎白驹，贲然来思。尔公尔侯，逸豫无期。慎尔优游，勉尔遁思。（《小雅·白驹》三章）

⑥伯氏吹埙，仲氏吹篪。及尔如贯，谅不我知。出此三物，以诅尔斯。（《小雅·何人斯》七章）

⑦我任我辇，我车我牛。我行既集，盖云归哉？（《小雅·黍苗》二章）

⑧舍旃舍旃，苟亦无然。人之为言，胡得焉。（《唐风·采苓》）

⑨节彼南山，有实其猗。赫赫师尹，不平谓何。天方荐瘥，丧乱弘多。民言无嘉，憯莫惩嗟。（《小雅·节南山》二章）

⑩出其东门，有女如云。虽则如云，匪我思存。缟衣綦巾，聊乐我员。（《郑风·出其东门》一章）

⑪其虚其邪，既亟只且。（《邶风·北风》）

以上例句是句尾实词占大多数，偶然杂有少数入韵的虚词。例①第四句句尾"之"字入韵；例②第二句句尾"止"字入韵；例③第八句句尾"矣"字入韵；例④第四句句尾"乎"字入韵；例 ⑤ 第二句句尾语气词"思"入韵，第六句句尾"思"是实词，不在此例；例 ⑥ 第六句句尾"斯"字入韵；例 ⑦ 第四句句尾"哉"字入韵；例 ⑧第一句"旃"字，第四句"焉"字入韵；例 ⑨ 第八句句尾"嗟"字入韵。《经传释词》卷八："嗟，句末语助耳。"例 ⑩ 第六句句尾"员"字入韵。《正义》说："云、员古今字，助句辞也。"例 ⑪ 第二句句尾"且"字入韵。《诗集传》："只且，语助辞。"也有一章之中，句尾多数是虚词而都入韵的。例如：

　　① 女曰观乎，士曰既且。且往观乎。(《郑风·溱洧》)
　　② 彼人是哉，子曰何其。心之忧矣，其谁知之？其谁知之，盖亦勿思。(《魏风·园有桃》)
　　③ 敬之敬之，天维显思，命不易哉！无曰高高在上，陟降厥士，日监在兹。维予小子，不聪敬止。(《周颂·敬之》)
　　④ 文王既勤止，我应受之。敷时绎思。我徂维求定，时周之命，於绎思。(《周颂·赉》)

例①"乎、且、乎"押韵，"且"字《郑笺》《集传》都以为"语辞"；例 ② 语气词"哉""其""矣"与代词"之"都入韵；例 ③ 代词"之"，语气词"思""哉""止"都入韵；例 ④ 代词"之"，语气词"止""思""思"都入韵。在《诗经》里，这种虚词多，实词少的混合押韵情况只是少数。

二、句中韵和句首韵

《诗经》四字句里，有时第二字和第四字押韵，第二字韵的位置在句中，就叫句中韵。例如：

　① 式微式微，胡不归！（《邶风·式微》）
　② 硕鼠硕鼠，无食我黍。……乐土乐土，爰得我所。（《魏风·硕鼠》）
　③ 采苓采苓，首阳之巅。（《唐风·采苓》）
　④ 如何如何，忘我实多。（《秦风·晨风》）
　⑤ 敬之敬之，天维显思，命不易哉！（《周颂·敬之》）
　⑥ 籥舞笙鼓，乐既和奏，烝衎烈祖。（《小雅·宾之初筵》二章）
　⑦ 百礼既至，有壬有林。锡尔纯嘏，子孙其湛。（《小雅·宾之初筵》二章）
　⑧ 宾既醉止，载号载呶。（《小雅·宾之初筵》四章）
　⑨ 缾之罄矣，维罍之耻。鲜民之生，不如死之久矣。无父何怙，无母何恃。（《小雅·蓼莪》）
　⑩ 我黍与与，我稷翼翼。我仓既盈，我庾维亿。（《小雅·楚茨》）

例①至⑤都是上半句与下半句重复，二、四两字同字为韵。王力先生分为两句，传统上只看作一句。这两个字又和其他句中的字协韵。例⑥至⑩都是上半句与下半句结构相同，韵字不一。其中例⑥"舞""鼓"又与第三句"祖"字为韵；例⑦"壬""林"与第四句"湛"字为韵；例⑧"号""咷"为韵，不再与其他句尾的字相协；例⑨⑩都是两句对偶，各句内部第二、四字押韵。但例⑨"母""恃"又与第二句"耻"字、第四句"久"字为韵，例⑩"稷""翼"又与第四句"亿"字为韵，而"父"与"怙"、"黍"与"与"则句内字自为韵，不再与其他句尾的字相协。

有时句中二、四字是语气词或其他虚词，韵用在一、三字上面，这就形成句首韵。例如：

　　①怀哉怀哉，曷月予还归哉。(《王风·扬之水》)
　　②萚兮萚兮，风其吹女。叔兮伯兮，倡予和女。
(《郑风·萚兮》)
　　③猗与那与，置我鞉鼓。(《商颂·那》)
　　④婉兮娈兮，总角丱兮。(《齐风·甫田》)

例①②都是上半句与下半句重复，同字为韵，并与章内其他句中的字相协。例③④是一句之内，异字为韵，它们实际上是联绵词的分用。

总的说来，《诗经》里句中韵和句首韵比句尾韵要少得多；哪些字入韵，哪些字不入韵，各家看法也不完全一致，我们不详细讨论了。

第二节 韵在章中的位置——《诗经》韵例之二

所谓韵在章中的地位，是指一章之内，哪些句里用韵，哪些句里不用韵。《诗经》用韵有疏有密，有的甚至无韵。概括起来，有以下五种情况。

一、句句用韵

句句用韵是《诗经》里常见的韵例，也是《诗经》用韵的特点之一。魏晋六朝的七言诗大都继承了这个传统。一章之内，少则两句两韵，多至十二句十二韵。其中以四句四韵为最多。三句三韵以下，九句九韵以上的，仅见而已。两句入韵的，如：

> 卢令令，其人美且仁。〇卢重环，其人美且鬈。〇卢重鋂，其人美且偲。（《齐风·卢令》）

三句入韵的，如：

> 鸿飞遵渚，公归无所，於女信处。〇鸿飞遵陆，公归不复，於女信宿。〇是以有衮衣兮，无以我公归兮。无使我心悲兮。（《豳风·九罭》）

四句入韵的，数量最多，如：

　　相鼠有皮，人而无仪。人而无仪，不死何为？○相
鼠有齿，人而无止。人而无止，不死何俟？○相鼠有体，
人而无礼。人而无礼，胡不遄死？（《鄘风·相鼠》）

五句入韵的，如：

　　予手拮据，予所捋荼，予所蓄租，予口卒瘏。曰予
未有室家。（《豳风·鸱鸮》二章）

六句入韵的，如：

　　出其东门，有女如云。虽则如云，匪我思存。缟
衣綦巾，聊乐我员。○出其闉阇，有女如荼。虽则如荼，
匪我思且。缟衣茹藘，聊可与娱。（《郑风·出其东门》）

七句入韵的，如：

　　玄王桓拨，受小国是达，受大国是达。率履不越，
遂视既发。相士烈烈，海外有截。○帝命不违，至于汤
齐。汤降不迟，圣敬日跻。昭假迟迟，上帝是祗，帝命
式于九围。○受小球大球，为下国缀旒，何天之休。不
竞不絿，不刚不柔。敷政优优，百禄是遒。○受小共大
共，为下国骏厖，何天之龙。敷奏其勇，不震不动，不
戁不竦，百禄是总。（《商颂·长发》）

八句入韵的，如：

> 上帝板板，下民卒瘅。出话不然，为犹不远。靡圣管管，不实于亶。犹之未远，是用大谏。○天之方㤞，无为夸毗。威仪卒迷，善人载尸。民之方殿屎，则莫我敢葵。丧乱蔑资，曾莫惠我师。(《大雅·板》)

九句入韵的，如：

> 武王载旆，有虔秉钺。如火烈烈，则莫我敢曷。苞有三蘖，莫遂莫达。九有有截。韦顾既伐，昆吾夏桀。(《商颂·长发》)

十二句入韵的，如：

> 秋而载尝，夏而福衡。白牡骍刚，牺尊将将。毛炰胾羹，笾豆大房。万舞洋洋，孝孙有庆。俾尔炽而昌，俾尔寿而臧。保彼东方，鲁邦是常。(《鲁颂·闷宫》四章)

这些都表明《诗经》是很讲究用韵和谐的。但这一韵例中也有某些变例，就是其中杂有个别不入韵的诗句。有四句三韵的，如：

> 驾彼四牡，四牡奕奕。赤芾金舄，会同有绎。(《小雅·车攻》)

有五句四韵的，如：

> 迨天之未阴雨，彻彼桑土，绸缪牖户。今女下民，
> 或敢侮予。(《豳风·鸱鸮》二章)

有六句五韵的，如：

> 大风有隧，贪人败类。听言则对，诵言如醉。匪用
> 其良，覆俾我悖。(《大雅·桑柔》十三章)

有七句六韵的，如：

> 肃肃鸨羽，集于苞栩。王事靡盬，不能艺稷黍，父
> 母何怙？悠悠苍天，曷其有所？(《唐风·鸨羽》)

有八句七韵的，如：

> 不吊昊天，乱靡有定。式月斯生，俾民不宁。忧心
> 如酲，谁秉国成？不自为政，卒劳百姓。(《小雅·节
> 南山》六章)

有十句九韵的，如：

> 徂来之松，新甫之柏。是断是度，是寻是尺。松桷

有侐，路寝孔硕。新庙奕奕，奚斯所作。孔曼且硕，万民是若。(《鲁颂·閟宫》九章)

最多有十二句十一韵的，如：

济济跄跄，絜尔牛羊，以往烝尝。或剥或亨，或肆或将。祝祭于祊，祀事孔明。先祖是皇，神保是飨，孝孙有庆。报以介福，万寿无疆。〇执爨踖踖，为俎孔硕，或燔或炙。君妇莫莫，为豆孔庶。为宾为客，献酬交错。礼仪卒度，笑语卒获。神保是格，报以介福，万寿攸酢。(《小雅·楚茨》)

不入韵的通常是首句或倒数第二句，其他各句不入韵的极少。于用韵整齐中略见错综。

二、隔句用韵

隔句用韵是《诗经》里最常见的韵例，并为后世诗歌所继承，直到现代。通常是偶句用韵，奇句不用韵，极少例外。最多的是一章四句二韵，例如：

衡门之下，可以栖迟。泌之洋洋，可以乐饥。〇岂其食鱼，必河之鲂？岂其取妻，必齐之姜？〇岂其食鱼，必河之鲤？岂其取妻，必宋之子？(《陈风·衡门》)

有一章六句三韵的，如：

彼何人斯，其心孔艰。胡逝我梁，不入我门。伊谁
云从？维暴之云。○二人从行，谁为此祸？胡逝我梁，
不入唁我。始者不如今，云不我可。○彼何人斯，其为
飘风。胡不自北，胡不自南？胡逝我梁，祇搅我心。○
尔之安行，亦不遑舍。尔之亟行，遑脂尔车。壹者之
来，云何其盱！○尔还而入，我心易也。还而不入，否
难知也。壹者之来，俾我祇也。○伯氏吹埙，仲氏吹
篪。及尔如贯，谅不我知。出此三物，以诅尔斯。○为
鬼为蜮，则不可得。有靦面目，视人罔极。作此好歌，
以极反侧。（《小雅·何人斯》）

有一章八句四韵的，如：

忧心惮惮，念我无禄。民之无辜，并其臣仆。哀我
人斯，如何从禄？瞻乌爰止，于谁之屋？○瞻彼中林，
侯薪侯蒸。民今方殆，视天梦梦。既克有定，靡人弗
胜。有皇上帝，伊谁云憎？○谓山盖卑，为冈为陵。民
之讹言，宁莫之惩。召彼故老，讯之占梦。具曰予圣，
谁知乌之雌雄。○谓天盖高，不敢不局。谓地盖厚，不
敢不蹐。维号斯言，有伦有脊。哀今之人，胡为虺蜴？
（《小雅·正月》）

有一章十句五韵的，如：

民亦劳止，汔可小康。惠此中国，以绥四方。无纵诡随，以谨无良。式遏寇虐，憯不畏明。柔远能迩，以定我王。〇民亦劳止，汔可小休。惠此中国，以为民逑。无纵诡随，以谨惛怓。式遏寇虐，无俾民忧。无弃尔劳，以为王休。〇民亦劳止，汔可小息。惠此京师，以绥四国。无纵诡随，以谨罔极。式遏寇虐，无俾作慝。敬慎威仪，以近有德。〇民亦劳止，汔可小愒。惠此中国，俾民忧泄。无纵诡随，以谨丑厉。式遏寇虐，无俾正败。戎虽小子，而式弘大。〇民亦劳止，汔可小安。惠此中国，国无有残。无纵诡随，以谨缱绻。式遏寇虐，无俾正反。王欲玉女，是用大谏。（《大雅·民劳》）

最长的是一章十二句六韵，如：

明明上天，照临下土。我征徂西，至于艽野。二月初吉，载离寒暑。心之忧矣，其毒大苦。念彼共人，涕零如雨。岂不怀归，畏此罪罟。〇昔我往矣，日月方除。曷云其还，岁聿云莫。念我独兮，我事孔庶。心之忧矣，惮我不暇。念彼共人，睠睠怀顾。岂不怀归，畏此谴怒。〇昔我往矣，日月方奥。曷云其还，政事愈蹙。岁聿云莫，采萧获菽。心之忧矣，自诒伊戚。念彼共人，兴言出宿。岂不怀归，畏此反覆。（《小雅·小明》）

不论篇幅长短，都能一致不乱，可见这一韵例在当时诗歌中已经得到了普遍而纯熟的运用。但隔句用韵也有变例，即除偶句外，个别奇句也入韵。于是出现了四句三韵、六句四韵、八句五韵、十句六韵等情况。根据奇句入韵的不同，可分五种情况：

1. 首句入韵，此类韵例颇多。如：

①新台有泚，河水弥弥。燕婉之求，籧篨不鲜。〇新台有洒，河水浼浼。燕婉之求，籧篨不殄。(《邶风·新台》)

②南山有桑，北山有杨。乐只君子，邦家之光。乐只君子，万寿无疆。〇南山有栲，北山有杻。乐只君子，遐不眉寿。乐只君子，德音是茂。〇南山有枸，北山有楰。乐只君子，遐不黄耇。乐只君子，保艾尔后。(《小雅·南山有台》)

③山有枢，隰有榆。子有衣裳，弗曳弗娄。子有车马，弗驰弗驱。宛其死矣，他人是愉。〇山有栲，隰有杻。子有廷内，弗洒弗埽。子有钟鼓，弗鼓弗考。宛其死矣，他人是保。〇山有漆，隰有栗。子有酒食，何不日鼓瑟。且以喜乐，且以永日。宛其死矣，他人入室。(《唐风·山有枢》)

④旱既大甚，蕴隆虫虫。不殄禋祀，自郊徂宫。上下奠瘗，靡神不宗。后稷不克，上帝不临。耗斁下土，宁丁我躬。(《大雅·云汉》二章)

例①是一章四句三韵，例②是一章六句四韵，例③是一章八句五韵，例④是一章十句六韵。没有十二句以上的例子。

2. 第三句入韵。如：

①籊籊竹竿，以钓于淇。岂不尔思，远莫致之。○淇水在右，泉源在左。巧笑之瑳，佩玉之傩。(《卫风·竹竿》)

②扬之水，白石凿凿。素衣朱襮，从子于沃。既见君子，云何不乐？○扬之水，白石皓皓。素衣朱绣，从子于鹄。既见君子，云何其忧。(《唐风·扬之水》)

③夜如何其？夜未央。庭燎之光。君子至止，鸾声将将。○夜如何其？夜未艾。庭燎晢晢。君子至止，鸾声哕哕。○夜如何其？夜乡晨。庭燎有辉。君子至止，言观其旂。(《小雅·庭燎》)

④黄鸟黄鸟，无集于榖，无啄我粟！此邦之人，不我肯榖。言旋言归，复我邦族。○黄鸟黄鸟，无集于桑，无啄我梁！此邦之人，不可与明。言旋言归，复我诸兄。○黄鸟黄鸟，无集于栩。无啄我黍！此邦之人，不可与处。言旋言归，复我诸父。(《小雅·黄鸟》)

⑤君子于役，不知其期。曷至哉？鸡栖于埘。日之夕矣，羊牛下来。君子于役，如之何勿思。○君子于役，不日不月。曷其有佸？鸡栖于桀。日之夕矣，羊牛下括。君子于役，苟无饥渴。(《王风·君子于役》)

例①一章四句三韵，这与"句句有韵"式的变例"首句不入韵"成为同一形式；例②是一章六句四韵；例③是一章五句三韵；例④是一章七句四韵；例⑤是一章八句五韵。

3. 第五句入韵。如：

① 我行其野，言采其蓫。昏姻之故，言就尔宿。尔不我畜，言归斯复。〇我行其野，言采其葍。不思旧姻，求尔新特。成不以富，亦祇以异。(《小雅·我行其野》)

② 呦呦鹿鸣，食野之蒿。我有嘉宾，德音孔昭。视民不恌，君子是则是傚。我有旨酒，嘉宾式燕以敖。〇呦呦鹿鸣，食野之芩。我有嘉宾，鼓瑟鼓琴。鼓瑟鼓琴，和乐且湛。我有旨酒，以燕乐嘉宾之心。(《小雅·鹿鸣》)

例①一章六句四韵，例②一章八句五韵。除偶句外，第五句都入韵。此类韵例，一章不得少于六句，但也没有出现过一章十句以上的例子。

4. 第七句入韵。如：

① 有兔爰爰，雉离于罗。我生之初，尚无为；我生之后，逢此百罹。尚寐无吪。〇有兔爰爰，雉离于罦。我生之初，尚无造；我生之后，逢此百忧。尚寐无觉。〇有兔爰爰，雉离于罿。我生之初，尚无庸；我生之后，逢此百凶。尚寐无聪。(《王风·兔爰》)

② 维此惠君，民人所瞻。秉心宣犹，考慎其相。维彼不顺，自独俾臧。自有肺肠，俾民卒狂。(《大雅·桑柔》八章)

例①一章七句四韵，例②一章八句五韵。除偶句外，第七句都入韵。

5. 第九句入韵。如：

> 旱既大甚，则不可推。兢兢业业，如霆如雷。周余
> 黎民，靡有孑遗。昊天上帝，则不我遗。胡不相畏，先
> 祖于摧。○旱既大甚，则不可沮。赫赫炎炎，云我无
> 所。大命近止，靡瞻靡顾。群公先正，则不我助。父母
> 先祖，胡宁忍予。(《大雅·云汉》)

这一类一章不得少于十句，《诗经》里只有上述两章的例子。

有时"句句用韵"和"隔句用韵"两种韵例同在一章出现，成为混合的格式。如：

> ①坎坎伐檀兮，真之河之干兮，河水清且涟猗。
> 不稼不穑，胡取禾三百廛兮；不狩不猎，胡瞻尔庭有县
> 貆兮。彼君子兮，不素餐兮。(《魏风·伐檀》)
> ②韩侯出祖，出宿于屠。显父饯之，清酒百壶。其
> 殽维何？炰鳖鲜鱼。其蔌维何？维笋及蒲。其赠维何？
> 乘马路车。笾豆有且，韩侯燕胥。(《大雅·韩奕》)

例①一章九句，前三句是句句用韵，后六句是隔句用韵；例②一章十二句，前后四句是句句用韵，中间八句是隔句用韵，这样就显得稍微复杂一些。

三、隔两三句用韵或起韵

这是一种疏韵，只出现在少数诗篇里。

1. 隔两三句用韵。《诗经》里偶句通常是较大停顿，必须用韵。有时三句一贯，中间隔两句才用韵；有时较大停顿处也不用韵，中间隔三句才用韵。例如：

　①穹窒熏鼠，塞向墐户。嗟我妇子，曰为改岁，入此室处。(《豳风·七月》)

　②驾彼四骆，载骤骎骎。岂不怀归？是用作歌，将母来谂。(《小雅·四牡》)

　③其德克明，克明克类，克长克君。王此大邦，克顺克比。(《大雅·皇矣》)

　④周邦咸喜，戎有良翰。不显申伯，王之元舅，文武是宪。(《大雅·崧高》)

　⑤四牡奕奕，孔修且张。韩侯入觐，以其介圭，入觐于王。(《大雅·韩奕》)

　⑥思皇多祜，烈文辟公，绥以多福，俾缉熙于纯嘏。(《周颂·载见》)

　⑦宾之初筵，温温其恭。其未醉止，威仪反反。(《小雅·宾之初筵》)

　⑧有客有客，亦白其马。有萋有且，敦琢其旅。有客宿宿，有客信信。言授之絷，以絷其马。(《周颂·有客》)

例①至⑥都是三句连贯，语气上没有大的停顿，所以第二句不用韵而用在第三句上。例⑦有点特殊。第一句入韵，第二句是大停顿处，却不用韵，至第四句才用韵。例⑧"有客信信"是大停顿处，当用韵而不用韵，隔三句用韵。在《诗经》里这是极为罕见的。

2. 隔两句起韵。《诗经》通常在一章的首句或第二句开始用韵。隔两句起韵的比较特殊，一共只有十来个例子。例如：

①凤皇于飞，哕哕其羽，亦集爰止。蔼蔼王多吉士，维君子使，媚于天子。（《大雅·卷阿》）

②无易由言，无曰苟矣，莫扪朕舌。言不可逝矣。（《大雅·抑》）

③人亦有言：德輶如毛，民鲜克举之。我仪图之，维仲山甫举之，爰莫助之。（《大雅·烝民》六章）

④宾之初筵，左右秩秩。笾豆有楚，殽核维旅。（《小雅·宾之初筵》）

⑤肆戎疾不殄，烈假不瑕。不闻亦式，不谏亦入。（《大雅·思齐》四章）

⑥王命仲山甫，式是百辟。缵戎祖考，王躬是保。（《大雅·烝民》三章）

⑦厘尔圭瓒，秬鬯一卣。告于文人，锡山土田。于周受命，自召祖命。（《大雅·江汉》五章）

⑧昔先王受命，有如召公。日辟国百里，今也日蹙国百里。於乎哀哉！（《大雅·召旻》七章）

例①至③前三句语气一贯，中间没有大停顿，直到第三句起韵；例④至⑧第二句是大停顿，但不用韵，第三句才起韵。这一韵式大都出现在《雅》《颂》里，通常要在后面的两句里连用两韵，以弥补起韵太疏的缺点。另外《豳风·鸱鸮》一章：

> 鸱鸮鸱鸮，既取我子，无毁我室。恩斯勤斯，鬻子
> 之闵斯。

开头三句是一个大停顿。段玉裁以为"子""室"为韵[①]，江有诰以为"取""子"为韵[②]，"毁""室"为韵，都不大合理。所以王力先生以为开头三句无韵[③]。在《国风》里，这是唯一三句无韵的例子。而下两句连用三韵，也是一种补救。

四、遥韵

所谓"遥韵"就是隔章用韵。通常是同一个字在各章相同句子里的同一位置出现，隔章同字相协。可以在各章的末尾，如：

> ① 麟之趾，振振公子。于嗟麟兮！

---

① 见段玉裁《六书音均表》十二部入声。
② 见江有诰《诗经韵读》卷一。
③ 见王力先生《诗经韵读》。

麟之定，振振公姓。于嗟麟兮！
麟之角，振振公族。于嗟麟兮！

（《周南·麟之趾》三章，章三句）

② 有杕之杜，生于道左。彼君子兮，噬肯适我。
中心好之，曷饮食之。

有杕之杜，生于道周。彼君子兮，噬肯来游。
中心好之，曷饮食之。

（《唐风·有杕之杜》二章，章六句）

例①一、二、三章末句"麟"字遥韵；例②一、二章倒数第二句"好"字遥韵，末句"食"字遥韵。此外如《大雅·文王有声》一、二章末句"文王烝哉"，三、四章末句"王后烝哉"，五、六章末句"皇王烝哉"，七、八章末句"武王烝哉"，"烝"字遥韵；《鲁颂·有駜》共三章，末句都是"于胥乐兮"，"乐"字遥韵。

遥韵也可以用在各章的开头。例如《豳风·东山》共三章，头两句都是"我徂东山，慆慆不归"，"山""归"各章遥韵，不与本章其他字相协。《大雅·荡》共八章，首两句都是"文王曰咨，咨尔殷商"，各章"咨"字遥韵，"商"字也遥韵。有时一个字在首章是一般韵脚，同时又与其他各章遥韵。例如：

① 葛之覃兮，施于中谷，维叶萋萋。黄鸟于飞，集于灌木，其鸣喈喈。
葛之覃兮，施于中谷，维叶莫莫。是刈是濩，为絺为绤，服之无斁。

（《周南·葛覃》）

②彼茁者葭，壹发五豝。于嗟乎驺虞！

　彼茁者蓬，壹发五豵。于嗟乎驺虞！

（《召南·驺虞》）

例①"谷"在首章与"木"为韵，是一般韵脚，但又与二章"谷"字遥韵。例②"虞"在首章与"葭""豝"为韵，是一般韵脚，但又与二章"虞"字遥韵。

五、无韵

《诗经》305篇，绝大多数是有韵的，而且很整齐。但也有少数诗篇没有韵或用韵不完全。《周颂》里有八篇完全没有韵，它们是《清庙》《昊天有成命》《时迈》《噫嘻》《武》《酌》《桓》《般》[1]。有几首诗部分地没有韵，如：

①维天之命，於穆不已。於乎不显文王之德之纯。假以溢我，我其收之。骏惠我文王，曾孙笃之。（《维天之命》）

②思文后稷，克配彼天。立我烝民，莫匪尔极。贻我来牟。帝命率育，无此疆尔界，陈常于时夏。（《思文》）

③予其惩而毖后患，莫予荓蜂，自求辛螫。肇允彼桃虫，拚飞维鸟。未堪家多难，予又集于蓼。（《小毖》）

---

① 陆志韦先生认为《清庙》《时迈》《酌》《桓》等诗有韵，见陆先生《诗经韵谱》。

例①前四句无韵，例②后四句无韵，例③前四句无韵。
此外《臣工》十六句，前八句有韵，后八句无韵。《烈文》
《天作》《我将》《访落》《良耜》《赉》等篇，末句都不入韵。
可见《周颂》用韵，相对地说是不太严格的。按王国维的
看法，《周颂》篇幅短，音乐节奏慢，悠回婉转，用韵不像
《风》《雅》那样重要，所以《周颂》无韵或部分无韵是可以
容许的。①《雅》诗里也有偶然不入韵的，如《小雅·常棣》
四章"兄弟阋于墙，外御其务。每有良朋，烝也无戎"，江
有诰即认为无韵。但这种例子极少，有的还可能是因为传写
有误而造成的，可作为特殊情况看待。

第三节　一章多韵——《诗经》韵例之三

前面两节所谈的《诗经》用韵，大都是一章里只用一
个韵。这一节要讨论的是一章多韵的问题，其中又可分为转
韵、交韵、抱韵三种情况。下面分别讨论。

一、转韵

所谓转韵，就是一章的韵脚由甲韵转用乙韵或丙韵。
《诗经》里有的一章可以转用三个、四个、五个乃至十个韵。
例如：

---

① 王国维《说周颂》，见《观堂集林》卷二。

①匏有苦叶，济有深涉。深则厉，浅则揭。○有弥济盈，有鷕雉鸣。济盈不濡轨，雉鸣求其牡。(《邶风·匏有苦叶》)

②鹤鸣于九皋，声闻于野。鱼潜在渊，或在于渚。乐彼之园，爰有树檀，其下维萚。他山之石，可以为错。○鹤鸣于九皋，声闻于天。鱼在于渚，或潜在渊。乐彼之园，爰有树檀，其下维榖。他山之石，可以攻玉。(《小雅·鹤鸣》)

③七月流火，九月授衣。曰春载阳，有鸣仓庚。女执懿筐，遵彼微行，爰求柔桑。春日迟迟，采蘩祁祁。女心伤悲，殆及公子同归。○七月流火，九月萑苇。蚕月条桑，取彼斧斨，以伐远扬，猗彼女桑。七月鸣鵙，八月载绩。载玄载黄，我朱孔阳，为公子裳。○四月秀葽，五月鸣蜩。八月其获，十月陨萚。一之日于貉，取彼狐狸，为公子裘。二之日其同，载缵武功。言私其豵，献豜于公。(《豳风·七月》)

④天命玄鸟，降而生商，宅殷土芒芒。古帝命武汤，正域彼四方。方命厥后，奄有九有。商之先后，受命不殆，在武丁孙子。武丁孙子，武王靡不胜。龙旂十乘，大糦是承。邦畿千里，维民所止，肇域彼四海。四海来假，来假祁祁。景员维河，殷受命咸宜，百禄是何。(《商颂·玄鸟》)

⑤宾之初筵，左右秩秩。笾豆有楚，殽核维旅。酒既和旨，饮酒孔偕。钟鼓既设，举酬逸逸。大侯既

抗，弓矢斯张。射夫既同，献尔发功。发彼有的，以祈
尔爵。(《小雅·宾之初筵》)

⑥载芟载柞，其耕泽泽。千耦其耘，徂隰徂畛。
侯主侯伯，侯亚侯旅，侯彊侯以。有嗿其馌，思媚其
妇，有依其士。有略其耜，俶载南亩。播厥百谷，实函
斯活。驿驿其达，有厌其杰。厌厌其苗，绵绵其麃。载
获济济，有实其积，万亿及秭。为酒为醴，烝畀祖妣，
以洽百礼。有飶其香，邦家之光。有椒其馨，胡考之
宁。匪且有且，匪今斯今，振古如兹。(《周颂·载芟》)

例①共两章，一章二韵；例②共两章，一章三韵；例③
共三章，一章四韵；例④一章五韵；例⑤一章六韵；例
⑥转韵最多，一章十韵。最后三句，旧以为无韵。但"且"
鱼部，"兹"之部，可以押韵，《诗经》里不乏鱼之合韵的例
子。转韵通常在停顿较大的地方，偶尔也有在小停顿处转韵
的。例如：

①葛屦五两，冠緌双止。鲁道有荡，齐子庸止。
既曰庸止，曷又从止。(《齐风·南山》一章)
②如跂斯翼，如矢斯棘，如鸟斯革，如翚斯飞，
君子攸跻。(《小雅·斯干》四章)

例①六句，有三个大停顿。第三句是小停顿，却从这里转
韵。"两、双、荡"，阳部；"庸、庸、从"，东部。例②五

句连贯而下，中间没有大停顿，却从第四句起转韵，"翼、棘、革"，职部；"飞、跻"，微脂合韵。

二、交韵

所谓交韵，就是两韵或三韵交叉为韵，单句与单句押韵，双句与双句押韵。这是《诗经》用韵的特点之一。交韵又可分为完全交韵、复杂交韵、不完全交韵三类：

1.完全交韵。通常是四句，也有六句或八句的。例如：

①肃肃兔罝，椓之丁丁。赳赳武夫，公侯干城。○肃肃兔罝，施于中逵。赳赳武夫，公侯好仇。○肃肃兔罝，施于中林。赳赳武夫，公侯腹心。（《周南·兔罝》）

②殷商之旅，其会如林。矢于牧野，维予侯兴。上帝临女，无贰尔心。（《大雅·大明》七章）

③四牡骙骙，旟旐有翩。乱生不夷，靡国不泯。民靡有黎，具祸以烬。於乎有哀，国步斯频。○忧心愍愍，念我土宇。我生不辰，逢天僤怒。自西徂东，靡所定处。多我觏痻，孔棘我圉。（《大雅·桑柔》二、四章）

例①共三章，四句交韵，可用 A͡B͡C͡D 的格式来表示。一章"罝、夫"鱼部（二、三章同），"丁、城"耕部；二章"逵、仇"幽部；三章"林、心"侵部。例②为六句交韵，可用 A͡B͡C͡D͡E͡F 的格式来表示。"旅、野、女"鱼部，"林、兴、心"蒸侵合韵。例③共两章，八句交韵。可用ⒶⒷⒸⒹⒺⒻⒼⒽ的格式来表示。一章"骙、夷、黎、哀"脂微合韵，"翩、泯、烬、频"真部；二章"慇、辰、瘽"文部，"宇、怒、处、圉"鱼部。

2.复杂交韵。有的是两个或几个完全交韵的连用。例如：

①习习谷风，以阴以<u>雨</u>。黾勉同<u>心</u>，不宜有<u>怒</u>。采葑采<u>菲</u>，无同下<u>体</u>。德音莫<u>违</u>，及尔同<u>死</u>。（《邶风·谷风》一章）

②天何以<u>刺</u>，何神不<u>富</u>？舍尔介<u>狄</u>，维予胥<u>忌</u>。不吊不<u>祥</u>，威仪不<u>类</u>。人之云<u>亡</u>，邦国殄<u>瘁</u>。（《大雅·瞻卬》五章）

③有来雝<u>雝</u>，至止肃<u>肃</u>。相维辟<u>公</u>，天子穆<u>穆</u>。於荐广<u>牡</u>，相予肆<u>祀</u>。假哉皇<u>考</u>，绥予孝<u>子</u>。宣哲维<u>人</u>，文武维<u>后</u>。燕及皇<u>天</u>，克昌厥<u>后</u>。绥我眉<u>寿</u>，介以繁<u>祉</u>。既右烈<u>考</u>，亦右文<u>母</u>。（《周颂·雝》）

例①由两组不同的四句交韵连用而成，"风、心"侵部，"雨、怒"鱼部；"菲、违"微部，"体、死"脂部。例②也由两组不同的四句交韵连用而成，"刺、狄"锡部，"富、忌"之职通韵；"祥、亡"阳部，"类、瘁"物部。例③复杂一些，由四组四句交韵连用而成。一至四句为一组，"雝、公"东部，"肃、穆"觉部；五至八句为一组，"牡、考"幽部，"祀、子"之部；九至十二句为一组，"人、天"真部，

"后、后"侯部；十三至十六句为一组，"寿、考"幽部，"祉、母"之部。

有的是第一组四句交韵中的字又和别的字组成第二组交韵。例如：

①有洌氿泉，无浸穫薪。契契寤叹，哀我惮人。薪是获薪，尚可载也。哀我惮人，亦可息也。(《小雅·大东》三章)

②天之降罔，维其优矣，人之云亡，心之忧矣。天之降罔，维其几矣。人之云亡，心之悲矣。(《大雅·瞻卬》六章)

例①前四句是交韵，"泉、叹"寒部，"薪、人"真部；后四句也是交韵，"薪、人"同前，"载、息"之职通韵。例②前四句是交韵，"罔、亡"阳部，"优、忧"幽部；后四句也是交韵，"罔、亡"同前，"几、悲"微部。

有的三部混合交韵。例如：

人有土田，女反有之。人有民人，女覆夺之。此宜无罪，女反收之。彼宜有罪，女覆说之。(《大雅·瞻卬》二章)

"田"与"人"协韵，真部；"有"与"收"协韵，之幽合韵；"夺"与"说"协韵，月部。

3. 不完全交韵。这类诗章多于四句，有的前一部分是交韵，后一部分不是。例如：

①我心匪石，不可转也。我心匪席，不可卷也。威仪棣棣，不可选也。（《邶风·柏舟》一章）

②采薇采薇，薇亦柔止。曰归曰归，心亦忧止。忧心烈烈，载饥载渴。我戍未定，靡使归聘。（《小雅·采薇》二章）

③皇父卿士，番维司徒。家伯维宰，仲允膳夫。棸子内史，蹶维趣马。楀维师氏，艳妻煽方处。（《小雅·十月之交》四章）

④作之屏之，其菑其翳。修之平之，其灌其栵。启之辟之，其柽其椐。攘之剔之，其檿其柘。帝迁明德，串夷载路。天立厥配，受命既固。（《大雅·皇矣》二章）

例①前四句交韵，"石、席"铎部，"转、卷"寒部；末两句不是交韵，"选"，寒部字。例②前四句交韵，"薇、归"微部，"柔、忧"幽部；末四句不是交韵，"烈、渴"月部，"定、聘"耕部。例③前六句交韵，"士、宰、史"之部，"徒、夫、马"鱼部；末两句不是交韵，"处"，鱼部。例④前八句为复杂交韵，"屏、平"耕部，"翳、栵"月部，"辟、剔"锡部，"椐、柘"鱼铎通韵；末四句不是交韵，"路"铎部，"固"鱼部，鱼铎通韵。

有的后一部分是交韵，前一部分不是。例如：

①有女同车，颜如舜华。将翱将翔，佩玉琼琚。

彼美孟姜，洵美且都。(《郑风·有女同车》)

②如月之恒，如日之升，如南山之寿，不骞不崩，如松柏之茂，无不尔或承。(《小雅·天保》六章)

③天降丧乱，灭我立王。降此蟊贼，稼穑卒痒。哀恫中国，具赘卒荒。靡有旅力，以念穹苍。(《大雅·桑柔》七章)

例①后四句为交韵，"翔、姜"阳部，"琚、都"鱼部；前二句不是，"车、华"鱼部。例②后四句交韵，"寿、茂"幽部，"崩、承"蒸部；前二句不是，"恒、升"蒸部。例③后六句交韵，"贼、国、力"职部，"痒、荒、苍"阳部；前二句不是，"王"阳部。

有的中间部分是交韵，前后都不是。例如：

①我徂东山，慆慆不归。我来自东。零雨其濛。果臝之实，亦施于宇。伊威在室，蟏蛸在户。町畽鹿场，熠耀宵行。不可畏也，伊可怀也。(《豳风·东山》二章)

②於乎小子，告尔旧止。听用我谋，庶无大悔。天方艰难，曰丧厥国。取譬不远，昊天不忒。回遹其德。俾民大棘。(《大雅·抑》十二章)

例①"果臝"四句是交韵，"实、室"质部，"宇、户"鱼部。首尾八句不是，"东、濛"东部，"场、行"阳部，"畏、怀"微部。例②"天方"四句交韵，"难、远"寒部，"国、忒"职部。首尾六句不是，"子、止、谋、悔"之部，"德、棘"职部。

三、抱韵

所谓抱韵，是一章之内首尾为一韵，中间为一韵，首尾的韵把中间的韵包在里头。有的是四句两韵，一四句押韵，二三句押韵。例如：

① 决拾既佽，弓矢既调。射夫既同，助我举柴。（《小雅·车攻》五章）

② 有命自天，命此文王。于周于京，缵女维莘。……（《大雅·大明》六章）

③ 思文后稷，克配彼天。立我烝民，莫匪尔极。……（《周颂·思文》）

例①"佽"与"柴"脂支合韵，"调"与"同"韵，段玉裁说："调……读如重，此古合韵也。"[①] 例②"天"与"莘"韵，真部；"王"与"京"韵，阳部。例③"稷"与"极"韵，职部；"天"与"民"韵，真部。

有的是六句或八句两韵。例如：

① 伐木丁丁，鸟鸣嘤嘤。出自幽谷，迁于乔木。嘤其鸣矣，求其友声。……（《小雅·伐木》一章）

② 惠于宗公，神罔时怨，神罔时恫。刑于寡妻，至于兄弟，以御于家邦。（《大雅·思齐》二章）

---

① 见段玉裁《六书音韵表》。

120

③ 爰采唐矣，沫之乡矣。云谁之思，美孟姜矣。期我乎桑中，要我乎上宫，送我乎淇之上矣。(《鄘风·桑中》)

④ 其在于今，兴迷乱于政。颠覆厥德，荒湛于酒。女虽湛乐从，弗念厥绍。罔敷求先王，克共明刑。(《大雅·抑》三章)

例①六句两韵，首尾"丁、嘤、鸣、声"为韵，耕部；中间"谷、木"为韵，屋部。例②六句两韵，首尾"公、恫、邦"为韵，东部；中间"妻、弟"为韵，脂部。例③七句两韵，首尾"唐、乡、姜、上"为韵，阳部；中间"中、宫"为韵，冬部。例④八句两韵，首尾"政、刑"为韵，中间"酒、绍"幽宵合韵。

总的说来，《诗经》用韵有它的规律性，也有它的灵活性。就一章多韵看，转韵的情况很多，并为唐以后的古风所继承；交韵的例子要少得多；抱韵的形式比较奇特，《诗经》只出现了有限的几个例子，后代诗歌更完全不用了。

第四节 《诗经》韵部、通韵和合韵问题

一、《诗经》韵部系统

《诗经》时代还没有音韵学的研究，诗人用韵全凭天籁，

因为有实际语音作根据，所以《诗经》的韵有非常明显的系统性。明清以来学者对《诗经》韵部进行了大量的研究，取得了巨大的成绩。[①] 现代学者进一步对上古语音系统进行了构拟和描写，我们的认识更加深入了些。根据古音学的研究成果，我们分《诗经》音为三十韵部。它们的韵值及其在《诗经》中1811个入韵的字如下：

1. 之部　音值ə　入韵116字

否伓杯駓备佩倍负妇母亩霉敏媒梅锴痗谋耻祉臺台殆怠能来莱狸里裹理鲤李之止沚趾蚩齿饎耳诗始时塒恃赆饴苢以已矣哉宰载兹薾子籽梓偲采才在字思丝耜似祀寺士仕事史使俟涘姬基箕纪龟久玖疚倛杞屺芑起丘其淇期骐忌裘旧藄牛海喜海悔晦尤訧邮友有右又洧鲔纴

2. 幽部　音值u　入韵136字

包苞饱保宝鸨报缶孚匏袍裒罩浮阜茅卯茆昴冒牡茂戊矛祷捣滔瘳抽妯陶翿绹道稻蹈裯调蜩条杻鸟牢老流刘懰旒翏柳聊蓼洲舟辀周丑臭柔蹂收手首狩雠售讎酬受寿犹游遊悠滺莠櫵诱蚤酒椒慅草秋曹漕造皂遒酋骚埽叟脩修翛萧潇囚哀搜囊馨膠鸠轨簋韭救究纠栲考求述俅仇逑捄球绿觩舅咎茂好孝休朽皓昊忧优幽枣蚤

3. 宵部　音值o　入韵80字

麃儦瀌镳漂飘嘌摽毛旄耄笔苗庙刀切倒到朝吊桃桃盗旐召赵苕呶恍潦劳僚燎寮眘昭沼照炤苗少绍摇遥谣瑶藻枣

---

① 明清以来学者研究上古音韵的成果，王力先生在《汉语音韵学》第三编《本论中》进行了详细的论述。

蚤懆悄谯消小笑巢膏高郊教骄鸹佼乔翘敖嗷蒿嚣哓号镐韺
傚夭要蘡

4. 侯部　音值ɔ　入韵53字

附侮斗株咮枢豆踦娄漏蒌主濡孺醹姝殳树渝榆愉瘉楱揄
愈诹趋趣取㔥数笱枸耇媾句垢驹口驱具隅愚侯餱镞後（后）
厚后逅饫伛务

5. 鱼部　音值a　入韵164字

笩圃补夫肤甫脯黼赋铺浦痡蒲父辅金马武舞胏都闍堵土
吐樗瘏荼图塗徒屠稌杜除纾㺊著帑怒女庐虏鲁芦旅渚者处茹
洳书舒纾鼠黍舍旟馀舆誉与予豫野租组祖置且砠苴沮徂苏素
胥湑写圬纻绪邪阻菹楚助所酤辜盬鼓股罟殳瞽顾故固家葭羍
瑕稼居车琚据椐笯举据呱瓜寡踽苦袪去渠虞矩瞿五午牙鱼语
圉禦虞俣娱嘘虞呼帾虎浒许虚栩吁盱冔訏乎壶胡岵户怙扈祜
骱下夏暇狐华羽宇芋乌

6. 支部　音值e　入韵16字

卑知簃提支枝雌泚斯柴圭伎衹痕觿携

7. 歌部　音值ai　入韵69字

波陂破皮罴磨麻靡多它他佗池柂弛地傩那难罗离罹褵罝
吹蛇施左佐磋嗟傞瘥瑳差娑鲨沙歌加珈嘉驾掎过可锜莅俄莪
峨我仪宜议瓦吪讹牺何河荷贺和祸为阿猗椅

8. 脂部　音值ei　入韵78字

比妣匕毗膍纰眉湄郿麇美弥迷氏底体涕坻迟穉黄弟祢沵
泥履黎礼蠡醴脂衹指旨砥鸱尔迩尸蓍矢视夷姨资姊秭跻齐济
沛怵妻萋凄茨齐蛴侪荠稽私死犀栖兕师喈偕湝皆阶饥几祁骙

蔡屎

9. 微部　音值 əi　入韵 52 字

悲飞菲霏骈腓枚薇微尾追推陨穨罍雷靁縈蘽水遗唯维惟
崔摧罪绥畿几归岂顾祈鬼睎火燬怀坏回违围炜苇铧哀衣依威
萋畏

10. 职部　音值 ək　入韵 60 字

北背富辐福菖蔔备服伏麦牧得德忒特慝饬敕臘直昵力织
炽食试饰爽识式异弋翼则稷贼塞息侧色稹戒革棘襋亟臷国克
极嶷黑囿域緎蟘意亿或

11. 觉部　音值 uk　入韵 34 字

腹复覆穆笃毒轴菽迪六陆穋祝俶菽淑育戚蹙就绣肃宿夙
歗觉告菊鞠畜鹄奥燠薁

12. 药部　音值 ok　入韵 26 字

襮驳暴藐罩绰悼濯翟溺乐栎曜籥药跃凿爵削较蹻虐熇谑
罶沃

13. 屋部　音值 ɔk　入韵 36 字

卜仆木沐霂梀读独浊鹿禄绿霂辱束蠋属裕奏足族楘粟薥
续谷穀縠嗀角曲局狱玉屋渥

14. 铎部　音值 ak　入韵 60 字

博伯柏薄白莫貉莋度泽宅诺路露鹭落骆雒柘炙尺射若庶
石硕夜致奕绎怿作踖错酢柞籍愬乌昔席蓆夕格蝎客绤鞹廓臄
咢御逆壑赫藿獲（获）濩穫（获）恶

15. 锡部　音值 ek　入韵 27 字

辟璧甓觹（甓）適謫（谪）帝掅惕褐剔髢狄易蜴簀脊踖

绩刺皙锡赐鶪解厄益

16. 月部　音值 at　入韵 84 字

拜发拨髮（发）茷肺旆败茇拔较吠伐迈灭秣带怛掇祋惙达阔蚉彻说脱大兑驲夺厉烈栵捋晢舌热世设帨说逝泄勚阅撮截岁雪瘵葛揭佸括蹶蕨渴愒憩朅阔阙竭偈桀杰艾薛孽外月涉哕威喙害曷褐辖（鞷）活卫越钺

17. 质部　音值 et　入韵 58 字

畀毖珌铧匹怭密挃窒嚏替耋秩棣逮怭垤利栗慄炔至实日室肆逸即节七漆疾四驷肆恤穗柲瑟届吉袺结季弃阕悸洫嘻血襫惠穴一抑噎翳

18. 物部　音值 ət　入韵 36 字

弗茀拂悖寐妹没对退怼内类律出述醉卒痒萃谇遂穟檖隧溉匮仡塈忽溃谓渭位爱僾蔚

19. 缉部　音值 əp　入韵 18 字

荅蛰纳入湿揖楫辑集隰溻急泣及翕合洽邑

20. 叶部　音值 ap　入韵 6 字

鰈涉叶捷甲业

21. 蒸部　音值 əŋ　入韵 31 字

崩掤冰朋冯梦登滕腾惩陵蒸烝绳乘陾升胜承憎增赠兢肱弓兴薨恒弘雄膺

22. 冬部　音值 uŋ　入韵 19 字

冬中忡沖虫仲浓螽终戎融宗潨宋崇宫躬穷降

23. 东部　音值 ɔŋ　入韵 60 字

喤邦葑丰豐（丰）蓬逢庞缝濛幪蒙厖东恫庸童僮罿同动

重龙钟充冲颟塘镛庸容勇用总縱聪枞从竦送松讼诵双公功攻
工共恭巩空卭凶讻讧巷雝廱饔

24. 阳部　音值 aŋ　入韵 135 字

旁祊兵怲方雱享傍彭房防魴芒蝱盟明亡忘望罔张粻镗汤
唐堂螗荡肠长囊狼粮良凉（凉）梁粱食两章璋掌昌瀼穰让伤
裳尝常上尚阳扬杨羊痒洋钖养臧牂将浆仓苍跄斨玱锵鸧藏墙
桑丧襄相箱详翔祥床霜爽冈刚纲羹庚梗姜疆彊舠京景光洸广
康伉抗羌卿庆筐竞狂印仰乡香飨享向荒贶兄颃杭行衡珩黄簧
皇喤遑煌王往永央泱英

25. 耕部　音值 eŋ　入韵 52 字

聘平苹屏鸣名冥丁桢祯听醒程庭霆定宁灵征正政骋声成城
盈楹赢营颖旌箐青清姓星争甥笙生牲惊敬经泾倾罃馨刑莹嘤萦

26. 寒部　音值 an　入韵 121 字

板牉反坂阪泮幡蕃弁樊燔繁番蛮慢单瘅亶旦展锻转叹惮
榐檀廛溥博难烂连涟栾娈乱旃然熯惮埠筵衍餐粲迁残践泉偘
（仙）鲜霰宜选羡山汕干乾蕳间营简涧谏肩见冠管痯馆贯关
卝卷悁愆衍宽缱鬈虔岸颜言彦巘原嫄愿罕汉轩宪福涣咺谖儇
貆骈翰闲伺完丸还环媛垣园援远安晏焉宴燕苑怨宾

27. 真部　音值 en　入韵 61 字

宾滨翩频蘋民泯缗瘟命滇颠天陈尘田阗填电甸年粼邻麟
苓零令领神人仁忍身申引胤亲千倩尽烬新薪信洵旬蓁榛溱臻
莘矜坚均钧贤玄姻駰裍渊

28. 文部　音值 ən　入韵 63 字

奔盼芬雰贫棼闵门璊亹闻问敦啍焞珍遯轮沦振畛春川滣

顺忍踔晨辰鹑鹳存先西洒孙飧诜艰巾鳏君麕壸困旂芹勤堇群欣焞熏训云雲员陨殷慇愠浼

29. 侵部　音值 əm　入韵 38 字

风耽湛簟南男林临枕琛黮壬深谂煁谌甚葚僭潜骖骎绥寝三心鹬今衿金锦钦琴芩歆音阴饮

30. 谈部　音值 am　入韵 22 字

贬玷葵襜惔餤谈苕蓝滥詹瞻斩谗甘敢临岩肃俨涵槛

以上三十韵部，按韵尾的不同，可以分为阴、阳、入三大类；而按主要元音和韵尾的关系，可以分为十一类，它们配合得相当整齐，即：

阴声	入声	阳声
1. 之部 ə	职部 ək	蒸部 əŋ
2. 幽部 u	觉部 uk	冬部 uŋ
3. 宵部 o	药部 ok	
4. 侯部 ɔ	屋部 ɔk	东部 ɔŋ
5. 鱼部 a	铎部 ak	阳部 aŋ
6. 支部 e	锡部 ek	耕部 eŋ
7. 歌部 ai	月部 at	寒部 an
8. 脂部 ei	质部 et	真部 en
9. 微部 əi	物部 ət	文部 ən
10.	缉部 əp	侵部 əm
11.	叶部 ap	谈部 am

阴声韵九部，没有辅音或鼻音韵尾；入声韵十一部，分别收 -p、-t、-k 辅音韵尾；阳声韵十部，分别收 -m、-n、-ŋ

鼻音韵尾。同一韵部的字主要元音和韵尾都相同；同类韵部的字，主要元音相同，韵尾的发音部位相当。

二、《诗经》里的通韵和合韵

《诗经》三十韵部的划分主要是根据《诗经》本身的用韵。[①] 不过各个韵部之间还存在着某些纠葛，《诗经》里还有一些通韵和合韵的现象[②]。《诗经》用韵共计 1695 处，其中各韵部独用共 1486 处，占全《诗》用韵的 87.6%；通韵和合韵共 209 处，占全《诗》用韵的 12.4%。下面分别讨论阴声韵、阳声韵、入声韵中的通韵和合韵问题。

1. 阴声九部

之部　《诗经》里之部用韵 187 处，其中独用 152 处，通韵和合韵共 35 处（下面例字有△号的是之部字）。之职两部主要元音相同，阴入对转，通韵达 25 处。如《静女》三章"异、贻"为韵，《楚茨》一章"棘、稷、翼、亿、食、祀、侑、福"为韵，《瞻卬》四章"忒、背、极、慝、倍、识、事"为韵，等等。之蒸阴阳对转，有 1 处通韵，如《女曰鸡鸣》一章"来、赠"为韵。之幽两部元音较近，《雅》《颂》里有 6 处合韵。如《瞻卬》二章"有、收"为韵，《丝衣》"纮、绹、基、牛、鼐、鼒、柔、休"为韵。时间稍晚

---

① 谐声偏旁也是划分上古韵部的根据之一。
② 同类阴阳入三部的字在一起押韵，叫作"通韵"；非同类韵部的字在一起押韵，叫作"合韵"。这是根据王力先生的说法，见《诗经韵读》28 页。

的《老子》和《楚辞》里，这两部合韵也多。到了汉代，之部"牛、丘、久、疚、旧、尤"等字都转入幽部。可见《诗经》里之幽两部有合韵的例子，并非偶然。之鱼两部也有几处合韵。如《蝃蝀》二章"雨、母"为韵。《周颂·载芟》末三句"匪且有且，匪今斯今，振古如兹"，之鱼合韵，"兹"之部，"且"鱼部。

幽部 《诗经》里幽部用韵 144 处，其中幽部独用 117 处，合韵和通韵 27 处（下面有△号的是幽部字）。幽觉阴入对转，通韵 7 处，如《兔罝》二章"罦、造、忧、觉"为韵，《小旻》三章"犹、就、咎、道"为韵，等等。幽宵相近，有 9 处合韵，如《君子阳阳》二章"陶、翱、敖"为韵，《鸤鸠》四章"谯、脩、翘、摇、哓"为韵，等等。之幽合韵已见前。幽冬阴阳对转，《诗经》里却没有通韵的例子。《常棣》四章："兄弟阋于墙，外御其务。每有良朋，烝也无戎。"段玉裁以"务"入三部（即幽部），与"戎"合韵[①]，江有诰则以为无韵。按《左传·僖公二十四年》《国语·周语》都引《诗》作"外御其侮"，"务"与"侮"同，当入侯部。"戎"为冬部字，相隔颇远，不必认为合韵。

宵部 《诗经》里宵部用韵 59 处，其中宵部独用 41 处，通韵和合韵 18 处（下面有△号的是宵部字）。除宵幽关系密切外，宵药阴入对转，通韵 9 处，如《关雎》三章"芼、乐"为韵，《抑》十一章"昭、乐、懆、藐、教、虐、耄"

---

① 见段玉裁《六书音韵表》三部"戎"字注。

为韵，等等。

侯部　《诗经》里用韵 33 处，其中侯部独用 29 处。侯屋阴入对转，通韵 3 处（有△号的是侯部字），如《大雅·绵》九章"附、后、奏、侮"为韵；侯东阴阳对转，也偶有通韵，如《大雅·瞻卬》七章"后、巩、后"为韵。侯鱼两部，《诗经》界域分明。《大雅·皇矣》八章"是类是祃，是致是附，四方以无侮"，段玉裁、江有诰都以"祃、附、侮"为鱼侯合韵。但"祃"在首句，王力先生以为不入韵，侯鱼两部就没有合韵的例子。到战国以后，两部合用的例子才多起来，如《楚辞·哀时命》"垢、处"为韵，宋玉《神女赋》"傅、去、附"为韵，等等。

鱼部　《诗经》里鱼部是个大部，用韵 196 处，其中鱼部独用 173 处，通韵和合韵 26 处（下面有△号的是鱼部字）。鱼铎阴入对转，通韵 20 处，如《唐风·蟋蟀》一章"莫、除、居、瞿"为韵，《大雅·烝民》一章"若、赋"为韵，等等。除与之部有几处合韵外，鱼部没有和其他韵部合韵的例子。

支部　《诗经》里支部是个窄韵，用韵仅 15 处，其中支部独用 8 处，通韵和合韵 7 处（下面有△号的是支部字）。支锡阴入对转，通韵 5 处，如《大雅·韩奕》一章"解、易、辟"为韵，《鲁颂·闷宫》三章"解、帝"为韵，《商颂·殷武》三章"辟、绩、辟、适、解"为韵，等等。通常以"解"为支部字，《诗经》里却只与锡部字通押，所以段玉裁以"解"为上古入声字①，这样《韩奕》《闷宫》《殷武》就不是通

---

① 见段玉裁《六书音韵表》十一部。

韵，支锡通韵的例子大大减少。支部与脂、真两部主要元音相同，偶有通韵。晚周时代，支歌两部往往在一起押韵，如《庄子·在宥》"知、离"为韵，《韩非子·扬权》"地、解"为韵，等等。《诗经》里它们虽是邻韵，却没有合韵的例子。

脂部、微部 《诗经》里脂部用韵 80 处，其中脂部独用 38 处，通韵和合韵 42 处，超过了独用的数目。微部用韵 98 处，其中微部独用 60 处，通韵和合韵 38 处。《诗经》里脂微两部关系密切，合韵最多，共 34 处（有△号的是脂部字），例如《周南·葛覃》一章"萋、飞、喈"为韵，《小雅·四牡》一章"骓、迟、归、悲"为韵，《大雅·公刘》四章"依、济、几、依"为韵，等等。清代古音学家大都认为脂微只是一部，王力先生把微部从脂部分出来，而且确定了两部韵字的归类。脂部与质、真两部相对，微部与物、文两部相对。从此上古韵部的配合更整齐了。两部都有韵尾 -i，脂部主要元音稍前，微部主要元音稍后，但相差无几。故《诗经》里以这两部合韵的例子最多，到汉代就完全合成一部了。因为脂微两部分立与否的看法不同，对某些字是否入韵，看法也就不完全一致。例如《郑风·扬之水》："扬之水，不流束楚。终鲜兄弟，维予与女。无信人之言，人实迋女。"顾炎武、王念孙、江有诰都认为一、三句"水""弟"入韵；王力先生则以为"水"（微部）、"弟"（脂部）不同部，不入韵。《小雅·沔水》一章："沔彼流水，朝宗于海。鴥彼飞隼，载飞载止。嗟我兄弟，邦人诸友。莫肯念乱，谁无父母。"顾、王、江都以一、三、五句"水、隼、弟"为韵（"隼"文部）；而王先生以为三字不同部，不入韵。在理解《诗经》用韵的时候，这一点是应当注意的。

2. 入声十一部

清代考古派语音学家虽然承认上古有入声，但是他们大都把入声韵并入阴声韵，因为两者有时可以通押。审音派古音学家把入声韵和阴声韵分别开来，音理上是正确的，因为入声有辅音韵尾而阴声没有。从《诗经》用韵的情况看，《国风》中绝大多数阴入两声并不相混。《雅》《颂》中阴入通押的例子多一些，所占比例也不太大。王力先生曾经统计过阴入通押的例字如下：

之部	258：27	占 10.5% 弱
幽部	143：6	占 4.2% 弱
宵部	67：11	占 16.4% 强
侯部	57：5	占 8.8% 弱
鱼部	228：22	占 9.6% 强
支部	26：4	占 15.4% 弱

阴入通押的字只占百分之几或十几。如从用韵的单位统计，阴声韵独用和阴入通韵的情况如下：

之部独用 152 处	之职通韵 25 处
幽部独用 117 处	幽觉通韵 7 处
宵部独用 41 处	宵药通韵 9 处
侯部独用 29 处	侯屋通韵 3 处
鱼部独用 173 处	鱼铎通韵 20 处
支部独用 8 处	支锡通韵 5 处

歌部独用 61 处　　　　歌月通韵 0 处

脂部独用 38 处　　　　脂质通韵 4 处

总的说来，阴声韵和入声韵的界限是基本清楚的。但它们之间通韵的现象也不应忽视，其中之职、幽觉、宵药、鱼铎等阴声与入声韵部的关系尤为密切。考古派古音学家把入声韵并入阴声韵并非毫无根据。另外入声韵和入声韵部之间，入声韵和阳声韵部之间也有合韵的例子。下面分别讨论入声各部之间的合韵情况：

职部 《诗经》里职部用韵 116 处，通韵和合韵共 32 处。其中职觉合韵 5 处（下面有△号的是职部字），如《豳风·七月》七章"稑、麦"为韵，《小雅·楚茨》五章"备、戒、告"为韵，《大雅·生民》一章"夙、育、稷"为韵，等等，这两部关系密切，跟阴声之幽两部关系密切的情况是一致的。

觉部 《诗经》里用韵 28 处，通韵和合韵 14 处。除职觉合韵外，觉屋有 2 处合韵（下面有△号的是觉部字），如《豳风·东山》一章"蠋、宿"为韵，《小雅·采绿》一章"绿、匊、局、沐"为韵。这和阴声幽侯两部有些合韵是一致的。但阴声幽宵两部合韵甚多，入声觉药两部却没有合韵的例子。

药部 《诗经》用韵 24 处，药部独用 14 处。除宵药通韵外，基本上不和其他韵部通押。《鄘风·君子偕老》二章"翟、髢、揥、皙、帝"为韵。段玉裁以为"翟"在古音第二部（药部），"髢、揥、皙、帝"属锡部，药锡合部。但江有诰以为"翟""当作狄"，属锡部；王力先生以"翟"字分属药、锡两部，《君子偕老》二章就不是合韵了。

屋部 《诗经》用韵 31 处，屋部独用 25 处，除侯屋通韵、觉屋合韵外，还有《小雅·正月》六章"局、蹐、脊、蜴"通押，为屋锡合韵（有△号的是屋部字）。

铎部 《诗经》用韵 62 处，铎部独用 41 处。除鱼铎通韵外，只有铎叶 1 处合韵。《大雅·常武》三章"赫赫业业，有严天子，王舒保作"，段玉裁、王力先生都以为"业、作"合韵，"业"叶部，"作"铎部。但顾炎武以为首二句不入韵，江有诰以为"赫赫业业"当作"业业赫赫"，"赫、作"为铎部本韵，不是合韵。可惜江氏的说法虽然合理，却没有历史根据。

锡部 用韵 20 处，锡部独用 12 处，通韵和合韵 8 处。支锡通韵，药锡、屋锡偶有合韵，均已见前。另外《大雅·韩奕》二章"幭、厄"相押，"幭"月部，"厄"锡部，似为月锡合韵。但据段玉裁考证，"幭"字《仪礼·既夕礼》《玉藻》《少仪》《公羊传·昭公二十五年》《说文》均作"幦"，《毛诗》作"幭"乃通假字①。王力先生同段氏说，改"幭"为"幦"，属锡部，这两句就不存在合韵问题。

月部 《诗经》用韵 68 处，月部独用 57 处，通韵和合韵 11 处（有△号的是月部字）。月寒对转，通韵 1 处，《周颂·访落》"艾、涣、难"为韵。谐声字如"怛"从"旦"声，"怛"在月部而"旦"在寒部，也可见两部关系密切。

---

① 见段玉裁《六书音韵表》十六部"幭"字注、《说文解字·巾部》"幦"字注。

月质合韵 8 处，如《小雅·正月》八章"结、厉、灭、威"为韵，《大雅·瞻卬》一章"惠、厉、瘵、疾、届"为韵，等等；月物合韵 2 处，《小雅·出车》二章"旆、瘁"为韵，《大雅·生民》四章"旆、穟"为韵即是。

质部、物部 《诗经》质部用韵 57 处，独用 35 处，通韵和合韵 22 处；物部用韵 28 处，独用 16 处，通韵和合韵 12 处。质物两部合韵 10 处，关系密切，例如《邶风·谷风》六章"溃、肄、塈"为韵，《魏风·陟岵》二章"季、寐、弃"为韵，《大雅·皇矣》三章"对、季"为韵，等等（有△号的是质部字）。另外，脂质真同类对转。脂质有 3 处通韵，如《鄘风·载驰》二章"济、闷"为韵，"济"脂部，"闷"质部字；质真有 1 处通韵，《大雅·召旻》五章"替、引"为韵，"替"质部，"引"真部。微物文同类，但物部既不与微部通韵，也不与文部通韵，关系不密切。

缉部、叶部 这是两个窄韵，没有阴声韵相配。缉部用韵 13 处，独用 10 处，合韵 3 处。叶部用韵 6 处，独用 4 处。缉叶合韵 1 处，《大雅·烝民》七章"业、捷、及"为韵，"及"缉部，"业、捷"叶部。另外缉职合韵 2 处，已见职部，叶铎合韵 1 处，已见铎部。

3. 阳声十部

《诗经》阳声韵十部可以分为三类：蒸、冬、东、阳、耕五部收韵尾 -ŋ，与收 -k 尾的入声韵相配；寒、真、文三部收韵尾 -n，与收 -t 尾的入声韵相配；侵、谈两部收韵尾 -m，与收 -p 尾的入声韵相配。阳声各部与阴声、入声通韵的情况，前面都已谈到。下面分别讨论阳声各部合韵的情况：

蒸部 《诗经》用韵 25 处，独用 21 处。蒸冬合韵 1 处，《大雅·召旻》七章"中、弘、躬"为韵；蒸侵合韵 3 处，如《秦风·小戎》三章"膺、弓、滕、兴、音"为韵，《大雅·大明》七章"林、兴、心"为韵（有△号的是蒸部字）。蒸侵两部韵尾不同，但主要元音相同，故有时可以合韵。

冬部 《诗经》用韵 25 处，独用 13 处，合韵 10 处。冬侵合韵 6 处，如《秦风·小戎》二章"中、骖"为韵，《豳风·七月》八章"冲、阴"为韵，《大雅·公刘》四章"饮、宗"为韵，等等（有△号的是冬部字）。严可均并冬入侵，王力先生从严氏说，是有道理的。不过从《诗经》用韵看，侵冬两部已有明显的分用趋势，所以我们仍分为两部。但它们有共同的来源，合韵较多就不足为奇。

东部 《诗经》用韵 53 处，独用 50 处，通韵和合韵只有 3 处（见前），东部的独立性是很强的。

阳部 《诗经》用韵 184 处，独用 179 处，合韵 5 处。寒阳合韵 1 处，《大雅·抑》九章"言、行"为韵；谈阳合韵 2 处，《大雅·桑柔》八章"瞻、相、臧、肠、狂"为韵，《商颂·殷武》四章"监、严、滥、遑"为韵（有△号的是阳部字）。寒、谈、阳三部韵尾不同，但主要元音相同，故有时可以合韵。

耕部 《诗经》用韵 62 处，独用 57 处。耕真合韵 4 处，如《小雅·节南山》七章"领、骋"为韵，《小雅·小宛》四章"令、鸣、征、生"为韵，《小雅·桑扈》二章

"领、屏"为韵,《周颂·赉》"定、命"为韵(有△号的是耕部字)。其实只是一个"令"字的问题("领""命"并从"令"声)。"令",《广韵》属梗摄青、劲两韵,现代普通话读后鼻音韵尾,有的古音学家归入耕部,以上数句就不是合韵。但是《诗经》里"令"或"令"声的字与真部押韵的更多,如《邶风·简兮》四章"榛、苓、人、人、人"为韵,《鄘风·蝃蝀》三章"人、姻、信、命"为韵,等等。因此王力先生以"令"入真部,而以与耕部通押者为合韵。王先生的处理是正确的。大约"令"部最初只收 -n 尾,后来才读成 -ŋ 尾,现在北方话系统读 -ŋ 尾,南方一些方言则仍读 -n 尾,保存了上古的读法。

寒部 《诗经》用韵 87 处,独用 79 处,通韵和合韵 8 处。除寒阳合韵外,寒文两部偶有 1 处合韵,《大雅·生民》一章"民、嫄"为韵;真文两部有 2 处合韵,如《秦风·小戎》三章"群、镗、苑"相押,《小雅·楚茨》四章"燔、愆、孙"相押(有△号的是寒部字)。真文两部与寒部主要元音不同,大约因为韵尾都是 -n,所以偶有合韵。

真部、文部 真部用韵 96 处,独用 84 处,通韵和合韵 12 处;文部用韵 32 处,独用 26 处。真文有 2 处合韵,《小雅·正月》十二章"邻、云、殷"为韵,《大雅·既醉》六章"壸、年、胤"为韵(有△号的是真部字)。另外《周颂·烈文》"人、训、刑"相押,"人"真部,"训"文部,"刑"耕部,三部合韵。

侵部、谈部 侵部用韵 48 处,独用 38 处,合韵 10 处;

谈部用韵 10 处，独用 7 处，通韵和合韵 3 处。侵谈两部都带 -m 尾，有 1 处合韵。《陈风·泽陂》三章"菡、俨、枕"为韵，这与入声缉叶两部有合韵是一致的。

总之，《诗经》里还存在着相当数量的通韵和合韵现象，反映了韵部与韵部之间的不同关系。有的是主要元音相同或相近，有的是韵尾相同，有的反映了语音的变化，也有的表现了方言的不同。各部通韵和合韵的数量也不平衡。全《诗》通韵以之职、幽觉、宵药、鱼铎、支锡各部较多，合韵以之幽、幽宵、脂微、月质、质物等部较多；其余各部，有的通韵和合韵较少，有的完全没有通韵和合韵。

第五节 《诗经》今读

从《诗经》时代到现在，汉语语音发生了极大的变化。我们在阅读《诗经》时，语音上会碰到这样那样的问题，这一节将对这些问题简要地进行讨论。

一、"叶音"问题

《诗经》绝大部分是有韵的。前人读《诗经》，遇到有些字押韵不合当时语音，往往临时改变这些字的读音，以求押韵和谐，叫作"叶音"，也叫"协韵"。这种办法起源于六朝。例如：

①《王风·中谷有蓷》一章："中谷有蓷，暵其干
矣。有女仳离，嘅其叹矣。"《释文》："叹矣，吐丹反，
协韵也。"

②《大雅·云汉》一章："靡神不举，靡爱斯牲。
圭璧既卒，宁莫我听。"《释文》："听，依义吐定反，协
句吐丁反。"

例①"叹"字上古本读平声，六朝转为去声，故《释文》以
为读成"吐丹反"是与"干"协韵。《广韵》上平二十五寒：
"叹，长息，他干切。"又去声二十八翰："叹，叹息，他
但切。"古音与后起音并存。例②"听"字上古也是平声，
《诗经》入韵五处，都与平声字相押，如《小雅·伐木》一
章"鸣、声、声、生、听、平"为韵，《小雅·小旻》四章
"程、经、听、争、成"为韵，等等。六朝时已转为去声，
所以《释文》以为"听"字"依义吐定反"，为了与平声
"牲"字押韵，才读"吐丁反"。《广韵》下平十五青："听，
他丁切，聆也。"又去声四十六径："听，他定切，聆也。"
古音与后起音并存。现在北方话"听"读阴平，南方话读去
声，反映了古今音的不同情况。到了宋代，协韵的风气更加
盛行。例如朱熹《诗集传》里就用了大量"叶音"的例子：

①泛彼柏舟，在彼中河。髧彼两髦，实维我仪
（叶牛何反）。之死矢靡他（汤河反）。母也天（叶铁因
反）只，不谅人只。（《鄘风·柏舟》）

②将仲子兮，无逾我里，无折我树杞。岂敢爱之，

139

畏我父母（叶满彼反）。仲可怀（叶胡威反）也，父母之言，亦可畏（叶於非反）也。（《郑风·将仲子》）

这种"叶音"的办法拿后代的读音去"纠正"《诗经》的读音，缺乏历史观点，随意性大，很不科学。明陈第已经明确地表示反对。他说："时有古今，地有南北，字有更革，音有转移，亦势所必至。"[1] 王力先生更对"叶音"说进行了全面的批判。[2] 拿上面两首诗来看，在《诗经》时代押韵本来很和谐。例①"河、仪、他"都属歌部，后来语音分化，汉代"仪"字已转入支部，不再与"河"通押。"他"在《广韵》里还与"河"同属歌韵，到朱熹时代，"他"转入麻韵，才与"河"不同韵。例②"子、里、杞、母"上古都属之部，六朝"母"字转为莫厚切（上声厚韵），才与"子、里、杞"不同韵。"怀"与"畏"上古都属微部平声，押韵和谐。六朝以后，"怀"转为户乖切（平声皆韵），"畏"转为於胃切（去声未韵），就不再押韵了。朱熹叶音"母"为满彼反，"怀"为胡威反，"畏"为於非反，既非宋代读音，更未必是上古读音，实在没有多大的道理。但是"叶音"说的影响，在现代一些《诗经》的注音里一直存在着[3]，所以

① 见陈第《毛诗古音考自序》。
② 见《诗经韵读》1—3页。
③ 如余冠英先生《诗经选》就用了不少叶音的方法。《关雎》四章"参差荇菜，左右采之。窈窕淑女，琴瑟友之"注："'友'字古读如'以'，和上文'采'（古音 cǐ）相韵。"（4页）《燕燕》一章"远送于野"注："'野'，古读如'宇'"；三章"远送于南"注："南（古音 nín），指南郊。"（27页）等等都是。

仍然有讨论的必要。我们的办法是，古音归古音，今音归今音，注音一律只采现代读音，而不考虑什么"叶音"。这样可以省去许多麻烦，也符合汉语语音发展的实际情况。

二、一字多音和不常见音

1. 一字多音

《诗经》里有多音字185个，其中176个有两个读音，"假、乐、难、其、齐、说、厌、猗"八字有三个读音，"敦"字有四个读音。有的音一直保存到现在，有的音现在已经消失了。读《诗经》时要注意在不同文义里读成不同的音，否则容易读错。例如"被"，一音 bèi，皮彼切，作"覆盖"讲，《大雅·既醉》："天被尔禄。"这是常见音。一音 bì，平义切，通"髲"，指古代妇女用假发梳成的高髻。《召南·采蘩》："被之僮僮。"《毛传》："被，首饰也。"这个意义不能读成 bèi。"丁"，一音 dīng，当经切，作"当、逢"讲。《大雅·云汉》："宁丁我躬。"这是常见音。一音 zhēng，侧茎切，丁丁，伐木声。《小雅·伐木》："伐木丁丁。"这个意义不读 dīng。"蛇"，一音 shé，食遮切，动物名，《小雅·斯干》："维虺维蛇。"这是常见音。一音 yí，弋支切，《召南·羔羊》："委蛇委蛇。"委蛇，从容自得之貌。这个意义又不能读成 shé。"近"，一音 jìn，其谨切，接近。《小雅·杕杜》："会言近止。"这是常见音。一音 jì，居吏切。《大雅·崧高》："往近王舅。"《郑笺》："近，辞也。"这是

"辽"的误字，不能读成 jìn。"振"，一音 zhèn，章刃切，振动，抖动。《豳风·七月》："六月莎鸡振羽。"这是常见音。一音 zhēn，之人切。《周南·螽斯》："宜尔子孙振振兮。"《毛传》："振振，仁厚也。"这个意义不念 zhèn。

也有的字几个音都不常见，必须仔细加以分辨。例如"裼"指包小儿的衣被，音 tì，他计反，《小雅·斯干》："载衣之裼。""袒裼"之"裼"音 xī（xí），先击切，《郑风·大叔于田》："袒裼暴虎。""娄"字《诗经》有两音：一音 lǘ，力朱切，拉，扯。《唐风·山有枢》："弗曳弗娄。"一音 lǜ，龙遇切，屡次。《小雅·角弓》："式居娄骄。"二十八宿中西方白虎七宿第二宿娄宿之"娄"、姓娄之"娄"音 lóu，《诗经》里没有出现。"填"，《诗经》有两音：一音 tiǎn，徒典切，贫困。《小雅·小宛》："哀我填寡。"一音 chén，池邻切，《大雅·桑柔》："仓兄填兮。"《毛传》："填，久也。""填塞"之"填"音 tián，《诗经》无此音。"参"，《诗经》有两音："参差"义音 cēn，楚簪切，《周南·关雎》："参差荇菜。""参星"义音 shēn，所今切。《召南·小星》："维参与昴。"又"参验""参与"义音 cān，"参国之一"的"参"音 sān，"渔阳参挝"的"参"音 càn，《诗经》里没有出现。

2. 不常见音

有些字现代汉语里也很常见，但是《诗经》里出现的只是书面语言里保存的古音义。例如"妯"音 chōu（丑鸠切），激动，悲伤。《小雅·鼓钟》："忧心且妯。"不读"妯娌"之"妯"（zhóu）。"颁"音 fén（符分切），头大的样子，《小雅·鱼藻》："有颁其首。"不念"颁布"的"颁"（bān）。"拚"音 fān（孚袁切），飞翔的样子，《周颂·小毖》："拚飞维鸟。"不念"拚命"的"拚"（pàn）。"串"音guàn（古患切），《大雅·皇矣》："串夷载路。"《郑笺》："串夷，即混夷，西戎国也。"不念"串联"的"串"（chuàn）。"杼"音 zhú（直六切），杼柚，织布机，《小雅·大东》："杼柚其空。"不念"柚木"的"柚"（yòu）。"庞"音 lóng（卢东切），庞庞，强盛的样子，《小雅·车攻》："四牡庞庞。"不念"庞大"的"庞"（páng）。"挑"音tāo（土刀切），《郑风·子衿》："挑兮达兮，在城阙兮。"《毛传》："挑达，往来相见貌。"不念"挑担"的"挑"（tiāo）等。如果我们只按现代音义去读，就是错误的。

三、反切和今音

反切是拼音字母出现以前一种比较好的注音方法。前人所作反切是《诗经》注音的重要根据。大多数字古今音对应清楚，根据反切就可同时读出今音，但也有些字情况比较复杂。我们分三种情况来处理：

1. 反切切出的音与现代读音不同时，按约定俗成的原则，以今音为准。例如"雎"，《关雎》"关关雎鸠"《释文》"七胥反"，《广韵》"七余切"，本清母字，今读为 jū。"槛"，《采蒴》"觱沸槛泉"《释文》"衔览反"，《广韵》"胡黮切"，匣母字，今读为 jiàn。"黮"，《泮水》"食我桑黮"，《广韵》"徒感切"又"他感切"，《集韵》"时染切"，今读为 shèn，是"葚"字的音。"秮"，《丰年》"丰年多黍多秮"《释文》"音杜"，《广韵》"他胡切"又"他曾切"，今读为 tú，不依反切。

2. 有些字韵书有两个不同的反切，可以切出两个不同的音，只收与今音相合的一个。例如"怒"，《桑柔》"我生不辰，逢天僤怒"，与"宇、处、寙"等上声字为韵；《广韵》上声十姥"奴古切"，又去声十一暮"乃故切"；今音 nù，只读去声。"盾"，《小戎》"龙盾之合"《释文》"顺允反"，《广韵》上声十七准："食允切，干盾也。"上声二十一混："徒损切，赵盾，人名。"今北方音读 dùn，只取"徒损切"，南方方言读 shǔn，只取"食允切"。"鼒"，《丝衣》"鼐鼎及鼒"《释文》"音兹，徐音灾，郭音才"；《广韵》七之"子之切"，又十六咍"昨哉切"；今音读为 zī（《新华字典》《现代汉语词典》），不收"昨哉切"一音。

3. 两音并存。有的字现代汉语已不用了，韵书中有两个不同的反切，字典标音取舍各不相同，这样不妨两音并存。例如"猃"，《秦风·驷驖》"载猃歇骄"《释文》"力验切"，《广韵》上声五十琰"良冉切，又音险"，去声五十五艳"力验切"。今《辞源》音 xiǎn，又音 liàn，可从。"籊"，《竹竿》"籊籊竹竿"《释文》"他历反"，《广韵》入声二十三锡"徒历切"，又"他历切"。《辞源》《辞海》音 tì，又音 dí，可从。"㤉"，《板》"天之方㤉"《释文》"才细反"，《广韵》平声十二齐"徂奚切"，又去声十二霁"在诣切"，有平去两切。今《辞海》音 qí，《辞源》音 qí 又音 jì，可依《辞源》。"仔"，《敬之》"佛时仔肩"《释文》"音兹"，《广韵》上平七之"子之切"，上声六止"即里切"，有平上两切。今《新华字典》《现代汉语词典》音 zī，《辞源》《辞海》音 zǐ，各不一致，似可两音并收。"福"，《闷宫》"夏而福衡"《释文》"音福"，《广韵》入声一屋"方六切"，又二十四职"彼侧切"，有两音。《辞海》音 bì；《辞源》音 fú，又音 bì，当从《辞源》。《诗经》中这类例子颇多，值得我们在阅读和注音时注意。

四、毛、郑异读

郑玄为《毛传》作"笺"，有时与毛氏异解，读音也就不同。我们在读《诗经》和给《诗经》注音的时候，不应当忽视毛、郑之间的差别。而要根据释义的不同在注音上加以选择。例如《周南·关雎》"君子好逑"，毛释为"君子之好匹"，"好"为美好，形容词，上声，音 hǎo；郑释为"能为君子和好众妾之怨者"，"好"为和好，动词，去声，音 hào。《商颂·殷武》"罙入其阻"，《毛传》："罙，深也。"音 shēn。《郑笺》："罙，冒也。"音 mí。《辞海》即据毛、郑的不同解释而分为"罙"（shēn）、"罙"（mí）两字，都举"罙入其阻"为例。《唐风·山有枢》"他人是愉"，《毛传》："愉，乐也。"音 yú。《郑笺》："愉读曰偷，取也。"音

tōu。《小雅·甫田》"攘其左右"，《正义》述毛云："教农夫以间暇之时攘除田之左右，辟其草莱。""攘"音 ráng（如羊反）。《郑笺》："攘，读当为饷。饷，馈也。"音 xiǎng。《小雅·斯干》"君子攸芋"，《毛传》："芋，大也。"音 xū（香于反）。《郑笺》："芋当作幠，幠，覆也。"音 hū（火吴反）。按王引之读"芋"为"宇"，作"居住"讲，音 yǔ，与毛、郑都异。由于某些诗义比较深奥，前人解释不一，读音因而有别，这给我们阅读《诗经》增加了困难，毛、郑异读只是其中一端而已。

第四章 《诗经》的词汇

第一节 《诗经》词汇的丰富性和不平衡性

一、《诗经》里的字和词

词是语言的基本单位，字是记录语言的符号。一个字可以是一个词，也可以不是一个词，字数不等于词数。《诗经》里出现了2828个单字①，词的数目却有3400余个。大约有以下三种情况：

第一，《诗经》2828个单字中，有349个只作为复音词词素，不独立成词。例如"傍"字只见于重言词"傍傍"（《小雅·北山》"王事傍傍"），"蔽"字只见于联绵词"蔽芾"（《召南·甘棠》"蔽芾甘棠"），"蠨""蛸"只见于联绵词"蠨蛸"（《豳风·蠨蛸》"蠨蛸在东"），"菜"字只见于复合词"荇菜"（《周南·关雎》"参差荇菜"），等等。

第二，有些字来源不一定相同，但在《诗经》里音义完全相同，实际上只是一个词。例如：

---

① 《诗经词典》原有2826个单字，漏收"焚"和"菜"。增订本已补上，故为2828个单字。

嘆（叹）、歎　按《说文》："嘆，吞嘆也。一曰太息也。""歎，吟也。谓情有所悦，吟歎而歌咏。"段玉裁注："古歎与嘆义别，歎与喜乐为类，嘆与怒哀为类。"《诗经》里完全没有这种区别。《王风·中谷有蓷》"嘅其嘆矣"，"嘆"是太息，《释文》："嘆，本亦作歎。"《豳风·东山》"妇歎于室"，《小雅·常棣》"况也永歎"，字都用"歎"，也是"太息"义。

啸、歗　按《说文》："歗，吟也。"[1]"啸，吹声也。"《诗经》里两字音义全同，都表示"蹙口发出长而清脆的声音"。《召南·江有汜》"其啸也歌"[2]，用"啸"；《王风·中谷有蓷》"条其歗矣"，用"歗"。

管、筦　按《说文》："管，如篪，六孔。""筦，筟（绾丝的篾子）也。"二字意义不同。《诗经》里却是指同一种竹制的管乐器。《周颂·有瞽》"箫管备举"，字用"管"；《执竞》"磬筦将将"，字用"筦"，《释文》："筦音管，本亦作管。"到了《玉篇》和《广韵》里，"筦"就成了"管"的异体字。

第三，有的字包含两个完全不同的意义，甚至读音也不一样，实际上不是一个词。例如"梅"，《诗经》里指两种不同的树。一是酸梅。《召南·摽有梅》："摽有梅，其实七兮。"《集传》："梅，木名，华白实似杏而酢。"二是楠木。《秦风·终南》："终南何有？有条有梅。"《毛传》："梅，枏也。""鹑"，《诗经》里指两种不同的鸟。一是鹌

---

① 段玉裁《说文解字注》改作："歗，吹也。"

② 《说文·欠部》引《诗》"其歗也歌"。

鹑，音 chún，《鄘风·鹑之奔奔》："鹑之奔奔，鹊之彊彊。"
《释文》："鹑，音纯，鹌鹑鸟。"二是猛禽，即雕，音 tuán。
《小雅·四月》："匪鹑匪鸢，翰飞戾天。"《毛传》："鹑，雕
也。""鱼"，《诗经》里指三种不同的动物。一是水中的
鱼。《小雅·鱼丽》："鱼丽于罶。"《周颂·潜》："潜有多
鱼。"二是海兽。《小雅·采薇》："象弭鱼服。"《正义》引陆
玑《诗义疏》："鱼兽似猪，东海有之，其皮背上斑文，腹下
纯青，今以为可弓鞬步义者也。"三是二目毛色白的马。《鲁
颂·駉》："薄言駉者，有驈有皇，有骊有黄。"《毛传》："二
目白曰鱼。"

从理论上说，词是音和义的结合物，既然字所包含的
内容不同，就应看成不同的词。但是究竟哪些应看作不同的
词，哪些只是一个词的几个义项，在实际划分时往往会碰到
界限不清的困难。为了简便，我们把这些不同的意义都放在
同一个字头下作为不同的义项处理。

二、《诗经》词汇的丰富性

《诗经》里共有单音词 2500 个，复音词 900 余个，两者
合计 3400 余个。如果把含有几个完全不同的意义的字算作
不同的词，《诗经》词汇的数目还要大一些。

1. 名词

《诗经》词汇里，名词约 2000 个，在各个词类中数量最
多，涉及的面非常广。例如《诗经》里有草本植物 100 种，

木本植物 34 种，鸟类 38 种，兽类 27 种，鱼类 14 种，等等。全面列举《诗经》里出现的各类名称进行讨论是很不容易的。下面我只谈谈有关农业和家畜养殖的一些名称。

《诗经》时代农业生产已经有了相当水平的发展，粮食作物种类繁多，培育了一些优良品种。《诗经》里提到的有关名称就有三十几个。有按品种划分的，例如：

黍（黏黄米）、稷（小米）《王风·黍离》："彼黍离离，彼稷之实。"《唐风·鸨羽》："不能蓺黍稷，父母何食。"

禾（谷子）《豳风·七月》："禾麻菽麦。"《传疏》："禾者，今之小米。"

麦、来（小麦）、牟（大麦）《鄘风·桑中》："爰采麦矣。"《周颂·思文》："贻我来牟。"《集传》："来，小麦；牟，大麦也。"

粱（优良品种的粟，一说高粱）《小雅·黄鸟》："无啄我粱。"

稻、秫（黏性的稻）《唐风·鸨羽》："不能蓺稻粱。"《周颂·丰年》："丰年多黍多秫。"《毛传》："秫，稻也。"

菽、荏菽（大豆）《小雅·小宛》："中原有菽。"《大雅·生民》："荏菽旆旆。"《郑笺》："戎菽，大豆也。"

麻、苴（麻子）《豳风·七月》："禾麻菽麦。"又："九月叔苴。"《毛传》："苴，麻子也。"按麻类非一，此处"麻"与"禾""菽""麦"并提，当是食用作物，如芝麻之类。

秬、秠、穈、芑 《大雅·生民》："诞降嘉种，维秬维秠，维穈维芑。"《毛传》："秬，黑黍也。秠，一稃二米也。

穈，赤苗也。芑，白苗也。"

粟（谷子的颗粒）《小雅·黄鸟》："无啄我粟。"

谷（粮食作物的总称）《豳风·七月》："其始播百谷。"

有按农作物生长期划分的，如：

重（早种晚熟的谷类）、穋（晚种早熟的谷类）《豳风·七月》："黍稷重穋。"《毛传》："后熟曰重，先熟曰穋。"《正义》引郑先农云："先种后熟谓之重，后种先熟谓之穋。"

稙（早种早熟的谷类）、稺（晚种晚熟的谷类）《鲁颂·闵宫》："稙稺菽麦。"《毛传》："先种曰稙，后种曰稺。"《正义》："当谓先种先熟，后种后熟。"

以上粮食品类中，"黍""稷"在《诗经》里出现频率最高，而且常常连用，大约它们是古代北方两种最常见的粮食作物，与人民生活最为密切，所以在诗人笔下反映最多。"稻"是现在中国南方的主要粮食作物，从《诗经》看来，我国古代西北也种稻，可能那时北方气候要暖和一些。"秬""秠""穈""芑"是古代培育的良种谷类，"重""穋""稙""稺"是按不同季节播种和收获的粮食作物，都反映了当时农业生产的技术水平。

此外有关粮食作物的名称还有"稼"（庄稼，《豳风·七月》"我稼既同"）、"苗"（没有吐穗的禾，《小雅·白驹》"食我场苗"）、"穗"（谷类的花或果实聚生在一起的长条，《大田》"此有滞穗"）、"秉"（禾把，《大田》"彼有遗秉"）、"穧"（已割的禾把，《大田》"此有不敛穧"），等等；关于粮食的名称还有"粮"（粮食，《崧高》"以峙其粮"）、

"粮"（粮食，《大雅·公刘》"彻田为粮"）、"粺"（一石糙米春成九斗的熟米，《召旻》"彼疏斯粺"）、"疏"（糙米，例同上）、"粲"（上等白米，《郑风·缁衣》"予授子之粲兮"《集传》引或说"粲，粟之精凿者"）、"餱"（干粮，《小雅·无羊》"或负其餱"）、"糦"（《商颂·玄鸟》"大糦是承"《郑笺》"糦，黍稷也"），等等。

随着农业生产的发展，防治病虫害也提上了日程，《诗经》里有所反映，提到了"螟、螣、蟊、贼"四种害虫。《小雅·大田》："去其螟螣，及其蟊贼，无害我田穉。田祖有神，秉畀炎火。"《毛传》："食心曰螟，食叶曰螣，食根曰蟊，食节曰贼。"直到现在，我们仍然称蛀食禾心的害虫为"螟虫"。《诗经》时代，我们的祖先已发明了以火治螟的方法，《诗集传》说："姚崇遣使捕蝗，引此为证，夜中设火，且焚且瘗，盖古之遗法如此。"这对于我们了解古人治虫灾的经验是很有价值的。

农业生产离不开一定的生产工具，《诗经》里提到的却只有三种："耜"，古代一种似锹的农具，《小雅·大田》："以我覃耜，俶载南亩。""钱"，古代一种起土的农具；"镈"，古代一种锄田除草的农具。《周颂·臣工》："庤乃钱镈，奄观铚艾。"《毛传》："钱，铫；镈，鎒；铚，获也。"按《说文》："铚，获禾短镰也。"也是农具。这里作动词用，表示用镰收割。很难想象《诗经》时代的农业生产工具会如此简单。不过诗人重在抒发感情，就是农事诗也并不着意描写生产的具体过程，更不必把各种生产工具都写入诗中。与此相反，有关渔猎用的网具倒是用了九种之多，例如：

网 《邶风·新台》："鱼网之设。"

罟 《小雅·小明》："畏此罪罟。"《毛传》："罟，网也。"

九罭 《豳风·九罭》："九罭之鱼，鳟鲂。"《毛传》："九罭，缕罟，小鱼之网也。"

罛 《卫风·硕人》："施罛濊濊。"《毛传》："罛，鱼罟。"

罗 《王风·兔爰》："雉离于罗。"《毛传》："鸟网为罗。"

毕 《小雅·鸳鸯》："毕之罗之。"《集传》："毕，小网而长柄者也。"

罝 《周南·兔罝》："肃肃兔罝。"《毛传》："兔罝，兔罟也。"

罦 一种能自动掩捕鸟兽的网，也叫覆车网。《王风·兔爰》："雉离于罦。"《毛传》："罦，覆车也。"

罿 装在车上能自动掩捕鸟兽的网。《王风·兔爰》："雉离于罿。"《释文》："施罗于车上曰罿。"

还有一些竹制的捕鱼工具，如：

笱 《邶风·谷风》："毋逝我梁，毋发我笱。"《释文》："笱，捕鱼器。"

罶 《小雅·鱼丽》："鱼丽于罶。"《毛传》："罶，曲梁也。寡妇之笱也。"

此外《小雅·南有嘉鱼》："烝然罩罩……烝然汕汕。"《毛传》："罩罩，篧也。汕汕，樔也。"也是竹制的捕鱼器，不过后代学者有不同的看法。

以上名称，大都用于比兴的意义，真正写实的不多，这是值得注意的。

和农业生产相适应，《诗经》时代的家畜养殖也相当发达。反映在《诗经》里，这一类的名称就很不少。鸡可司晨，古人往往保持了鸡鸣即起的习惯。《郑风·鸡鸣》："鸡既鸣矣，朝既盈矣。"《女曰鸡鸣》："女曰鸡鸣，士曰昧旦。"都是妻子催促丈夫鸡鸣起身的记载。犬可看家和狩猎。《郑风·将仲子》："无使尨也吠。"《说文》："尨，犬之多毛者。"这是看家的狗。《秦风·驷驖》："载猃歇骄。"《小雅·巧言》："躍躍毚兔，遇犬获之。""猃""歇骄"是小类名，"犬"是大类名，都是猎犬。豕的用途是供肉食。《大雅·公刘》："乃造其曹，执豕于牢。"这是用来举行宴会的。还有"豕"的小类名。《召南·驺虞》："壹发五豝。""豝"是母猪。《豳风·七月》："言私其豵，献豜于公。""豵"是一岁的小猪，"豜"是三岁的大猪。不过它们都是野猪，而不是家养的猪。牛、羊是古今常见的家畜，《诗经》时代主要用于祭祀和肉食。《王风·君子于役》："日之夕矣，羊牛下来。"《小雅·宾之初筵》："俾出童羖。"《大雅·生民》："取羝以軷。"《小雅·苕之华》："牂羊坟首。""羊"是大类名，"羝"是公羊，"羖"是黑色的公羊，"牂羊"是母羊。《小雅·无羊》："谁谓尔无牛，九十其犉。"《鲁颂·闷宫》："白牡骍刚。""牛"是大类名，"犉"是七尺以上的牛，"牡"和"刚"（犅）是公牛。

马是祭祀的牺牲，更是驾车的牲口。春秋时期盛行车战，马的作用尤为重要。《诗经》里马的名称二十八个，从毛色、体型、用途等不同角度区别得很细致：

骓　毛色黑白相杂的马。《郑风·大叔于田》："叔于田，乘乘骓。"《毛传》："骊白杂毛曰骓。"

驳　毛色赤白相杂的马。《豳风·东山》："之子于归，皇驳其马。"《毛传》："黄白曰皇，骊白曰驳。"

驔　脚胫有白色长毛的马。《鲁颂·駉》："有驔有鱼。"《毛传》："毫骭曰驔。"

骃　黑咀的黄马。《秦风·小戎》："骃骃是骖。"《毛传》："黄马黑喙曰骃。"

皇　毛色黄白的马。《鲁颂·駉》："有骃有皇。"《毛传》："黄白曰皇。"

黄　黄色带赤的马。《秦风·渭阳》："何以赠之？路车乘黄。"《鲁颂·駉》："有骊有黄。"《毛传》："黄骍曰黄。"

驹　高五尺以上的马；少壮的骏马。《周南·汉广》："言秣其驹。"《毛传》："五尺以上曰驹。"

騋　高七尺以上的马。《鄘风·定之方中》："騋牝三千。"《毛传》："马七尺以上曰騋。"

骊　黑色的马。《齐风·载驱》："四骊济济。"《正义》："乘其一骊之马，皆是铁骊之色。"

骝（騮）　赤身黑鬣的马。《秦风·小戎》："骐骝是中。"《郑笺》："赤身黑鬣曰骝。"

骆　黑鬣的白马。《小雅·四牡》："啴啴骆马。"《毛传》："白马黑鬣曰骆。"

雒　白鬣的黑马。《鲁颂·駉》："有骊有雒。"《毛传》：

"黑身白鬣曰騅。"

驵　毛色黄白相杂的马。《鲁颂·驹》:"有骓有驵。"《毛传》:"黄白杂毛曰驵。"

骐　有棋盘格子花纹的青黑马。《小雅·采芑》:"乘其四骐,四骐翼翼。"《秦风·小戎》:"驾我骐馵。"《毛传》:"骐,骐(綦)文也。"

骥　赤黑色的马。《秦风·驷骥》:"驷骥孔阜。"《毛传》:"骥,骊。"《正义》:"骥者,言其色黑如铁。"

骦　有鳞状斑纹的青马。《鲁颂·驹》:"有骦有骆。"《毛传》:"青骊驎曰骦。"《释文》引《说文》:"骦,马文如鼍鱼也。"

騢　赤毛杂白的马。《鲁颂·驹》:"有骃有騢。"《毛传》:"彤毛杂白曰騢。"《释文》引《说文》:"赤白杂色,文似鰕鱼。"

骍　红黄色的马。《鲁颂·闷宫》:"有骍有骐。"《毛传》:"赤黄曰骍。"

骃　青黑色的马,即铁骢马。《鲁颂·有駜》:"駜彼乘骃。"《毛传》:"青骊曰骃。"

骊　浅黑带白的马。《小雅·皇皇者华》:"我马维骊。"《毛传》:"阴白杂毛曰骊。"

鱼　二目毛色白的马。《鲁颂·驹》:"有骦有鱼。"《毛传》:"二目白曰鱼。"

骝　两股间黑色的白马。《鲁颂·驹》:"有骝有皇。"《毛传》:"骊马白跨曰骝。"

骍 白腹的赤马。《大雅·大明》："骍骍彭彭。"《毛传》："骍马白腹曰骍。"

騪 左后腿白色的马。《秦风·小戎》："驾我骐騪。"《毛传》："左足白曰騪。"

骓 毛色苍白的马。《鲁颂·駉》："有骓有駓。"《毛传》："苍白杂毛曰骓。"

骖 驾车时服马外边的两匹马。《郑风·大叔于田》："两骖如舞。"

服 驾车时夹辕的两匹马。《郑风·大叔于田》："两服上襄。"《毛传》："两服，中央夹辕者。"

马 《周南·卷耳》："我马玄黄。"

以上二十八个马的名称，"马"是大类名，"骖""服"是从功用上分类，"驹""騋"是从体型大小分类，其余二十四个是从毛色上分类。此外《小雅·车攻》"四牡孔阜"，《鄘风·定之方中》"騋牝三千"，"牡"与"牝"也是指公马和母马。与马相关的词亦复不少。马肥壮为"駉"（《鲁颂·駉》"薄言駉者"）；马肥强有力为"駓"（《鲁颂·有駓》"駓彼乘黄"）；纵马疾奔为"驰"（《大雅·卷阿》"既闲且驰"）；赶马疾行为"驱"（《鄘风·载驰》"驱马悠悠"）；马疾驰为"骤"，疾驰的样子为"骎骎"（《小雅·四牡》"载骤骎骎"）；马受惊奔窜为"駾"（《大雅·绵》"混夷駾矣"）；马行不息为"騑騑"（《小雅·四牡》"四牡騑騑"）；等等。它们都反映了当时马的广泛应用，也表明《诗经》里保存这一类词汇多么丰富。

2.动词

《诗经》里有好几百个动词，能够相当生动而细致地表示各种动作。表示手的动作的动词就有二十八个。"采"是摘取（《周南·关雎》"左右采之"），"芼"是摸取（《关雎》"左右芼之"），"掇"是拾取（《芣苢》"薄言掇之"），"捋"是手握着东西向一端抹取（《芣苢》"薄言捋之"），"袺"是手提着衣襟兜东西（《芣苢》"薄言袺之"），"抱"是用手臂围住（《大雅·抑》"亦既抱子"），"辟"是以手拍胸（《邶风·柏舟》"寤辟有摽"），"摽"是两手拍打（例同上），"秉"是手拿着（《郑风·溱洧》"方秉蕳兮"），"承"是两手托着（《小雅·鹿鸣》"承筐是将"），"奉"是两手捧着（《大雅·棫朴》"左右奉璋"），"举"是用手向上托起（《小雅·宾之初筵》"举酬逸逸"），"娄""曳"是用手拉扯（《唐风·山有枢》"弗曳弗娄"），"拊"是用手抚摸（《小雅·蓼莪》"拊我畜我"），"褰"是用手撩起（《郑风·褰裳》"褰裳涉溱"），"搔"是用手指甲轻挠（《邶风·静女》"搔首踟蹰"），"抽"是用手拔出（《郑风·清人》"左旋右抽"），"授"是用手给予（《大雅·行苇》"或授之几"），"投"是用手扔出（《巷伯》"投畀豺虎"），"握"是手指弯曲拢来拿（《小雅·小宛》"握粟出卜"），"执"是用手拿着（《邶风·击鼓》"执子之手"），"携"是手拉着手（《北风》"携手同行"），"掺"是用手臂揽着（《郑风·遵大路》"掺执子之手兮"），"指"是手指指点（《鄘风·蝃蝀》"莫之敢指"），"揖"是拱手行礼（《齐风·还》"揖我谓我儇兮"），

"弄"是用手把玩（《小雅·斯干》"载弄之璋"），"推"是用手向外使物体移开（《大雅·云汉》"则不可推"），等等。这样就能把手的各种动作比较准确地表达出来。又如表示病痛、疾苦的动词有十八个。《卫风·伯兮》"甘心首疾"《说文》："疾，病也。"《周南·卷耳》"我马瘏矣，我仆痡矣"《毛传》："瘏，病也；痡，亦病也。"又"我马虺隤"《毛传》："虺隤，病也。"《卫风·伯兮》"使我心痗"《毛传》："痗，病也。"《小雅·采薇》"忧心孔疚"《毛传》："疚，病。"《小雅·正月》"癙忧以痒"《毛传》："癙、痒皆病也。"《正月》"胡俾我瘉"《毛传》："瘉，病也。"《雨无正》"维躬是瘁"《毛传》："瘁，病也。"《四月》"百卉具腓"《毛传》："腓，病也。"又"乱离瘼矣"《毛传》："瘼，病。"《无将大车》"祇自疧兮"《毛传》："疧，病也。"《节南山》"天方荐瘥"《毛传》："瘥，病。"《小弁》"疢如疾首"《毛传》："疢，犹病也。"《大雅·瞻卬》"士民其瘵"《毛传》："瘵，病。"《板》"士民卒瘅"《毛传》："瘅，病也。"《召旻》"瘨我饥馑"《毛传》："瘨，病也。"这样诗人在描写各种病痛时，都可选择适当的词去表达，不致重复雷同，显示了《诗经》词汇丰富的特点。

　　3. 形容词

　　《诗经》里有形容词约 700 个。形容词分性质形容词和状态形容词两大类，《诗经》里后者比前者多一些，足够诗人用来对客观事物和思想感情进行细致的描写。例如关于"风"的描写就有以下一些形容词："习习"形容微风和煦（《邶风·谷风》"习习谷风"）；"凄凄、凄其、其凉"形容风的寒凉（《郑风·风雨》"风雨凄凄"、《邶风·绿衣》"凄其以风"、《北风》"北风其凉"）；"其喈"形容风急（《北风》"北风其喈"）；"潇潇"形容风雨暴疾（《郑风·风雨》"风雨潇潇"）；"发、发发、弗弗"形容风疾吹声（《桧风·匪风》"匪风发兮"、《小雅·蓼莪》"飘风发发""飘风弗弗"）；等等。描写人的忧愁心境的有二十五个形容词，如"悄、惨、慅"（《陈风·月出》"劳心悄兮""劳心惨兮""劳心慅兮"）；"悄悄"（《邶风·柏舟》"忧心悄悄"）；"摇摇"（《王风·黍离》"中心摇摇"）；"有忡"（《邶风·击鼓》"忧心有忡"）；"忡忡、惙惙"（《召南·草虫》"忧心忡忡""忧心惙惙"）；"怛"（《桧风·匪风》"中心怛兮"）；"怛怛、忉忉"（《齐风·甫田》"劳心怛怛""劳心忉忉"）；"惨惨"（《小雅·正月》"忧心惨惨"）；"草草"（《巷伯》"劳人草草"）；"懆懆"（《白华》"念子懆懆"）；"悁悁"（《陈风·泽陂》"中心悁悁"）；"殷殷"（《邶风·北门》"忧心殷殷"）；"慇慇"（《正月》"忧心慇慇"）；"钦钦"（《秦风·晨风》"忧心钦钦"）；"慱慱"（《桧风·素冠》"劳心慱慱兮"）；"愈愈、京京、惸惸"（《正月》"忧心愈愈""忧心京京""忧心惸惸"）；"烈烈"（《采薇》"忧心烈烈"）；"悠悠"（《十月之交》"悠悠我里"）；"惛惛"（《雨无正》"惛惛曰瘁"）；等等。

《诗经》句式以四字为主，结构比较简单，正是由于形容词的丰富多彩，才使诗句避免雷同。《诗经》里有许多用当时口语写成的民间歌谣，流传至今，保存了大量上古口语词汇，是研究上古汉语词汇的重要宝库。《尔雅》是我国最早的一部词典，收集了许多先秦典籍中的词语，但其中的词大都是离开上下文而孤立存在的。《诗经》里的3000多个词，都出现在一定的上下文里，是活的词汇，它与《尔雅》互为表里。而对于汉语词汇史的研究，可以说《诗经》词汇具有更重要的意义。

三、《诗经》词汇的不平衡性

任何一部作品的词汇都只是整个语言词汇的一部分，《诗经》词汇也不例外。尽管相当丰富，但也有它不平衡的一面。《诗经》里的词是适应诗人表达思想感情的需要而出现的，某些方面的内容写得多，出现的词汇就多一些；某些方面的内容写得少，出现的词汇就少一些。有些词在先秦其他典籍里比较常见，如名词中的"班、边、表、敌、法、骨、官、规"等，动词中的"编、变、病、持、传、待、当、更、贡、看"等，形容词中的"贵、贱、精、粗、幼、便"等，都没有在《诗经》里出现。有的字虽然在《诗经》里出现，但不是它们的常见义。例如《诗经》里有"吾"字，但不作第一人称代词用。《商颂·长发》"韦顾既伐，昆吾夏桀"《传》："有韦国者，有顾国者，有昆吾国者。""昆吾"是古代部族名。《诗经》里有"舆"字，但不作"车箱"或"车"讲。《秦风·权舆》"不承权舆"，"权舆"是复音词，与"车箱"义无涉。

如果我们拿《论语》做一个比较，就更可以看出《诗经》词汇的不平衡性。《论语》大约有 1700 个词（包括 400 个左右的复音词），相当于《诗经》词汇的二分之一。可是《论语》里有大约 700 个词是《诗经》所没有的；有 300 个词两部书里都有，但意义不完全相同或完全不同。例如"唐"，《诗经》有两义：一是蒙菜（《鄘风·桑中》"爰采唐矣"），一是朝堂或宗庙门内的路（《陈风·防有鹊巢》"中唐有甓"）；《论语》里"唐"却是朝代名（《泰伯》"唐虞之际"）。"灌"，《诗经》里作"灌木"讲（《大雅·皇矣》"其灌其栵"）；《论语》作"灌酒"讲，是古代祭祀开始时第一次献酒的仪式（《八佾》"禘自既灌而往者"），这个意义，《诗经》用"祼"（《文王》"祼将于京"）。"仁"，《诗经》仅 3 见，指人的心地善良、仁慈（《郑风·叔于田》"洵美且仁"、《齐风·卢令》"其人美且仁"）；《论语》134 见，是儒家最高的道德标准，包括"爱人""克己复礼"等内容（《里仁》"唯仁者能爱人，能恶人"、《颜渊》"克己复礼为仁"），等等。以上事实说明，《诗经》词汇虽然丰富而重要，仍然只是上古汉语词汇的一部分，并不能代表整个上古汉语词汇。

第二节 《诗经》里的单义词和多义词

语言里的词，有的只有一个意义，是单义词；有的有两个或两个以上的意义，是多义词。《诗经》2828 个单字中，有 2476 个能独立成词，其中 1460 个是一个意义的单义词，占全《诗》单音词的 58% 强；1016 个是两个或两个以上意义的多义词，占全《诗》单音词的 42% 弱。不过《诗经》里只出现一个意义的词在上古汉语里不一定也只有一个意义，这是首先应当说清楚的。

一、《诗经》里的单义词

《诗经》1460 个单义词中，有名词 600 余个，动词和形容词 700 个，其余词类的词 100 余个。《诗经》里的单义词有两种情况：

1. 有的词在整个上古汉语里就是单义词，如桑的果实为"葚"（《卫风·氓》"无食桑葚"），大锅为"鬵"（《桧风·匪风》"溉之釜鬵"），武昌鱼为"鲂"（《陈风·衡门》"必河之鲂"），酒病为"酲"（《小雅·节南山》"忧心如酲"），等等。有的词在《诗经》里出现的次数不少，也只有一个意义。例如"畀"在《诗经》里出现 8 次（《小雅·巷伯》"投畀豺虎"、《周颂·载芟》"烝畀祖妣"等），都作"给予"讲；"酒"在《诗经》里出现 63 次（《豳风·七月》"朋酒斯飨"、《小雅·鹿鸣》"我有旨酒"等），都指含有酒精的饮料；等等。

2. 有的词在《诗经》里只出现一个意义，是单义词，但在上古汉语里它们是多义词。例如"略"，《诗经》里只作

"锋利"讲（《周颂·载芟》"有略其耜"）。但在上古汉语中，"略"有"划定疆界"义（《说文》"略，经略土地也"），又有"巡视"义（《左传·隐公五年》"吾将略地焉"），又有"攻占"义（《淮南子·要略》"攻城略地"），又有"谋略"（雄才大略）义，又有"大要"义（《孟子·滕文公》"此其大略也"），等等，是一个含义很丰富的多义词。"存"，《诗经》只作"存在"讲（《郑风·出其东门》"匪我思存"）。按"存"的本义为"恤问"（《说文》"存，恤问也"），又有"保留"义（《庄子·齐物论》"圣人存而不论"），又有"察看"义（《孟子·离娄上》"存乎人者，莫良乎眸子"），都是《诗经》里没有的。这种情况很自然。《诗经》的篇幅不大，收词有限，有的词只在《诗经》里出现过一次，不可能出现上古汉语所有多义词的大多数义项。

二、《诗经》里的多义词

《诗经》里有 1016 个单音词是多义词。多义词的情况又各不相同，其中有两个义项的词 524 个，占所有单音多义词的 51% 以上，三个义项的词 223 个，四个义项的词 101 个，五个以上义项的词 168 个，十个以上义项的词全书只有 15 个。总的情况是义项越多，字数越少。

《诗经》多义词各义项之间的关系是多种多样的。有本义和引申义的关系。如"备"，《诗经》里有"具备"义（《小雅·楚茨》"礼仪既备"），这是本义；又作"全、都"

讲（《周颂·有瞽》"箫管备举"），这是引申义。"城"，《诗经》里有"城墙"义（《邶风·静女》"俟我于城隅"），这是本义；又作"都城""国"讲（《鄘风·干旄》"在浚之城"、《大雅·瞻卬》"哲夫成城，哲妇倾城"），这是引申义。

有词性不同的关系。例如"燔"，《诗经》里有动词义，作"烧（肉）"讲（《小雅·瓠叶》"燔之炙之"）；又有名词义，作"烧熟的肉"讲（《楚茨》"或燔或炙"）。"筵"，《诗经》里有名词义，指竹席（《大雅·行苇》"或肆之筵"）；又有动词义，或指登筵（《小雅·宾之初筵》"宾之初筵"），或指设筵（《大雅·公刘》"俾筵俾几"）。"截"，《诗经》里有动词义，作"治平"讲（《常武》"截彼淮浦"）；又有形容词义，作"整齐"讲（《商颂·长发》"海外有截"）。

有本义和通假义的关系。例如"锡"，《诗经》里有"铅锡"义（《卫风·淇奥》"如金如锡"），这是本义；又作"赐予"讲（《小雅·菁菁者莪》"锡我百朋"），这是通假义。"墐"，《诗经》有"涂泥"义（《豳风·七月》"塞向墐户"），这是本义；又作"掩埋（死人）"讲（《小弁》"尚或墐之"），这是通假义。

有通称和专称的关系。例如"禾"，《诗经》里指谷子（《七月》"禾麻菽麦"），这是专称；又泛指庄稼（《魏风·伐檀》"胡取禾三百廛兮"），这是通称。"车"，《诗经》里有"车子"义（《召南·何彼襛矣》"王姬之车"），这是通称；又指兵车（《小雅·出车》"我出我车"），这是专称。

有本义和别义的关系，所谓别义是指与本义没有关系的义项。例如"杞"，《诗经》里一指枸杞，为落叶灌木（《四月》"隰有杞桋"）；一指杞柳，为落叶乔木（《郑风·将仲子》"无折我树杞"）。"苕"，《诗经》里一是豆科植物，即紫云英（《陈风·防有鹊巢》"邛有旨苕"）；一是蔓生植物，即凌霄花（《小雅·苕之华》"苕之华，芸其黄矣"）。"咨"，《诗经》里一是动词，作"询问"讲（《周颂·臣工》"来咨来茹"）；一是叹词，表示叹息（《大雅·荡》"咨女殷商"）。这些词两个意义之间没有引申或假借的关系，它们实际上是同形的两个词。

词义尤多，它们之间的关系愈加复杂，例如"将"，《诗经》里有"扶进"义（《小雅·无将大车》"无将大车，祇自尘兮"），有"扶助"义（《周南·樛木》"福履将之"），有"养"义（《小雅·四牡》"不遑将父"），有"送"义（《召南·鹊巢》"百两将之"），有"进献"义（《小雅·楚茨》"或肆或将"），有"行"义（《大雅·板》"多将熇熇"、《周颂·敬之》"日就月将"），有"大"义（《小雅·正月》"亦孔之将"），有"强壮"义（《北山》"鲜我方将"），有"将要"义（《魏风·硕鼠》"逝将去女"），有"且、又"义（《小雅·谷风》"将恐将惧"），有"甚"义（《巧言》"为犹将多"），有"相互"义（《郑风·溱洧》"伊其将戏"），有"侧"义（《大雅·皇矣》"在渭之将"），有"请、愿"义（《郑风·将仲子》"将仲子兮，无逾我里"）。"将"字上述十四个义项中，有的从引申得来，有的从通假得来，有的从双声叠韵得来。《说文》"将"下段玉裁注："《毛诗》'将'字故训特多，大也、送也、行也、奉也、养也、齐也、愿也、请也，此等或见《尔雅》，或不见，皆各依文为义，亦皆就叠韵双声言之。"陈奂也说："凡古今文字日以滋广，实由方语之殊，引申假借之用，故每字必有数音数义，解经者随文立训，生生而不穷。"[①] 段、陈二氏的话对于我们了解《诗经》多义词词义之间的复杂关系是有启发意义的。

第三节 《诗经》词义中的本义

词的本义就是词的本来的意义。词的本义和字的本义不是一回事。不过上古汉语以单音词为主，一个字就是一个词，字的本义往往也就是词的本义。字的本义大都可以从汉字结构中去探求，不少词的本义也可以从汉字结构中去探求[②]。而这些词在古籍中的应用则为本义的探求提供了活的例证。《诗经》是我国现在最早的典籍之一，它的词义中保存了不少词的本义。大约有以下五种情况：

第一，《毛传》解释了《诗经》的词义，许慎《说文》直接采用为字的本义。例如：

---

① 《小雅·小明》三章"政事愈蹙"句陈奂《传疏》。

② 汉语的历史比汉字的历史要长得多，有些词的原始意义早在汉字产生以前就产生了。它们单靠汉语本身往往无法探求，也许通过汉语亲属语言的历史比较可以看出来。

向　本义是向北开的窗户。《豳风·七月》："塞向墐户。"《毛传》："向，北出牖也。"《说文》同。

钱　本义是铁锹一类起土的古农具。《周颂·臣工》："庤乃钱镈。"《毛传》："钱，铫也。"《说文》同。按：古人以物易物，逐渐把"钱"作为货物交换的媒介，大约到了战国时候，"钱"就变成了货币的名称。《商君书·外内》："食贱则农贫，钱重则商富。"这里的"钱"指金属货币。

阿　本义是大的丘陵。《小雅·菁菁者莪》："在彼中阿。"《毛传》："大陵曰阿。"此与《尔雅·释地》同，《说文》也同。

贿　本义是财物。《卫风·氓》："以我贿迁。"《毛传》："贿，财也。"《说文》同。按：浑言"货"与"贿"都训为"财"，析言则金玉为"货"，布帛为"贿"。"贿赂"（为达到个人目的而私送财物）义则是后起。

斯　本义是析木。《陈风·墓门》："斧以斯之。"《毛传》："斯，析也。"《说文》同。按："析"的本义是破木，从"斤"从"木"，"斯""析"双声兼叠韵，义亦相同。"斯"做指示代词，是"此"的假借。

僚　本义是"美好"。《陈风·月出》："佼人僚兮。"《毛传》："僚，好貌。"《说文》同。后来"僚"用作"官、官职"的意思，本义不再出现。[①]

---

① 今陕西渭南方言称"好"为"僚"，是古词义的保留。《诗经》中"僚"亦有"官、官职"义。《小雅·大车》："私人之子，百僚是试。"

业 本义是钟鼓架子上的大板。《大雅·灵台》："虡业维枞。"《毛传》："业，大版也。"《说文》："业，大版也，所以饰［栒］县钟鼓，捷业如锯齿，以白画之，象其锄铻相承也。从丵，从巾，巾象版。《诗》曰：'巨业维枞。'"朱骏声《说文通训定声》："其版如锯齿，令其相衔不脱，工致坚实也。"《说文》义取《毛传》，兼说字形。学业、事业的"业"，都是后起的引申义。

第二，《毛传》解释了《诗经》的词义，《说文》基本上采用为字的本义，叙述略有不同。例如：

枚 本义是树干。《周南·汝坟》："伐其条枚。"《毛传》："枝曰条，干曰枚。"《说文》："枚，干也。可为杖，从木从攴。"后用为量词，本义不再用。

箱 本义是车箱。《小雅·大东》："不以服箱。"《毛传》："箱，大车之箱也。"《说文》："箱，大车牝服也。""牝服"即指车箱。《周礼·考工记》"大车……牝服"郑司农注："牝服，谓车箱。"引申为箱箧的"箱"；又借为东、西室之称，这个意义后来写作"厢"。

垝 本义是坏墙。《卫风·氓》："乘彼垝垣。"《毛传》："垝，毁也。"《说文》："垝，毁垣也。从土，危声。《诗》曰：'乘彼垝垣。'"《毛传》以《诗》中"垝垣"连用，故释"垝"为"毁"，两字迭韵；《说文》以字从"土"旁，故训为"毁垣"。

镗 本义是鼓声。《邶风·击鼓》："击鼓其镗。"《毛传》："镗然，击鼓声也。"《说文》："镗，钟鼓之声。从金，堂声。《诗》曰：'击鼓其镗。'"又《鼓部》："鼞，鼓声也。从鼓，堂声。《诗》曰：'击鼓其鼞。'"《毛传》以《诗》只言"击鼓"，所以释"镗"为"击鼓声"，《说文》以字从"金"旁，所以释为"钟鼓声"，又从《齐诗》和《韩诗》，别出"鼞"字。王先谦说："用兵时或专击鼓，或金鼓兼，鼞、镗字并通。"

偕 本义是强壮。《小雅·北山》："偕偕士子。"《毛传》："偕偕，强壮貌。"《说文》："偕，强也。从人，皆声。《诗》曰：'偕偕士子。'"《毛传》释《诗》重言，所以说"貌"，《说文》所释为单字，所以说"也"。

颁 本义是大头。《小雅·鱼藻》："有颁其首。"《毛传》："颁，大首貌。"《说文》："颁，大头也。从页，分声。……《诗》曰：'有颁其首。'"《毛传》以"有颁"为形容大头之状，所以说"貌"；《说文》释"颁"为大头之名，所以说"也"。

傩 本义是行步有节度。《卫风·竹竿》："佩玉之傩。"《毛传》："傩，行有节度。"《说文》："傩，行有节也。从人，难声。《诗》曰：'佩玉之傩。'"解释语少一"度"字。

霾 本义是大风扬起尘土。《邶风·终风》："终风且霾。"《毛传》："霾，雨土也。"《说文》："霾，风雨土也。从雨，貍声。《诗》曰：'终风且霾。'"《毛传》以句中另有"风"字，故只释为"雨土"；《说文》以土为风所刮起，所以释为"风雨土"。

第三，《诗经》里用了词的某一意义，毛氏无《传》，

《说文》用为字的本义。例如：

宇 本义为屋边。《诗》有此义。《豳风·七月》："八月在宇。"《说文》："宇，屋边也。"《释文》引《韩诗》："宇，屋霤也。"就是屋边。

弄 本义是把玩。《小雅·斯干》："载弄之璋。"《说文》："弄，玩也。从廾持玉。"与《诗义》正合。

比 本义是"密"。《诗》有此义。《周颂·良耜》："其比如栉。"《说文》："比，密也。"与《诗》义合，指黍稷的密集。

承 本义是双手托着。《诗》有此义。《小雅·鹿鸣》："承筐是将。"《郑笺》："承犹奉也。"《说文》："承，奉也。"与《诗》义合。

薿 本义是"茂盛"。《诗》有此义。《小雅·甫田》："黍稷薿薿。"朱熹《集传》："薿，茂盛貌。"《说文》："薿，茂也。从艸，疑声。《诗》曰：'黍稷薿薿。'"与《诗》义合。

喤 本义是"小儿啼声"。《诗》有此义。《小雅·斯干》："其泣喤喤。"《说文》："喤，小儿声。从口，皇声。《诗》曰：'其泣喤喤。'"段玉裁注："啾（jiū）谓小儿小声，喤谓小儿大声也。"陈奂即引《说文》为《斯干》作"疏"。

翚（huī） 本义是具有五彩的野鸡。《小雅·斯干》："如翚斯飞。"无《传》。《说文》："翚，大飞也。从羽，军声。一曰：伊洛而南，雉五采皆备曰翚。《诗》曰：'如翚斯飞。'"《说文》一说与《诗》义合。《郑笺》也说："伊洛而南，素质五色皆备成章曰翚。……翚者，鸟之奇异者也。"

懆 本义是烦躁；忧愁不安。《诗》有此义。《小雅·白华》："念子懆懆。"《说文》："懆，愁不安也。从心，喿声。《诗》曰：'念子懆懆。'"按："懆"又误作"慘"。《大雅·抑》："我心慘慘。"《毛传》："慘慘，忧不乐也。"阮元《校勘记》说："此以韵求之，当作懆懆。"马瑞辰《通释》卷八："魏晋间避武帝讳，凡从'喿'之字多改从'参'，八分'喿'字多写从'糸'，形近易误。……《抑》诗'我心慘慘'，张参《五经文字》作'懆'。"

轡 本义是马缰绳。《诗经》凡十二见，都用此义。《小雅·皇皇者华》："六轡如丝。"《郑风·大叔于田》："执轡如组。"《说文·丝部》："轡，马轡也。从丝从軎，与连同意。"正合《诗》义。古时以马驾车，"轡"是常见的用具，人所共知，所以毛氏不加注释。

也有《说文》所引的《诗》句，毛氏无《传》，而在别处有《传》的。例如"斨"的本义是有方形柄孔的斧。《诗》有此义。《豳风·破斧》："又缺我斨。"无《传》。《说文》："斨，方銎斧也。《诗》曰：'又缺我斨。'"按：《豳风·七月》："取彼斧斨。"《毛传》："斨，方銎也。"《说文》据《七月传》为释。

第四，《说文》的释义不同《毛传》，其实《毛传》所释《诗》义才是词的本义。例如：

阳 本义是山的南面，水的北面。《召南·殷其雷》："在南山之阳。"《毛传》："山南曰阳。"《说文》："阳，高明也。从阜，易声。"与《毛传》异。按"阳"字从"阜"，当与山有关；"易"为声，也兼义。《毛传》为是。《诗经》里的"阳"字也指"水的北面"。《秦风·渭阳》："曰至渭阳。"《释文》："水北曰阳。"《小雅·六月》："至于泾阳。"《大雅·大明》："在洽之阳。"《正义》都说："水北曰阳。"又《说文》："阴，暗也，水之南，山之北也。"段玉裁以为《说文》"阳"字下"不言山南，曰易者，'阴'之解可错见也"。

身　本义当是妇女怀孕。甲骨文作 ♂（戬 41.3）或 ♂（乙 6733），正像妇女怀孕之形。《诗》有此义。《大雅·大明》："大任有身。"《毛传》："身，重也。"《郑笺》："重，谓怀孕也。"女人肚子里又有一个小生命，所以叫作"重"。今湖南称孕妇为"双身人"，也是"重"的意思。《说文》："身，躬也。从人，申省声。"（从段玉裁注本）按：《说文》所释未必是"身"的本义，省声的说法更不可靠。

恒　本义是月上弦。甲骨文作 ☽（《殷虚书契后编》上9.10）或 ☾（《殷虚书契前编》7.11.2），像新月或残月，形如挂弓。《小雅·天保》："如月之恒。"《毛传》："恒，弦也。"正用"恒"的本义。古代传说月中有美女名叫"姮娥"[1]，汉时因避文帝讳改为"嫦娥"。其实当作"恒娥"，即由"月上弦"而得名。因是女性，且涉"娥"字，就改为"姮娥"。《说文》："恒，常也。从心从舟在二之间上下，一心以舟施，恒也。……《诗》曰：'如月之恒。'"段注："谓往复遥远，而心以舟运旋，历久不变，恒之意也。"从甲骨

---

[1] 《淮南子·览冥训》："羿请不死之药于西王母，姮娥窃以奔月。"

文看，《说文》所释并非本义而只是引申义。

物　本义当是杂色牛。《诗经》有此义。《小雅·无羊》："三十维物。"《毛传》："异毛色者三十也。"王国维说："古者谓杂帛为物。盖由物本杂色牛之名，后推之以名杂帛。《诗·小雅》曰：'三十维物，尔牲则具。'《传》云：'异毛色者三十也。'实则'三十维物'与'三百维群''九十其犉'句法正同，谓杂色牛三十也。由杂色牛之名因以名杂帛，更因以名万有不齐之庶物，斯文字引申之通例矣。"[①] 王氏以"物"字从"牛"，故释为杂色牛。《说文》："物，万物也。牛为大物，天地之数起于牵牛，故从牛，勿声。"按："万物"只是"物"的引申义而不是本义，"牛为大物"的说法也有些勉强。

第五，《诗经》里用了词的本义，但《毛传》未加解释，《说文》也没有采用。例如：

屋　本义当是屋盖或屋顶。《诗》有此义。《召南·行露》二章："谁谓雀无角，何以穿我屋？"三章："谁谓鼠无牙，何以穿我墉？""屋"与"墉"互文，"屋"指屋盖，"墉"指四壁。《小雅·十月之交》："彻我墙屋，田卒污莱。"也是"墙"指四壁，"屋"指屋盖，合起来指屋房。《传》于"屋"字无释。《说文》："屋，居也。"段玉裁注："屋者，室之覆也。引申之，凡覆于上者皆曰屋。"又《广部》："廣，殿之大屋也。"段玉裁注："覆乎上者曰屋，无四壁而上有大

---

① 王国维《观堂集林》卷六《释物》。

覆盖，其所通者宏远矣，是曰广。"引申之为凡大之称。又："庚，仓无屋者。"段玉裁注："无屋，无上覆者也。"段氏的解释与《诗》的用义相合，是正确的。

凉 本义当是"寒、冷"。《诗》有此义。《邶风·北风》："北风其凉，雨雪其雱。""凉"正是"寒冷"的意思。《毛传》："北风，寒凉之风。"不专解"凉"字。《说文》："凉，薄也。"朱骏声依《字林》改为"薄寒也"。其实这是后起义。《诗序》："《北风》，刺虐也。"马瑞辰《通释》卷四："因以凄风、凉风喻暴虐。""凉"非"薄寒"是很明显的。后来词义变化，"凉"的程度变浅，才指薄寒、微寒。段玉裁说："郑司农云：'凉，以水和酒也。'……以水和酒故为薄酒。此用大郑说也。引申为凡薄之称。如'职凉善背''虢多凉德'，毛、杜皆曰'凉薄'是也。薄则生寒，又引申为寒，如'北风其凉'是也。"对于"凉"的词义变化作了完全相反的叙述。

以上情况表明，《诗经》里的确还存在着大量词的本义。其中有些后代不用了，有的甚至连《说文》也不收录。探讨这些词的本义，对于研究上古汉语词义及其演变是很有用处的。

此外，《诗经》里还有一些词义，虽然不一定就是本义，却是后代不易见到的古义。了解它们，对于了解《诗经》和其他古籍是有帮助的。例如：

知 《说文》："知，词也。从口矢。"不好懂。段玉裁以为当作"识词也"。"知"作"知道"讲是常见义（《北门》

"莫知我艰")。《诗经》里"知"又作"匹偶、配偶"讲，则是不常见的古义。《桧风·隰有苌楚》："夭之沃沃，乐子之无知。"《郑笺》："知，匹也。"马瑞辰《通释》卷十四："《尔雅》：'知，匹也。'《笺》训'知'为'匹'，与下章'无家''无室'同义，此古训之最善者。"

养 《说文》："养，供养也。"这是本义，也是常见义。《诗经》里"养"又训"取"，则是不常见的古义。《周颂·酌》："于铄王师，遵养时晦。"《毛传》："养，取也。"这个意义也见于先秦其他典籍。《荀子·君子》："论法圣王，则知所贵矣。……论知所贵，则知所养矣。""知所养"就是知所取法。养者，取也。

私 属于个人的叫"私"，与"公"相对（《七月》"言私其豵"），这是常见义。《诗经》里又称姊妹的丈夫为"私"。《卫风·硕人》："谭公维私。"《毛传》："姊妹之夫曰私。"《尔雅·释亲》与《毛传》同。这是古义，反映了古代普那路亚婚姻制度的遗迹。"私"的初文为"厶"，本指男性生殖器官，与"士""且"的初形相似①。引申为男女两性的关系。在普那路亚婚姻制度下，一定范围内的男女共为夫妻，即若干姊妹与彼此的丈夫并为婚配，女子与姊妹之夫也有两性关系，所以称姊妹之夫为"私"②。到了单偶婚成立以

---

① 郭沫若《释祖妣》以为"士""且"（"祖"的初文）大都本为牡器之形。

② 见刘伯鉴《关于古汉语中早期亲属称谓"私"的研究》，载《西北大学学报》1983 年 3 期。

后，私行为成为不正当的男女关系，"私"字也逐渐演变成为"私通、私奔、私邪"等义。如《左传·文公十八年》："敬嬴嬖，而私事襄仲。"《韩非子·内储说下》："燕人其妻有私通于士。"《说文》："奸，私也。"等等。而女子称姊妹的丈夫为"私"这种称呼被废弃了，只有《诗经》里还偶然保存着这种古老用法。

联系当时的社会实际进行研究，有助于我们了解《诗经》里的古词义，而《诗经》里的一些古词义又为研究当时社会的某些现象提供了实际的材料。这两个方面是可以互相促进的。

第四节 《诗经》词义中的引申义

词义引申是丰富词义的重要手段，也是产生多义词的主要原因。《诗经》里的多义词大多数是由于本义和引申义同时存在而形成的。下面讨论两个问题。

一、本义和引申义的关系

从词性关系看，《诗经》词义中的本义和引申义之间主要有两种情况：

1. 词义引申，词性不变，本义是名词，引申义也是名词；本义是动词，引申义也是动词；本义是形容词，引申义也是形容词；等等。意义上，两者有的反映了事物类似的形状特征。例如：

毕 本义是古代打猎用的长柄网。《说文》："毕，田网也。"《小雅·鸳鸯》："毕之罗之。"《集传》："毕，小网长柄者也。"二十八宿中的毕宿形如毕网，"毕"就引申为星宿名。《小雅·渐渐之石》："月离于毕，俾滂沱矣。"《毛传》："毕，噣也。月离阴星则雨。"陈奂《传疏》引孙毓、郭璞《尔雅注》："掩兔之毕，或呼为浊，因以名星，其字亦皆作浊也。"（"噣""浊"通用。）

汉 本义是水名，即汉水。《说文》："汉，漾也，东为沧浪水。"《周南·汉广》："汉之广矣，不可泳思。"此用本义。天上的银河形似地上的汉水，于是"汉"又引申出"银河"的意义来。《小雅·大东》："维天有汉，监亦有光。"《毛传》："汉，天河也。"也叫"云汉"，《大雅·云汉》："倬彼云汉。"《郑笺》："云汉，谓天河也。"此用引申义。

有的反映了事物间某种类似的相互关系。例如：

本、支 "本"是树干或树根，"支（枝）"是树的枝条。树的枝条是由树干派生出来的。《说文》："木下曰本。"又："枝，木别生条也。"徐灏《笺注》："支、枝古今字，干支犹干枝也。"《大雅·荡》："枝叶未有害，本实先拨。"《卫风·芄兰》："芄兰之支。"此用本义。王朝嫡系和庶出子孙的关系有如树干和树枝（支），于是"本"又引申为指王朝的嫡系，"支"又引申为指庶出的子孙。《大雅·文王》："文王孙子，本支百世。"《毛传》："本，本宗也。支，支子也。"这是引申义。

有的反映了事物间某种相似的作用。例如：

奋　本义是鸟类展翅飞翔。《说文》："奋，翚也。"又："翚，大飞也。"《诗经》里用了本义。《邶风·柏舟》："不能奋飞。"《毛传》："不能如鸟奋翼而飞去。"人们振作精神，鼓足干劲去做事情，其作用如鸟的展翅飞翔，也叫作"奋"。《大雅·常武》："王奋厥武，如震如怒。""奋厥武"就是奋发他的威力。这是引申义。

削　本义是用刀削刮。《大雅·绵》："削屡冯冯。"《毛传》："削墙锻屡之声冯冯然。"削刮的结果是东西逐渐变小，事物或情况逐渐减少作用相似，于是"削"引申出"减少"的意义，如《大雅·桑柔》："乱况斯削。"这是引申义。

有的词义引申，范围扩大。例如：

永　本义为水流长。《说文》："永，水长也。"《周南·汉广》："江之永矣，不可方思。"这是本义。引申为一切之长（包括空间和时间）。《魏风·硕鼠》："谁之永号。"《毛传》："永，歌也。"这是引申义。

好　本义指女子漂亮。《说文》："好，媄也。从女子。"（据段注本）段玉裁注："本谓女子，引申为凡美之称。"《魏风·葛屦》："好人服之。"余冠英说："好人，犹美人。"此用本义。《小雅·正月》："好言自口，莠言自口。"此用引申义，词义范围扩大了。

2. 词义引申，词性变化。其中有的本义是名词，引申出动词的意义。例如：

翼　本义是鸟翼，名词。《说文》："冀，翄也。从飞，异声。籀文翼。"《小雅·鸳鸯》："戢其左翼。"引申为用翼覆盖。《大雅·生民》："鸟覆翼之。"《正义》："有鸟以翼覆，以翼藉之。"又指像翼一样在两旁帮助。《大雅·行苇》："黄耇台背，以引以翼。"《郑笺》："在旁曰翼。"段玉裁说："翼必两相辅，故引申为辅翼。"[1]后两个意义都是动词义。

韔　本义是装弓的袋，名词。《说文》："韔，弓衣也。"《秦风·小戎》："虎韔镂膺。"《毛传》："韔，弓室也。"引申为动词，把弓装进弓袋。《小雅·采绿》："言韔其弓。"《释文》："韔，弢也。"《正义》："与之弛弓纳于韔中也。"

田　本义是农田，名词。《说文》："田，陈也，树谷曰田，象形。"《大雅·瞻卬》："人有土田。"引申为耕种田地，动词。《小雅·信南山》："曾孙田之。"《齐风·甫田》："无田甫田。"《集传》："田，谓耕治之也。"

有的本义是动词，引申出名词的意义。例如：

歌　本义是歌唱，动词。《说文》："歌，咏也。从欠，哥声。"《魏风·园有桃》："我歌且谣。"《毛传》："曲合乐曰歌，徒歌曰谣。"引申为歌曲、诗。名词。《小雅·四牡》："是用作歌。"《小雅·何人斯》："作此好歌。"

望　本义是向远处看。《说文》："出门在外，望其还也。"甲骨文作𦣻（粹1112），从目从人，正像人举目张望之形。《邶风·定之方中》："以望楚矣。"《卫风·氓》："以望复关。"引申为名望、声望。名词。《陈风·宛丘》："而无望兮。"《大雅·卷阿》："令闻令望。"

---

①　见段玉裁《说文解字》"翼"字注。

有的本义是动词，引申出量词的意义。例如：

握　本义是手指弯曲拢来拿，动词。《小雅·小宛》："握粟出卜。"引申为一握、一把。量词。《陈风·东门之枌》："贻我握椒。"《郑笺》："女乃遗我以一握之椒。"

束　本义是捆、缚。《说文》："束，缚也。"《鄘风·墙有茨》："不可束也。"《小雅·白华》："白茅束兮。"引申为一捆。量词。《小雅·白驹》："生刍一束。"

有的本义是名词，引申出形容词的意义。例如：

骐　本义为青黑色的马，名词。《鲁颂·駉》："有骓有骐。"《毛传》："苍骐曰骐。"《说文》："马青骊文如博棋也。"引申为青黑色，形容词。《曹风·鸤鸠》："其弁伊骐。"《毛传》："骐，骐文也。"

有的本义为形容词，引申为名词。例如：

黄　本是黄色，形容词。《说文》："黄，地之色也。"《小雅·裳裳者华》："或黄或白。"引申为黄色的东西。名词。《齐风·著》："充耳以黄乎而。"《毛传》："黄，黄玉。"又特指黄色带赤的马。《小雅·车攻》："四黄既驾。"《正义》："四黄之马既驾矣。"

以上所举，只是比较简单的引申关系，事实上有的词引申义不只一个，它们的关系也往往要复杂得多。

二、词义引申的方式

词义引申有比较简单的，也有比较复杂的。从《诗经》

里的例子看，比较复杂的词义引申主要有两种方式：

1. 连锁式的引申。甲义引申出乙义，乙义又引申出丙义，丙义又引申出丁义，一个接一个地引申下去。新义产生后，原来的意义仍然保存着，这就形成了多义词。《诗经》里的多义词有不少属于这种情况。例如：

伐　本义是击。《说文》："伐，击也。从人持戈。"以戈击人为"伐"，以槌击鼓也为"伐"。《小雅·采芑》："钲人伐鼓。"《毛传》："伐，击也。"引申为砍伐。《召南·甘棠》："勿翦勿伐。"又引申为征伐。《小雅·出车》："薄伐西戎。""伐"又有"败坏"的意思，这是别义。《小雅·宾之初筵》："醉而不出，是谓伐德。"《集传》："伐，害。"《说文》："伐，一曰败也。"

亡　本义是逃亡。《说文》："亡，逃也。"《大雅·瞻卬》："人之云亡，邦国殄瘁。"《郑笺》："贤人皆言奔亡。"引申为死亡。人死等于逃离了人世。《秦风·车邻》："逝者其亡。"《毛传》："亡，丧弃也。"又引申为灭亡。《大雅·抑》："无沦胥以亡。"《正义》："今王渐渐将致灭亡也。"

秉　本义为禾把。《说文》："秉，禾束也。"《小雅·大田》："彼有遗秉。"《毛传》："秉，把也。"引申为持、拿。《郑风·溱洧》："士与女方秉蕑兮。"《集疏》："秉，执也。"又为操持。《鄘风·定之方中》："秉心塞渊。"《毛传》："秉，操也。"又引申为掌握。《小雅·节南山》："秉国之均。"又引申为执行。《周颂·清庙》："秉文之德。"《郑笺》："皆执行文王之德。"

2. 辐射式的引申。由本义同时派生出几个不同的引申义，形如车辐，叫作辐射式引申。《诗经》的多义词由于辐射式引申而形成的也不少。例如：

退　本义是向后移动，与"进"相对。《说文》："退，郤也。"①《大雅·桑柔》："人亦有言，进退维谷。"引申为退朝。《召南·羔羊》："退食自公。"《集传》："退食，退朝而食于家也。"又为斥退。《小雅·雨无正》："譖言则退。"《毛传》："以言进退人也。"又为解除、消除。《小雅·雨无正》："戎成不退。""退朝""斥退""解除、消除"等意义都是由"退却"这个本义引申出来的。

伯　本义是长（zhǎng）。《说文》："伯，长也。"《邶风·泉水》："问我诸姑，遂及伯姊。"引申为长子。《周颂·载芟》："侯主侯伯，侯亚侯旅。"《毛传》："伯，长子也。"又为妇女对丈夫的称呼。《卫风·伯兮》："伯也执殳，为王前驱。"《集传》："伯，妇人目其夫之字也。"

昏　本义是日暮。《说文》："昏，日冥也。"《陈风·东门之杨》："昏以为期，明星煌煌。"引申为昏乱。《小雅·小宛》："彼昏不知。"又为昏姻。《邶风·谷风》："宴尔新昏。"《白虎通·嫁娶》："昏者，昏时行礼，故曰婚。"这个意义后来写作"婚"。

《诗经》里有些较为复杂的多义词，可以同时包含由连锁式和辐射式两种引申方式而形成的词义。例如"行"，本

---

① 《说文·彳部》"退"为"復"的重文。

义是道路。甲骨文作𢔅（后下2.12），像十字路口之形。《召南·行露》："厌浥行露。"《毛传》："行，道也。"《小雅·车辖》："景行行止。"《集传》："景行，大道也。"引申为行列。《郑风·大叔于田》："两骖雁行。"《集传》："雁行者，骖少次服后，如雁行也。"又引申为轨道。《小雅·十月之交》："日月告凶，不用其行。"《郑笺》："行，道度也。"又引申为道理。《鄘风·载驰》："女子善怀，亦各有行。"《正义》："我女子之多思，亦各有道理也。"以上是名词性的引申义。由"道路"的意义又引申为"行走"，《说文》："行，人之步趋也。"《邶风·北风》："携手同行。"又为前往。《秦风·无衣》："与子偕行。"《毛传》："行，往也。"又特指女子出嫁。《邶风·泉水》："女子有行，远父母兄弟。"又特指行役。《小雅·六月》："来归自镐，我行永久。"由"行走"义又引申为实行。《大雅·大明》："乃及王季，维德之行。"又引申为行为。《卫风·氓》："女也不爽，士贰其行。"这样，"行"在《诗经》里的九个引申义可归纳如下：

$$
行（háng，道路）
\begin{cases}
行列（háng）\\
轨道（háng）—— 道理\\
行走（xíng）
\begin{cases}
行役\\
—往—实行—行为\\
出嫁
\end{cases}
\end{cases}
$$

当然，上古汉语许多词的引申义并没有在《诗经》里出现。例如"本"，《诗经》里有本义。《大雅·荡》："枝叶未有害，本实先拨。"《说文》："本，木下曰本。""本"又指事物的根本或基础（《论语·学而》"君子务本，本立而道生"），又特指农桑本业（《荀子·天论》"强本而节用"），又指事物的根源或根据（《礼记·乐记》"其本在人心之感于物也"、《易·乾》"本乎天者亲上，本乎地者亲下"），又指自己或自己方面的（《吕氏春秋·处方》"本不审，虽尧舜不能以治"），又为量词（《荀子·富国》"瓜桃枣李一本数以盆鼓"），等等。这些引申义都是《诗经》所没有的。有的字，《诗经》里有几个引申义，但没有出现本义。例如"翟"，《诗经》里有三个意义：① 野鸡的尾羽。《邶风·简兮》："右手秉翟。"《毛传》："翟，翟羽也。"② 古代绣成或绘成长尾野鸡花纹的女衣。《鄘风·君子偕老》："玼兮玼兮，其之翟也。"③ 用野鸡羽装饰的车子，古代贵族妇女所乘。《卫风·硕人》："翟茀以朝。"《毛传》："翟，翟车也，夫人以翟羽饰车。"以上三个意义都不是"翟"的本义。《说文》："翟，山雉尾长者。""翟"的本义是长尾的野鸡，《诗经》里没有出现这个意思。

第五节 《诗经》词义中的通假义

通假义是由文字通假而产生的意义，它与本义没有关系。甲乙两字意义上本无联系，因为音同或音近，有时可以互相借用。当甲字借用为乙字时，甲字是通假字，乙字是本字；与此同时，甲字取得乙字的意义作为自己的通假义。

《诗经》里有 500 个左右的通假字①，有的字有两个或几个通假义，所以全《诗》通假义的数目还要多一些。另一方面，这 500 个字里头有不少是多义词，往往多数意义中有一个或少数几个通假义。因此通假义在整个《诗经》词义系统中仍然只是较小的一部分。同三家诗相比较，《毛传》里的通假字和通假义要多一些，可能较多地保存了《诗》的先秦面貌。

《诗经》里通假字和通假义的应用纷繁复杂，大致不外以下六种情况：

1.《诗经》里只用通假义，不用本义，也不出现本字。如"栾"的本义为木名。《诗》借为"脔"，作"瘦"讲。《桧风·素冠》："棘人栾栾兮"。《毛传》："栾栾，瘠貌。"不用"脔"，也不出现"栾"的本义。"题"本义为额。《诗》借为"睼"，作"视"讲。《小雅·小宛》："题彼脊令。"《郑笺》："题之为言视睼也。"不用"睼"，也不用"题"的本义。

2.《诗经》里既用本义，又用通假义。例如"剥"，本义是剥皮。《诗》用本义，《小雅·楚茨》："或剥或亨。"《集传》："剥，剥解其皮也。"又用通假义，《豳风·七月》："八月剥枣。"《毛传》："剥，击也。"段玉裁《小笺》："此谓剥即攴之假借也。""燎"的本义是放火焚烧草木。《说文》："燎，放火也。"《诗》用本义，《小雅·正月》："燎之方扬。"又借为"嫽"，作"好"讲，《陈风·月出》："佼人燎兮。"

---

① 通假字和通假义问题比较复杂，学者们见仁见智，很不统一。上述数字只是粗略的统计，仅供参考而已。

《史记·司马相如传·索引》、《一切经音义》卷九都引《诗》"佼人嬽兮"。"龙"的本义是传说中一种神奇动物，《说文》所谓"鳞虫之长"。《诗》用本义，《秦风·小戎》："龙盾之合。"《毛传》："龙盾，画龙其盾也。"又用通假义，作"宠幸"讲。《小雅·蓼萧》："为龙为光。"《毛传》："龙，宠也。"段玉裁《小笺》："此谓龙即宠之假借也。"

3. 同一意义，《诗经》里既用本字，又用通假字。例如三岁的野猪叫"豣"。《说文》："豣，三岁豕，肩相及者。"《诗》用本字，《豳风·七月》："献豣于公。"《毛传》："豕……三岁曰豣。"又用通假字"肩"，《齐风·还》："并驱从两肩兮。"《毛传》："兽三岁曰肩。"《释文》："肩，本亦作豣。"水草相交的地方叫"湄"，《说文》："水草交为湄。"《诗》用本字，《秦风·蒹葭》："所谓伊人，在水之湄。"又用通假字"麋"，《小雅·巧言》："居河之麋。"《毛传》："水草交谓之麋。""麋"是鹿类，本与"水草交"的意义无关。度量事物叫"揆"。《诗》用本字，《鄘风·定之方中》："揆之以日。"《毛传》："揆，度也。度日出日入，以知东西。"又用通假字"葵"，《大雅·板》："则莫我敢葵。"《郑笺》："葵，揆也。""葵"，菜名，本与"度量"义无涉。使用手段引导别人顺从自己的意愿叫"诱"。《诗》用本字，《召南·野有死麕》："有女怀春，吉士诱之。"《毛传》："诱，道（导）也。"又用通假字"牖"，《大雅·板》："天之牖民。"《毛传》："牖，道（导）也。"《韩诗外传》卷五、《礼记·乐记》引《诗》都作"天之诱民"。"牖"是窗子，本与"诱导"的意义无关。

4.《诗经》里一字借用为数字，因而有几个不同的通假义。例如"奥"的本义是屋子里的西南角。《诗经》不用"奥"的本义，却用它的两个通假义。《卫风·淇奥》："瞻彼淇奥。"《毛传》："奥，隈也。"此借"奥"为"澳"，指水边弯曲的地方。《小雅·小明》："昔我往矣，日月方奥。"《毛传》："奥，燠也。"此借"奥"为"燠"，作"暖、热"讲。此义《诗经》也用本字。《唐风·无衣》："不如子之衣安且燠兮。"《毛传》："燠，暖也。""肄"的本义是"学习、研习"，《说文》："肄，习也。"《诗经》不用"肄"的本义而有两个通假义。《周南·汝坟》："伐其条肄。"《毛传》："肄，余也。斩而复生曰肄。"此借"肄"为"蘖"或"枿"，指树木砍伐后再生的枝芽。《邶风·谷风》："既诒我肄。"《毛传》："肄，劳也。"此借"肄"为"勚"，作"劳苦"讲。《小雅·雨无正》："莫知我勚。"《毛传》："勚，劳也。"《尔雅》《说文》同。"猗"本犬名。《说文》："猗，犗犬也。"《诗经》不用"猗"的本义而用了六个通假义。《周颂·潜》："猗与漆沮。"《郑笺》："猗与，叹美之言也。"此借"猗"为叹词。《魏风·伐檀》："河水清且涟猗。"此借"猗"为"兮"，《集传》："猗与兮同，语词也。"《小雅·巷伯》："猗于亩丘。"《毛传》："猗，加也。"此借"猗"为"加"。《卫风·淇奥》："猗重较兮。"《释文》："猗，依也。"《荀子·非相》扬注、《文选·西京赋》李注引《诗》都作"倚重较兮"。此借"猗"为"倚"。《豳风·七月》："猗彼女桑。"《毛传》："角而束之曰猗。"此借"猗"为"掎",攀枝摘取的意思。《小雅·节南山》："有实其猗。"此借"猗"为"阿",指山坡、山隅。王引之说："有实其阿者,言南山之阿实然广大也。"

5. 同一意义,《诗经》里借用几个不同的字,也就是几个不同的字在《诗经》具有相同的通假义。例如"抑"与"懿"都借为"噫",表示伤痛和不满的意思。《小雅·十月之交》："抑此皇父,岂曰不时。"《郑笺》："抑之言噫,噫是皇父,疾而呼之。"《大雅·瞻卬》："懿厥哲妇,为枭为鸱。"《郑笺》："懿,有所痛伤之声也。"孔颖达《正义》："懿与噫,字虽异,音义同。""右"与"又"都借为"侑",作"劝酒"讲。《小雅·彤弓》："钟鼓既设,一朝右之。"《毛传》："右,劝也。"胡承珙《后笺》："右为侑之假借。"《小雅·宾之初筵》："三爵不识,矧敢多又。"马瑞辰《通释》："又即侑之假借,谓劝酒也。""极"与"届"都借为"殛",作"诛责、诛杀"讲。《小雅·菀柳》："俾予靖之,后予极焉。"《郑笺》："极,诛也。"《鲁颂·閟宫》："致天之届,于牧之野。"《郑笺》："届,极。"陈奂《传疏》："古极、殛通。致天之届,犹云致天之罚耳。""假""瑕""遐""鄂"都借为"胡"或"何",做疑问代词。《周颂·维天之命》："假以溢我?"《集传》："何之为假,声之转也。"《左传·襄公二十二年》引作"何以恤我"。《邶风·泉水》："遄臻于卫,不瑕有害。"马瑞辰《通释》："瑕、遐古通用,遐之言胡也。"《小雅·隰桑》："心乎爱矣,遐不谓矣。"《集传》："遐与何同。"《小雅·常棣》："常棣之华，鄂不韡韡。"于省吾《诗义解结》："鄂不犹言胡不、遏不。鄂、胡、遏三字就声言之，并属浅喉；就韵言之，并属鱼部。"

6.《诗经》里两字互为通假。即甲字借为乙字，取乙字的意义为通假义；乙字又借为甲字，取甲字的意义为通假义。例如"害"借为"曷"，"曷"又借为"害"。《召南·葛覃》："害澣害否，归宁父母。"《毛传》："害，何也。"段玉裁《诗经小学》："古读害如曷。"《商颂·长发》："则莫我敢曷。"《毛传》："曷，害也。"段玉裁说："此借曷为害。""闻"借为"问"，"问"又借为"闻"。《王风·葛藟》："谓他人昆，亦莫我闻。"此借"闻"为"问"。马瑞辰《通释》："闻当读如恤问之问。"《大雅·文王》："宣昭义问。"王引之《经义述闻》卷六："问，读为'令闻不已'之闻，言明昭善名于天下也。""亡"借为"忘"，"忘"又借为"亡"。《邶风·绿衣》："心之忧矣，曷维其亡。"《郑笺》："亡之言忘也。"《集传》同《笺》说。此借"亡"为"忘"，作"忘记"讲。《秦风·终南》："寿考不忘。"朱熹《集传》："寿考不忘者，欲其居此位，服此服，长久而安宁也。"此借"忘"为"亡"，"不忘"就是"不亡"，长久而安宁。《说文》："廷，朝中也。""廷"借为"庭"，指堂前的平地。"庭"又借为"廷"，指朝廷。《唐风·山有枢》："子有廷内。"《太平御览》一百八十五引作"庭内"。王引之说："廷与庭通，庭谓中庭，内谓堂与室也。"《说文》："庭，宫中也。"段注："宫者，室也。室之中曰庭。"《周颂·闵予小子》："念兹皇祖，陟降庭止。"《汉书·匡衡传》引作"陟降廷止"，颜师古注："鬼神上下，临其朝廷。"是"庭"为"廷"的假借。

因为《诗经》通假字和通假义的应用纷繁复杂，学者们的看法也往往见仁见智，难趋一致。

第一，《诗经》里的同一个字，甲以为用本义，乙以为用通假义。如《唐风·山有枢》："宛其死矣，他人是愉。"《毛传》："愉，乐也。"《郑笺》："愉读曰偷，偷，取也。"毛以为《诗》用"愉"的本义，郑以为用通假义。《鲁颂·泮水》："不吴不扬。"《毛传》："扬，伤也。"《郑笺》："不欢哗，不大声。"毛以为《诗》用通假义，读"扬"为"伤"，郑则以为"扬"用本义，指声调高扬。"不扬"，即不高扬，不大声。《小雅·小弁》："我心忧伤，惄焉如捣。"《毛传》："捣，心疾也。"《释文》："捣，本或作瘄，《韩诗》作疛。"孔颖达《正义》："我心为之忧伤，惄焉悲闷，如有物之捣心也。"毛以"捣"为"瘄"或"疛"的通假字，故释为"心疾"，与《韩诗》合。孔氏以为《诗》用"捣"的本义，故释为"如有物之捣心"。《小雅·正月》："今兹之正，胡然厉矣。"《郑笺》："正，长（zhǎng）也。"朱熹《集传》："正，政也。"郑氏读"正"如字，指在位君臣，故释为"长"；朱氏以"正"为"政"的假借字，指国政。《卫风·硕人》："蝼首蛾眉。"《集传》："蛾，蚕蛾也，其眉细而长曲。"此据《汉书·扬雄传》颜师古注："蛾眉，形若蚕眉也。""蛾"读如字。段玉裁《诗经小学》："蛾眉，古作俄眉，蛾皆俄之假借字，俄者美好轻扬之意。"清代学者大都以为"蛾"是"俄"的通假字。从诗意看，两种说法都是讲得通的。

第二，大家都承认《诗经》里的某一个字是通假字，但本字是什么，看法往往不一致。例如《郑风·遵大路》："无我魗兮。"《毛传》："魗，弃也。"《郑笺》："魗，亦恶也。"《毛传》以为"魗"是"㩉"的通假字，故训为"弃"；郑氏以为是"醜"的通假字，故训为"恶"。《说文》："醜，可恶也。"《邶风·柏舟》："如有隐忧。"《毛传》："隐，痛也。"王引之《经义述闻》以为"隐"是"慇"的通假字，《说文》："慇，痛也。"马瑞辰以为"隐"是"殷"的假借，"殷者，大也，深也，隐忧即深忧"。《大雅·生民》："先生如达。"《郑笺》："达，羊子也。"郑以"达"为"羍"的假借，《说文》："羍，羊子也。"胡承珙《后笺》以为"达"是"泰"的假借。《说文》："泰，滑也。滑，利也。"《生民》之"达"，当与"泰"同。段玉裁以为"达"是"沓"的假借，《小笺》："达，达生也。达生谓重沓而生。姜嫄之子首生者，乃如重沓而生之易。"《邶风·谷风》："不念昔者，伊余来墍。""墍"的本义是"仰涂"，与《诗》义无涉。《毛传》："墍，息也。"孔颖达以为"墍与呬，古今字也"。马瑞辰《通释》以为"墍"是"愒"的假借，"'伊余来墍'，犹云维余是爱也"。王引之以为"墍"是"愾"的假借。"墍读为愾，愾，怒也。此承上'有洸有溃'言之，言君子不念昔日之情而唯我是怒也。"[1]此外高亨先生以为"墍"当读如

---

① 见王引之《经义述闻》卷五。

"概"，"概有除去之意。伊余来概，就是把我除去，把我赶走之意"。[1] 于省吾先生以为"墍"是"忌"的假借，作"忌恨"讲。[2] 如果单以"伊余来墍"一句看，似乎都是讲得通的。但毛氏去古未远，他的解释可能更切合实际一些。

研究《诗经》词义，不能不谈通假义，但是不能滥用通假。凡是用本字本义可以讲通的，就不必用通假来解释，这是我们在考察《诗经》通假义的时候必须注意的。

第六节 《诗经》里的同义词

同义词基本意义相同，但不一定相等。同义词越丰富，表明语言的表达力越强。据陈奂《毛诗传义类》统计，《诗经》里保存的同义词有250组之多。少则两字一组，多至五十字一组。例如"掇、叔"两字都有"拾"义，"述、仇、特、仪"四字都有"匹"义，"则、宪、辟、程、式、刑、典、共"八字都有"法"义，等等。

《诗经》里的同义词有名词，有动词，也有形容词。名词如"岸、泮（畔）、干、湑、糜、湄、浒、滨、频（濒）、涘、浦、濆"等十二个词都有"水岸"的意义。《卫风·氓》："淇则有岸，隰则有泮。"《毛传》："泮，坡也。"《郑笺》："泮读为畔，畔，涯也。"《魏风·伐檀》："寘之河之干兮……寘之河之漘兮。"《毛传》:"干,厓也。漘,厓也。"陈奂《传疏》:"口端谓之唇,水厓谓之漘,其义一也。"《秦风·蒹葭》:"在水之湄。"《毛传》:"湄,水陭也。"《小雅·巧言》:"居河之麋。"《毛传》:"水草交谓之麋。"《秦风·蒹葭》:"在水之涘。"《毛传》:"涘,厓也。"《王风·葛藟》:"在河之浒。"《毛传》:"水厓曰浒。"《大雅·常武》:"铺敦淮濆。"《毛传》:"濆,涯。"又:"率彼淮浦。"《毛传》:"浦,涯也。"《大雅·召旻》:"池之竭矣,不云自频。"《毛传》:"频,厓。"《郑笺》:"频当作滨。"《小雅·北山》:"率土之滨,莫非王臣。"《毛传》:"滨,涯也。"孔颖达《正义》:"浒、滨、涯、浦,皆水畔之地,同物而异名也。"

动词如"畀、卜、赉、釐、予、与"等字都有"给予"的意义。《鄘风·干旄》:"彼姝者子,何以畀之。"《毛传》:"畀,予也。"《小雅·楚茨》:"卜尔百福,如几如式。"《郑笺》:"卜,予也。"《大雅·既醉》;"釐尔女士。"《毛传》:"釐,予也。"《小雅·楚茨》:"徂赉孝孙。"《毛传》:"赉,予也。"《大雅·皇矣》:"乃眷西顾,此维与宅。"《集传》:"以此岐周之地与大王为居宅也。"《鄘风·干旄》:"彼姝者子,何以予之。""给予"是"予"的常见义。《说文》:"予,推予也。"段注:"予、与古今字。"

形容词如"美、好、休、旨、肤、嘉、皇、烝、侯、懿、抑、将、穆、徽、僚、佼、艳、娈、茂、姝、铄、皇皇、抑抑、将将、穆穆、藐藐"等字都有"美"义。《卫风·硕人》:"美目盼兮。"《郑风·叔于田》:"洵美且仁。""美"本味好，引申为凡美好之称。《魏风·葛屦》："好人服之。""好人"即"美人"，《玉篇》："好，美也。"《豳风·破斧》："亦孔之将……亦孔之休。"《毛传》："休，美也。"王念孙说："将、嘉、休皆美也。"《邶风·谷风》："我有旨蓄。"《毛传》："旨，美也。"《豳风·狼跋》："公孙硕肤。"《毛传》："肤，美也。"《大雅·大明》："文王嘉止。"《毛传》："嘉，美也。"陈奂《传疏》："嘉，读如嘉耦曰妃之嘉。"《大雅·文王》："思皇多士。"《集传》："皇，美。"《文王有声》："文王烝哉！"《释文》引《韩诗》："烝，美也。"《郑风·羔裘》："洵直且侯。"《集传》："侯，美也。"《大雅·烝民》："好是懿德。"《毛传》："懿，美也。"《齐风·猗嗟》："抑若扬兮。"《毛传》："抑，美色。"《周颂·清庙》："於穆清庙。"《毛传》："穆，美也。"《大雅·思齐》："大姒嗣徽音。"《郑笺》："徽，美也。"《陈风·月出》："佼人僚兮。"《毛传》："僚，好貌。"《集传》："佼人，美人也。"《小雅·十月之交》："艳妻煽方处。"《毛传》："美色曰艳。"《方言》："艳，美也。"《小雅·车舝》："思娈季女逝兮。"《毛传》："娈，美貌。"《齐风·还》："子之茂兮。"《毛传》："茂，美也。"《邶风·静女》："静女其姝。"《毛传》："姝，美色也。"《周颂·酌》："於铄王师。"《毛传》："铄，美也。"又《鲁颂·泮水》："烝烝皇皇。"《毛传》："皇皇，美也。"《大雅·假乐》："威仪抑抑。"《毛传》："抑抑，美也。"《大雅·文王》："穆穆文王。"《毛传》："穆穆，美也。"《大雅·崧高》："既成藐藐。"《毛传》："藐藐，美貌。"这些词的基本意义都是"美",但有的指事物的性质,有的指颜色或形状,并不完全相同。语言形式上它们分别属于不同的韵部,有单音也有复音。诗人根据不同的情况灵活运用,可以细致地描写客观事物,表达思想感情,增加语言的变化,避免重复和雷同,还可以选择不同的字入诗,使用韵和谐,语言优美,增加感染力。例如《鄘风·定之方中》一章:"定之方中,作于楚宫。揆之以日,作于楚室。""宫"与"室"同义。《尔雅·释宫》:"宫谓之室,室谓之宫。"但诗中"中"与"宫"为韵(冬部),"日"与"室"为韵(质部),二字不能互换。又《邶风·凯风》一章:"棘心夭夭,母氏劬劳。"三章:"有子七人,母氏劳苦。""劬劳"与"劳苦"同义,但"劳"与"夭"为韵,"苦"与"下"为韵,两字也不能互换。

综观《诗经》里的同义词,大约有以下七种情况:

1. 同一事物的异名。这类同义词的意义完全相同,但得名的来源不一,有的得名于形貌,有的得名于声音,有的得名于颜色。在应用上,有时便于音韵的替换和文字的变化。例如:

燕燕——玄鸟　两者都是燕子。《邶风·燕燕》:"燕燕于飞。"《毛传》:"燕燕,鳦也。"燕鸟字形作"燕",《说文》以为象形[①],语音则是摹拟燕鸟的鸣声。《商颂·玄鸟》:"天命玄鸟,降而生商。"《毛传》:"玄鸟,鳦也。""玄鸟"的得

----

① 《说文·燕部》:"鷰,燕燕,玄鸟也。籋口,布翅,枝尾,象形。"

名是由于燕鸟颜色是黑的。

殳——杸 两者都是古代一种有棱无刃的兵器。《卫风·伯兮》："伯也执殳，为王前驱。""殳"与"驱"韵，侯部。《曹风·候人》："彼候人兮，何戈与杸。彼其之子，三百赤芾。""杸"与"芾"韵，月部。

常—常棣—唐棣——棣 四者是同一植物的异名。《小雅·采薇》"维常之华"，《毛传》："常，常棣也。"又《常棣》"常棣之华"，《毛传》："常棣，棣也。"又《秦风·晨风》"山有苞棣"，《毛传》："棣，唐棣。"这样，常＝常棣，常棣＝棣，棣＝唐棣，四者所指相同①。但它们在句中一般不能互换。"常棣之华""唐棣之华"只能用复音词"常棣"和"唐棣"，而"维常之华""山有苞棣"只用单音词"常"与"棣"，以适应《诗经》四字句的需要。

2. 方言成分的保留。《诗经》经过多次加工，其语言是统一的。但它所包括的地域非常广阔，其中仍不免保留某些方言成分。《诗经》里的同义词有些可能就是方言和雅言的并存。这方面我们从扬雄《方言》和《诗经》旧注里还可以窥见某些痕迹。例如：

燬——火 《周南·汝坟》："鲂鱼赪尾，王室如燬。"《毛传》："燬，火也。"按《释文》："齐人谓火曰燬。"《尔雅·释言》郭注："《诗》曰'王室如燬'，燬，火也，齐人

---

① 《尔雅·释木》："唐棣，栘；常棣，棣。"陈奂《传疏》以为《小雅》"常棣之华"《传》当作"常棣，栘"。常棣一名常，一名栘，今本《毛诗》《尔雅》有误。

语也。""燬"是方言词，"火"是通语，《商颂·长发》："如火烈烈。"

盾——干 《秦风·小戎》："龙盾之合。"《集传》："盾，干也。"《大雅·公刘》："干戈戚扬。"《郑笺》："干，盾也。"大约春秋以前，"干"是通名，"盾"是方言词。《方言》卷九："干，关西谓之盾。"《诗经》里"盾"见于《秦风》，与《方言》所记合。

摧、詹——至 "摧""詹"是方言词，"至"是通语。《大雅·云汉》："先祖于摧。"《毛传》："摧，至也。"《小雅·采绿》："六日不詹。"《毛传》："詹，至也。"《秦风·终南》："君子至止。"按《尔雅·释诂》："摧、詹，至也。"郭璞注："《诗》曰'先祖于摧'，又曰'六日不詹'，詹、摧皆楚语，《方言》云。"

谅——信 《鄘风·柏舟》："母也天只，不谅人只。"《毛传》："谅，信也。"《小雅·青蝇》："无信谗言。"按《方言》卷一："众信曰谅，《周南》《召南》《卫》之语也。""谅"是方言词，"信"是通语。

当然，从《诗经》到西汉，时间相隔三四百年，有些《诗经》时代的方言词汉代已进入雅言，也有些《诗经》时代的雅言词汉代成了方言。扬雄《方言》及汉魏旧注不能作为判断《诗经》语言有无方言成分的唯一依据。但是我们从中可以探索《诗经》某些方言成分的痕迹，却是没有什么疑问的。

3. 古今词并存。《风》《雅》《颂》时代不同，内容风格不一致，用词上也就不免有一些差别。其中一种现象是

《雅》《颂》里用了一些更古的词，它们和一些比较晚起的词同时保存在《诗经》里，形成同义关系。例如：

厥——其　两字同义。"厥"常见于《尚书》；《诗经》里凡45见，都在《雅》《颂》里出现。如《大雅·生民》："厥初生民。"《大雅·瞻卬》："懿厥哲妇。"《郑笺》："厥，其也。"《国风》里只用"其"，如《秦风·黄鸟》："如可赎兮，人百其身。"《论语》《孟子》《荀子》《韩非子》等书里也一般只用"其"，可见"厥"字出现较早，春秋以后逐渐从口语中消失了。

假、格——至　三字同义，都保存在《诗经》里。"假"①和"格"是较古的词，只在《雅》《颂》里出现。《大雅·抑》："神之格思。"《毛传》："格，至也。"《商颂·玄鸟》："四海来假，来假祁祁。"《郑笺》："假，至也。"《国风》里只用"至"，《秦风·终南》："君子至止。"大约春秋以后，"假""格"逐渐为"至"所代替，所以《方言》卷一说："假、徦（格）、艐，皆古雅之别语也。"

当然，所谓古今只是相对的。"其""至"两词也是商代就有的。

4. 引申义的交叉。两个词或几个词本不同义，但它们的某一个或几个引申义变成同义，都保存在《诗经》里。例如：

广、厖——大　《说文》："广，殿之大屋也。""厖，覆也。"两字都引申为"大"，成为同义词出现在《诗经》里。《鄘风·载驰》："控于大邦。"《小雅·六月》："四牡修广。"

---

① 《说文》："假，至也。""假，非真也。""假"训"至"是"假"的假借。

《毛传》："广，大也。"《小雅·巧言》："乱如此帆。"《毛传》："帆，大也。"

狩、田——猎　"猎"是通名；"狩"是冬猎，引申为泛指打猎；"田"本农田，"树谷曰田"（《说文》）。上古刀耕火种，不耕种的时候草木茂盛，禽兽繁殖，可以打猎，所以"田"又有"打猎"的意思。这样"狩""田""猎"就成为同义词，都出现在《诗经》里。《郑风·叔于田》："叔于田，巷无居人。"《毛传》："田，取禽也。"《魏风·伐檀》："不狩不猎。"《集传》："狩亦猎也。"《秦风·驷驖》："从公于狩。"马瑞辰《通释》："狩又为田猎之通称，于狩犹于田也。"

还有一些词，对文有别，散文则通，也属于这一类。例如：

荣—华—秀—英　《尔雅·释草》："木谓之华，草谓之荣，不荣而实者谓之秀，秀而不实者谓之英。"这是对文有别。《诗经》里"华""秀""英"都泛指花而成为同义词。《郑风·有女同车》一章："颜如舜华。"二章："颜如舜英。"《毛传》："英犹华也。"《小雅·出车》："黍稷方华。""黍稷"为禾属，也称"华"，这是散文则通。

5. 同源词并存。《诗经》有些词不仅意义相同，语言相近，而且有同源的关系。例如：

士、仕——事　三字床母双声，之部叠韵。《诗经》里都有"从事、做事"的意思，同源同义。《小雅·北山》："或尽瘁事国。"《毛传》："尽力劳病以从国事。"《豳风·东山》："勿士行枚。"《毛传》："士，事。"《大雅·文王有声》："武王岂不仕？"《毛传》："仕，事。"《小雅·四月》："尽瘁以仕。"《郑笺》："仕，事也。"

起——兴　两字溪晓旁纽，之蒸对转。《诗经》里都有"起立、起来"的意思，同源同义。《小雅·沔水》："载起载行。"《小雅·楚茨》："皇尸载起。"《说文》："起，能立也。"《卫风·氓》："夙兴夜寐。"《郑笺》："常早起夜卧，非一朝然。"《小雅·小明》："兴言出宿。"《郑笺》："兴，起也。"

谋——谟　两字明母双声，之鱼旁转，都作"谋划、计谋"讲。《小雅·皇皇者华》："周爰咨谋。"《毛传》："咨事之难易为谋。"《淮南子·修务训》引作"周爰咨谟"。《大雅·抑》："讦谟定命。"《毛传》："谟，谋也。"

6. 单音词和复音词同义。其中又有两种情况，一是单音词和重言词同义，一是单音词和复合词同义。例如：

湑——湑湑　《诗经》里都有"茂盛"的意思。《小雅·裳裳者华》："其叶湑兮。"《毛传》："湑，盛貌。"《唐风·杕杜》："其叶湑湑。"《正义》："其叶湑湑然而盛。"

粲——粲粲　《诗经》里都有"鲜明华美"的意思。《唐风·葛生》："角枕粲兮，锦衾烂兮。"《集传》："粲、烂，华美鲜明之貌。"《小雅·大东》："西人之子，粲粲衣服。"《毛传》："粲粲，鲜盛貌。"

教、诲——教诲　《诗经》里并用，都是"教导、指教"的意思。《小雅·车辖》："令德来教。"《大雅·桑柔》："诲尔序爵。"《小雅·小宛》："教诲尔子。"

瞻、望——瞻望　《诗经》里都有"向远处看"的意思。《卫风·淇奥》："瞻彼淇奥。"《氓》："乘彼垝垣，以望复关。"《魏风·陟岵》:"陟彼岵兮,瞻望父兮。"

艰——艰难 《诗经》里都有"困难、困苦"的意思。《邶风·北门》:"莫知我艰。"《郑笺》:"艰,难也。"《王风·中谷有蓷》:"遇人之艰难矣。"《毛传》:"艰亦难也。"陈奂《传疏》:"'艰难'合二字一义,古人属辞,一字未尽,则重一字以足之。"

7. 本字与通假字并存。本字和通假字本是文字问题,但在古代汉语里,通假义已作为字义的一部分固定下来,有的读音起了变化,人们已不容易看出它们之间的通假关系,往往就把它们当作同义词看待了。我们在讨论"通假义"一节里已经举了不少例子,这里再举两个:

戁——射 《说文》:"戁,解(懈)也。""戁"的本义是"厌倦"。《周南·葛覃》:"服之无戁。"《毛传》:"戁,厌也。""射"的本义是射箭,《诗经》里借为"戁",也作"厌倦"讲。《小雅·车辖》:"好尔无射。"《郑笺》:"射,厌也。"

柞——作 《说文》:"柞,柞木也。"段玉裁注:"按柞可薪,故引申为凡伐木之称。"《诗经》有此义。《周颂·载芟》:"载芟载柞。"《毛传》:"除草曰芟,除木曰柞。""作"的本义是"起立",《诗经》里借为"柞",也有"砍伐"的意思。《大雅·皇矣》:"作之屏之。"王引之《经义述闻》卷六:"作,读为柞,《载芟·传》:'除木曰柞。'"

研究《诗经》里的同义词,既要注意它们相同的一面,也要注意它们不同的一面。例如"逑、仇、仪、特"在"匹偶"的意义上同义,《周南·关雎》:"君子好逑。"《毛传》:

"述，匹也。"《邶风·柏舟》："实维我仪。"《毛传》："仪，匹也。"二章："实维我特。"《毛传》："特，匹也。"《大雅·皇矣》："询尔仇方。"《毛传》："仇，匹也。"但是"述"又有"聚合"义，《大雅·民劳》："以为民述。"《毛传》："述，合也。"《郑笺》："合，聚也。""仪"又有"仪容、仪法"等义，《邶风·相鼠》："人而无仪。"《郑笺》："仪，威仪也。"《周颂·我将》："仪式刑文王之典。"《集传》："仪、式、刑，皆法也。""特"又作"三岁兽"讲，《魏风·伐檀》："胡瞻尔庭有县特兮。"《毛传》："兽三岁曰特。"在这些用法上，它们都不是同义词。有些词，前人以为同义，其实在《诗经》的用法里是有差别的。《小雅·皇皇者华》二章："周爰咨诹。"三章："周爰咨谋。"四章："周爰咨度。"五章："周爰咨询。"朱熹《集传》："咨诹，访问也。""谋犹诹也。""度犹谋也。""询犹度也。"依《集传》，"咨诹""咨谋""咨度""咨询"同义。其实不然。《说文》："诹，聚议也。"姚际恒说："大抵'诹'为聚议之意，'谋'为计划之意，'度'为酌量之意，'询'为究问之意。"（见《诗经通论》）四章循序渐进，意义各异，这样更切合诗的实际。

第七节 《诗经》里的复音词

《诗经》里有复音词 900 余个，约占全书 3400 个词的 27%。从词性看，名词、动词、形容词都有。例如：

名　词：苍天　上帝　大夫　君子　室家

　　　　宾客　南山　京师　大车　小戎

　　　　虺虺　黄鸟　脊令　荇菜　木瓜

动　词：出纳　叫号　安息　伫立　忖度

　　　　征伐　奔走　保佑　畏忌　敦琢

　　　　掺执　潜逃　瞻卬　辗转　匍匐

形容词：依依　浩浩　鬎发　栗烈　蔽芾

　　　　窈窕　昭明　弘大　恭敬　黾勉

　　　　够劳　劳苦　岂乐　回遹　艰难

　　　　跟先秦其他典籍相比较，《诗经》里的复音词所占比例要大一些。这与《诗经》以四言为主的句式是分不开的。一方面，单音词似乎已不能完全满足诗人表情达意的需要；另一方面，四言诗句往往以两个音节为停顿，特别适合于双音词的发展。

　　　　《诗经》里的复音词有单纯复音词，有重言词，也有复合词。下面分别进行讨论：

一、单纯复音词

　　　　单纯复音词也叫联绵词，虽有两个音节，却只是一个词素，即所谓"合两字之音，以成一字之意"。它们一般不能再从结构上进行分析。语音上可以分为双声叠韵和非双声叠韵两类：

　　　　1. 双声叠韵的单纯复音词。《诗经》里共有这类复音词

73个，它们的两个音节之间有双声、叠韵或双声兼叠韵的关系。例如：

双　声：觱发　觱沸　匍匐　栗烈　黾勉

参差　踟蹰　荏染　拮据　邂逅

厌浥　游衍　熠燿　蟏蛸　蟋蟀

伊威　町畽　蝃蝀　霡霂　鸳鸯

叠　韵：优游　绸缪　逍遥　沮洳　蒙戎[①]

猗傩　伴奂　鞅掌　炰烋　婆娑

差池　委蛇　蜉蝣　勺药　螟蛉

苌楚　果蠃　掊克[②]噫嘻　於乎

双声兼叠韵：

燕婉　蔽芾　绵蛮　睍睆　缱绻

辗转　间关

上述复音词中，有的语音相同或相近，意义也相通，可能是同一个词派生出来的同源词。例如风寒盛叫作“觱发”（《豳风·七月》“一之日觱发”），水流盛叫作“觱沸”（《小雅·采菽》“觱沸槛泉”），两者都有“盛大”的意思。栝楼叫作“果蠃”，草名（《豳风·东山》“果蠃之实”）；细腰蜂叫作“蜾蠃”，虫名（《小雅·小宛》“蜾蠃负之”）。两者都有“圆而下垂”的意思。又刚愎自大叫作“畔援”

① “蒙”东部字，“戎”冬部字。《诗经》东冬两部有合韵的。《邶风·旄丘》：“狐裘蒙戎。”《左传·僖公五年》作“狐裘蒙茸”，“蒙戎”与“蒙茸”同。“茸”，东部字。

② “掊”之部，“克”职部，之职对转，也有叠韵关系。

（《大雅·皇矣》"无然畔援"《郑笺》"畔援犹跋扈也"），广大有文章叫作"伴奂"（《卷阿》"伴奂尔游矣"《毛传》"伴奂，广大有文章也"），发扬光大叫作"判涣"（《周颂·访落》"继犹判涣"）。"畔援""伴奂""判涣"音近义通，都有"大"的意思，等等。

有时两字连用，语音上也有双声叠韵的关系，但各有自己的意义，这就不是单纯的复音词。例如"萑苇"匣母双声，《豳风·七月》："八月萑苇。"《毛传》："蒹为萑，葭为苇。""萑苇"是两种植物，不是单纯复音词。"蒹葭"见母双声，但"蒹"是未长穗的荻，"葭"是未长穗的芦。《秦风·蒹葭》："蒹葭苍苍。"《毛传》："蒹，薕；葭，芦也。""蒹葭"不是单纯复音词。"涤场"两字定母双声。《豳风·七月》："九月肃霜，十月涤场。"《释文》："涤，扫也。"十月农事已毕，打扫场地，"涤场"是动宾词组，不是词，更不是单纯复音词。但王国维认为："肃霜、涤场皆互为双声，乃古之联绵字，不容分别释之。肃霜犹言肃爽，涤场犹言涤荡也。'九月肃霜'，谓九月之气清高颢白而已，至十月则万物摇落无余矣。"[①] 可备一说。

2. 非双声叠韵的单纯复音词。这类复音词也是由两个音节合起来表示一个意义，两个音节之间没有双声叠韵的关系。《诗经》里有非双声叠韵的单纯复音词26个。例如：

① 见王国维《肃霜涤场说》，《观堂集林》第一册，70页。

玁狁	昆吾	混夷	串夷	雎鸠	鸤鸠
桑扈	鸥鶨	脊令	桃虫	驺虞	歇骄
戚施	苌楚	梧桐	常棣	终南	焦穫
徂来	新甫	仔肩	夸毗	权舆	滂沱
于嗟	猗与				

其中名词20个，"玁狁""昆吾""混夷""串夷"是种族名，后两个可能是半音半意译，"夷"是古代对外族的称呼。"雎鸠""鸤鸠""桑扈""桃虫""鸥鶨""脊令"是鸟名，"驺虞""歇骄"是兽名，"苌楚""梧桐""常棣"是木名，"终南""徂来""新甫"是山名，"焦穫"是地名，"戚施"是病名，"仔肩"是普通名词，"夸毗""权舆""滂沱"是动词，"于嗟""猗与"是叹词。它们中间，有的最初可能是复合词，不过我们暂时无法确切地了解它们得名的由来，只好看作单纯的复音词。需要讨论的是"仔肩"和"驺虞"两个词。《说文》："仔，克也。"《尔雅·释诂》："肩，克也。"好像"仔肩"是一个并列复合词。其实在先秦典籍中"仔"和"肩"都没有单独作"克"用的。《周颂·敬之》："佛时仔肩。"《毛传》："仔肩，克也。"《郑笺》："仔肩，任也。"都把"仔肩"看成一个词。孔颖达说："《传》言'仔肩，克也'，则二字共训为'克'犹'权舆'之为'始'也。"我们同意孔氏的看法。《召南·驺虞》："于嗟乎驺虞。"《毛传》："驺虞，义兽也，白虎黑文，不食生物，有至信之德则应之。"依毛说，"驺虞"是兽名，"白虎黑文"，可能就是大熊猫。三家诗以为"驺虞"是掌鸟兽的官。许慎《五

经异义》载《韩》《鲁》说："驺虞，天子掌鸟兽之官。"贾
谊《新书》又分"驺虞"为二："驺"是文王之囿，"虞"是
管兽的官。① 这样"驺虞"就不仅不是联绵词，而且不是一
个词。按：驺虞作为兽名，又见于《山海经》②，《毛传》并
非凭空臆说。《说文》："虞，驺虞也，白虎黑文，尾长于身，
仁兽也。"也是采用《毛传》和《山海经》的说法。

二、重言词

重言词由两个相同的词素构成，有具体的词汇意义。
《诗经》里出现的重言词比先秦其他作品丰富，应用广泛，
为《诗经》的艺术描写生色不少，也是它的词汇特点之一。

《文心雕龙·物色篇》说："灼灼状桃花之鲜，依依尽杨
柳之貌，杲杲为出日之容，漉漉拟雨雪之状，喈喈逐黄鸟之
声，喓喓学草虫之韵。皎日嘒星，一言穷理；参差沃若，两
字穷形。并以少总多，情貌无遗矣。虽复思经千载，将何易
夺？"清王筠《毛诗重言》也说："《诗》以长言咏叹为体，
故重言视他经为多，而重言之不取义者为尤多。或同字而其
义迥别，或字异音同而义则比附。"刘、王二氏评述《诗经》
重言词应用的特点是很得当的。

《诗经》共有重言词 359 个，其中形容词 352 个，例如：

① 见贾谊《新书》卷六《礼》。
② 《山海经·海内北经》："林氏国有珍兽，大若虎，五采毕具，尾长
于身，名曰驺吾，乘之日行千里。"说法与《毛传》不同。

麃麃 儦儦 瀌瀌 镳镳 傍傍 蓬蓬

冯冯 平平 浮浮 甫甫 发发 弗弗

穆穆 枚枚 绵绵 梦梦（以上唇音）

忉忉 丁丁 登登 旦旦 滔滔 佗佗

啴啴 哼哼 荡荡 棣棣 慱慱 僮僮

浓浓 泥泥 浓浓 耳耳 陾陾 瀼瀼

离离 栗栗 烈烈 令令（以上舌音）

增增 采采 草草 惨惨 苍苍 崔崔

济济 将将 棲棲 凄凄 习习 萧萧

昭昭 灼灼 实实 施施（以上齿音）

高高 交交 哙哙 骙骙 瞿瞿 渠渠

峨峨 敖敖 言言 业业 涣涣 许许

煌煌 闲闲 洋洋 夭夭（以上牙喉音）

上述重言词有三点值得我们注意：

1. 从意义上看，重言词不外象声和绘景两大类，诗人用以描写客观事物或声音，大都能够细致入微，酣畅淋漓。象声的重言词38个，描写各种声音。如“渊渊”“阗阗”“镗镗”摹写鼓声，“哕哕”“玱玱”“锵锵”摹写铃声，“丁丁”“坎坎”“许许”摹写伐木声，等等。同是摹写鸟声，雎鸠则用“关关”（《周南·关雎》“关关雎鸠”），黄鸟则用“喈喈”（《葛覃》“其鸣喈喈”），群雁则用“雝雝”（《邶风·匏有苦叶》“雝雝鸣雁”），能于一致中力求变化。绘景的重言词310个，占绝大多数，用以描写事物的各种状态和颜色。如“苍苍”“萋萋”“湑湑”形容草木茂盛，“粲粲""凿凿"形容颜色鲜明，"捷捷"形容动作敏捷，"棣棣"形容威仪闲习，"湿湿"形容牛耳动摇，"惕惕"形容提心吊胆，"忡忡"形容心情不安。同是描写水的状态，形容河水满涨则用"弥弥"（《邶风·新台》"河水弥弥"），形容河水平澄则用"浼浼"（《新台》"河水浼浼"），形容河水盛大则用"洋洋"（《卫风·硕人》"河水洋洋"），形容水大流急则用"汤汤"（《氓》"淇水汤汤"），形容水流则用"活活"（《硕人》"北流活活"），形容水流长则用"浟浟"（《竹竿》"淇水浟浟"），形容水大浪高则用"滔滔"（《小雅·四月》"江汉滔滔"），等等。它们用在不同的语言环境里，能把事物恰如其分地描绘出来。

2. 从重言词与单音词的关系看，主要有两种情况：一种情况是，重言词由两个纯粹的音节构成，同单字的意义没有联系。例如"虫虫"是热气蒸腾的样子，与昆虫的"虫"没有联系；"湿湿"是牛耳动摇的样子，与"干湿"的"湿"没有联系；"登登"是用力筑墙的声音，与"登升"的"登"无关；"斤斤"形容明察，与"斤斧"的"斤"无关；等等。另一种情况是，重言词的意义与单音词的意义基本相同，不过重言词带有更强的描写性质。例如"发"与"发发"都表示风疾吹声。《桧风·匪风》："匪风发兮。"《小雅·蓼莪》："飘风发发。"《毛传》："发发，疾貌。""黄"与"黄黄"都指黄色。《邶风·绿衣》："绿衣黄裳。"《小雅·都人士》："狐裘黄黄。""皎"和"皎皎"都是明亮洁白的意思。《陈风·月出》："月出皎兮。"《小雅·白驹》："皎皎白驹。"等等。

有时单音形容词前面或后面加"有""其""斯""思"等助词，或后面加"矣""止""兮"等语气词，凑足两个音节，也就增强了形容词的描写性，意义跟重言词一致。例如"有弥"和"弥弥"都是形容河水满涨。《邶风·匏有苦叶》："有弥济盈。"《新台》："河水弥弥。""其霏""霏霏"都是形容雪花飞扬。《邶风·北风》："雨雪其霏。"《小雅·采薇》："雨雪霏霏。""思皇""皇矣""皇皇"都是"伟大、美好"的意思。《大雅·文王》："思皇多士。"《皇矣》："皇矣上帝。"《鲁颂·閟宫》："皇皇后帝。""萋止""萋萋"都是形容草木茂盛的样子。《小雅·杕杜》："卉木萋止。"《出车》："卉木萋萋。"等等。这种形式在先秦其他典籍里比较少见。《诗经》句式以四言为主，音节以两两为停顿，一般要求成偶数。碰上单音词，有时要加一个助词或语气词而足成四个音节。

3. 从重言词和重言词的关系看，有的语音相同或相近，意义也相通，往往有同源关系，有的甚至可以看作一个词的不同变体。例如《卫风·硕人》："朱幩镳镳。"《毛传》："镳镳，盛貌。"《郑风·清人》："驷介麃麃。"《毛传》："麃麃，武貌。"《齐风·载驱》："行人儦儦。"《毛传》："儦儦，众貌。"《小雅·角弓》："雨雪瀌瀌。"《郑笺》："雨雪之盛瀌瀌然。""麃麃"形容车马之盛，"儦儦"形容行人之盛，"瀌瀌"形容雨雪之盛，"镳镳"形容镳饰之盛。虽形体各异，而声音相同，基本意义都是"盛大"。又《周南·螽斯》："螽斯羽，诜诜兮。"《毛传》："诜诜，众多也。"《小雅·皇皇者华》："駪駪征夫。"《毛传》："駪駪，众多之貌。"《大雅·桑柔》："牲牲其鹿。"《毛传》："牲牲，众多也。""诜诜""駪駪""牲牲"语音相近，都有"众多"的意思。又《大雅·烝民》："八鸾锵锵。"《郑笺》："锵锵，鸣声。"《郑风·有女同车》："佩玉将将。"《毛传》："将将，鸣玉而后行。"《小雅·采芑》："八鸾玱玱。"《毛传》："玱玱，声也。"又："有玱葱珩。"《毛传》："玱，珩声也。"《商颂·烈祖》："八鸾鸧鸧。"《毛传》："八鸾鸧鸧，言文德之有声也。""锵锵""将将""玱玱""有玱""鸧鸧"音近义同，都是象声词，形容鸾声或玉声。又《陈风·东门之杨》："其叶肺肺。"《毛传》："肺肺犹牂牂也。""牂牂然，盛貌。"《大雅·生民》："荏菽旆旆。"《毛传》："旆旆然，长也。"《小雅·小弁》："萑苇淠淠。"《毛传》："淠淠，众也。""肺肺""旆旆""淠淠"音近义通，都有"茂盛"的意思。与此同时，《小雅·出车》："彼旟与旐斯，胡不旆旆。"《毛传》："旆旆，旐垂貌。"《小雅·采菽》："其旂淠淠。"《毛传》："淠淠，动也。"《鲁颂·泮水》："其旂茷茷。"《集传》："茷茷，飞扬貌。""旆旆""淠淠""茷茷"都有"飘扬"或"下垂"的意思。这样的例子《诗经》里还不少。例如"揖揖""濈濈"都是形容聚集的样子，"揭揭""孑孑""桀桀"都是形容长而高的样子，"皇皇""煌煌""裳裳"都是形容光彩华艳的样子，"央央""英英""阳阳"都是形容鲜明的样子，"骄骄""矫矫""蹻蹻"都是形容壮健的样子，等等。我们都可以从音近义通的道理中得到解释。

《诗经》里的名词性重言词只有"燕燕"一个。《邶风·燕燕》："燕燕于飞，差池其羽。"《毛传》："燕燕，𪄻也。"舍人注："䴏周又名燕燕，又名𪄻。"朱熹认为"燕燕"是"燕"的复称，"燕，𪄻也，谓之燕燕者，重言之也"。毛奇龄以为"燕燕者，两燕也。何两燕？一于归者，一送者，送者姜氏，于归者仲妳氏也"。我们认为重言"燕燕"可能有两种原因，一是修辞上可以使句子足成四言，一是方言里的特殊称呼。《汉书·外戚传下》引童谣："燕燕，尾涎涎。"也用重言。又《小雅·南有嘉鱼》："烝然罩罩……烝然汕汕。"《毛传》："罩罩，篧也。汕汕，樔也。"毛氏以为"罩罩""汕汕"也是名词。按《说文》："汕，鱼游水貌。"戴震、马瑞辰以为"罩罩""汕汕"都是鱼游水的样子，不是名词而是形容词，比较可信。

《诗经》里的动词性重言词有"处处""言言""语语""宿宿""信信"五个，学者有不同的看法。《大雅·公刘》："于时处处，于时庐旅，于时言言，于时语语。"《毛传》："直言曰言，论难曰语。"只解释了"言""语"两个单音词。《郑笺》："于是处其所当处者，庐舍其宾旅，言其所当言，语其所当语。"是把"处处""言言""语语"看作动宾关系。我们认为"处处""言言""语语"都是动词复说。"言言"是大家一起说话，"语语"是大家一起讨论，"处处"是大家一起居住，都带有描写的性质，表示大家安居乐业，心情愉快。所以《广雅·释训》说："言言语语，喜也。"《周颂·有客》："有客宿宿，有客信信。"《毛传》："一宿曰宿，再宿曰信。"只解释"宿""信"两个单词。①《尔雅·释言》："有客宿宿，言再宿也；有客信信，言四宿也。"这样"宿宿"＝宿＋宿＝两宿，"信信"＝信＋信＝两宿＋两宿＝四宿。这种动词复说的方式显得很特殊，所以有的学者表示反对。林成章说："此诗'宿宿''信信'皆颂客之辞。'宿宿'当读如'肃肃'，'信信'当读如《殷其雷》'振振君子'之'振振'。古'肃''宿'通用……'振''信'同部音近。《殷其雷》'振振'《传》训为'信厚'，盖即读'振'为'信'，'宿宿''信信'者，言客肃肃然有威仪，信信然仁厚也。"②丁声树先生也认为"宿宿""信信"疑为叠音形容词。"宿宿"犹言"肃肃"，"信信"犹言"申申"，和舒的样子。③林、丁二先生的见解是很有说服力的。我们这里姑从旧说。

《诗经》里的叹词性重言词有"嗟嗟"一个。《周颂·臣工》："嗟嗟臣工。"《毛传》："嗟嗟，敕之也。"《商颂·烈祖》："嗟嗟烈祖。"《郑笺》："重言嗟嗟，美叹之深。""嗟"本叹词，重言词"嗟嗟"有反复叮咛或着重叹美的意思。

三、复合词

复合词由两个有独立意义的实词素或由一个实词素加

---

① 这是根据《左传》的解释。《庄公三年》："凡师，一宿为舍，再宿为信，过信为次。"

② 见林成章《诗同文比义》，载《国学季刊》四卷二号。

③ 见丁声树《〈诗·卷耳〉〈苯苢〉"采采"说》，载《国立北京大学四十周年纪念论文集》，1940年。

一个附加成分构成。《诗经》里的复合词有附加式、偏正式、联合式、动宾式等几种，下面分别讨论：

1. 附加式

附加式复合词由一个实词素加一个附加成分（词头、词尾）构成。《诗经》里这类复合词有 27 个。其中名词 16 个，即：

有周 《大雅·文王》："有周不显。"《毛传》："有周，周也。"

有邰 《大雅·生民》："即有邰家室。"①

有娀 《商颂·长发》："有娀方将。"《毛传》："有娀，契母也。"

有梅 《召南·摽有梅》："摽有梅，其实七兮。"

有的 《小雅·宾之初筵》："发彼有的。"

有北、有昊 《小雅·巷伯》："投畀有北，有北不受，投畀有昊。"

师氏 《周南·葛覃》："言告师氏。"

母氏 《邶风·凯风》："母氏劬劳。"

舅氏 《秦风·渭阳》："我送舅氏。"

伯氏、仲氏 《小雅·何人斯》："伯氏吹埙，仲氏吹篪。"

侯氏 《大雅·韩奕》："侯氏燕胥。"

尹氏 《小雅·节南山》："尹氏大师。"

椒聊 《唐风·椒聊》："椒聊之实。"《毛传》："椒聊，椒也。"

谁昔 《陈风·墓门》："谁昔然矣。"《郑笺》："谁昔，昔也。"

---

① 班固《白虎通义·京师》引《诗》作"即有邰家室"。《说文·邑部》、《水经注·渭水》、《史记·周本纪》司马贞索隐引《诗》均作"有邰家室"，无"即"字。

动词以外的"有",《诗经》里有两种情况。一是名词词头,放在实词素前面,构成复音名词。王引之说:"有,语助也。一字不成词,则加'有'字以配之。若虞、夏、殷、周皆国名,而曰有虞、有夏、有殷、有周是也。"[①]加词头"有"构成的复音名词,《诗经》里共有 7 个。一是状物之词,"有"放在形容词的前面或后面可以增强形容词的描写性。这,我们留到第五章里再讨论。

"氏"本是古代贵族标志宗族系统的称号,为姓的支系,用以区别子孙出生的由来。但上列一些复合词的"氏",却是放在单音名词后面构成复音名词,起名词词尾的作用,没有表示族姓分支的含义了。《毛传》以"椒"释"椒聊",《郑笺》以"谁"释"谁昔",可见"椒聊"和"谁昔"是复合词。闻一多《风诗类钞》以为"草木实聚生成丛,古语叫'聊',今语叫作'嘟噜'"。"椒聊"就是一嘟噜花椒。解释颇为新鲜,可惜还缺乏充分的历史根据。

《诗经》里有附加式形容词 11 个,就是:

沃若　《卫风·氓》:"其叶沃若。"《毛传》:"沃若,犹沃沃然。"

突而　《齐风·甫田》:"突而弁兮。"陈奂《传疏》:"突而,犹突然也。"

颀而　《齐风·猗嗟》:"颀而长兮。"《正义》:"其形状颀然而长好兮。"

舒而　《召南·野有死麕》:"舒而脱脱兮。"陈奂《传

---

① 见王引之《经传释词》卷三。

疏》："舒而，犹舒如也；舒如，即舒然也。"

睘言、潜然 《小雅·大东》："睘言顾之，潜焉出涕。"陈奂《传疏》："睘者，反顾之貌。《荀子》作'眷焉'，《后汉书》作'睘然'，言、焉、然三字皆语词。"

怒焉 《小雅·小弁》："怒焉如捣。"

宛然 《魏风·葛屦》："宛然左辟。"

贲然 《小雅·白驹》："贲然来思。"

烝然 《小雅·南有嘉鱼》："烝然罩罩。"

居然 《大雅·生民》："居然生子。"《集传》："居然，犹徒然也。"马瑞辰《通释》："亦出于意外之词。"胡承珙《后笺》："居有安义，故居然犹言安然。"

上述附加式复合形容词的附加成分，《诗经》里有"然""言""焉""若""而"等五个。它们只在《国风》和《小雅》里出现，频率不高，形式不统一，可见还是新产生的东西。它们的句法功能主要做状语，少数做谓语，不做定语。

2. 偏正式

偏正式复合词由两个实词素构成，前一个实词素修饰后一个实词素。《诗经》里偏正式复合词数量最多，约400个，这种情况跟汉语复合词发展的趋势是一致的。《诗经》里的偏正式复合词绝大多数是名词，动词很少，没有形容词。就其内部结构看，主要可以分为以下十类：

（1）修饰部分说明中心部分的数量或次序。例如：

四海　四方　六师　九有　九罭　百姓

百谷　万民　万舞　孑遗　重环　诸侯

这类复合词的修饰部分大都是数目或表数的形容词，不过它们并不都指具体的数目，而是和中心部分合起来表示一个完整的意思。举例来说，"百姓"不是一百个姓，而是概指所有的官僚贵族；"四海"不是四个海，而是泛指天下；"万舞"不是一万种舞，而是周代一种大型舞蹈；"孑遗"不是半个遗留，而是"遗民"的意思；等等。总之它们是复合词而不是词组，它们所表达的并不是两个词素意义的简单总和。

（2）修饰部分和中心部分有种属的关系。或中心部分是种，修饰部分是属；或修饰部分是种，中心部分是属。例如：

a. 羔羊　荇菜　骆马　魴鱼　妇人　辎车

　　儿齿　餱粮　飘风　旄丘

b. 木桃　木李

a 组复合词中心部分是种，修饰部分是属。"羔"是羊子，属名，"羊"是种名，"羔羊"是指小羊而不是兼指小羊和大羊。《幽风·七月》："曰杀羔羊。"又《说文》："辎，轻车也。""辎"是车的一种，属名，"车"是种名。"辎车"是古代一种轻便的车，而不是两种车。这种构词方式一直到现代汉语还广泛存在着。b 组复合词修饰部分是种，中心部分是属，就是传统所谓"大名冠小名"的构词方式。"木"是种名，"桃""李"是属名。这是上古汉语一种比较特殊的构词法，《诗经》里偶然有几个例子，现代汉语完全不用了。

（3）修饰部分说明中心部分的地域或方位。例如：

上帝　下民　下国　内史　东山　东门

南亩　南方　西戎　天毕　云汉　海外

　　行潦　桑中　株林　鲁邦　镐京　徐国

　　韩城　鬼方　泮宫　上宫　召伯　周公

这类复合词的修饰部分有的是方位词，有的是普通名词，有的是地名。"帝"是主宰万物的最高神，古人设想它住在天上，所以称"上帝"，"上"是方位词；"毕"是星座名，高悬天际，所以称"天毕"，"天"是普通名词；"伯"是古代爵位名，"召"是地名，周时姬奭封于召，所以称"召伯"；等等。

　　（4）修饰部分说明中心部分的时间。例如：

　　朝阳　夕阳　晨风　旭日　宵行　春酒　故老　先民

　　先祖　古帝　古训　后生

这类复合词的意义往往也不能从字面上去理解。例如"朝阳"不是早上的太阳，而是山的东面。《大雅·卷阿》："于彼朝阳。"《毛传》："山东曰朝阳。""夕阳"不是傍晚的太阳，而是山的西面。《大雅·公刘》："度其夕阳。"《毛传》："山西曰夕阳。"大约早上太阳照着山的东面，傍晚太阳照着山的西面，所以有这种不同的称呼。"古帝"不是古代帝王，而是上帝、昊天。《商颂·玄鸟》："古帝命武汤。"《郑笺》："古帝，天也。"马瑞辰《通释》："古帝犹言昊天、上帝。""晨风"不是早晨的风，而是鹰隼一类的猛禽。《秦风·晨风》："鴥彼晨风。"《毛传》："晨风，鹯也。""宵行"不是晚上走路，而是一种能够晚上发光的虫。《豳风·东山》："熠燿宵行。"《集传》："宵行，虫名，如蚕，夜行，喉下有光如萤也。"

（5）修饰部分表示中心部分人物的拥有者。例如：

宗子　天子　公子　王姬　商邑　周宗　桑葚　竹竿

泉水　墓门　瓠犀

"宗子"是大宗之子，即嫡长子。《大雅·板》："宗子维城。"
《郑笺》："宗子，王之适（嫡）子也。""公子"是公的儿子。
《周南·麟之趾》："振振公子。"陈奂《传疏》："公子，公之
子也。""瓠犀"是瓠瓜子瓣。《卫风·硕人》："齿如瓠犀。"
《毛传》："瓠犀，瓠瓣。"等等。

（6）修饰部分说明构成中心部分所指事物的原料。例如：

葛屦　杨舟　羔裘　秬鬯　虎韔　鱼服　板屋　玉佩

琼琚　棘匕　台笠　缁撮

在这些例子里，"台笠""缁撮"需要解释一下。《小雅·都
人士》："台笠缁撮。"《郑笺》："台，夫须也。都人之士以
台皮为笠，缁布为冠。""台"通"臺"，就是蓑草，"台笠"
是用莎草做的笠，"缁撮"是用缁布做的帽子。"板屋"是用
木板盖的房屋。《秦风·小戎》："在其板屋。"《毛传》："西
戎板屋。"古代陇东一带多林木，以板为屋，故云。

（7）修饰部分说明中心部分的性质、颜色或大小。例如：

君子　童子　女萝　虎臣　庶民　良人　玄鸟　白茅

白华　黄鸟　苍蝇　青蝇　介圭　大人　大房　大车

小戎　小子

这类复合词有些也不能从字面上去理解。例如"玄鸟"是燕
子，"黄鸟"是黄莺，不是泛指黑色或黄色的鸟；"大车"是
平地任载的车，"小戎"是兵车的一种，并不是单指形体的

大小；"白茅"是茅的别名，"白华"是茅的一种，即巴茅，并非颜色全是白的；"女萝"是一种茎干细弱的寄生蔓草，"虎臣"是勇猛的武臣，"女"和"虎"是比喻人或物的某些特征。"君子"不是君的儿子，而是古代统治者和贵族男子的通称。"君"指地位尊贵，"子"是男子泛称。"童子"是未成年的人。《说文》："僮，未冠也。""未冠"就是尚未成年。①

（8）修饰部分说明中心部分的形状特点。例如：

　　厹矛　氿泉　卷耳　眉寿　角弓　梁舟　顷筐　鸾刀
　　牺尊　飞蓬　游环　县鼓　宛丘　龙旂

这类复合词的修饰部分都是说明事物的特征。"顷筐"是一种斜口的筐（《周南·卷耳》"不盈顷筐"），"厹矛"是有三棱锋刃的矛（《秦风·小戎》"厹矛鋈錞"），"宛丘"是周围高，中间低，形状如碗的土阜，"游环"是可以前后移动的环（《秦风·小戎》"游环胁驱"），"县鼓"是挂在架上的鼓（《周颂·有瞽》"应田县鼓"），"鸾刀"是柄上有铃的刀（《小雅·信南山》"执其鸾刀"），等等。

（9）修饰部分说明中心部分的功能或作用。例如：

　　膳夫　农夫　士子　舟子　倌人　织女　佩玉　容刀
　　鱼网　田车　兔罝　桑田

"膳夫"是管理王的饮食的官（《小雅·十月之交》"仲允膳夫"），"士子"指在职的官吏（《小雅·北山》"偕偕士子"），"鱼网"是捕鱼的网（《邶风·新台》"鱼网之设"），

---

①　按：《说文·辛部》："童，男有辠曰奴，奴曰童。""童"与"僮"的意义后世与《说文》正相反。

"桑田"是种桑的田（《鄘风·定之方中》"说于桑田"），等等。这类词有的也不能从字面上得到解释。例如"织女"字面上是织布的女子，实际却是星名（《小雅·大东》"跂彼织女"）。要了解"织女"一词的意义，必须了解我国历史上牛郎织女的传说。

（10）修饰部分说明中心部分所表示的状态或方式。例如：

毛炰　仁立　假寐　亲迎　潜逃

以上偏正式复合词，（1）至（9）类是名词。（10）类是动词，《诗经》里只有五个。《诗经》里的偏正式复合词绝大多数是名词，这跟现代汉语复音词发展的趋势是一致的。偏正式复合形容词，现代汉语已有相当发展，《诗经》里还找不到例子。

3. 联合式

联合式复合词由两个地位平等的词素构成。《诗经》里共有联合式复合词约200个，比偏正式复合词少。但偏正式复合词只有名词和极少数动词，联合式复合词则名词、动词、形容词都有。从联合式复合词两个词素的意义关系看，主要有三种情况：

（1）由两个同义或近义的词素构成，如：

a. 名词：

人民　室家　宾客　君王　臣仆　朋友　荆楚　殷商

疆埸　疆土　土田　旅力

b. 动词：

瞻卬　奔走　偃仰　仳离　颠覆　反覆　践履　夷怿

说怿　喜乐　戏谑　游敖　还归　教诲　肆伐　孝享

监观　殄瘁

c.形容词：

弘大　硕大　悠远　劬劳　劳苦　单厚　苾芬　惸独

曲局　强御　回遹　永久　明哲　宣哲

以上复合词的意义大都可以从两个词素看出来，但也有一些需要进行一点解释。有的两个词素单用时是词，合起来是复合词。例如"人民"（《大雅·抑》"质尔人民"）中的"人"和"民"（《周南·卷耳》"嗟我怀人"，《小雅·鹿鸣》"视民不恌"），"宾客"（《小雅·吉日》"以御宾客"）中的"宾"和"客"（《小雅·鹿鸣》"我有嘉宾"，《周颂·振鹭》"我客戾止"），等等。有的两个词素词序颠倒，都能成词，而且意义往往相同。例如：

民人　《大雅·桑柔》："民人所瞻。"
人民　《大雅·抑》："质尔人民。"

室家　《小雅·雨无正》："未有室家。"
家室　《周南·桃夭》："宜其家室。"

昭明　《大雅·既醉》："介尔昭明。"
明昭　《周颂·臣工》："明昭上帝。"

恭敬　《小雅·小弁》："必恭敬止。"
敬恭　《大雅·云汉》："敬恭明神。"

疆土　《大雅·江汉》："彻我疆土。"
土疆　《大雅·崧高》："彻申伯土疆。"

这种情况表明，在《诗经》时代，单音词变成联合式复音词还处在过渡阶段，两个词素的组合还比较自由松散，在以后的发展中才逐渐固定下来，其中有一些逐渐消失了。至于联合式复音词两个词素的排列次序，往往和词素的声调有关：平声的词素在前，其他声调的词素在后；如果没有平声的词素，则阴声的词素在前，入声的词素在后；只有少数复合词例外。在《诗经》时代，汉语单音同义词已相当丰富，这就为联合式复合词的构成提供了充分的条件。

（2）由两个同类但不同义的词素构成，例如：

a. 名词：

鳏寡　矜寡　矇瞍　爪牙　腹心　喉舌　面目　戎狄
妻子　昏（婚）姻　刍荛　黄耇　威仪　蟊贼　杼柚
葛藟

b. 动词：

顾瞻　饥馑　丧乱　残贼　会同　蕴结　保佑　纲纪
翱翔　跋涉　咨诹　启居

c. 形容词：

正直　清明　玄黄　疾威　老成　嘉乐　寿考

这些复合词的两个词素意义并不相同，但当它们在一起结合成复合词，就不是两个词素意义的简单相加，而是表示一个统一的意义。例如老而无妻叫"鳏"，老而无夫叫"寡"，复合词"鳏寡"却是泛指年老无依的人（《大雅·烝民》"不侮鳏寡"）；有眸子而看不见叫作"矇"（青光眼），连眸子都没有的叫作"瞍"，复合词"矇瞍"却是泛指瞎子（《大雅·灵台》"矇瞍奏公"）；有威可畏叫作"威"，有仪可象叫作"仪",复合词"威仪"却是泛指人的仪容举止或礼节（《小雅·宾之初筵》"威仪抑抑",《大雅·既醉》"摄以威仪"）；"杼"是绕纬线的梭子,"柚"是绕经线的滚筒,复合词"杼柚"却是泛指织布机（《小雅·大东》"杼柚其空"）；"玄"和"黄"是两种不同的颜色,复合词"玄黄"却是指马的病态（《周南·卷耳》"我马玄黄"）；"疾"是病害,"威"是欺凌,复合词"疾威"却是"暴虐"的意思（《小雅·小旻》"旻天疾威"）；等等。还有一些词带有比喻的性质,例如"腹"和"心"本是人身上的两种器官,复合词"腹心"却是比喻最亲近、最受信任的人（《周南·兔罝》"公侯腹心"）；"喉"和"舌"也是人身上的两个器官,复合词"喉舌"却是指代表统治者发表意见的人（《大雅·烝民》"王之喉舌"）；"爪"和"牙"是野兽觅食和自卫的武器,复合词"爪牙"却是比喻捍卫王室的武臣（《小雅·祈父》"予王之爪牙"）；等等。

（3）由两个意义相反的词素构成,《诗经》里这类复合词只有五个,即：

稼穑　陟降　出纳　先后　左右

"稼"是种庄稼,"穑"是收庄稼,这是两种相反的农事活动。复合词"稼穑"却是泛指农事活动（《大雅·桑柔》"好是稼穑"）。"左"和"右"是相反的两个方位。《诗经》里"左右"连用,有时指左边和右边（《周南·关雎》"左右流之"）,但在下列两种意义里却是复合词,或作"侍从、随从"讲（《小雅·吉日》"悉率左右"）,或作"辅佐"讲

（《商颂·长发》"实左右商王"）。余类推。

（2）（3）类联合式复合词里，有的只是偏用其中一个词素的意义，另一个词素只作陪衬，就是所谓复词偏义。例如"妻"是老婆，"子"是儿子，"妻子"连用，有时只是"妻"的意思。《小雅·常棣》："妻子好合，如鼓瑟琴。"以"琴瑟"来比喻，显然不包括"子"的意思在内。又"陟"是上升，"降"是下降，但是依王国维说，《大雅·文王》"文王陟降，在帝左右"，"陟降"是偏用"陟"义；《周颂·闵予小子》"陟降庭止"，《敬之》"陟降厥士"，"陟降"是偏用"降"义。①

4. 动宾式

动宾式复合词的前一词素表示动作，后一词素表示动作所支配的对象，《诗经》里这类复合词有 13 个。即：

a. 司徒　司空　趣马　启明　牵牛　充耳　钩膺

　　胁驱　附庸

b. 稽首　从事　得罪　甘心

以上动宾复合词，a 组是名词，其中"司徒""司空"（《大雅·绵》"乃召司空，乃召司徒"）、"趣马"（《小雅·十月之交》"蹶维趣马"）是官名，"启明"（《小雅·大东》"东有启明"）、"牵牛"（《大东》"睆彼牵牛"）是星名，"充耳"（《齐风·著》"充耳以素乎而"）是首饰名，"钩膺"（《大雅·韩奕》"钩膺镂锡"）、"胁驱"（《秦风·小戎》"游环胁

---

① 见王国维《观堂集林》卷二《与友人论〈诗〉〈书〉中成语书》。

驱"）是马具名，"附庸"（附属诸侯统治的小国，《鲁颂·阙宫》"土田附庸"）是政治名称。b组是动宾式的复合动词，结构上凝固得相当紧，不是一般的动宾词组。在用法上，由于它们本身已包含动作和动作所及的对象，因此一般不能再带其他宾语。

第八节　《风》《雅》《颂》的词汇比较

　　语言是思想的直接体现，任何作品的思想内容都是通过语言表达出来的，思想内容不同，语言的应用就不可避免地会有差别。《诗经》的《国风》部分大都是民间歌谣，在一定程度上反映了人民的生活和思想感情；《雅》《颂》是贵族的作品，一般用于朝廷宴会或祭祀。两者内容不同，语言上自然也不会一致，尤其词汇方面更是如此。有些词只在《国风》或《雅》《颂》里出现；有些词虽然同时在《国风》和《雅》《颂》里出现，但意义不同。以下分七个方面进行讨论：

一、关于称呼和等级名称

　　《国风》里有不少描写男女恋爱和夫妇生活的诗，其间一些称呼很具民间情调。《雅》《颂》是庙堂文学，讳言男女之事，很少这一类词语。例如女子称男子为"氓"（《卫风·氓》"氓之蚩蚩"），为"狡童"（《郑风·狡童》"彼狡童兮"），为"狂童"（《郑风·褰裳》"狂童之狂也且"），就完全不在《雅》《颂》里出现。"美"，作"美人"讲，指丈夫或情人，只在《国风》里出现，如《唐风·葛生》："予美亡此。"《集传》："予美，妇人指其夫也。"《陈风·防有鹊巢》："谁侜予美。"《集传》："予美，指所与私者也。""美丽、美好"的"美"也只出现在《国风》里，如《邶风·静女》："匪女之为美，美人之贻。"《雅》《颂》里完全没有。相反，"懿"表示德行美好，却只在《雅》《颂》里出现，如《大雅·烝民》："好是懿德。"《周颂·时迈》："我求懿德。"[①]"伯"，《诗经》里有多种含义，妻子称丈夫为"伯"，却只见于《国风》。《卫风·伯兮》："伯兮朅兮。"《郑笺》："伯，君子字也。"[②]"良人"指丈夫，也只见于《国风》。《秦风·小戎》："厌厌良人。"《唐风·绸缪》："见此良人。"孔颖达《正义》："妻谓夫为良人。"这些都是《雅》《颂》里所没有的。

相反，反映周代社会等级关系的不少称呼则多在《雅》《颂》里出现，例如"天子"，《雅》《颂》凡22见。《小雅·雨无正》："得罪于天子。"《周颂·雝》："天子穆穆。""后"，就是君，《雅》《颂》凡10见。《大雅·下武》："三后在天。"《商颂·玄鸟》："商之先后。"《郑笺》："后，君也。""辟"，作"君"讲，《雅》《颂》凡11见。《小雅·桑扈》："百辟为宪。"《郑笺》："辟，君也。"《商颂·殷

---

① 《豳风·七月》："女执懿筐。"《毛传》："懿筐，深也。"这是别义。
② 《雅》《颂》也有"伯"字。《大雅·韩奕》"因以其伯"，"伯"指诸侯之长。《周颂·载芟》"侯主侯伯"，"伯"指伯爵。

武》："天命多辟。"《毛传》："辟，君。""辟王"即"君王"，《雅》《颂》3见。《大雅·棫朴》："济济辟王。""辟公"，《周颂》2见。《烈文》："烈文辟公。"《集传》："辟公，诸侯也。"又朝见君王也叫"辟"，《商颂·殷武》："岁事来辟。"《郑笺》："来辟，犹来王也。"这些意义都不见于《国风》。①"臣"，也只见于《雅》《颂》。《小雅·北山》："莫非王臣。"《周颂·臣工》："嗟嗟臣工。"《集传》："臣工，群臣百工也。""臣仆"指奴隶，《小雅·正月》："民之无辜，并其臣仆。""百姓"，指贵族，只见于《小雅》。《天保》："群黎百姓。"《毛传》："百姓，百官族姓也。""小人"，与"君子"对举，指平民，也只见于《小雅》。《采薇》："君子所依，小人所腓。"《大东》："君子所履，小人所视。"《集传》："小人，下民也。"这些词都不在《国风》里出现。属于统治集团的一些官名也是如此。例如"卿"（大夫之上的高级官名和爵位名，《大雅·荡》"以无陪无卿"）、"卿士"（周王朝的执政长官，《小雅·十月之交》"皇父卿士"）、"宰"（协助冢宰管朝政的官，《十月之交》"家伯维宰"）、"司空"（主管工程建设的官，《大雅·绵》"乃召司空，乃召司徒"）、"司徒"（主管土地户口和力役的官）、"大师"（周代最高军事长官，《大雅·常武》"大师皇父"）、"膳夫"（掌管王和后妃饮食的官）、"内史"（管爵禄废置等政务的官）、

① 《国风》中"辟"字二见，一作"避让"讲，《魏风·葛屦》："宛然左辟。"一作"拊胸"讲，《邶风·柏舟》："寤辟有摽。"《毛传》："辟，拊心也。"与"君王"义无关。

"趣马"（掌管周王马匹的官）、"师氏"（主管教导国王和贵族子弟的官①，《小雅·十月之交》"仲允膳夫，棸子内史。蹶维趣马，楀维师氏"）、"祈父"（掌管王畿内兵马的官，《祈父》"祈父，予王之爪牙"），等等。

这类词有的虽然《风》《雅》《颂》里都有出现，但频率大不相同。例如"王"，《国风》出现 12 次，《雅》《颂》里出现 115 次。如《大雅·文王》："王之荩臣。"《周颂·臣工》："王厘尔成。"复音词"王后""皇王"则只见于《大雅》。如《文王有声》："王后烝哉！""皇王烝哉！""民"，《国风》只出现 2 次，都作"人"讲。《邶风·谷风》："凡民有丧，匍匐救之。"《豳风·鸱鸮》："今女下民，或敢侮予。"而《雅》《颂》里出现了 96 次，都作"人民"讲。如《小雅·节南山》："民具尔瞻。"《大雅·民劳》："民亦劳止。"复音词"人民""民人""庶民""黎民"也都出现在《雅》诗里。《小雅·节南山》："庶民弗信。"《大雅·瞻卬》："人有民人。"《抑》："质尔人民。"《云汉》："周余黎民。"等等。《国风》完全没有。

二、关于国家、朝代和部族名称

关于国家的名称有好几个，大都只出现在《雅》《颂》里；少数在《国风》里出现，频率也不一样。"国"作"国

---

① "师氏"又指"女师"，见于《国风》，《周南·葛覃》："言告师氏，言告言归。"

家"讲。《国风》12 见，《雅》《颂》里 56 见（《小雅·节南山》"秉国之均"）；"邦"指诸侯的封地，泛指国家，《国风》5 见，《雅》《颂》41 见（《鄘风·君子偕老》"邦之媛也"，《大雅·文王》"万邦作孚"）。但是有关的复音词语却只在《雅》《颂》里出现。"国步"，指国家的命运（《大雅·桑柔》"国步斯频"）；"邦国"，即国家（《瞻卬》"邦国殄瘁"）；"邦家"，也泛指国家（《小雅·南山有台》"邦家之基"）；"邦畿"，周天子直接统治的地区（《商颂·玄鸟》"邦畿千里"）；"中国"，指京师或国中（《大雅·民劳》"惠此中国"，《桑柔》"哀恫中国"）。它们都不在《国风》里出现。这是因为《雅》《颂》里有不少直接描写国家政治生活的诗。《国风》里比较少见。

《雅》《颂》还有一些诗涉及国家历史和部族关系，因此出现了不少这方面的名称。例如"夏"（《大雅·荡》"在夏后之世"）、"商"（《大明》"燮伐大商"）、"殷"（《文王》"殷之未丧师"）、"殷商"（《荡》"咨女殷商"）等，都不见于《国风》[①]。"周"，《国风》里有"周公"（《豳风·破斧》"周公东征"），指人；"周京"（《曹风·下泉》"念彼周京"），指地。"周""有周"表示朝代名，却都出现在《雅》《颂》里。如《大雅·崧高》："维周之翰。"《文王》："有周不显。"《国风》里一个也没有。[②]

---

① 《国风》也有"殷"字，《郑风·溱洧》："殷其盈矣。"《召南·殷其雷》："殷其雷，在南山之阳。"都不是"殷商"的"殷"。

② 《唐风·枤杜之杜》："有枤之杜，生于道周。"《毛传》："周，曲也。"不是周朝的"周"。

　　《诗经》有十几个古代部族的名称，也都见于《雅》《颂》，不见于《国风》。例如"戎"是西方的部族，"狄"是北方的部族（《鲁颂·閟宫》"戎狄是膺"）[①]，"戎"又称"西戎"（《小雅·出车》"薄伐西戎"）；"蛮"是南方的部族，"髦"是西夷别名（《小雅·角弓》"如蛮如髦"）；"夷"本东方部族，泛指外族（《鲁颂·閟宫》"及彼南夷"）；"貊"和"追"是北方的两个部族（《大雅·韩奕》"其追其貊"）；"猃狁"是北方的部族，即汉代的匈奴（《小雅·采薇》"猃狁之故"）；"混夷""串夷"也是北方的部族（《大雅·绵》"混夷駾矣"，《皇矣》"串夷载路"）；"氐""羌"是古代西方的部族（《商颂·殷武》"自彼氐羌"）；"鬼方"是氐羌别称，泛指远方（《大雅·荡》"覃及鬼方"）。此外如"有娀"（《商颂·长发》"有娀方将"）、"荆"（《小雅·采芑》"蠢尔蛮荆"）、"荆楚"（《商颂·殷武》"奋伐荆楚"）、"舒"（《鲁颂·閟宫》"荆舒是惩"）等，也只在《雅》《颂》里出现。其中"荆"是"楚"的别名，大约在《诗经》时代，楚还是独立于中原之外的南方部族和国家，称为"蛮荆"，显然含有"非我族类"的贬意在内。

三、关于历史人物名称

　　前面谈过，《雅》《颂》里有一些诗描述了部族发展的

---

　　① 《秦风·小戎》："小戎俴收。"《毛传》："小戎，兵车也。"非部族名。

历史，歌颂了祖先创业的艰辛。一些比较著名的先公先王往往在诗里提到，而一些反面人物也往往作为历史借鉴出现在诗里。例如大禹是中国历史上著名的部族领袖，大禹治水是古今传诵、脍炙人口的历史故事。《雅》《颂》里"禹"的名字凡6见，《小雅·信南山》："信彼南山，维禹甸之。"《大雅·韩奕》："奕奕梁山，维禹甸之。"《商颂·殷武》："设都于禹之绩。"都是对大禹治理祖国河山的歌颂。"皋陶"是传说中虞舜时代掌刑狱的官，见于《鲁颂》(《泮水》"淑问如皋陶")。以下人名都是商朝历史上有名的人物，都见于《商颂》。"汤""武汤""成汤"是商朝开国君主天乙的名号(《长发》"至于汤齐"、《玄鸟》"古帝命武汤"、《殷武》"昔有成汤")，"玄王"是商始祖契的谥号(《长发》"玄王桓拨")，"相土"是契的孙子(《长发》"相土烈烈")，"武丁"是盘庚弟小乙的儿子(《玄鸟》"在武丁孙子")，"阿衡"是成汤贤臣伊尹的官名(《长发》"实维阿衡")。以下名字都是周朝历史上的重要人物，见于《大雅》《周颂》或《鲁颂》。"后稷"是周的始祖(《大雅·生民》"时维后稷")，"姜嫄"是周始祖后稷的母亲(《生民》"时维姜嫄")，"公刘"是周的祖先，率部族由邰迁豳(《公刘》"笃公刘，匪居匪康")，"古公亶父"是后稷十二代孙，率部族由豳迁歧(《绵》"古公亶父，来朝走马")，"大王"即古公亶父(《鲁颂·閟宫》"实维大王")，"王季"是文王的父亲(《大雅·大明》"乃及王季")，"大伯"是大王长子(《皇矣》"自大伯王季")，"大任"是王季的妻子、文王的母亲

（《大明》"大任有身"），"文王"是武王的父亲姬旦（《文王》"文王在上"），"大姒"是文王的妻子（《思齐》"大姒嗣徽音"），"武王"是周朝第一代国王（《文王有声》"武王烝哉"），"成王"是武王的儿子，名诵（《周颂·昊天有成命》"成王不敢康"），"成康"指周成王和周康王（《执竞》"不显成康"），"尚父"指姜太公吕望（《大雅·大明》"维师尚父"），等等。反面人物如"夏桀"是夏朝最后一个暴君（《商颂·长发》"昆吾夏桀"），"褒姒"是周幽王宠妃（《正月》"褒姒灭之"），也只见于《雅》《颂》。在周朝的先公先王中，只有少数几个在《国风》里出现，如"周公"（《豳风·破斧》"周公东征"）、"召伯"（《召南·甘棠》"召伯所茇"）、"平王"（《召南·何彼襛矣》"平王之孙"），但《毛传》训"平"为"正"，则"平王"不是人名。总之，历史人物名称绝大多数出现在《雅》《颂》里，这是《诗经》的内容需要所决定的。

四、关于祭祀方面的词汇

周人神权思想严重，迷信上帝和鬼神，一年四季要举行许多祭祀。"国之大事在祀与戎。"（《左传·成公十三年》）《诗经》二《雅》里祭祀诗不少，三《颂》几乎全是祭祀诗。因此有关祭祀的词语，绝大多数只在《雅》《颂》里出现。例如祭土神为"社"、祭祀四方之神为"方"（《小雅·甫田》"以社以方"），春祭为"祠"、夏祭为"禴"、秋祭为

"尝"、冬祭为"烝"(《天保》"禴祠烝尝，于公先王"），升烟祭天为"禋"(《周颂·维清》"文王之典，肇禋"），庙门旁的祭祀为"祊"(《小雅·楚茨》"祝祭于祊"），出行前祭祀路神为"祖"(《大雅·烝民》"仲山甫出祖"），出师时祭祀天神为"类"、军队在驻地举行祭祀为"祃"(《大雅·皇矣》"是类是祃"），祭祀马祖为"伯"(《小雅·吉日》"既伯既祷"），祭祀道路之神为"轪"(《大雅·生民》"取羝以轪"），用祭祀除去不祥为"弗（祓）"(《生民》"以弗无子"），祭祀通称为"祀"(《鲁颂·闵宫》"龙旂承祀"）。以上共计十五种祭名都不在《国风》里出现。

祭祀的对象，除祖先以外主要是上帝和神灵，这类名称，绝大多数也只出现在《雅》《颂》里。例如"帝""后帝""上帝"，都是古人心目中主宰自然的最高神，《雅》《颂》凡41见。如《大雅·文王》"在帝左右"，《云汉》"上帝不临"，《鲁颂·闵宫》"皇皇后帝"，《国风》里只是偶然出现一次。《鄘风·君子偕老》："胡然而天也！胡然而帝也！""帝"与上文"掦"字谐音，称颂宣姜容颜美如上帝，语含恢谐，与《雅》《颂》诗中以"帝"为天帝的情况很不一样。神灵的"神"，《雅》《颂》19见（《周颂·时迈》"怀柔百神"），《国风》完全没有。有关祖先的名称也是这样，"祖"(《大雅·文王》"无念尔祖"）、"先祖"(《云汉》"先祖于摧"）、"皇祖"(《瞻卬》"无忝皇祖"）、"烈祖"(《鲁颂·泮水》"昭假烈祖"）、"祖考"(《小雅·信南山》"享于祖考"）、"大祖"(《大雅·常武》"南仲大祖"）、"皇考"（《周颂·雝》"假哉皇考"）、"昭考"（《载见》"率见昭考"）、"祖妣"（《丰年》"烝畀祖妣"），"妣祖"（《小雅·斯干》"似续妣祖"）等，都只在《雅》《颂》里出现。

祈福去祸，是统治阶级醉心于祭祀的中心目的。《诗经》这类词语绝大多数也只出现在《雅》《颂》里。富贵寿考百事顺备叫作"福"，《雅》《颂》35 见（《小雅·天保》"何福不除"）。"禄"（《天保》"受天百禄"）、"祉"（《六月》"既多受祉"）、"祜"（《信南山》"受天之祜"）、"祚"（《大雅·既醉》"永锡祚胤"）、"嘏"（《小雅·宾之初筵》"锡尔纯嘏"）、"祉福"（《周颂·烈文》"锡兹祉福"）、"福禄"（《执竞》"福禄来反"）、"穀毅"（《小雅·天保》"俾尔戬穀"）等，意思都是"福"，都只出现在《雅》《颂》里。《国风》中只有"福履"一词，出现在《周南·樛木》里（"福履绥之""福履将之""福履成之"）。按：戴震《诗经补注》以为《樛木》是"下美上之诗"，诗中有"福履"（即福禄）一类祝颂的词语是不足为怪的。与"福"相反的是"祸"，《说文》："祸，神不福也。"也只见于《雅》《颂》（《小雅·四月》"我日构祸"），不见于《国风》。

迷信天命鬼神是周代统治阶级的思想特点，他们总要宣扬自己受命于天，借以表示自己有权统治人民。反映在《诗经》里，《雅》《颂》和《国风》很不一样。例如"命"，《雅》《颂》出现 76 次，其中 31 次指"天命"（《大雅·文王》"永言配命""假哉天命"，《商颂·烈祖》"我受命薄将")。《国风》中"命"字出现 6 次，只有《小星》"实命不同""实命不犹"的"命"指命运。《小星》是小臣行役自伤劳苦的诗，诗人于无可奈何中哀叹自己命运不如人，这是很自然的。《国风》其他"命"字都作"命令"讲，指人事而非天命。①

此外，祭祀时用活人充当神的代表叫"尸"（《小雅·楚茨》"皇尸载起"），尸又叫"神保"（《楚茨》"神保是飨"），助祭的人叫"相"（《周颂·雝》"相维辟公"）②，主祭赞辞的人叫"祝"（《小雅·楚茨》"祝祭于祊"）③，主祭的人自称"曾孙"（《小雅·信南山》"曾孙田之"）或"孝孙"（《楚茨》"孝孙有庆"），祭祀父母时自称"孝子"（《周颂·雝》"绥予孝子"），向神求福为"祈"（《小雅·甫田》"以祈甘雨"），向神有所告请为"祷"（《吉日》"既伯既祷"），把酒灌在茅上象神饮酒叫"祼"（《大雅·文王》"祼将于京"），供祭祀用的牛羊叫"牲"（《小雅·无羊》"尔牲则具"），毛色纯一的牲叫"牺"（《鲁颂·閟宫》"享以骍牺"），等等，都只见于《雅》《颂》，反映了《雅》《颂》与《国风》内容、语言的不同。

---

① 《鄘风·蟋蟀》"不知命也"指父母之命；《唐风·扬之水》"我闻有命"，指君命；《郑风·羔裘》"舍命不渝"，指生命；《鄘风·定之方中》"命彼倌人"，是动词，作"命令"讲。

② 《国风》中"相"作"视"和"相互"讲，《鄘风·相鼠》"相鼠有皮"《毛传》："相，视也。"《邶风·日月》："逝不相好。""相"字偏指动作的一方。

③ 《鄘风·干旄》："素丝祝之。"《毛传》："祝，织也。"与祭祝无关。

五、关于饮食方面的词汇

贵族和平民的生活差别，一个重要的方面是表现在饮食上。《雅》《颂》较多地反映了贵族社会的生活。几十个有关饮食的名称，绝大多数只在《雅》《颂》里出现。先说酒，古代贵族平民都有饮酒的习惯。不过广大农奴终年劳苦，衣食难周，虽然年终农事之余也要"朋酒斯飨"，究竟机会不多。只有贵族才有条件经常饮酒，尽情享乐。所以《国风》和《雅》《颂》里虽然都有"酒"字，如《邶风·柏舟》："微我无酒。"《大雅·凫鹥》："尔酒既清。"但出现频率很不一样，《国风》7次，《雅》《颂》53次。另有一些酒名，如冬酿夏成质量较好的酒叫"清酒"（《小雅·信南山》"祭以清酒"），带渣的新酒叫"醴"（《伐木》"无酒醴我"），滤去汁滓的酒叫"湑"（《伐木》"有酒湑我"），甜酒叫"醴"（《吉日》"且以酌醴"），厚味的酒叫"醹"（《大雅·行苇》"酒醴维醹"），用黑黍香草酿成的酒叫"秬鬯"（《江汉》"秬鬯一卣"），都只在《雅》《颂》里出现，而不见于《国风》。菜肴的名称也是这样，用鱼肉做的荤菜叫"殽"（《小雅·正月》"又有嘉殽"）①，烧肉叫"燔"、烤肉叫"炙"（《大雅·凫鹥》"燔炙芬芬"），干肉叫"脯"（《凫鹥》"尔殽伊脯"），蒸煮肉鱼叫"炰"、细切肉鱼叫"脍"（《小

---

① 《魏风·园有桃》"其实之殽"《集传》："殽，食也。"这是动词。

雅·六月》"炰鳖脍鲤"），切成大块的肉叫"胾"、用肉和
菜调和五味做成带汤的食物叫"羹"（《鲁颂·閟宫》"毛炰
胾羹"），牛百叶叫"脾"、口上肉叫"臄"（《大雅·行苇》
"嘉殽脾臄"），有汁的肉酱叫"醓醢"（《行苇》"醓醢以
荐"）。这些名称都只出现在《雅》《颂》里。拿现代烹调水
平来衡量，它们实在算不上什么珍馐美味，但在《诗经》时
代，这仍然是贵族的高级享受，"采荼薪樗"的农夫是无从
问津的。《国风》是民间歌谣，没有着力表现贵族的饮食生
活，很少出现这方面的词语也就不足为怪了。

六、关于器用方面的词汇

所谓器用包括的面很广，这里着重谈谈礼器方面。周
代统治阶级在举行正式典礼时，所用器物有一定的制度。礼
不下庶人，在广大平民的生活里这些东西并没有太大的实
用价值。反映在《诗经》里，这类名称就大都只见于《雅》
《颂》。例如"圭"是上圆下方的玉，"璧"是平圆形中间
有孔的玉。作为礼器，只在《雅》《颂》里出现，如《大
雅·云汉》："圭璧既卒。"《崧高》："锡尔介圭。"《国风》
里偶然出现，如《卫风·淇奥》："如金如锡，如圭如璧。"
金、玉、圭、璧是比喻卫武公品质的坚贞，虽在《国风》，
其实只是贵族的作品。"璋"是形如半圭的玉（《小雅·斯
干》"载弄之璋"）；"圭瓒""玉瓒"是祭祀时盛鬯酒的玉器
（《大雅·江汉》"厘尔圭瓒"、《旱麓》"瑟彼玉瓒"）；"牺

尊"是用犀牛角做的酒器（《鲁颂·闷宫》"牺尊将将"）；
"鼎"是烹饪或祭祀时盛牲的器具，三足两耳，"鼐"是大
鼎，"鼒"是小鼎（《周颂·丝衣》"鼐鼎及鼒"）；"俎"是
载牲的器具（《小雅·楚茨》"为俎孔硕"）；"大房"是半
边的俎（《鲁颂·闷宫》"笾豆大房"）；"瓒"是玉爵（《大
雅·行苇》"洗爵奠瓒"），这些都只在《雅》《颂》里出现。
其余如"爵"（酒器）、"卣"（酒器）、"罍"（酒器）、"笾"
（竹器）、"豆"（木器）、"簋"（盛黍稷的器皿）等，既在
《雅》《颂》里出现，又在《国风》里出现。一则有的只是一
般的生活用具，各阶层的人都可使用；一则《国风》里也有
一些诗不是劳动人民的作品。例如《秦风·权舆》："於我乎
每食四簋。"《权舆》是没落贵族哀叹今不如昔的诗，所以居
有"夏屋"，食有"四簋"，与人民创作的歌谣不同。

七、动词和形容词

在动词和形容词的应用上，《国风》和《雅》《颂》也有
某些不同。

1. 动词的应用

《雅》《颂》诗直接涉及政治的内容较多，这方面的词
语也多一些；《国风》直接反映政治的内容较少，有关政治
活动的词语也用得少。下面一些政治性动词，几乎都只出现
在《雅》《颂》里：诸侯秋天朝见天子为"觐"（《大雅·韩
奕》"韩侯入觐"），诸侯因事朝见天子为"会"、大家一同

朝见为"同"（《小雅·车攻》"会同有绎"），铨叙官爵为
"序爵"（《大雅·桑柔》"诲尔序爵"），做官为"仕"（《小
雅·节南山》"则无肬仕"），臣下以言语纠正君上的过失
为"谏"（《大雅·思齐》"不谏亦入"），等等。以下一组
词都与战争有关，也只出现在《雅》《颂》里："侵"（侵犯，
《小雅·六月》"侵镐及方"）、"伐"（进攻，《六月》"薄伐
猃狁"）、"征"（讨伐，《大雅·常武》"濯征徐国"）①、"征
伐"（《小雅·采芑》"征伐猃狁"）、"肆"（纵兵进攻，《大
雅·皇矣》"是伐是肆"）、"刘"（杀戮，《周颂·武》"胜殷
遏刘"）、"馘"（割下敌人左耳计功，《大雅·皇矣》"攸馘
安安"）。其中个别的词《国风》也有，如《周南·汝坟》：
"伐其条枚。""伐"是"砍伐"的意思，与"征伐"之"伐"
不同。以下一组词都有"赐予"的意思，表示了上下级的
关系，"厘"（《周颂·臣工》"王厘尔成"）、"赍"（《小
雅·楚茨》"徂赍孝孙"）、"贶"（《彤弓》"中心贶之"）、
"锡"（《周颂·烈文》"锡兹祉福"），等等，它们绝大多
数也只出现在《雅》《颂》里。"锡"字《国风》偶见，《邶
风·简兮》："公言锡爵。"这里也是统治者对臣下的赏赐。

2. 形容词的应用

《雅》《颂》诗为了对贵族统治者或祖先神明进行歌颂，
用了许多漂亮的形容词，《国风》很少用。例如"皇""皇
皇"，伟大美好的意思，多用以赞颂祖先和上天。《小

---

① 《国风》中偶有"征"字。如《豳风·破斧》："周公东征，四国是
皇。"《破斧》是赞美周初大政治家的诗，不是民间作品。

雅·正月》:"有皇上帝。"《大雅·假乐》:"穆穆皇皇,宜君宜王。""穆""穆穆",和美的意思。《周颂·清庙》:"于穆清庙。"《大雅·文王》:"穆穆文王。""显""显显",光明显著的意思。《大雅·文王》:"有周不显。"《假乐》:"显显令德。""明""昭""明明""昭昭""明昭""昭明",都是光明的意思。《周颂·执竞》:"斤斤其明。"《臣工》:"明昭上帝。"《小雅·小明》:"明明上天。"《鹿鸣》:"德音孔昭。"《鲁颂·泮水》:"其音昭昭。"《大雅·既醉》:"介尔昭明。""圣",大智大明的意思。《小雅·正月》:"具曰予圣。"《商颂·长发》:"圣敬日跻。"上述形容词,《国风》里偶有出现,但意义不同。《豳风·东山》"皇驳其马","皇"是毛色黄白的马;《齐风·鸡鸣》"东方明矣","明"是天亮的意思;《邶风·凯风》"母氏圣善",马瑞辰说:"善本众善之名,此诗以连圣言,则圣善二字平列而同义。"可见此诗"圣"字只是"通达事理"的意思,与《雅》《颂》的"圣"意义不完全相同。下面一些词表示恭敬严肃的意思,也只在《雅》《颂》里出现:"敬""恭""敬恭""恭敬","敬"是严肃谨慎,"恭"是谦逊有礼。《小雅·宾之初筵》:"温温其恭。"《沔水》:"我友敬矣。"《小弁》:"必恭敬止。"《大雅·云汉》:"敬恭明神。""肃",严肃恭谨的意思。《小雅·小旻》:"或肃或艾。""严",威武严肃。《大雅·常武》:"有严天子。""恪""翼",也是恭敬的意思。《商颂·那》:"执事有恪。"《大雅·烝民》:"小心翼翼。"

　　以上我们粗略地比较了《国风》和《雅》《颂》的某些

词汇特点，着重讨论了《雅》《颂》里特有的一些词语。但是这并不意味着《诗经》里有两套不同的词汇。语言的词汇是全民统一的。《国风》和《雅》《颂》只是因为内容和风格不同而在用词上存在某些差异，就整个《诗经》词汇说，它仍然是统一的。

第九节 《诗经》对汉语词汇发展的影响

历史上汉语在文学、哲学、史学等方面创作了许多伟大的作品，反过来这些作品又给汉语的发展以巨大影响，《诗经》是其中有代表性的一部书。《诗经》在春秋时代就被看作生活和学习语言的教科书，汉以后成为儒家经典，童蒙必习，文人学士奉之为文学创作的圭臬。这样《诗经》的许多词语大都为人们所熟知，在汉语文学语言里有着长久的生命力。与此同时，在《诗经》影响下还产生了成百上千的新词和成语，丰富了汉语的词汇，促进了汉语文学语言的发展。以下分三个问题讨论：

一、旧词语的传播与新生

先秦一些词语经过《诗经》的传播，在文学语言中广泛应用，一直流传到今。例如：

依依 《小雅·采薇》："昔我往矣，杨柳依依。""依依"

一词描写杨柳婀娜摇曳的姿态，十分形象，成为《诗经》的名句，也成为后世文人形容杨柳的习语。如伍缉之《柳花赋》："感春柳之依依。"傅玄《柳赋》："蔚郁郁以依依。"《西厢记》四本四折《雁儿落》曲："绿依依墙高柳半遮。"等等。意义也有发展，可以形容烟的轻柔或隐约可辨，如陶渊明《归田园居》："暧暧远人村，依依墟里烟。"又用来形容依恋不舍的样子，如潘岳《寡妇赋》："虽冥冥而闱阒兮，犹依依以凭附。"王维《渭川田家》："田夫荷锄至，相见语依依。"等等。

权舆　表示事物的开始。《秦风·权舆》："于嗟乎不承权舆。"《毛传》："权舆，始也。"这个词以后一直流传着，意义没有变化。如扬雄《羽猎赋》："万物权舆于内。"《后汉书·鲁恭传》："今始夏，百谷权舆。"《晋书·戴若思传》："今天地告始，万物权舆。"等等。

沮洳　《魏风·汾沮洳》："彼汾沮洳。"朱熹《集传》："沮洳，水浸处下湿之地。"这个词在文学语言里一直保存着，表示地方低湿。左思《魏都赋》："隰壤灊漏而沮洳。"文天祥《正气歌》："哀哉沮洳场，为我安乐国。"

颠覆　《诗经》有两义，一作"挫折、困顿"讲，《邶风·谷风》："及尔颠覆。"一作"败坏"讲，《大雅·抑》："颠覆厥德。"这个词后来一直流传着，如《楚辞·九叹·逢纷》："椒桂罗以颠覆兮。"庾信《哀江南赋》："于是桂林颠覆，长州麋鹿。"现代汉语仍有"颠覆"一词，又指帝国主义或反动分子采取阴谋手段推翻合法政府，与古义不同。

辗转　也写作"展转"，（身体）翻来覆去。《周南·关雎》："悠哉悠哉，辗转反侧。"《陈风·泽陂》："寤寐无为，辗转伏枕。"这个意义一直保存着。如刘向《九叹·惜贤》："忧心展转。"刘禹锡《月夜忆乐天》诗："展转相忆心，月明千万里。"高濂《玉簪记·叱谢》："展转不成眠，反侧啼江月。"引申为多处转移，古乐府《饮马长城窟行》："他乡各异县，辗转不可见。"这个意义一直保存到现代汉语里。

反侧　《诗经》有两个意思，都得到了流传。一是翻来覆去。《周南·关雎》："悠哉悠哉，辗转反侧。"后来的例子，如王粲《登楼赋》："夜参半而不寐兮，怅盘桓以反侧。"杜甫《彭衙行》："痴女饥咬我，啼畏虎狼闻。怀中掩其口，反侧声愈嗔。"一是反复无常。《小雅·何人斯》："作此好歌，以极反侧。"后来的例子，如《楚辞·天问》："天命反侧，何罚何佑。"邱迟《与陈伯之书》："推赤心于天下，安反侧于万物。"

翱翔　本指鸟环回地飞，引申出自由自在地遨游。首见于《齐风·载驱》："鲁道有荡，齐子翱翔。"这个词和义一直流传着。《淮南子·览冥训》："翱翔四海。"《聊斋志异·娇娜》："居半载，生欲翱翔郊郭。"

有的词由于《诗经》的比兴用法而产生了新的意义，并且得到广泛的传播。例如：

螟蛉　《诗经》里本为虫名，是螟蛉蛾的幼虫。《小雅·小宛》："螟蛉有子，蜾蠃负之。教诲尔子，式穀似之。"扬雄《法言·学行》："螟蛉之子殪而逢蜾蠃，祝之曰：类我类我。久则肖之矣。"《说文》、郑玄《诗笺》、陆玑《诗义疏》、郭璞《尔雅注》、张华《博物志》都同意扬氏说。梁陶景弘《本草注》指出细腰蜂是取螟蛉蛾幼虫喂养自己的幼虫，李时珍《本草纲目》进一步对此进行了科学的论述。王夫之《诗经稗疏》说明"《诗》之取兴，盖言蜾蠃辛勤攫他子以饲其子，兴人之取善于他以教其子"。但是扬雄化生说已为人们所习用，这样"螟蛉"成为养子的代称，在汉语里一直流传下来。如曾燠《听秋轩诗序》："谓中郎其有女，又是螟蛉。"《聊斋志异·侠女》："觅乳媪，伪为讨螟蛉者。"

总之，由于《诗经》的巨大影响，上古汉语不少词语得以保存和传播，有的一直流传到现代，这个事实大约是不会有什么争辩的。

二、创造新词

根据《诗经》的应用，汉语文学语言里还创造了大量新词语，概括起来主要有三种情况：

1.凝固。《诗经》里的词组后来凝固成为复音词。例如：

螟螣 《小雅·大田》："去其螟螣，及其蟊贼。"《毛传》："食根曰蟊，食节曰螣。""蟊贼"本指农作物的两种害虫，后来凝固成复合词，比喻危害国家的坏人。《左传·成公十三年》："帅我蟊贼，以来荡摇我边疆。"《后汉书·岑彭传》："我有蟊贼，岑君遏之。"杜甫《送韦讽上阆州录事参军》诗："必若救疮痍，先应去蟊贼。"

琴瑟　本是琴和瑟两种乐器。《周南·关雎》:"窈窕淑女,琴瑟友之。"《小雅·常棣》:"妻子好合,如鼓瑟琴。"《关雎》是贺新婚的诗,《常棣》以"琴瑟"比喻夫妇的和谐,后来就凝固为复合词,指夫妇。如王融《和南海王咏秋胡妻》诗:"且协金兰好,方愉琴瑟情。"《聊斋志异·宦娘》:"君琴瑟之好,自相知音。"

百岁　本义是一百岁。《唐风·葛生》:"百岁之后,归于其居。"古人以为人生不过百岁,因以"百岁"为死亡的讳称,凝固成了复合词。如《史记·高祖本纪》:"陛下百岁后……令谁代之。"白居易《读张籍〈古乐府〉》:"恐君百岁后,灭没人不闻。"

2. 组合。《诗经》里本是两个并不相连的词,后来连在一起成为复合词,例如:

轩轾　《小雅·六月》:"戎车既安,如轾如轩。"车箱前高后低,车向上仰叫"轩",车箱前低后高,车向前俯叫"轾"。后来"轩轾"组为复合词,表示轻重高低。《新唐书》卷八十二《诸宗子传赞》:"无赫赫过恶,亦不能为王室轩轾。"《宋史》卷三三七《范镇传论》:"君实景仁,不敢有所轩轾。"

清涟、清沦、涟漪、沦漪、漪涟　《魏风·伐檀》:"河水清且涟猗""河水清且沦猗"《毛传》:"风行水成文曰涟。沦,小风水成文转如轮也。"其中"清"与"涟"或"沦"组成复合词,指清澈的水。谢灵运《过始宁墅》诗:"白云抱幽石,绿篠媚清涟。"周敦颐《爱莲说》:"出淤泥而不染,濯清涟而不妖。"柳宗元《登蒲州石矶望横江口潭岛深迥斜对香零山》诗："猿鸣稍已疏，登石娱清沦。""猗"本是句末语气词，与"涟"或"沦"组成复合词，因类推关系写成"涟漪"和"沦漪"，表示轻微的水波。如左思《吴都赋》："剖巨蚌于回渊，濯明月于涟漪。"王维《纳凉》诗："涟漪涵白沙，青鲔如游空。"《文心雕龙·情采》："水性虚而沦漪结。"张耒《答李推官书》："其舒为沦涟，鼓为波涛。""涟漪"又倒文为"漪涟"，《晋书·卫恒传·四体书势》："是故远而望之，若翔风厉水，清波漪涟。"

　　桑梓　《小雅·小弁》："维桑与梓，必恭敬止。""桑""梓"本是两种树名，古人常种在房屋周围，桑以养蚕，梓以供器用。"桑梓"组成复合词，用作故乡的代称。如陆机《百年歌》："辞官致禄归桑梓，安车驷马入旧里。"王维《休假还旧业便使》诗："谢病始告归，依依入桑梓。"《红楼梦》第九十九回："金陵契好，桑梓情深。"

　　履薄　《小雅·小旻》："如临深渊，如履薄冰。""履"与"薄"本不相连（"薄冰"为偏正词组），后来组成复合词，表示恐惧戒慎的意思。如沈既济《枕中记》："履薄增忧，日惧一日。"白居易《谢恩赐冰状》："捧之兢兢，永怀履薄之戒。"

　　切磋、琢磨　《卫风·淇奥》："如切如磋，如琢如磨。"《毛传》："治骨曰切，象曰磋，玉曰琢，石曰磨。""切磋""琢磨"组成复合词，表示商讨研究学问，砥砺品德。如韩愈《石鼓歌》："圣恩若许留大学，诸生讲解得切磋。"《聊斋志异·娇娜》："切磋之惠，无日可以忘之。"《北齐书·儒林传序》："徒有师徒之资，终无砥磨之实。"杜甫《湖中送敬十使君适广陵》诗："遭乱实漂泊，济时曾砥磨。"

有时是不同诗句里的单音词后来组成了复合词。例如：

盼倩 《卫风·硕人》："巧笑倩兮，美目盼兮。""倩"是口颊好看，"盼"是眼睛黑白分明，两字不在一个诗句里。后来"盼倩"组成复合词，形容美丽多姿。《文心雕龙·情采》："铅黛所以饰容，而盼倩生于淑姿。"成语有"盼倩生姿"。

景仰 《小雅·车辖》："高山仰止，景行行止。""景"是大，"仰"是瞻望，本不相关。"景仰"组成复合词，表示尊敬佩服。《后汉书·刘恺传》："今恺景仰前修。"《金史·熙宗纪》："孔子虽无位，其道可尊，使万世景仰。"这两句诗又组成成语"高山景行"，比喻道德高尚，行为正大。如曹丕《与钟大理书》："高山景行，私所仰慕。"

跼蹐 《小雅·正月》："谓天盖高，不敢不局。谓地盖厚，不敢不蹐。""局"是弯着身子，"蹐"是小步走路。组成复合词"局蹐"，因文字类化又写成"跼蹐"，表示恐惧不安的意思。《后汉书·秦彭传》："奸吏跼蹐，无所容诈。"《聊斋志异·画壁》："朱跼蹐既久，觉耳际蝉鸣，目中火出。"又为狭窄不得舒展。黄遵宪《海行杂感》："寸地尺天虽局蹐，尽容稊米一微身。"成语"局天蹐地"，也是恐惧不安的意思。

不同篇章里的单音词也可以组成复合词。例如：

攻错 《小雅·鹤鸣》一章："它山之石，可以为错。"二章："它山之石，可以攻玉。""攻""错"二字组成复合词，有借鉴他人长处，克服自己短处的意思。例如唐符载《上襄阳樊大夫书》："此乃小子夙夜孜孜不怠也，攻错未半，归宁蜀道。"

板荡 《大雅》有《板》《荡》两篇。《诗序》："《板》，凡伯刺厉王也。""《荡》，召穆公伤周室大坏也。厉王无道，天下荡荡无纲纪文章，故作是诗也。"后来"板荡"组成复合词，形容政局混乱，社会动荡不安。如谢灵运《拟邺中诗》八首："幽厉昔崩乱，桓灵今板荡。"岳飞《五岳祠盟记》："自中原板荡，夷狄交侵。"

风雅 《诗经》里有《国风》和二《雅》，成为古代诗歌创作的典范。"风雅"连用，最初还是指《国风》和二《雅》，如曹植《与杨德祖书》："击辕之歌，有应风雅。"后来成为复合词，表示纯正的风气。如《新唐书·张昌龄传》："昌龄等华而少实，其文浮靡，非令器也。取之则后生劝慕，乱陛下风雅。"引申为文雅，不野蛮。如《聊斋志异·林四娘》："捉袂挽坐，谈词风雅。"等等。

3. 仿造。就是用类推方式，模仿《诗经》里的某些词语造成新词，有时看来没有道理，却是有踪迹可寻的。例如：

蛾眉——蛾脸 《卫风·硕人》："螓首蛾眉，巧笑倩兮。""蛾眉"形容女子的眉毛细长而曲美，有时即指美女。如江淹《杂体诗序》："故蛾眉讵同貌，而俱动于魄。"白居易《长恨歌》："六军不发无奈何，宛转蛾眉马前死。"后来仿照"蛾眉"造成"蛾脸"，形容女子漂亮的脸。如李朝威《柳毅传》："然而蛾脸不舒，巾袖无光。"其实谁也无法说清蛾的脸是什么样子。有趣的是从"蛾眉"的构词类型又派生出了"翠娥""长蛾""黛蛾""淡蛾""娇蛾""绿蛾""新蛾""素蛾""修蛾""蛾鬟""蛾月"等几十个形容女子漂亮眉毛或美女的新词。

殷鉴——商鉴 《大雅·荡》："殷鉴不远，在夏后之世。"原指夏桀无道，为殷所灭，殷的子孙应以夏的灭亡为借鉴。以后泛称可作借鉴的往事为"殷鉴"。如《文心雕龙·往事》："后之君子，宜在殷鉴。"刘咸《三闾大夫》诗："青史已书殷鉴在，词人劳咏楚江诗。"后来仿照"殷鉴"造成"商鉴"一词，意义与"殷鉴"同。如苏轼《骊山》诗："咫尺秦陵是商鉴，朝元何必苦跻攀？"胡铨《上高宗封事》："商鉴不远，而伦又欲陛下效之。"

乔迁——乔居、莺迁 《小雅·伐木》："出自幽谷，迁于乔木。"复合词"乔迁"源此，表示对别人迁居或升官的美称。如张籍《赠殷山人》诗："满堂虚左待，众目望乔迁。"仿照"乔迁"又造成"乔居"一词，是对别人居室的美称，如《聊斋志异·小髻》："乔居何所？"又造"莺迁"一词，与"乔迁"同义。如陈樵《送乌经历归二十韵》："几时嗟蠖屈，后日看莺迁。"

翘楚——翘秀、错楚 《周南·汉广》："翘翘错薪，言刈其楚。"《郑笺》："楚，杂薪之中尤翘翘者。"复合词"翘楚"来源于此，比喻杰出的人才。如孔颖达《春秋正义序》："刘炫于数君之内，实为翘楚。"辛弃疾《贺新郎·赋滕王阁》词："王郎健笔夸翘楚，到如今、落霞孤鹜，竞传佳句。"

模仿"翘楚"造成"翘秀"一词，意义相同。如《颜氏家训·文章》："凡此诸人，皆其翘秀者。"《宋史·熊克传》："克幼而翘秀。"又仿造成为"错楚"一词，指杂生的柴草。如《聊斋志异·蛇人》："出门数武，闻丛薪错楚中窸窣作响。"

此外，还有一种情况是根据诗义创造新词。如"萱堂"一词，旧为母亲的代称，来源于《卫风·伯兮》："焉得谖草，言树之背。"赵翼《陔余丛考》卷四十三曾作过解释："俗谓母为萱堂，盖因《诗》'焉得萱草，言树之背'注云：'背，北堂也。'……按古人寝室之制，前堂后室，其由室而之内寝有侧阶，即所谓北堂也。见《尚书·顾命》注疏及《尔雅·释宫》。凡遇祭祀，主妇位于此。主妇则一家之主母也，北堂者，母之所在也。后人因以北堂为母，而北堂既可树萱，遂称曰萱堂耳。"如果不明白古代制度，这种词义关系是很难解释清楚的。

三、创造成语

汉语在漫长的历史过程中创造了一万多条成语，其中有六百多条是从《诗经》里来的。从构造上看，由《诗经》来的这一部分成语有三种情况：

1. 直接转化。汉语成语大都是四字格，而《诗经》主要的句式正是四字。其中一些含义丰富或生动形象的诗句在长期应用中为大家所熟知，并直接转化成为成语。例如：

辗转反侧（《周南·关雎》）——形容心中有事，躺在床上翻来覆去地不能入睡。

忧心忡忡（《召南·草虫》）——形容心事重重，十分忧愁。

夙兴夜寐（《卫风·氓》）——起早睡晚，形容生活勤劳。

首如飞蓬（《卫风·伯兮》）——形容头发乱蓬蓬的没有梳理。

邂逅相遇（《郑风·野有蔓草》）——指无意中碰到。

硕大无朋（《唐风·椒聊》）——形容无比巨大。

信誓旦旦（《卫风·氓》）——山盟海誓诚恳可信。

万寿无疆（《豳风·七月》）——永远活着，这是祝寿的话。

九十其仪（《豳风·东山》）——表示女子出嫁，母亲再三叮咛要注意各种礼节。

战战兢兢（《小雅·小旻》）——形容害怕或小心谨慎的样子。

优哉游哉（《小雅·采菽》）——表示什么事也不干，悠闲舒适，觉得挺满意。

小心翼翼（《大雅·大明》）——本来是严肃敬谨的意思，现在用来形容举动十分谨慎，丝毫不敢疏忽。

不可救药（《大雅·板》）——病重到不可停止和医治，比喻情况已无法挽救。

进退维谷（《大雅·桑柔》）——无论进还是退，都处在困难之中，形容进退两难。

兢兢业业（《大雅·云汉》）——本是恐惧的样子，后指非常小心谨慎，认真负责。

日就月将（《周颂·敬之》）——日有所得，月有所进，表示不断积累前进。

以上成语在《诗经》里只是一般的句子，在一定的上下文里表示某种具体的意义。后来转化为成语，就是一个凝固的整体，意义上也不再只是各个词义的简单相加了。

2. 加工改造。成语基本上是利用原有诗句构成，但略有改造，变换或去掉个别的字，使之更加精练概括，符合四字格的要求。例如：

衣冠楚楚　《曹风·蜉蝣》："蜉蝣之羽，衣裳楚楚。"成语改"衣裳"为"衣冠"，形容衣着整洁漂亮，更加全面概括。

忧心如焚　《小雅·节南山》："忧心如惔，不敢戏谈。"《毛传》："惔，燔也。"忧愁的心思像火烧一样，形容非常忧虑焦急。成语改"惔"为"焚"，更通俗一些。

爱莫能助　《大雅·烝民》："德輶如毛，民鲜克举之。我仪图之，维仲山甫举之，爱莫助之。"意思是仲山甫很有德行，可惜没有人帮助他。"之"指仲山甫。成语"爱莫能助"表示虽然心里愿意帮助，但是力量办不到，更富概括性。

必恭必敬　《小雅·小弁》："维桑与梓，必恭敬止。"意思是宅旁的桑树和梓树是父母祖先所种，必须恭敬地对待。成语重出"必"字，去掉语气词"止"，形容态度十分恭敬，不单是指对待桑与梓了。

之死靡他　《鄘风·柏舟》："之死矢靡它，母也天只，不谅人只。"成语去掉"矢"字，表示坚定不贰，至死不变，更符合四字的格式，意思也更概括。

风雨漂摇　《豳风·鸱鸮》："予室翘翘，风雨所漂摇。"

本指鸟巢在风雨中摇动不定。成语去掉"所"字，比喻形势动荡不安，十分险急。

惩前毖后 《周颂·小毖》："予其惩而毖后患。"本来是周成王表示要提高警惕，以防后患重来。成语去掉其中的一些字，加上"前"字与"后"相对，形式上变得整齐精练；意思上表示要吸取过去的教训，以后谨慎小心，不致重犯错误，更富有积极的意义。

以上成语都是在《诗经》某一诗句的基础上改造而成。前四例改动诗句中个别的字，成语更加通俗而全面。后四例原句不只四字，减去其中个别的字，使之成为四字的格式，更加精练而富于概括性。

3. 概括组合。就是把两个或几个诗句的意思加以概括，摘取其中主要的成分组合为四字格式的成语。例如：

一日三秋 《王风·采葛》："一日不见，如三秋兮。"摘取两句中的"一日三秋"成为成语，形容思念心切，一天不见面就像过了三年，富于夸张性。"一日"与"三秋"相对，也很整齐。

日升月恒 《小雅·天保》："如月之恒，如日之升。"摘取两句中的"日升"与"月恒"组合为成语，比喻事物发展兴旺，蒸蒸日上，颇为精练。

跋前疐后 《豳风·狼跋》："狼跋其胡，载疐其尾。"《毛传》："老狼有胡，进则躐其胡，退则跲其尾。"概括两句意思成为成语"跋前疐后"，表示进退两难，颇为形象。韩愈《进学解》："跋前疐后，动辄得咎。"

未雨绸缪 《豳风·鸱鸮》："迨天之未阴雨，彻彼桑土，绸缪牖户。"从三句中摘取"未雨绸缪"作为成语，比喻做什么工作都要事先做好准备，很有积极意义。

耳提面命 《大雅·抑》："匪面命之，言提其耳。"意思是不只当面指点他，而且提着他的耳朵跟他讲。摘取两句中的四字"耳提面命"为成语，形容严肃而又诚恳地进行教育。如李渔《笠翁剧论·结构》："尝怪天地间有一种文字，即有一种文字之法脉准绳，载之于书者，不异耳提面命。"又作"面命耳提"，如刘克庄《后村集》五十三《拟撰科诏回奏》："词意有未稳处，仰荷明主亲洒奎画，不啻面命耳提。"

明哲保身 《大雅·烝民》："既明且哲，以保其身。"孔颖达疏："既能明晓善恶，且又是非辨知，以此明哲择安去危，而保全其身，不有祸败。"这两句本是赞美仲山甫的话，概括为成语"明哲保身"，意思是明智的人善于保存自己。如白居易《杜佑致仕制》："尽悴事君，明哲保身，进退始终，不失其道。"现在指因怕犯错误或得罪人而对原则性问题不置可否的自由主义作风，带有贬义。

天高地厚、跼天蹐地 《小雅·正月》："谓天盖高，不敢不局。谓地盖厚，不敢不蹐。"把四句诗概括成为两个成语："天高地厚"形容恩情深厚，如《西厢记》第五本第二折："这天高地厚情，直到海枯石烂时。""局（跼）天蹐地"形容窘迫恐惧，无所容身，例如《三国志·吴志·步骘传》："是以使民跼天蹐地，谁不战栗。"

夭桃穠李 《召南·桃夭》："桃之夭夭，灼灼其华。"

《召南·何彼襛矣》："何彼襛矣，华如桃李。"两首诗的这几句都写桃花的艳丽茂盛，综合为成语"夭桃襛李"，比喻少年美貌，用作婚嫁祝颂之辞。如张说《安乐郡主花烛行》："夭桃襛李遥相匹。"

　　一般地说，成语和原有诗句意义相去不远，即使稍有引申，总还可以清楚地看出它们之间的渊源关系。但也有只借原句字面或字音构成成语而意思大相径庭的。例如"桃之夭夭"本是形容桃花的艳丽茂盛，因"桃""逃"同音，于是写成"逃之夭夭"，借以表示赶快逃跑，这是诙谐的说法，却与原句意思毫不相关了。《韩诗外传》卷十第十五章："桃之为言亡也，夫日日慎桃，何患之有？"第一次把"桃""逃"两个字的意义联系起来。

第五章 《诗经》的句法

第一节 《诗经》句法概述

一、诗句的字数

《诗经》以四字句为主，也有一些非四字句。全《诗》305篇共计7284句，29556字。其中6667个四字句，占全书92%；619个非四字句，占全书8%。这个比例反映上古诗歌句式已由字数不大固定到达基本固定的过程。孔颖达说："《诗》之见句，少不减二，即'祈父''肇禋'之类也。三字者，'绥万邦，娄丰年'之类也。四字者，'关关雎鸠''窈窕淑女'之类也。五字者，'谁谓雀无角，何以穿我屋'之类也。六字者，'昔者先王受命，有如召公之臣'之类也。七字者，'如彼筑室于道谋''尚之以琼华乎而'之类也。八字者，'十月蟋蟀入我床下''我不敢效我友自逸'是也。其外更不见有九字、十字者……句字之数，四言为多。唯以二、三、七、八者，将由言以申情，唯变所适，播之乐器，俱得成文故也。"① 关于四字句，后面将详细讨论，这里

---

① 见《周南·关雎·正义》。

先看一看非四字句出现的情况：

1. 二字句，全《诗》有 8 句。如：

①九罭之鱼，鳟鲂。（《豳风·九罭》）

②鱼丽于罶，鲿鲨。（《小雅·鱼丽》）

③祈父，予王之爪牙。（《小雅·祈父》）

④肇禋，迄用有成。（《周颂·维清》）

2. 三字句，全《诗》有 157 句。如：

①螽斯羽，诜诜兮。宜尔子孙，振振兮。（《周南·螽斯》）

②江有汜。之子归，不我以。（《召南·江有汜》）

③绥万邦，娄丰年。（《周颂·桓》）

④振振鹭，鹭于下。鼓咽咽，醉言舞。（《鲁颂·有驳》）

3. 五字句，全《诗》有 340 句。如：

①谁谓雀无角，何以穿我屋。谁谓女无家，何以速我狱。（《召南·行露》）

②投我以木瓜，报之以琼琚。（《卫风·木瓜》）

③伴奂尔游矣，优游尔休矣。（《大雅·卷阿》）

④一之日觱发，二之日栗烈。三之日于耜，四之

日举趾。(《豳风·七月》)

⑤或燕燕居息，或尽瘁事国。或息偃在床，或不已于行。(《小雅·北山》)

以上五字句中，例①至③是以二三为节奏，例④是以三二为节奏，例⑤是以一四为节奏。大家知道，由四言而五言而七言，是汉语诗歌句式发展的趋势。《诗经》里的五言句已开后世五言诗的先河。不过后世五言诗通常以二三为节奏（①至③例同），与《诗经》里的五言句并不完全一致。

4. 六字句，全《诗》有88句。如：

①我姑酌彼金罍，维以不永怀。(《周南·卷耳》)

②间关车之辖兮，思娈季女逝兮。(《小雅·车辖》)

③丰年多黍多稌。(《周颂·丰年》)

④俟我于著乎而，充耳以素乎而。(《齐风·著》)

《诗经》里的六字句通常以二四（例①至③）或四二（例④）为节奏，而其中的四字又以二二为节奏，因此可以认为《诗经》六字句都是二二二的节奏。

5. 七字句，全《诗》有19句。如：

①送我乎淇之上矣。(《鄘风·桑中》)

②二之日凿冰冲冲，三之日纳于凌阴。(《豳风·七月》)

③ 予其惩而毖后患。(《周颂·小毖》)

④ 如彼筑室于道谋。(《小雅·小旻》)

⑤ 学有缉熙于光明。(《周颂·敬之》)

上述七字句中，例①至③是以三四为节奏，例④⑤是以二五为节奏。这与后世的七言诗句式不同，后世七言诗句式通常是以二二三为节奏的。

6. 八字句，全《诗》只有 5 句。如：

① 胡瞻尔庭有县狟（特、鹑）兮。(《魏风·伐檀》)

② 十月蟋蟀入我床下。(《豳风·七月》)

③ 我不敢效我友自逸。(《小雅·十月之交》)

以上诗句，结构各不相同。一般地说，二、三字句容量小，结构比较简单。大多数其实只是词组，往往是两个诗句合起来表示一个完整的意思。五字以上的诗句，容量较大，结构比较复杂，大都表达了一个较为完整的意思。《诗经》里有没有比八字句更长的句子？挚虞《文章流别论》以为《大雅·泂酌》"泂酌彼行潦挹彼注兹"是九字一句。孔颖达不同意这个意见。他说："遍检诸本，皆云《泂酌》三章章五句，则以为二句也。颜延之云：《诗》体本无九言者，将由声度阐缓，不协金石，仲冶之言未可据也。"[①]至于比二字更短的诗句，孔颖达以为是没有的。他说："句者联字以为言，

---

① 见《周南·关雎·正义》。

则一字不制也。以诗者申志，一字则言蹇而不会。"① 但清代学者有着不同的看法。例如《郑风·缁衣》：

> 缁衣之宜兮，敝予又改为兮。适子之馆兮，还予授
> 子之粲兮。

传统上以为四句，两句五字，一句六字，一句七字。清顾炎武却以为"《缁衣》旧作三章章四句，今详'敝'字当作一句，'还'字当作一句，难属下文，当作三章章六句"。② 顾氏之说为现代大多数学者所采用。这样《诗经》就不是没有一字的诗句了。

二、诗句和一般句子的比较

语言里的句子是指一个独立而完整的语言单位，通常包括主语和谓语两部分，能够完整地表达一个思想。《诗经》里的诗是入乐的。诗句主要根据音节来划分，要求音韵和谐，音节匀称，结构大体整齐，字数大体一致，但不一定表达一个完整的意思。两相比较，有以下八种情况：

1. 诗句主谓俱备，是一个完整的句子。例如：

> ① 女曰观乎，士曰既且。(《郑风·溱洧》)

---

① 见《周南·关雎·正义》。
② 见《日知录》卷二十一。

② 南山崔崔，雄狐绥绥。鲁道有荡，齐子由归。（《齐风·南山》）

③ 高岸为谷，深谷为陵。（《小雅·十月之交》）

④ 柞棫拔矣，行道兑矣。（《大雅·绵》）

⑤ 荼蓼朽止，黍稷茂止。（《周颂·良耜》）

这些诗句，结构和意思都是完整的，可以独立存在。

2. 诗句是复句中的一个分句，两个诗句之间有种种不同的关系。例如：

① 桃之夭夭，其叶蓁蓁。（《周南·桃夭》）

② 淇则有岸，隰则有泮。（《卫风·氓》）

③ 陟彼高冈，析其柞薪。（《小雅·车辖》）

④ 岂无膏沐，谁适为容。（《卫风·伯兮》）

⑤ 匪面命之，言提其耳。（《大雅·抑》）

⑥ 既阻我德，贾用不售。（《邶风·谷风》）

⑦ 士如归妻，迨冰未泮。（《邶风·匏有苦叶》）

⑧ 周虽旧邦，其命维新。（《大雅·文王》）

以上例①至⑤都是由两个诗句构成一个联合复句。其中例①至②是并列关系。例①"桃夭夭"主谓都有，中间加"之"，就以分句的身份出现，而且足成四字；例②句中加"则"也有同样的作用；例③两个诗句是连贯关系，两个动作前后相接；例④是转折关系；例⑤是递进关系。例⑥至⑧是两个诗句构成一个偏正复句。其中例⑥两个诗句是因果关系；例 ⑦ 是假设关系；例 ⑧ 是让步关系。

3. 两个诗句只是一个句子的主语或谓语部分，合在一起才表示一个完整的意思。例如：

① 关关雎鸠，在河之洲。(《周南·关雎》)

② 母也天只，不谅人只。(《鄘风·柏舟》)

③ 溱与洧，方涣涣兮。(《郑风·溱洧》)

④ 苕之华，芸其黄矣。(《小雅·苕之华》)

⑤ 髧彼两髦，实维我仪。(《鄘风·柏舟》)

⑥ 思齐大任，文王之母。(《大雅·思齐》)

以上诸例都是由两个诗句合起来成为一个完整的句子。前一诗句是主语部分，后一诗句是谓语部分，而性质各有不同。例①② 是叙述性谓语，例③④ 是描写性谓语，例⑤⑥ 是判断性谓语。

4. 诗句只是整个句子的宾语乃至于宾语的一部分。例如：

① 云谁之思，西方美人。(《邶风·简兮》)

② 君曰卜尔，万寿无疆。(《小雅·天保》)

③ 树之榛栗，椅桐梓漆，爰伐琴瑟。(《鄘风·定之方中》)

④ 修尔车马，弓矢戎兵。(《大雅·抑》)

⑤ 献其貔皮，赤豹黄罴。(《大雅·韩奕》)

⑥ 锡之山川，土田附庸。(《鲁颂·閟宫》)

⑦ 惠于朋友，庶民小子。(《大雅·抑》)

⑧ 王锡韩侯，淑旂绥章，簟茀错衡，玄衮赤舄，钩膺镂锡，鞹鞃浅幭，鞗革金厄。(《大雅·韩奕》)

例①"西方美人"是动词"思"的直接宾语，动词承上文省略。例②动词"卜"有两个宾语，"尔"是间接宾语，"万寿无疆"是直接宾语。例③"榛栗"与"椅桐梓漆"都是动词"树"的直接宾语。《郑笺》："树此六木于宫者，曰其长大可伐以为琴瑟，言豫备也。"例④"车马"与"弓矢戎兵"都是动词"修"的直接宾语。孔颖达《正义》："当修治汝征伐之车马及弓矢与戎兵之器。"例⑤"貔皮"与"赤豹黄罴"都是动词"献"的直接宾语，孔颖达《正义》："今百蛮追貊，献其貔兽之皮及赤豹黄罴之皮。"例⑥"山川"与"土田附庸"都是周王所赐鲁公之物，同为"锡"的直接宾语。例⑦"惠"是不及物动词，"朋友"与"庶民小子"都是介词"于"的宾语，整个介词结构做"惠"的补语。全句意思是爱于你的朋友以及庶民小子。例⑧"淑旂绥章"至"鞗革金厄"都是周王赐给韩侯的东西，这六个诗句意义上其实都是动词"锡"的直接宾语。

5.诗句只是一个介词结构，充当全句的状语或补语。例如。

① 于以采蘩，于涧之中。(《召南·采蘩》)

② 于以采藻，于彼行潦。(《召南·采蘋》)

③ 自天子所，谓我来矣。(《小雅·出车》)

④ 自伯之东，首如飞蓬。(《卫风·伯兮》)

⑤ 帝作邦作对，自大伯王季。(《大雅·皇矣》)

⑥ 禴祠烝尝，于公先王。(《小雅·天保》)

例①②"于涧之中""于彼行潦"都是介词结构做状语表示处所。动宾词组"采蘩""采藻"承上文省略。例③"自天子所"也是介词结构做状语，表示处所，在中心语之前。例④⑤是介词结构做状语，表示时间。例④"自伯之东"在中心语之前，例⑤"自大伯王季"在中心语之后。例⑥"于公先王"是介词结构做补语，表示祭祀的对象。这类诗句有时省去介词，就只剩下宾语部分。例如：

① 于以采蘋，南涧之滨。(《召南·采蘋》)孔疏："言往何处采此蘋菜，于彼南涧之厓采之。"

② 采苓采苓，首阳之巅。(《唐风·采苓》)孔疏："言人采苓采苓，于何处采之？于首阳之巅采之。"

③ 子之汤兮，宛丘之上兮。(《陈风·宛丘》)孔疏："子大夫之游荡兮，在于彼宛丘之上兮。"

例①"南涧之滨"，例②"首阳之巅"，例③"宛丘之上"，都是介词结构做状语，表示行为的处所，前面都省去了介词"于"，这从孔颖达疏中看得很清楚。

6. 诗句只是一种关系语，它游离于整个句子成分之外，意义上却和整个句子有关。例如：

> 作之屏之，其菑其翳。修之平之，其灌其栵。启
> 之辟之，其柽其椐。攘之剔之，其檿其柘。(《大雅·
> 皇矣》)

"其菑其翳"意义上是"作"和"屏"的对象。但"作"和
"屏"已有宾语"之"，"其菑其翳"就只能以关系语的身份
出现。"其灌其栵""其柽其椐""其檿其柘"情况相同。

7. 诗句只是根据音节从整个句子中划分出来的一部分。
例如：

> ① 始者不如今，云不我可。(《小雅·何人斯》)
> ② 肆筵设席，授几有缉御。(《大雅·行苇》)
> ③ 以雅以南，以籥不僭。(《小雅·鼓钟》)
> ④ 我其夙夜，畏天之威，于时保之。(《周颂·我将》)
> ⑤ 古之人无斁，誉髦斯士。(《大雅·思齐》)
> ⑥ 天命玄鸟，降而生商。(《商颂·玄鸟》)

例①传统上都分为两句而标点不同，有的在"如"字下
点断，有的在"今"字下点断。其实意义上只是一句。朱
熹《集传》："女始者与我亲厚之时，岂尝如今不以我为可
乎？"正是当作一句进行解释的。例②传统上也分作两
句，"席"与"御"为韵（铎鱼通韵）。其实"肆筵、设
席、授几"三事一贯，不应分为两截。例③"以雅、以
南、以籥"三者一贯相连，做"僭"的状语，意思是无论

267

用雅、用南、用籥都不僭礼越分。诗于"南"字下断句，以与"僭"字为韵。例④传统上分为三句，而"夙夜"只是修饰动词"畏"的时间状语，中间不应断开。朱熹《集传》："我其敢不夙夜畏天之威，以保天与文王所以降鉴之意乎？"把"我其夙夜畏天之威"读为一句，无疑是正确的。例⑤《毛传》解释为"古之人无厌于有名誉之俊士"，可见九字应为一句。王先谦说："古之人教士无厌教，故能使斯士皆成为誉髦也。"①读第二句为使动，仍作两句，但加"教士"二字却是增字解经。例⑥"天命玄鸟降而生商"是递系结构，如是散文，中间也不应断开。王夫之《姜斋诗话》说："句绝而语不绝，韵变而意不变，此诗家必不容昧之几也。'天命玄鸟，降而生商'，降者，玄鸟降也，句可绝而语未终也。"王氏是看到了诗句和一般语句之间的差别的。

8. 一个诗句包含了两个句子的内容。按照意义，往往可以把这类诗句从中断开。例如《魏风·陟岵》：

> 父曰嗟予子，行役夙夜无已。(《诗经韵读》)
>
> 父曰："嗟，予子行役，夙夜无已。"(余冠英《诗经选》、高亨《诗经今注》)
>
> 父曰："嗟予子行役，夙夜无已。"(江荫香《诗经译注》)

---

① 见王先谦《诗三家义集疏》卷二十一。

按《陟岵》旧本三章章六句，这是其中的两句。"子"与"己"
为韵。其余诸家断为三句或四句，意义上并无不可，只是
"役"字不入韵，却不合传统的要求。又如《唐风·葛生》：

> ⎧ 予美亡此，谁与独处。(《诗经韵读》)
> ⎩ 予美亡此，谁与？独处。(《诗经选》《诗经今注》)

《葛生》旧本五章章四句，此为两句。《诗经韵读》依旧本
断为两句。但是"谁与独处"实际上包含两句的内容。《郑
笺》："吾谁与居乎？独处家耳。"前一句释"谁与"，后一
句释"独处"。余冠英先生说："'谁与独处'应在'与'字
断读，和'不远伊迩'句法相似。言予美不在人世而在地
下，谁伴着他呢？还不是独个儿在那里住。"[1]解释虽与郑氏
稍异，但读"谁与独处"为两句，却是与郑氏一致的。

三、句意理解与句读分合

人们对某些诗句理解不同，句读就有差别。例如《郑
风·萚兮》：

> ⎧ 叔兮伯兮，倡予和女。(《诗经韵读》《诗经直解》)
> ⎩ 叔兮伯兮，倡，予和女。(《诗经选》《诗经今注》)

---

① 余冠英《诗经选》，人民文学出版社，1956年，121页。

《蘀兮》旧为二章章四句，这是其中两句。《毛传》："人臣待君倡而后和。"以"倡予和女"为君倡臣和。又《集传》："此淫女之词。……叔兮伯兮，则盍倡予，而予将和女矣。"以"倡予和女"为男倡女和。毛、朱二氏都以"倡予"连读，"予"是宾语。姚际恒《诗经通论》引苏氏说："叔兮伯兮，子苟倡之，予将和女。"以"予"字连下读，在"倡"字后面断句。这样，"予"是主语，句子结构就不同了。《小雅·正月》六章：

> 谓天盖高，不敢不局。谓地盖厚，不敢不蹐。（《诗经韵读》《诗经直解》）
>
> 谓天："盖高？不敢不局。"谓地："盖厚？不敢不蹐。"（杨树达《积微居小学述林》卷六）

旧本《正月》六章为八句，这是其中四句。孔颖达申毛说："谓此上天盖实高矣，而有雷霆击人，不敢不曲其脊以敬之，以喻己恐触王之忌讳也。谓此下地盖实厚矣，而有陷溺杀人，不敢不累其足以畏之，以喻己恐陷在位之罗网也。"是以"盖"为不定之词。《诗词韵读》等都依旧本断句。杨树达先生读"盖"为"盍"，作"何不"讲，句子的结构和标点也就有了改变。《大雅·生民》一章：

> 履帝武敏，歆攸介攸止。（《诗经韵读》）
>
> 履帝武敏歆，攸介攸止。（《诗经选》《诗经直解》）
>
> 履帝武敏，歆，攸介攸止。（《诗经今注》）
>
> 履帝武敏，歆攸介攸止。（《毛诗传疏》）

《生民》这两句，人们理解不同，句读也不相同。《正义》述毛说："姜嫄随帝之后，践履帝迹，行事敬而敏疾，故为神歆飨。神既飨其祭，则爱而祐之，于是为天神所美大，为福禄所依止。""敏"与"止"为韵。据此，《诗经韵读》以"歆"字连下读。朱熹《集传》："歆，动也，犹惊异也。……姜嫄出祀郊禖，见大人迹而履其拇，遂歆歆然如有人道之感。"据此，余冠英、陈子展先生以"歆"字连上读，而"歆"与"止"不协韵。高亨先生《诗经今注》以"歆"字独立成句，两句变成三句，"敏"字可入韵了，但句数与旧本的说法不同。陈奂《毛诗传疏》仍依旧本为两句，以为"经文当作'歆介攸止'四字……《传》言姜嫄从帝见天，天乃飨其德，大其福禄也"。又《周颂·天作》：

> 彼徂矣，岐有夷之行。(《诗经韵读》《诗经直解》)
> 彼徂矣岐，有夷之行。(《诗集传》)

《郑笺》："后之往者，又以岐邦之君有佼易之道故也。"是以"岐"字连下读。《诗集传》："《后汉书·西南夷传》作'彼岨者岐'，……《韩子》亦云'彼岐有岨'，疑或别有所据，故今从之，而定读'岐'字绝句。"句意是"彼险僻之岐山，人归者众，而有平夷之道路"。[1]可见两句句读早就有了歧

---

① 按：《后汉书·西南夷传》朱辅疏引《诗》作"彼徂者岐，有夷之行"，不作"岨"。又《韩诗外传》卷三引《诗》作"岐有夷之行"，"岐"字连下读。

异。《诗经韵读》和《诗经直解》依《传》《笺》，而《诗经译注》依《诗集传》。

关于《诗经》句法，还有各种句式问题，句子成分的省略和倒装问题，我们将在以后各节详细讨论，这里就从略了。

第二节　并列结构——《诗经》句式之一

《诗经》里四字句占绝大多数，研究《诗经》的句子结构，可以拿四字句为主要对象。四字的诗句有并列、偏正、主谓、动宾、动补、连动、递系、紧缩等不同结构。它们有的可以独立成句，有的要和其他诗句合起来才能表示一个完整的意思，这些在上一节已经讨论过了。下面我们将着重讨论诗句本身的各种结构，而不过多地涉及诗句与诗句之间的种种关系。

并列结构是《诗经》四字句的重要句式之一。通常是两两并列，互不依赖，音节上也以两两为节奏。按其内部关系可以分为三大类：

一、四个单音词或两个并列词组构成的并列结构

这一类又可分为四种情况：

1. 由四个并列的单音词构成，在这种结构里，四个单音词彼此独立，互不依赖。它们有名词，也有动词。例如：

① 弓矢斯张，干戈戚扬。(《大雅·公刘》)

② 有鳣有鲔，鲦鲿鰋鲤。(《周颂·潜》)

③ 黍稷重穋，禾麻菽麦。(《豳风·七月》)

④ 黍稷重穋，稙穉菽麦。(《鲁颂·閟宫》)

⑤ 禴祠烝尝，于公先王。(《小雅·天保》)

⑥ 谑浪笑敖，中心是悼。(《邶风·终风》)

例①"干戈戚扬"是四种武器名；例②"鲦鲿鰋鲤"是四种鱼名；例③"禾麻菽麦"是四种植物名。例③"黍稷重穋"、例④"稙穉菽麦"也是四种植物名，但和"禾麻菽麦"不同。"黍稷""菽麦"是按谷物名称分类，而"重穋""稙穉"是按谷物收种季节和生长期长短分类的名称，先种后熟生长期长的谷物为"重"，后种先熟生长期短的谷物为"穋"，先种先熟的早造作物为"稙"，后种后熟的晚造作物为"穉"。它们都是四个名词并列成为体词性结构，动词承上文省去。例⑤"禴祠烝尝"是四种祭祀，春祭为祠、夏祭为禴、秋祭为尝、冬祭为烝。例⑥"谑浪笑敖"是四种行为，谑是调戏、浪是放荡、笑是嬉笑、敖是傲慢。以上两例都是四个动词并列为谓词性结构。

2. 由两个联合式复合词或词组构成谓词性并列结构，内部关系是两两并列。例如：

① 悠哉悠哉，辗转反侧。(《周南·关雎》)

② 死生契阔，与子成说。(《邶风·击鼓》)

例①"辗转"是双声兼叠韵的复音词，与"反侧"并列，意义相近。孔颖达说："反侧犹反覆，辗转犹婉转，俱是回动，大同小异。"例②"死生"与"契阔"并列，"死生"由"死"与"生"两个反义词构成联合词组，"契阔"由"契"与"阔"两个反义词素构成复合词。马瑞辰《通释》："契当读为契合之契，阔当读为疏阔之阔，……契阔与死生相对成文，犹云聚合离散耳。"

3. 由两个重言词构成谓词性并列结构，用以绘景或象声。例如：

① 萋萋萋萋，雝雝喈喈。(《大雅·卷阿》)
② 颙颙卬卬，如圭如璋。(《大雅·卷阿》)
③ 啴啴焞焞，如霆如雷。(《小雅·采芑》)
④ 儦儦俟俟，或群或友。(《小雅·吉日》)
⑤ 烝烝皇皇，不吴不扬。(《鲁颂·泮水》)

例①"萋萋萋萋"形容梧桐茂盛，例②"颙颙卬卬"形容君子态度温和而庄重，例④"儦儦俟俟"形容兽行或疾或徐，例⑤"烝烝皇皇"形容武功盛大，战果辉煌。以上都是绘景。例①"雝雝喈喈"形容凤凰和鸣声，例③"啴啴焞焞"形容兵车众多，声音沸腾，都是象声。

4. 由两个叠用的复音词构成并列结构，有体词性的，也有谓词性的。形式上有字的叠用和词的叠用两种不同的情况。例如：

① 苾苾芬芬，祀事孔明。(《小雅·信南山》)

② 委委佗佗，如山如河。(《鄘风·君子偕老》)

③ 退食自公，委蛇委蛇。(《召南·羔羊》)

④ 子子孙孙，勿替引之。(《小雅·楚茨》)

⑤ 鸱鸮鸱鸮，既取我子。(《豳风·鸱鸮》)

⑥ 黄鸟黄鸟，无集于穀。(《小雅·黄鸟》)

例①"苾苾芬芬"是形容词"苾芬"的字的重叠，形容祭品芬芳的样子。例②"委佗"即"委蛇"，"委委佗佗"是字的重叠，形容走路不慌不忙，从容自得的样子。例③"委蛇委蛇"是词的重叠，也是形容走路不慌不忙，从容自得的样子。例④"子子孙孙"是"子孙"的字的重叠，表示子孙世代相传，连绵不绝，"子子"或"孙孙"单用都不成义。例⑤⑥"鸱鸮鸱鸮""黄鸟黄鸟"都是双音词的词的叠用，表示呼叫。

二、两个非并列词组构成的并列结构

这类并列结构可以是体词性的，也可以是谓词性的。细加分析，又可分为七种情况：

1. 由两个体词性偏正词组构成。两个偏正词组的定语部分可以是名词、代词、形容词、动词或数词；定语和中心词之间可以是领属关系，也可以是修饰或者限制关系；同一结构中两个定语可以是同一个词，也可以是不同的词，但它们的性质通常必须一致。例如：

① 螓首蛾眉，巧笑倩兮，美目盼兮。(《卫风·硕人》)

② 无饮我泉，我泉我池。(《大雅·皇矣》)

③ 赤芾金舄，会同有绎。(《小雅·车攻》)

④ 令仪令色，小心翼翼。(《大雅·烝民》)

⑤ 朱英绿縢，二矛重弓。(《鲁颂·閟宫》)

⑥ 饮御诸友，炰鳖脍鲤。(《小雅·六月》)

⑦ 王锡韩侯，其追其貊。(《大雅·韩奕》)

⑧ 其桐其椅，其实离离。(《小雅·湛露》)

例①"螓首蛾眉"比喻美人额头方正如螓之首，眉毛细长如蛾之眉，带有描写性质，"螓"和"首"、"蛾"和"眉"是领属关系。例②"我泉我池"的定语部分都是代词"我"，表示领属关系。例③"赤芾金舄"、例④"令仪令色"、例⑤"朱英绿縢""二矛重弓"的定语部分都是描写性的，以形容词或数词充当。例⑥"炰鳖脍鲤"的定语部分是动词"炰"和"脍"，也是描写的性质。例⑦"其追其貊"、例⑧"其桐其椅"的定语是代词"其"，表示限制，作"那"或"那些"讲。

2. 由两个谓词性偏正词组构成。中心词可以是动词，也可以是形容词。中心词是动词时，修饰部分可以是副词、名词、代词或助动词，表示处所、时间、可否等关系。例如：

① 爰居爰处，爰丧其马。(《邶风·击鼓》)

② 爰居爰处，爰笑爰语。(《小雅·斯干》)

③ 夙兴夜寐，靡有朝矣。(《卫风·氓》)

④ 日就月将，学有缉熙于光明。(《周颂·敬之》)

⑤ 既生既育，比予于毒。(《邶风·谷风》)

⑥ 不忮不求，何用不臧。(《邶风·雄雉》)

⑦ 莫往莫来，悠悠我思。(《邶风·终风》)

⑧ 蔽芾甘棠，勿翦勿伐。(《召南·甘棠》)

⑨ 匪教匪诲，时维妇寺。(《大雅·瞻卬》)

⑩ 旻天疾威，弗虑弗图。(《小雅·雨无正》)

⑪ 哀我填寡，宜岸宜狱。(《小雅·小宛》)

⑫ 诞实匍匐，克岐克嶷。(《大雅·生民》)

例①"爰居爰处"、例②"爰居爰处""爰笑爰语"的状语是代词"爰"，表示处所。例③"夙兴夜寐"、例④"日就月将"的状语是名词"夙""夜""日""月"，表示行为发生的时间。例⑤"既生既育"的状语是时间副词"既"，表示行为已经发生。例⑥"不忮不求"、例⑦"莫往莫来"、例⑧"勿翦勿伐"、例⑨"匪教匪诲"、例⑩"弗虑弗图"中的状语"不""莫""勿""匪""弗"都是否定副词，表示对行为的否定或禁止。例⑪"宜岸宜狱"的状语"宜"是助动词，表示应当。例⑫"克岐克嶷"的状语"克"也是助动词，表示可能。从上面的例子可以看出，在一个谓词性的并列结构里，名词状语可以是两个不同的词，而非名词状语往往是用同一个词重复出现。

两个谓词性词组的中心词是形容词时，状语一般以副词充当。例如：

① 既齐既稷，既匡既敕。(《小雅·楚茨》)

② 孔惠孔时，维其尽之。(《小雅·楚茨》)

③ 不竞不絿，不刚不柔。(《商颂·长发》)

④ 允文允武，昭假烈祖。(《鲁颂·泮水》)

例①"既"表示已然，例②"孔"表示程度，例③"不"表示否定，例④"允"表示肯定，都是用同一个状语修饰不同的中心词。谓词性并列结构的中心词一般不用名词，偶然用，它们也就带有动词的性质。例如：

① 君子于役，不日不月。(《王风·君子于役》)

② 既坚既好，不稂不莠。(《小雅·大田》)

例①"不日不月"是没有确定日期和月份，例②"不稂不莠"是不生长稂和莠。"日""月""稂""莠"在否定词"不"后面，就都带有动词的性质而不是纯粹的名词了。

3. 由两个动宾词组构成。这两个动宾词组地位平列，没有主次或先后相承的关系。它们可以是两个动词相同，宾语不同；可以是两个动词不同，宾语相同，也可以是两个动词和宾语都不同，或者两个动词和宾语都相同。例如：

① 无衣无褐，何以卒岁。(《豳风·七月》)

② 无拳无勇，职为乱阶。(《小雅·巧言》)

③ 无冬无夏，值其鹭羽。(《陈风·宛丘》)

④ 靡室靡家，玁狁之故。(《小雅·采薇》)

⑤ 为鬼为蜮，则不可得。(《小雅·何人斯》)

⑥ 为豆孔庶，为宾为客。(《小雅·楚茨》)

⑦ 如山如阜，如冈如陵。(《小雅·天保》)

⑧ 兢兢业业，如霆如雷。(《大雅·云汉》)

以上并列结构中两个动宾词组的动词相同，宾语不同，但都属于同类事物的名称。

⑨ 颠之倒之，自公召之。(《齐风·东方未明》)

⑩ 饮之食之，教之诲之。(《小雅·绵蛮》)

⑪ 就其深矣，方之舟之。就其浅矣，泳之游之。(《邶风·谷风》)

⑫ 有兔斯首，炮之燔之。(《小雅·瓠叶》)

⑬ 芃芃棫朴，薪之槱之。(《大雅·棫朴》)

⑭ 拊我畜我，长我育我，顾我复我。(《小雅·蓼莪》)

以上并列结构中两个动宾词组的宾语相同，动词不同。宾语限于"之""我"二字。例 ⑨ "颠之倒之"、例 ⑩ "饮之食之"、例 ⑬ "薪之槱之"都是使动用法；例 ⑪ "方""舟""泳""游"是不及物动词，宾语"之"指行为所在的处所；例 ⑩ "教之诲之"、例 ⑫ "炮之燔之"的"之"，例 ⑭ 的"我"是表示对象的宾语。

⑮ 吹笙鼓簧，承筐是将。(《小雅·鹿鸣》)

⑯ 肆筵设席，授几有缉御。(《大雅·行苇》)

⑰ 建旐设旄，搏兽于敖。(《小雅·车攻》)

⑱ 四之日其蚤，献羔祭韭。(《豳风·七月》)

以上并列结构中两个动宾词组的动词和宾语都不相同。例⑮"吹笙鼓簧"、例⑯"肆筵设席"、例⑰"建旐设旄"等结构中的两个动词是属于同类的动作，两个宾语属于同类的事物。例⑱"献羔祭韭"稍有不同，"韭"不是"祭"的对象而是用于祭祀的物品。为了句式整齐而放在宾语的位置，这是比较特殊的。

⑲ 采苓采苓，首阳之巅。(《唐风·采苓》)

⑳ 采薇采薇，薇亦作止。(《小雅·采薇》)

这两个例句和上一种情况相反，并列结构的前后两个动宾词组相同，句中第二字与句末第四字同字为韵。所以王力先生《诗经韵读》分为两句。但传统上它们只算四字一句。

4. 由两个宾动词组构成。跟前一类不同，这类并列结构的两个动词宾语都提到了动词前面。例如：

① 何有何亡，黾勉求之。(《邶风·谷风》)

② 害澣害否，归宁父母。(《周南·葛覃》)

③ 是究是图，亶其然乎。(《小雅·常棣》)

④ 是剥是菹,献之皇祖。(《小雅·信南山》)

⑤ 是伐是肆,是绝是忽。(《大雅·皇矣》)

⑥ 是断是度,是寻是尺。(《鲁颂·閟宫》)

⑦ 之纲之纪,燕及朋友。(《大雅·假乐》)

⑧ 之屏之翰,百辟为宪。(《小雅·桑扈》)

上述并列结构的两个前置宾语都由同一个代词充当。例①②宾语是疑问代词"何""害",两个动词表示行为的正反两方面。例③至⑧宾语是指示代词"是"或"之",宾语前置是为了句式整齐和音韵和谐。从动词看,有的两个动词同义或近义,完全并列,互相补充。如例③"究"(探求)"图"(谋划)义近,例⑤"伐"(进攻)"肆"(冲击)义近、"绝"(杀绝)"忽"(斩尽)义近,例⑦"纲"(纲领)"纪"(法度)义近,例⑧"屏"(屏障)"翰"(桢干)义近。有的两个动作同时存在,如例⑥"断"是截断,"度"是劈开,"寻"锯成七八尺长,"尺"是锯成一尺长,"是断是度,是寻是尺"正是说明木工截木盖屋的各种情况。也有的两个动作有先后之分,并非完全并列,如例④"剥"是削皮,"菹"是制成酸菜。先削去瓜菜的皮然后进行腌制,次序有先后,不能颠倒。

5. 由两个介宾词组构成。例如:

① 于以采蘩,于沼于沚。(《召南·采蘩》)

② 乃裹餱粮,于橐于囊。(《大雅·公刘》)

③ 镐京辟雍，自西自东，自南自北，无思不服。
（《大雅·文王有声》）

例①"于沼于沚"，例②"于橐于囊"，例③"自西自东""自南自北"，本身都只起一个处所状语或补语的作用，它们须要和前后的诗句合在一起，才表示一个完整的意思。

6.由两个并列的兼语式构成。例如：

① 俾筵俾几，既登乃依。（《大雅·公刘》）
② 辟尔为德，俾臧俾嘉。（《大雅·抑》）

例①"俾筵俾几"就是"使人为之设筵，使人为之设几"；例②"俾臧俾嘉"就是"使（德行）尽善，使（德行）尽美"。主语和兼语尽都省去，这是因为《诗经》四字句格式的需要。《诗经》里这类并列结构只有两句。

7.由两个主谓词组构成。例如：

① 我任我辇，我车我牛。（《小雅·黍苗》）
② 我徒我御，我师我旅。（《小雅·黍苗》）
③ 我疆我理，南东其亩。（《小雅·信南山》）
④ 尔卜尔筮，体无咎言。（《卫风·氓》）
⑤ 或剥或亨，或肆或将。（《小雅·楚茨》）
⑥ 或献或酢，洗爵奠斝。（《大雅·行苇》）
⑦ 控于大邦，谁因谁极。（《鄘风·载驰》）

这类并列结构中两个主谓词组的主语都限于同一代词。例①②③主语是"我"。例①"任"是肩杠，"辇"是人力挽车，"车"是挽车，"牛"是牵牛驾车，都做动词用；例②"徒、御、师、旅"也都做动词用。两句意思是，我们有步兵，我们有车兵，我们有二千五百人的师，我们有五百人的旅。例③"我疆我理"意思是我们划定疆界，我们修整土地。例④主语是"尔"，例⑤⑥主语是无定代词"或"，例⑦"谁因谁极"主语是疑问代词"谁"，意思是谁可依靠，谁会到来。

三、两个单音实词加其他虚词成分构成的并列结构

《诗经》里这类结构少数是体词性的，大多数是谓词性的。其中又可分为六种情况：

1. 两个单音名词后面各加语气词构成体词性并列结构，它们往往要和其他诗句合起来才表示一个完整的意思。例如：

① 日居月诸，胡迭而微。(《邶风·柏舟》)

② 父兮母兮，畜我不卒。(《邶风·日月》)

③ 叔兮伯兮，倡予和女。(《郑风·萚兮》)

④ 母也天只，不谅人只。(《鄘风·柏舟》)

⑤ 子兮子兮，如此良人何。(《唐风·绸缪》)

⑥ 缔兮绤兮，凄其以风。(《邶风·绿衣》)

以上诸例，一、三字是实词，二、四字是语气词。例①"日

居月诸", 例②"父兮母兮", 例③"叔兮伯兮", 例④"母也天只", 例⑤"子兮子兮", 都须与下一诗句合起来才能表达一个完整的意思。它们在结构上可以看作主语部分, 但都带有招呼的口气。例⑥"绤兮"两句意思是细葛布和粗葛布做成衣裳, 穿在身上很寒凉, 不带招呼的口气。"兮"字表示停顿, 也是为了使诗句足成四字。

2. 两个单音名词前各加同一助词构成并列结构。这类结构通常充当体词性谓语, 主语承上省略; 或者和另一诗句合成一个判断, 充当主语部分。例如:

> ① 山有嘉卉, 侯栗侯梅。(《小雅·四月》)
> ② 侯主侯伯, 侯亚侯旅, 侯彊侯以。(《周颂·载芟》)
> ③ 诞降嘉种, 维秬维秠, 维穈维芑。(《大雅·生民》)
> ④ 吉梦维何? 维熊维罴, 维虺维蛇。(《小雅·斯干》)
> ⑤ 维熊维罴, 男子之祥; 维虺维蛇, 女子之祥。
> (《小雅·斯干》)

例①②"侯×侯×"、例③④"维×维×"是体词性谓语, 主语承前文省去。例⑤"维熊维罴""维虺维蛇"是主语部分, 和下一诗句合起来表示一个判断。"侯""维"是句中助词。

3. 两个单音动词前各加同一助词, 构成谓词性并列结构。例如:

> ① 式号式呼, 俾昼作夜。(《大雅·荡》)

② 式夷式已，无小人殆。(《小雅·节南山》)

③ 侯作侯祝，靡届靡究。(《大雅·荡》)

这类结构的两个动词意义相同或相近。例①"号"与"呼"同义，都是高声叫喊的意思。例②"夷"是平定，"已"是制止，意义也相近。例③"作"字通"诅"，就是诅咒，"祝"也是诅咒，"作""祝"同义。它们的主语部分通常都被省去。

　　4. 两个单音形容词前各加同一助词，构成谓词性并列结构。例如：

① 有洸有溃，既诒我肄。(《邶风·谷风》)

② 有萋有且，敦琢其旅。(《周颂·有客》)

③ 有严有翼，共武之服。(《小雅·六月》)

④ 百礼既至，有壬有林。(《小雅·宾之初筵》)

⑤ 其虚其邪，既亟只且。(《邶风·北风》)

《诗经》里这类结构通常和其他诗句一起组成复合句，表达一个较为复杂的意思。助词"有"或"其"放在单音形容词前面，加强了形容词的描写性，使之相当于重言的形式，同时也足成诗句的四个音节。例①"有洸有溃"形容态度横暴，乱发脾气；例②"有萋有且"形容恭敬谨慎；例③"有严有翼"形容严肃恭敬；例④"有壬有林"形容礼仪盛大众多；例⑤"其虚其邪"形容行动从容缓慢。并列的两个形容词意义上相近或可以互相补究。

5. 两个单音形容词后各加同一语气词构成谓词性并列结构。例如：

①玼兮玼兮，其之翟也。(《鄘风·君子偕老》)

②瑳兮瑳兮，其之展也。(《鄘风·君子偕老》)

③哆兮侈兮，成是南箕。(《小雅·巷伯》)

④挑兮达兮，在城阙兮。(《郑风·子衿》)

⑤荟兮蔚兮，南山朝隮。(《曹风·候人》)

⑥婉兮娈兮，总角丱兮。(《齐风·甫田》)

⑦猗与那与，置我鞉鼓。(《商颂·那》)

⑧萋兮斐兮，成是贝锦。(《小雅·巷伯》)

⑨恩斯勤斯，鬻子之闵斯。(《豳风·鸱鸮》)

⑩琐兮尾兮，流离之子。(《邶风·旄丘》)

⑪瑟兮僩兮，赫兮咺兮。(《卫风·淇奥》)

⑫容兮遂兮，垂带悸兮。(《卫风·芄兰》)

上述谓词性并列结构都是形容某种状态，主语部分有时承上文省略，有时在下一诗句里出现。两个形容词有的相同；有的是双声叠韵或联绵词分用，有的不是双声叠韵，但意义相近；有的意义不同。例①"玼兮玼兮"、例②"瑳兮瑳兮"是同一形容词重出，形容衣服的鲜明华美。例③"哆""侈"音同义近，"哆兮侈兮"形容箕星张大其口。例④至⑦两个形容词有双声叠韵的关系。例

④"挑达"透母双声,"挑兮达兮"形容往来徘徊的样子;例⑤"荟蔚"影母双声,"荟兮蔚兮"形容黑云兴起的状态;例⑥"婉娈"寒部叠韵,"婉兮娈兮"形容少年美好;例⑦"猗那"歌部叠韵,"猗与那与"形容美好盛大。例⑧至⑩两个形容词没有双声叠韵的关系,但意义相近。例⑧"萋兮斐兮"形容花纹错杂;例⑨"恩勤"相当于"殷勤",形容辛勤劳苦;例⑩"琐兮尾兮"形容少好之貌。例⑪⑫并列结构中的前后两个形容词不同义。例⑪"瑟"是态度庄严,"俔"是心境宽大,"赫"是德行光明,"咺"是威仪宣著。"瑟兮俔兮,赫兮咺兮"全面形容了"君子"的各个方面。例⑫"容"是形容仪容美好,"遂"是形容态度安闲;或者说"容"是佩带着容刀,"遂"是佩带着瑞玉,也是就不同的方面对"童子"进行描写。

6. 两个单音形容词或动词加连词构成谓词性并列结构。例如:

① 丧乱既平,既安且宁。(《小雅·常棣》)

② 既微且尰,尔勇伊何。(《小雅·巧言》)

③ 既庭且硕,曾孙是若。(《小雅·大田》)

④ 君子之马,既闲且驰。(《大雅·卷阿》)

⑤ 既和且平,依我磬声。(《商颂·那》)

⑥ 既顺乃宣,而无永叹。(《大雅·公刘》)

⑦ 终风且暴,顾我则笑。(《邶风·终风》)

⑧ 黄耇台背,以引以翼。(《大雅·行苇》)

⑨ 将翱将翔，佩玉琼琚。（《郑风·有女同车》）

⑩ 将恐将惧，维予与女。（《小雅·谷风》）

⑪ 乃场乃疆，乃积乃仓。（《大雅·公刘》）

⑫ 乃慰乃止，乃左乃右，乃疆乃理，乃宣乃亩。（《大雅·绵》）

⑬ 既见复关，载笑载言。（《卫风·氓》）

⑭ 载震载夙，载生载育。（《大雅·生民》）

在上述例句里，两个形容词（例①至⑥）或两个动词（例⑦至⑭）完全并列，连词成对地使用。它们的主语部分有的省略，有的在上一诗句里出现。如果两个实词里有一个是双音词，或句中还有别的虚词，就只用一个连词连接。例如：

① 彼其之子，硕大且笃。（《唐风·椒聊》）

② 鼓瑟鼓琴，和乐且湛。（《小雅·鹿鸣》）

③ 淮水汤汤，忧心且伤。（《小雅·鼓钟》）

④ 既见君子，乐且有仪。（《小雅·菁菁者莪》）

⑤ 不如子之衣，安且吉兮。（《唐风·无衣》）

例①"硕大且笃"、例②"和乐且湛"、例③"忧心且伤"，前面是双音词或词组，后面是单音词，两相并列，用"且"连接。例④"乐且有仪"前面是单音动词，与后面的动宾词组并列，也用"且"连接。例⑤"安且吉兮"是两个单音词并列，用"且"连接，句末有语气词。以上不同形式的组合，大都是为了满足《诗经》四字句式的需要。

四、并列结构的两歧解释

《诗经》里某些诗句，有的学者认为是并列结构，有的学者认为不是；或者大家都认为并列结构而在分析上各有不同。下面举几个例子：

> ① 爰始爰谋，爰契我龟。曰止曰时，筑室于兹。（《大雅·绵》）

《郑笺》："于是始与豳人之从己者谋。"又："时，是；兹，此也。卜从则曰可止居于是，可作室家于此。"依郑氏说，"爰始爰谋"是偏正结构，"曰止曰时"是述宾结构，都不是并列结构，可图解如下：

爰 始 爰 谋　　　　曰 止 曰 时
（ ）————　　　—————
　—（ ）—　　　 述　宾
　状　　中　　　　—————
　　　　　　　　　　述　补

马瑞辰《通释》："始亦谋也。……爰始爰谋，犹言是究是图也。"王引之《经义述闻》卷六："经文叠用曰字，不当上下异训。二曰字皆语辞，时亦止也，古人自有复语耳。"按马、王二氏的意见，上述两句是并列结构，可图解如下：

（并列）　　　　　　　（并列）

( )└┘( )└┘　　　　( )└┘( )└┘

② 王舒保作，匪绍匪游。（《大雅·常武》）

《郑笺》："绍，缓也。……谓军行三十里，亦非解缓也，亦非敖游也。"依郑说，"匪绍匪游"是并列结构可图解如下：

匪　绍　匪　游
└┘　　　└┘
（并列）
└┘└┘　└┘└┘
状　中　状　中

《毛传》："匪绍匪游，不敢继以敖游也。"依毛说，这一句就是偏正结构，可图解如下：

匪　绍　匪　游
└┘
状　　　中
　　└┘( )└┘
连动

清代一些学者认为这类句子的分析应以《毛传》为准。黄以周说："《江汉》篇'匪安匪游''匪安匪舒'……非安于游也……非安于舒也。此曰'匪绍匪游'，谓非继以游。……凡平列字，意近文连属，如'爰居爰处''乃左乃右''如金如锡''如雷如霆'是也。《江汉》'安游'，《常武》'绍游'，文意俱远，必非平列字。"[①]

————————

① 见黄以周《经说略·申〈毛传〉"匪绍匪游"义》。

③ 我将我享,维羊维牛。(《周颂·我将》)

孔颖达《正义》述毛说:"我所美大,我所献荐者,维是肥羊,维是肥牛。"依孔说,"我将我享""维羊维牛"都是并列结构,可图解如下:

《郑笺》:"我奉养我享祭之羊牛。"依郑说,"维羊维牛"是并列结构,"我将我享"却不是并列结构,可图解如下:

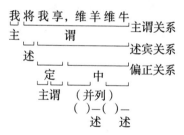

朱熹《诗集传》:"奉其牛羊以享上帝。"依朱氏说,"我将我享"是一个紧缩的承接复句,"维羊维牛"是并列结构做"将"的宾语,图解如下:

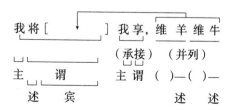

④ 匪兕匪虎，率彼旷野。哀我征夫，朝夕不暇。
（《小雅·何草不黄》）

孔颖达《正义》述毛说："今非是兕非是虎，何为久不得归，常循彼空野之中，与兕虎禽兽无异乎？"依《正义》说，"匪兕匪虎"是由两个否定词加名词组成的谓词性并列结构，图解如下：

匪　兕　匪　虎
└─┘　└─┘
（并　列）
└─┘└─┘└─┘└─┘
状　中　状　中

王念孙《广雅疏证》卷五下："匪，彼也。……言彼兕彼虎，则率彼旷野矣。哀我征夫，何亦朝夕于野而不暇乎？"依王氏说，"匪兕匪虎"是由两个定名词组构成的体词性并列结构，图解如下：

匪　兕　匪　虎
└─┘　└─┘
（并　列）
└─┘└─┘└─┘└─┘
定　中　定　中

⑤ 于疆于理，至于南海。（《大雅·江汉》）

《郑笺》："于，往也。于，於也。召公于有叛戾之国，则往正其境界，修其分理，周行四方，至于南海。"依郑氏说，

"于疆于理"是由两个连动式组成的并列结构，可图解如下：

```
    于  疆  于  理
    └──┘ └──┘
     （并列）
    └┘ └┘ └┘ └┘
    连 动  连 动
```

《集传》："于是遂疆理之，尽南海而止也。"依《集传》，"于疆于理"是两个动词加虚词构成的谓词性并列结构，图解如下：

```
    于  疆   于  理
    └──┘  └──┘
      （并列）
    （  ）—  （  ）—
```

　　总之，对诗句的意思理解不同，对诗句结构的分析也不同。《诗经》里这类情况不少，我们应当认真地进行全面的研究。

第三节　偏正结构、主谓结构
——《诗经》句式之二

甲、偏正结构

　　《诗经》里这类结构数量很多，可以分为体词性偏正结构和谓词性偏正结构两大类。它们往往要同别的诗句合在一起才表达一个完整的意思，但在传统上它们都被看成一个诗句。

一、体词性偏正结构

这类结构的中心词是名词或名词性词组，定语可以是名词、形容词或代词。名词定语多表示领属关系，形容词定语多表示修饰关系，代词定语多表示限制关系。随着定语和中心词有单音、双音的不同，又有以下四种情况：

1. 定语和中心词都是双音词或双音词组，偏正格构成为"〇〇△△"的格式。例如：

> ① 厌厌 良人，秩秩 德音。(《秦风·小戎》)
> ② 绵蛮 黄鸟，止于丘隅。(《小雅·绵蛮》)
> ③ 赳赳 武夫，公侯 干城。(《周南·兔罝》)
> ④ 武丁 孙子，武王靡不胜。(《商颂·玄鸟》)
> ⑤ 新庙奕奕，奚斯 所作。(《鲁颂·閟宫》)
> ⑥ 彼交匪纾，天子 所予。(《小雅·采菽》)
> ⑦ 求我 庶士，迨其吉兮。(《召南·摽有梅》)

例①②和例③"赳赳武夫"，中心词都是名词，定语是形容词，表示修饰关系；例③"公侯干城"，例④"武丁孙子"①，定语和中心语都是名词，表示领属关系；例⑤"奚斯所作"、例⑥"天子所予"中心语是"所"字结构，名词定

---

① "武丁孙子"二句，王引之以为当作"武王孙子，武丁靡不胜"。见《经义述闻》卷七。

语实际上是行为的施动者；例⑦"求我庶士"中心语是偏正词组，定语"求我"是动宾词组，在《诗经》里这种例子极为罕见。

2. 定语是双音词，中心语是单音词，中间加"之"或"者"，或句末加语气词。

（1）"○○ 之 △"式，如：

① 芄兰 之 支，童子佩觿。（《卫风·芄兰》）

② 匪鸡则鸣，苍蝇 之 声。（《齐风·鸡鸣》）

③ 徂来 之 松，新甫 之 柏。（《鲁颂·閟宫》）

④ 维熊维罴，男子 之 祥。（《小雅·斯干》）

⑤ 渐渐 之 石，维其高矣。（《小雅·渐渐之石》）

⑥ 我生 之 初，尚无为。（《王风·兔爰》）

例①至③定语是名词，表示领属；例④定语也是名词，表示限制；例⑤定语是形容词，表示修饰；例⑥定语是主谓词组，也表示限制。在《诗经》里，形容词做定语而中间加"之"的极为罕见。

（2）"○○ 者 △"式，如：

① 蜎蜎 者 蠋，烝在桑野。（《豳风·东山》）

295

② 翩翩 者 鵻，载飞载止。(《小雅·四牡》)
　——（　）——

③ 皇皇 者 华，于彼原隰。(《小雅·皇皇者华》)
　——（　）

④ 蓼蓼 者 莪，匪莪伊蒿。(《小雅·蓼莪》)
　——（　）

⑤ 裳裳 者 华，其叶湑兮。(《小雅·裳裳者华》)
　——（　）——

这类诗句的特点是定语只限于形容词，它们大都不是单独存在而是和后面的诗句合起来表示一个完整的意思，它们实际上只起主语的作用。这类诗句也可以做不同的分析。孔颖达《正义》的解释是："蜎蜎然者，桑中之蠋虫"(《东山》)；"翩翩然者，雏之鸟也"(《四牡》)；"煌煌然而光明者，是草木之华"(《皇皇者华》)；"蓼蓼然长大者，正是莪也"(《蓼莪》)；"彼堂堂然光明者，华也"(《裳裳者华》)。依照孔氏的解释，"○○者 △"是主谓结构，"○○者"是主语，后面的单音名词是谓语，不是偏正结构。

（3）"○○△ 斯"式，如：
　　　　（　）

① 湛湛露 斯，匪阳不晞。(《小雅·湛露》)
　——（　）

句末有语气词"斯"，定语"湛湛"和中心词"露"之间就不加"者"或"之"。《诗经》里这一句式只有一个例子。

3.定语是单音词，中心语是双音词。这一类又得五式：

（1）"（　）○△△"式，如：

296

① 朱芾斯皇，有玱 葱珩。(《小雅·采芑》)

② 谁其尸之，有齐 季女。(《召南·采蘋》)

③ 赫赫业业，有严 天子。(《大雅·常武》)

④ 思齐 大任，文王之母。(《大雅·思齐》)

⑤ 思文 后稷，克配彼天。(《周颂·思文》)

这类诗句的中心语都是双音词，定语都是单音形容词，表示修饰。"有""思"是助词。它们加在单音形容词前，增加形容词的描写性，使之相当于重言词的作用，音节上足成四字，这是《诗经》句式的要求。《古代汉语》把"有""思"看成形容词词头，"有玱""有冽""有齐""有严""思齐""思齐"就都是复音词而不是两个词了。

（2）"○ 彼 △△"式，如：
　─（ ）─

① 嘒 彼 小星，三五在东。(《召南·小星》)
　─（ ）──

② 毖 彼 泉水，亦流于淇。(《邶风·泉水》)
　─（ ）──

③ 髧 彼 两髦，实维我仪，(《鄘风·柏舟》)
　─（ ）──

④ 鴥 彼 晨风，郁彼北林。(《秦风·晨风》)
　─（ ）──

⑤ 沔 彼 流水，朝宗于海。(《小雅·沔水》)
　─（ ）──

⑥ 瑟 彼 玉瓒，黄流在中。(《大雅·旱麓》)
　─（ ）──

⑦ 翩 彼 飞鸮，集于泮林。(《鲁颂·泮水》)
　─（ ）──

⑧ 挞 彼 殷武，奋伐荆楚。(《商颂·殷武》)
　　—（　）—

以上偏正结构中的定语都是单音形容词，表示修饰。定语后面的"彼"似乎已失去指示代词的性质，而起一个衬字的作用，正像现代民歌往往在句中加上衬字"那"或"那个"一样。因此在结构分析上，"彼"当与定语相连而不是与中心语相连。

（3）"彼○△△"式，如：

① 彼 美孟姜，洵美且都。(《郑风·有女同车》)
② 彼 美淑姬，可与晤歌。(《陈风·东门之池》)

《诗经》里这类句式只有上列两例，"彼"是指示代词，与上一类不同，句子的层次也不相同。

（4）"○ 之 △△"式，如：
　—（　）—

① 公 之 媚子，从公于狩。(《秦风·驷驖》)
　—（　）—
② 乐只君子，民 之 父母。(《小雅·南山有台》)
　　　　　—（　）—
③ 商 之 孙子，其丽不亿。(《大雅·文王》)
　—（　）—
④ 商 之 先后，受命不殆。(《商颂·玄鸟》)
　—（　）—
⑤ 兽 之 所同，麀鹿麌麌。(《小雅·吉日》)
　—（　）—

上述偏正结构中例①至④的定语都是名词，表示领属关系，例⑤中心语是"所"字结构，定语"兽"实际上是行为的发动者。这类结构是诗的一句，但大都要和其他诗句合起来才表示一个完整的意思，它们只是充当主语（例①③④）或谓语（例②）。

（5）"○△△（　）"式，如：

① 云谁之思，<u>美孟姜</u> <u>矣</u> 。（《鄘风·桑中》）
　　　　　　 ——— （　）

② <u>彼 君子</u> <u>兮</u> ，不素餐兮。（《魏风·伐檀》）
　 ——— （　）

③ <u>彼 狡童</u> <u>兮</u> ，不与我言兮。（《郑风·狡童》）
　 ——— （　）

④ <u>彼 候人</u> <u>兮</u> ，何戈与祋。（《曹风·候人》）
　 ——— （　）

⑤ <u>彼 旐旒</u> <u>斯</u> ，胡不旆旆。（《小雅·出车》）
　 ——— （　）

这类诗句里，中心语是双音词，定语是单音的形容词或代词，表示修饰或限制关系，句末加语气词，足成四字，中间不加"之"。

4. 定语和中心语都是单音词。这类诗句为了满足四字的需要，通常还要加进两个别的成分。又可分为以下四个小类：

（1）二、四两字是实词，一、三两字是虚词，成为"（　）○（　）△"的句式。例如：

① 有杕 之 杜，其叶湑湑。（《小雅·杕杜》）
　—（　）—

② 有栈 之 车，行彼周道。（《小雅·何草不黄》）
　—（　）—

③ 有漼 者 渊，萑苇淠淠。（《小雅·小弁》）
　—（　）—

④ 有芃 者 狐，率彼幽草。（《小雅·何草不黄》）
　—（　）—

⑤ 有卷 者 阿，飘风自南。（《大雅·卷阿》）
　—（　）—

以上例①②是"有○之△"式，例③至⑦是"有○者△"式。大家知道，《诗经》里单音形容词前面加助词"有"，意义上与重言词相当。因此这两种句式与前面讨论过的"○○之△"或"○○者△"大体相当，不过结构层次不完全一致而已。

⑥ 彼茁 者 葭，壹发五豝。（《召南·驺虞》）
　—（　）—

⑦ 彼姝 者 子，何以畀之。（《鄘风·干旄》）
　—（　）—

⑧ 彼苍 者 天，歼我良人。（《秦风·黄鸟》）
　—（　）—

例⑥至⑧可以用"彼○者△"的公式表示，"彼"是指示代词，诗句的结构层次与前面所举的例句不同。

（2）一、三两字是实词，二、四两字是虚词，成为"○（　）△（　）"的句式。例如：

① 伯兮朅兮，邦 之 桀 兮。（《卫风·伯兮》）
　　　　　—（　）—（　）

② 展如之人兮，<u>邦 之 媛</u> 也 。(《鄘风·君子偕老》)
         —（ ）—（ ）

③ <u>玉 之 瑱</u> 也，<u>象 之 揥</u> 也。(《鄘风·君子偕老》)
 —（ ）—（ ） —（ ）—（ ）

④ <u>蓼 彼 萧</u> 斯，零露瀼兮。(《小雅·蓼萧》)
 —（ ）—（ ）

⑤ <u>弁 彼 鸒</u> 斯，归飞提提。(《小雅·小弁》)
 —（ ）—（ ）

⑥ <u>绿 兮 衣</u> 兮，绿衣黄里。(《邶风·绿衣》)
 —（ ）—（ ）

以上例句都是偏正结构加句末语气词。因为定语和中心语都是单音词，中间还要加进"之""彼"等字。例①②定语是名词，中间加"之"，表示领属关系。例③定语也是名词，中间加"之"，却是表示构成中心词所表事物的原料。"玉之瑱，象之揥"意即玉制的瑱，象牙制的揥。例④至⑤定语是形容词，表示修饰。指示代词"彼"已失去指代性而起一个衬字的作用。例⑥定语也是形容词，第一个"兮"字也只起凑足音节的作用。

（3）"○（ ）○△"式。例如：

① <u>彼 其 之 子</u>，不与我戍申。(《王风·扬之水》)

② <u>彼 其 之 子</u>，舍命不渝。(《郑风·羔裘》)

③ <u>彼 其 之 子</u>，三百赤芾。(《曹风·候人》)

《诗经》这类句式实际上只有"彼其之子"一句。《郑笺》：

"之子，是子也。……其或作记，或作己，读声相似。"按郑说，"彼"是人称代词，"其"是句中助词，"之"是指示代词。意思是"他那样的人"或"他们那样的人"。有的学者以为"彼、其、之"是代词复用①，处于相同的层次，就是：

彼　其　之　子

总之，这是《诗经》里比较特殊的句子，先秦其他典籍里极少见到，对其分析解释也各有不同。

（4）"○○△（　）"式。例如：

① 玼兮玼兮，其之翟 也。（《鄘风·君子偕老》）
　　　　　　　　（　）
② 瑳兮瑳兮，其之展 也。（《鄘风·君子偕老》）
　　　　　　　　（　）

句中中心语是单音名词，句末有语气词。定语"其"是人称代词，"之"是指示代词，它们处于不同的层次。《诗经》里这类词式只有两个例子。

二、谓词性偏正结构

这类诗句的主语部分往往承上文而省略，中心语为动词或形容词，状语通常表示修饰关系。但中心语是动词时，状

---

① 见裴学海《古今虚字集释》，卷五。

语可以是形容词、副词、名词、代词、助动词、介词结构等，而中心语是形容词时，状语限于形容词或副词。结构上又有五式：

1. "〇〇△△"式。中心语是双音动词或形容词。例如：

    ① 既见君子，庶几说怿。(《小雅·頍弁》)

    ② 羔裘逍遥，狐裘以朝。(《桧风·羔裘》)

    ③ 于时处处，于时庐旅，于时言言，于时语语。
(《大雅·公刘》)

    ④ 无然畔援，无然歆羡。(《大雅·皇矣》)

    ⑤ 彼旟旐斯，胡不旆旆。(《小雅·出车》)

    ⑥ 乐只君子，遐不眉寿。(《小雅·南山有台》)

例①"庶几说怿"，状语"庶几"是副词；例②"羔裘逍遥"，状语"羔裘"是名词，意即穿着羔裘悠闲自得；例③"于时处处"四句，状语"于时"是介词结构。例④至⑥有两个层次。例④"无"做状语修饰"然畔援""然歆羡"是第一层次；代词"然"做状语修饰动词"畔援""歆羡"是第二层次。例⑤代词"胡"修饰"不旆旆"是第一层次，"不"又修饰中心语"旆旆"是第二层次。例⑥"遐不眉寿"层次与例⑤同。

2. "〇〇〇△"式。前三字是状语，第四字是中心语，可以有不同的层次，中心语可以是动词，也可以是形容词。

例如：

① <u>肃肃</u> <u>宵征</u>，抱衾与裯。(《召南·小星》)

② <u>厌厌</u> <u>夜饮</u>，不醉无归。(《小雅·湛露》)

③ 我徂东山，<u>慆慆</u> <u>不归</u>。(《豳风·东山》)

④ 终风且霾，<u>惠然</u> <u>肯来</u>。(《邶风·终风》)

⑤ 好人提提，<u>宛然</u> <u>左辟</u>。(《魏风·葛履》)

⑥ <u>夙夜</u> <u>匪解</u>，以事一人。(《大雅·烝民》)

⑦ <u>邂逅</u> <u>相遇</u>，适我愿兮。(《郑风·野有蔓草》)

⑧ 人而无礼，胡不 <u>遄死</u>。(《鄘风·相鼠》)

⑨ 以尔车 <u>来</u>，以我贿 <u>迁</u>。(《卫风·氓》)

⑩ 彼谮人者，<u>亦已大甚</u>。(《小雅·巷伯》)

⑪ <u>无已大康</u>，职思其居。(《唐风·蟋蟀》)

以上例①至⑨中心语是动词，例⑩⑪中心语是形容词。
例①至⑦可分两个层次，前二字为状语，后二字为中心
语，是第一层次。其中状语有形容词（例①至⑤）、名
词（例⑥）和动词（例⑦）。中心部分又为偏正结构，其
中心词是单音动词，状语有名词（例①②）、副词（例

③⑥⑦）、助动词（例④）和方位词（例⑤），这是第二层次。例⑧"胡不遄死"有三个层次，疑问代词"胡"修饰"不遄死"是第一层次，"不"修饰"遄死"是第二层次，"遄"又修饰中心词"死"是第三层次。例⑨两句都只有一个层次。"以尔车""以我贿"是介词结构做状语，动词"来""迁"是中心语。例⑩"亦已大甚"有两个层次。副词"亦"修饰"已大甚"是第一层次，"已大"二字平列修饰中心词"甚"是第二层次。例⑪"无已大康"结构层次与例⑩同。

3."○○△（　）"式。中心语是单音动词或形容词，句末有语气词，状语是双音词或两个单音词。结构层次可以不同。例如：

① 未几见兮，<u>突而弁</u> 兮。（《齐风·甫田》）
　　　　　　 （　）

② 翩翩者鵻，<u>烝然来</u> 思。（《小雅·南有嘉鱼》）
　　　　　　 （　）

③ 汉有游女，<u>不可求</u> 思。（《周南·汉广》）
　　　　　　 （　）

④ 女之耽兮，<u>不可说</u> 也。（《卫风·氓》）
　　　　　　 （　）

⑤ 人无兄弟，<u>胡不佽</u> 焉。（《唐风·杕杜》）
　　　　　　 （　）

⑥ <u>猗嗟昌</u> 兮，<u>颀而长</u> 兮。（《齐风·猗嗟》）
　（　）　　　 （　）

例①至⑤中心语是动词，例⑥中心语是形容词。例①"突而弁兮"、例②"烝然来思"，状语"突而""烝然"是形容

词，修饰中心语"弁"和"来"，是一个层次。例③至⑤
有两个层次，例③"不可求思"、例④"不可说也"，"不"
做状语修饰"可求"或"可说"，是第一层次；动词"求"和
"说"又受"可"的修饰，是第二层次。例⑤也是两个层次。
"胡"做状语修饰"不饮"是第一层次，"不"又修饰"饮"
是第二层次。例⑥结构层次与例①②同，中心语"长"受
"顾而"的修饰，不同的只是中心语词性不一样。句末语气词
"兮""思""也""焉"不做句子成分分析。

4. "○（ ）△（ ）"式。一、三两字是实词，句末有
语气词，中心词可以是动词或形容词。例如：

① 宛其死 矣，他人是愉。(《唐风·山有枢》)
　—( )—( )
② 嘤其鸣 矣，求其友声。(《小雅·伐木》)
　—( )—( )
③ 溱与洧，浏其清 矣。(《郑风·溱洧》)
　　　　　—( )—( )
④ 中谷有蓷，暵其干 矣。(《王风·中谷有蓷》)
　　　　　—( )—( )

这类诗句只有"○其△矣"一个形式，单音形容词加"其"
做状语，例①②中心语是动词，例③④中心语是形容词。

5. "（ ）○（ ）△"式。二、四两字是实词，一、三
两字是虚词，中心语都是形容词。例如：

① 哀我人斯，亦 孔 之 将。(《豳风·破斧》)
　　　　　　( )—( )—

② 天保定尔, 亦 孔 之 固。(《小雅·天保》)
      ( )—( )—

③ 日有食之, 亦 孔 之 丑。(《小雅·十月之交》)
     ( )—( )—

④ 潜虽伏矣, 亦 孔 之 炤。(《小雅·正月》)
     ( )—( )—

以上诗句, 都是"亦孔之△"的结构。在古代汉语里, 偏正结构的中心词如果是形容词, 状语和中心词之间一般不加"之"字。上述诗句中心词是形容词, 状语是"孔", 中间加"之"是《诗经》里特有的格式。句首"亦"字有加强语气的作用。

除上述五种句式外, 还有以下一些句子:

① 临其穴, 惴惴 其 慄。(《秦风·黄鸟》)
     ( )

② 不绩其麻, 市 也 婆娑。(《陈风·东门之枌》)
      ( )

③ 我仆痡矣, 云 何 吁 矣。(《周南·卷耳》)
     ( )——( )

例①"惴惴其慄"是"○○( )△"式, 例②"市也婆娑"是"○( )△△"式, 例③"云何吁矣"是"( )○△( )"式。这些句式在《诗经》里都只有个别的例子, 我们不详细讨论了。

乙、主谓结构

《诗经》有的诗句是主谓结构, 具备主语谓语两部分, 能够表达一个完整的意思。这类结构的主语可以是名词、代词、数词、动词、偏正词组或动宾词组。例如:

① 父兮生我，母兮鞠我。(《小雅·蓼莪》)

② 谁谓尔无羊，三百维群。(《小雅·无羊》)

③ 隰桑有阿，其叶有难。(《小雅·隰桑》)

④ 蓺麻如之何，衡从其亩。(《齐风·南山》)

例①主语"父""母"是名词；例②主语"谁"是代词，"三百"是数词；例③主语是"隰桑""其叶"是偏正词组；例④主语"蓺麻"是动宾词组。

根据谓语的性质，主谓结构可分为三类：

一、动词谓语

谓语是动词时，大都表示一种叙述，又有三种情况：

1. 主语 + 动词。大多数诗句的主语是行为的施动者。动词如果是单音词，通常要带状语或句末语气词。例如：

① 我马瘏矣，我仆痡矣。(《周南·卷耳》)

② 鸡既鸣矣，朝既盈矣。(《齐风·鸡鸣》)

③ 鸟乃去矣，后稷呱矣。(《大雅·生民》)

④ 昔我往矣，黍稷方华。(《小雅·出车》)

⑤ 后稷不克，上帝不临。(《大雅·云汉》)

上述例句主语都是行为的发动者，谓语是单音动词，句末有语气词"矣"，或句中有"既""乃""方""不"等副词。

少数句子的主语可以是受动者。例如：

> ① 我躬不阅，遑恤我后。(《邶风·谷风》)
> ② 清酒既载，骍牡既备。(《大雅·旱麓》)
> ③ 既醉以酒，尔殽既将。(《大雅·既醉》)
> ④ 上下奠瘗，靡神不宗。(《大雅·云汉》)
> ⑤ 既备乃奏，箫管备举。(《周颂·有瞽》)

上列诗句都没有表示被动意义的语法标志，不算被动式。但是例①我身不被容纳，例②清酒的陈设、骍牡的准备，例③菜殽的奉献，例④神明的尊敬，例⑤箫管的举起，都是别人加给主语的行为，因而都是表示被动的意义。

2. 主语＋谓语＋补语。例如：

> ① 或降于阿，或饮于池。(《小雅·无羊》)
> ② 我入自外，室人交遍谪我。(《邶风·北门》)
> ③ 我行其野，蔽芾其樗。(《小雅·我行其野》)
> ④ 虫飞薨薨，甘与子同梦。(《齐风·鸡鸣》)
> ⑤ 风雨凄凄，鸡鸣喈喈。(《郑风·风雨》)

例①②是介词结构做补语，表示处所；例③"其野"也是处所补语，介词"于"省去；例④⑤"薨薨""喈喈"是重言词做补语，表示声音。由于《诗经》四字句的限制，这类结构里的主语和谓语都是单音词。

3. 主语 + 谓语 + 宾语。句中有时可以带状语，宾语可以表示不同的意义。例如：

① 鸤鸠在桑，其子在梅。（《曹风·鸤鸠》）
② 淇则有岸，隰则有泮。（《卫风·氓》）
③ 父兮生我，母兮鞠我。（《小雅·蓼莪》）
④ 伯氏吹埙，仲氏吹篪。（《小雅·何人斯》）
⑤ 高岸为谷，深谷为陵。（《小雅·十月之交）》
⑥ 我图尔居，莫如南土。（《大雅·崧高》）
⑦ 五月斯螽动股，六月莎鸡振羽。（《豳风·七月》）
⑧ 烈烈征师，召伯成之。（《小雅·黍苗》）
⑨ 女曰鸡鸣，士曰昧旦。（《郑风·女曰鸡鸣》）

例①宾语"桑""梅"表示处所；例②宾语"岸""泮"表示存在的事物；例③宾语"我"表示行为的对象；例④宾语"埙""篪"表示行为的工具；例⑤宾语"谷""陵"表示变化的结果；例⑥宾语"南土"表示相比较的事物；例⑦表示使动，宾语"股""羽"实际上是行为的主体；例⑧宾语"之"是指代前述的事物；例⑨"鸡鸣""昧旦"是陈述的内容。上古汉语里，主谓句可以同时带宾语和补语，《诗经》四字句容量有限，没有这种较为复杂的结构。

主语和谓语之间有时可以加助词"之"，这样就取消了主谓结构的独立性而以分句的身份出现，总是与别的诗句合起来表示一个完整的意思。"之"通常在前一分句里，也可以两个分句里都有，往往还有凑足诗句四个音节的作用。例如：

① 人之无良，我以为兄。(《鄘风·鹑之奔奔》)

② 日之夕矣，羊牛下来。(《王风·君子于役》)

③ 天之生我，我辰安在。(《小雅·小弁》)

④ 心之忧矣，我歌且谣。(《魏风·园有桃》)

⑤ 神之吊矣，诒尔多福。(《小雅·天保》)

⑥ 民之初生，自土沮漆。(《大雅·绵》)

⑦ 神之格思，不可度思。(《大雅·抑》)

⑧ 天之牖民，如壎如篪。(《大雅·板》)

⑨ 人之云亡，心之忧矣。(《大雅·瞻卬》)

⑩ 人之云亡，心之悲矣。(《大雅·瞻卬》)

以上例①至⑧两个诗句中只有前一诗句的主谓之间有"之"，其中例①②③两个诗句有不同的主语，例④至⑧两个诗句是同一个主语，例④主语在后一诗句出现，其余主语在前一诗句出现。例⑨⑩两句主谓之间都带"之"，意义上两句有因果关系。

主谓句也有谓语在前，主语在后的，如:《大雅·崧高》五章:"往近王舅，南土是保。"陈奂《传疏》:"往近王舅，言王舅往耳。"

二、形容词谓语

形容词谓语大都用以描写事物的性质、状态或声音。如果谓语是双音词，一般就不再带别的成分;如果谓语是单音词，就往往还带有状语或语气词，以满足诗句四字的格式。例如：

① 南山崔崔，雄狐绥绥。(《齐风·南山》)

② 四牡骓骓，周道倭迟。(《小雅·四牡》)

③ 觏闵既多，受侮不少。(《邶风·柏舟》)

④ 其室则迩，其人甚远。(《郑风·东门之墠》)

⑤ 羔裘晏兮，三英粲兮。(《郑风·羔裘》)

⑥ 东方明矣，朝既昌矣。(《齐风·鸡鸣》)

⑦ 荼蓼朽止，黍稷茂止。(《周颂·良耜》)

以上例①②谓语是双音形容词；例③④谓语是单音形容词加状语；例⑤至⑦谓语是单音形容词，句末有语气词"兮""矣""止"。

数词的语法特点和形容词不完全相同，不能带状语和补语，但是数词也可以做谓语，带有描写的性质。例如：

① 騋牝三千。(《鄘风·定之方中》)

② 摽有梅，其实七兮。(《召南·摽有梅》)

③ 葛屦五两，冠緌双止。(《齐风·南山》)

④ 鸤鸠在桑，其子七兮。(《曹风·鸤鸠》)

⑤ 方叔涖止，其车三千。(《小雅·采芑》)

例①⑤是复合数词"三千"做谓语，例②③④是单音数词做谓语，加句末语气词"兮"或"止"。此外形容词谓语句也和动词谓语句一样，主谓之间可以加"之"，使之以分句的身份出现。例如：

> ① 子之清扬，扬且之颜也。(《鄘风·君子偕老》)
>
> ② 子之丰兮，俟我乎巷兮。(《郑风·丰》)
>
> ③ 道之云远，我劳如何。(《小雅·绵蛮》)
>
> ④ 桃之夭夭，其叶蓁蓁。(《周南·桃夭》)
>
> ⑤ 鹑之奔奔，鹊之彊彊。(《鄘风·鹑之奔奔》)
>
> ⑥ 辞之辑矣，民之洽矣。(《大雅·板》)

以上各例都是由两个诗句组成一个复句。例①②两个诗句主语相同；例③④两个诗句主语不同，"之"在前一诗句里出现；例⑤⑥"之"同时出现在两个诗句里。

三、名词谓语

名词谓语大都表示判断，主语和谓语之间有同一、领属或包含的关系。《诗经》名词谓语句有以下三种句式：

1. 主谓之间没有停顿，用语气词煞尾。例如：

> ① 蒙彼绉绤，是绁袢也。(《鄘风·君子偕老》)
>
> ② 悠悠苍天，此何人哉？(《王风·黍离》)
>
> ③ 彼何人斯，其心孔艰。(《小雅·何人斯》)

例①"是继祥也"是判断句，以"也"煞尾；例②"此何人哉"是反问句，以"哉"煞尾；例③"彼何人斯"是疑问句，以"斯"煞尾。在上古汉语里，判断主要用"……者，……也"或"……，……也"的句式表示，《诗经》受四字格式和押韵的限制，一般却不用上述两种句型。

2. 主谓之间没有停顾，句末也不用语气词。例如：

① 敝笱在梁，其鱼鲂鳏。(《齐风·敝笱》)

② 两服上襄，两骖雁行。(《郑风·大叔于田》)

③ 祈父，予王之爪牙。(《小雅·祈父》)

④ 皇父卿士，番维司徒。(《小雅·十月之交》)

⑤ 戎虽小子，而式弘大。(《大雅·民劳》)

⑥ 今夕何夕？见此良人。(《唐风·绸缪》)

以上都是名词做谓语的主谓结构。例①"其鱼鲂鳏"，例②"两服上襄"，例③"予王之爪牙"，例④"皇父卿士"，例⑤"戎虽小子"，都是肯定句，判断一个事实。例⑥"今夕何夕"是疑问句，询问一个事实。它们都以分句的身份出现，要和上下诗句合起来读，意思才更完备。

3. 主谓之间加"维"或"伊"帮助判断，句末不用语气词。例如：

① 谭公维私。(《卫风·硕人》)

② 乐彼之园，爰有树檀，其下维萚。(《小雅·鹤鸣》)

③永言孝思，孝思维则。(《大雅·下武》)

④价人维藩，大师维垣，大邦维屏，大宗维翰。(《大雅·板》)

⑤其带伊丝，其弁伊骐。(《小雅·鸤鸠》)

⑥其馌伊黍，其笠伊纠。(《周颂·良耜》)

⑦皇父卿士，番维司徒。家伯维宰，仲允膳夫。棸子内史，蹶维趣马，楀维师氏。(《小雅·十月之交》)

以上例①至④句中用"维"，例⑤⑥句中用"伊"。意义上例④表示比喻，其余表示判断。这类名词谓语句是《诗经》里用得最多的。但句中是否用"维"或"伊"，并无定式，主要看诗句的字数。如例⑦"皇父卿士""仲允膳夫""棸子内史"，主谓都是双音词，四字已足，不再加"维"字；"番维司徒""蹶维趣马""楀维师氏"主语都是单音词，"家伯维宰"谓语是单音词，就加"维"以足成四字。

《诗经》句式以四字为主，如果名词谓语句的主语和谓语部分都比较复杂，通常就把主语部分和谓语部分分为两个诗句。例如：

①窈窕淑女，君子好逑。(《周南·关雎》)

②思齐大任，文王之母。(《大雅·思齐》)

③展如之人兮，邦之媛也。(《鄘风·君子偕老》)

④尹氏大师，维周之氏。(《小雅·节南山》)

⑤丰水东注，维禹之绩。(《大雅·文王有声》)

以上例子都是两个诗句合为一个判断，前一诗句是主语部分，后一诗句是谓语部分。例①②不用语气词，例③用句末语气词"也"，例④⑤用句中助词"维"帮助判断。

否定的名词谓语句《诗经》里大都用"匪"表示，只有极个别的例子用"非"。例如：

> ① 我心匪石，不可转也。我心匪席，不可卷也。（《邶风·柏舟》）
> ② 岂伊异人，兄弟匪他。（《小雅·頍弁》）
> ③ 溥天之下，莫非王土；率土之滨，莫非王臣。（《小雅·北山》）

"匪"与"非"音义全同。先秦典籍中，否定的判断句大都用"非"，《诗经》却一般用"匪"，用"非"的只有上面所举《北山》的两个例子。此外，《诗经》里还有少数名词谓语句并不表示判断。例如：

> ① 鲂鱼赪尾，王室如燬。（《周南·汝坟》）
> ② 羔裘豹祛，自我人居居。（《唐风·羔裘》）
> ③ 牂羊坟首，三星在罶。（《小雅·苕之华》）

例①"鲂鱼赪尾"、例②"羔裘豹祛"、例③"牂羊坟首"，都是体词性偏正词组做谓语，但"赪尾"是描写鲂鱼的状貌，"豹祛"是描写羔裘的状貌，"坟首"是描写牂羊的状貌。它们都是描写句而不是判断句。

第四节 动宾、动补、介宾、连动、兼语、紧缩
——《诗经》句式之三

这是构成《诗经》句子的六种结构，我们放在一节里讨论。由于四字格式的限制，它们的主语往往省略，有的要和上下诗句合在一起才表示一个完整的意思，但它们音节上都是独立的，不失为一个诗句。

甲、动宾结构

动宾结构由动词加宾语构成，一般宾语在动词后面。宾语可以是一个（单宾语），也可以是两个（双宾语）；结构上可以是词、词组或句子形式，都不大复杂。

一、单宾语

单宾语又可分为体词性宾语和谓语性宾语两类。体词性宾语由体词或体词性词组构成，从意义上看有以下七种情况：

1.表示受事者，即宾语是行为所及的对象。例如：

① 薄汙我私，薄澣我衣。(《周南·葛覃》)

② 肃肃宵征，抱衾与裯。(《召南·小星》)

③ 不见子都，乃见狂且。(《郑风·山有扶苏》)

④ 遹求厥宁，遹观厥成。(《大雅·文王有声》)

⑤ 率时农夫，播厥百谷。(《周颂·噫嘻》)

例①"私"是"汙"(搓洗)的对象,"衣"是"澣"的对象。例②"衾与裯"是"抱"的对象,如类推。

2. 表示行为的结果。例如:

> ① 吉蠲为饎,是用孝享。(《小雅·天保》)
>
> ② 它山之石,可以为错。(《小雅·鹤鸣》)
>
> ③ 似续妣祖,筑室百堵。(《小雅·斯干》)
>
> ④ 作召公考,天子万寿。(《大雅·江汉》)
>
> ⑤ 虽曰匪予,既作尔歌。(《大雅·桑柔》)

例①的"饎"(酒食),例②的"错"(磨石),都是"为"(制造)的成果;例③百堵之"室",是"筑"的结果;例④的"考"(簋),例⑤的"歌",都是"作"(制作)的产品。

3. 表示存在或领有的事物。例如:

> ① 有美一人,婉如清扬。(《郑风·野有蔓草》)
>
> ② 乐彼之园,爰有树檀。(《小雅·鹤鸣》)
>
> ③ 大无信也,不知命也。(《鄘风·蝃蝀》)
>
> ④ 岂无膏沐,谁适为容。(《卫风·伯兮》)
>
> ⑤ 洵有情兮,而无望兮。(《陈风·宛丘》)

动词"有"表示"领有"或"存在"两种意义,"无"是"有"的反面。例①"有美一人"、例②"爰有树檀"中的"美一人""树檀"都是存在的事物;例③"大无信也",

"信"是不存在的事物；例④中的"膏沐"，例⑤中的"情"和"望"则是表示领有的事物。

4. 表示行为到达或离开的处所。例如：

① 陟彼崔嵬，我马虺隤。(《周南·卷耳》)
② 乘彼垝垣，以望复关。(《卫风·氓》)
③ 言旋言归，复我邦族。(《小雅·黄鸟》)
④ 何斯违斯，莫敢或遑。(《召南·殷其雷》)

例①"崔嵬"、例②"垝垣"、例③"邦族"都指所要到达的地方，例④第二个"斯"是指离开的地方。

5. 使动和意动宾语。例如：

① 展矣君子，实劳我心。(《邶风·雄雉》)
② 宜尔室家，乐尔妻帑。(《小雅·常棣》)
③ 采荼薪樗，食我农夫。(《豳风·七月》)
④ 立我烝民，莫匪尔极。(《周颂·思文》)
⑤ 嘉我未老，鲜我方将。(《小雅·北山》)
⑥ 毋金玉尔音，而有遐心。(《小雅·白驹》)

以上例①至④是使动用法，不是行为及于宾语所代表的人物，而是使宾语所代表的人物发出某种行为。例①"实劳我心"意思是使我心劳苦；例②两句意思是使你家庭和睦，使你妻子快乐；例③"食我农夫"意思是让我农奴们吃；例

④"立我烝民"意思是让我们老百姓有饭吃。例⑤⑥是意动用法。例⑤"嘉""鲜"是形容词用作动词，两句意思是以我未老为美好，以我还强壮为难得；例⑥"金玉"是名词用作动词，"毋金玉尔音"意即不要把你的声音当成金玉一样宝贵（不要珍惜你的教言）。

6. 表示行为的主体。例如：

> ① 其雨其雨，杲杲出日。(《卫风·伯兮》)
> ② 八月其穫，十月陨蘀。(《豳风·七月》)
> ③ 既破我斧，又缺我斨。(《豳风·破斧》)

例①"出"的主体是"日"；例②"陨"的主体是"蘀"；例③"破"的主体是"斧"，"缺"的主体是"斨"。

7. 表示主语与之相似的事物。例如：

> ① 大邦有子，俔天之妹。(《大雅·大明》)
> ② 胡然而天也，胡然而帝也。(《鄘风·君子偕老》)

例①"俔天之妹"意思是〔大邦之女〕好像天的妹；例②两句的意思是〔品德不好的宣姜〕为什么像上天那样高贵，像上帝那样尊荣。都是表示主语与宾语所代表的事物有某些类似的特点。

动宾结构中的谓词性宾语大都由动词词组充当，动词限于"曰""知""谓""如""畏""悔""乐"等。例如：

① 借曰未知，亦既抱子。(《大雅·抑》)

② 虽曰匪予，既作尔歌。(《大雅·桑柔》)

③ 知子之来之，杂佩以赠之。(《郑风·女曰鸡鸣》)

④ 维此哲人，谓我劬劳。(《小雅·鸿雁》)

⑤ 如竹苞矣，如松茂矣。(《小雅·斯干》)

⑥ 岂不尔思，畏子不敢。(《王风·大车》)

⑦ 俟我乎巷兮，悔予不送兮。(《郑风·丰》)

⑧ 夭之沃沃，乐子之无知。(《桧风·隰有苌楚》)

例①"借曰未知"，宾语"未知"是偏正词组；例②"虽曰匪予"，宾语"匪予"是动宾词组；例③"知子之来之"、例④"谓我劬劳"、例⑤"如竹苞矣，如松茂矣"、例⑥"畏子不敢"、例⑦"悔予不送兮"、例⑧"乐子之无知"，动句宾语都是主谓词组。由于谓词性宾语本身比较复杂，这类诗句的结构层次也往往要多一些。

二、双宾语

双宾语是指一个动词带有两个宾语，一个指物，叫直接宾语，一个指人，叫间接宾语。通常的位置是间接宾语在前，直接宾语在后。《诗经》里这类结构的动词大都是单音词，表示给予、取得、教导、询问、称谓等意义。例如：

① 有洸有溃，既诒我肄。(《邶风·谷风》)

② 既见君子，锡我百朋。(《小雅·菁菁者莪》)

③ 贻我来牟，帝命率育。(《周颂·思文》)

④ 既载清酤，赉我思成。(《商颂·烈祖》)

⑤ 降尔遐福，维日不足。(《小雅·天保》)

⑥ 谁能亨鱼，溉之釜鬵。(《桧风·匪风》)

⑦ 或肆之筵，或授之几。(《大雅·行苇》)

⑧ 是生后稷，降之百福。(《鲁颂·閟宫》)

例①"既诒我肄"、例②"锡我百朋"、例③"贻我来牟"、例④"赉我思成"，间接宾语都是"我"；例⑤"降尔遐福"，间接宾语是"尔"；例⑥"溉之釜鬵"、例⑦"或肆之筵，或授之几"、例⑧"降之百福"，间接宾语都是"之"，位置在直接宾语之前。《诗经》里也有个别例子，因为押韵需要，把直接宾语放在前面，间接宾语放在后面的。例如：

君子万年，永锡祚胤。(《大雅·既醉》)

《毛传》："胤，嗣也。"陈奂《传疏》："永锡祚胤，言长予子孙以福禄也。""胤"(子孙、后裔)是间接宾语，与"壶"押韵，所以放在直接宾语"祚"的后面。直接宾语是疑问代词时，通常要移到句首。例如：

① 君子来朝，何锡予之。(《小雅·采菽》)

② 又何予之，玄衮及黼。(《小雅·采菽》)

"何锡予之"就是赐给他什么，"又何予之"就是又给他什么。"何"是宾语，移居动词前面。下面两个句子形式上与双宾语一样，意义却有所不同：

① 蓺之荏菽，荏菽旆旆。(《大雅·生民》)
② 茀厥丰草，种之黄茂。(《大雅·生民》)

例①"蓺之荏菽"、例②"种之黄茂"，句中"荏菽""黄茂"是动词"蓺"和"种"的直接宾语，置于句末，"之"字处于间接宾语的位置，却是指代行为发生的处所而不是指人。《诗经》里这种句子比较特殊而少见。

乙、动补结构

动补结构由动词加补语构成。动词后面可以带宾语，也可以不带宾语；补语可以是形容词，也可以是介词结构。

1. 形容词做补语，大都是补充描写行为的状态。例如：

① 言笑晏晏，信誓旦旦。(《卫风·氓》)
② 载驱薄薄，簟茀朱鞹。(《齐风·载驱》)
③ 驾彼四骆，载骤骎骎。(《小雅·四牡》)
④ 伐鼓渊渊，振旅阗阗。(《小雅·采芑》)
⑤ 伐木许许，酾酒有藇。(《小雅·伐木》)
⑥ 捄之陾陾，度之薨薨。筑之登登，削屡冯冯。
(《大雅·绵》)

⑦ 穮之挃挃，积之栗栗。(《周颂·良耜》)

这类例句的补语绝大多数是重言形容词，用以描写行为的状态或声音。如果把补语移到动词前面，结构上成了状语，句意却基本上没有改变。例①"言笑晏晏，信誓旦旦"等于说"晏晏言笑，旦旦信誓"；例②"载驱薄薄"等于说"薄薄载驱"；例③"载骤骎骎"等于说"骎骎载骤"；等等。形容词放在动词后面，也往往是为了押韵。

2. 介词结构做补语，表示处所、对象、工具、凭借或在被动句中表示行为的施动者。

（1）表处所，介词用"于""乎"或"自"。例如：

① 肃肃兔罝，施于中逵。(《周南·兔罝》)

② 葛之覃兮，施于中谷。(《周南·葛覃》)

③ 期我乎桑中，要我乎上宫，送我乎淇之上矣。
(《鄘风·桑中》)

④ 出自幽谷，迁于乔木。(《小雅·伐木》)

⑤ 行归于周，万民所望。(《小雅·都人士》)

⑥ 赋政于外，四方爰发。(《大雅·烝民》)

例①②补语"于××"、例③补语"乎××"表示行为发生的所在，可译为"在××"。例④"出自幽谷"补语"自幽谷"表示行为所从；例⑤⑥及例④"迁于乔木"中，补语"于××"表示行为所至，可以译为"到××"。表示行为所在的处所补语有时可以省去介词"于"。例如：

> ① 坎坎伐檀兮，寘之河之干兮。(《魏风·伐檀》)
> ② 诞寘之隘巷，牛羊腓字之。(《大雅·生民》)
> ③ 乃生男子，载寝之床。(《小雅·斯干》)
> ④ 思皇多士，生此王国。(《大雅·文王》)
> ⑤ 天子命我，城彼朔方。(《小雅·出车》)
> ⑥ 有栈之车，行彼周道。(《小雅·何草不黄》)

例①"寘之河之干兮"、例②"诞寘之隘巷"、例③"载寝之床"，都有宾语"之"；例④"生此王国"、例⑤"城彼朔方"、例⑥"行彼周道"，都不带宾语。动词或宾语后面的词语是处所补语，介词"于"省去。王引之以为《伐檀》篇的"之"等于"诸"，这是一种说法。但例④至⑥并没有代词"之"做宾语，就无法用"之""诸"通用的说法来解释了。此外还有下面的例子：

> ① 其在于今，兴迷乱于政。(《大雅·抑》)
> ② 颠覆厥德，荒湛于酒。(《大雅·抑》)

"政"和"酒"都不是处所名称，但"兴迷乱于政"直译是"在政治上尽都昏庸混乱"，"荒湛于酒"直译是"在饮酒中沉溺淫乱"，"于政""于酒"也应属于处所补语的范围。例①"其在于今"的"于今"却是介词结构做"在"的补语，表示时间。

（2）表对象，用介词"于"。例如：

> ① 云不可使，得罪于天子。（《小雅·雨无正》）
> ② 不愧于人，不畏于天。（《小雅·何人斯》）
> ③ 维君子命，媚于庶人。（《大雅·卷阿》）
> ④ 刑于寡妻，至于兄弟，以御于家邦。（《大雅·思齐》）
> ⑤ 以其介圭，入觐于王。（《大雅·韩奕》）
> ⑥ 命于下国，封建厥福。（《商颂·殷武》）

以上例句的补语都表示行为的对象，补语里的名词大都指人。介词"于"，有的可译为"对"，如例②"不愧于人，不畏于天"，可译为"对人问心无愧，对天无所畏惧"。大多数不必译出，如例①"得罪于天子"直译就是"得罪天子"；例③"媚于庶人"直译是"亲爱庶人"；例④"刑于寡妻"直译是"用礼法对待嫡妻"，"以御于家邦"就是"治理国家"；例⑤"入觐于王"直译是"入朝觐见周王"；例⑥"命于下国"就是"命令天下各国"。

（3）表示工具或行为的根据，介词用"以"。例如：

> ① 投我以木瓜，报之以琼琚。（《卫风·木瓜》）
> ② 麾之以肱，毕来既升。（《小雅·无羊》）
> ③ 祭以清酒，从以骍牡。（《小雅·信南山》）
> ④ 酌以大斗，以祈黄耇。（《大雅·行苇》）

⑤ 绥我眉寿，介以繁祉。(《周颂·雝》)

⑥ 揆之以日，作于楚室。(《鄘风·定之方中》)

例①至⑥补语"以……"都是表示行为的工具。例①两句可译为"他用木瓜投赠我，我用琼琚报答他"，例②"麾之以肱"可以译为"用手臂指挥它"，例③"祭以清酒"可以译为"用清酒祭祀"，例④"酌以大斗"可以译为"用大斗酌酒"，例⑤"介以繁祉"可译为"用许多福祉帮助我"。例⑥补语"以日"表示行为的根据或凭借，"揆之以日"就是"根据（或凭借）日晷测定方位"，这是古人营建宫室时要做的准备工作。这类介词结构也可以移到动词前面做状语，这里后置是为了"日""室"可以押韵。

（4）在被动句中引出施动者，介词用"于"。例如：

① 忧心悄悄，愠于群小。(《邶风·柏舟》)

② 不显不承，无射于人斯。(《周颂·清庙》)

例①"愠于群小"，《正义》以为主动句，"言仁人忧心悄悄然，而怨此群小人在于君侧者也"。《集传》以为被动句，"言见怒于众妾也"。按：此与《离骚》"众女嫉余之蛾眉兮"句意相近，所以下文接着说"觏闵既多，受侮不少"。《集传》的解释更合诗意。例②"无射于人斯"，《毛传》："不见厌于人矣。"意思是多士大显文王之德，大承文王之意，不被人们所厌弃。

形容词做谓语，介词结构做补语的述补结构，《诗经》里只有个别的例子。如《魏风·汾沮洳》：

> 美无度，殊异乎公路。
> 美如英，殊异乎公行。
> 美如玉，殊异乎公族。

这是比较两者的差异，属于比较句的范围。

丙、介宾结构

《诗经》有些诗句只是一个介宾结构，表示处所、范围、时间、工具或对象。它们大都和前后诗句合起来表示一个完整的意思。谓语省略或在前后诗句里出现，只有少数介宾结构本身可以做谓语。下面分别举例进行讨论：

> ① 于以采藻，于彼行潦。（《召南·采蘋》）
> ② 于以求之，于林之下。（《邶风·击鼓》）
> ③ 薄言采芑，于彼新田，于此菑亩。（《小雅·采芑》）
> ④ 凤皇鸣矣，于彼高冈。（《大雅·卷阿》）
> ⑤ 致天之届，于牧之野。（《鲁颂·閟宫》）
> ⑥ 振鹭于飞，于彼西雝。（《周颂·振鹭》）

例①"于彼行潦"、例②"于林之下"、例③"于彼新田，于此菑亩"、例④"于彼高冈"、例⑤"于牧之野"、例

⑥ "于彼西雝"，都是介宾结构独立成为一个诗句，表示行为发生的所在，介词用"于"，动词在前一诗句里出现。

⑦ 自天子所，谓我来矣。(《小雅·出车》)

⑧ 自彼殷商，来嫁于周。(《大雅·大明》)

⑨ 自彼氐羌，莫敢不来享。(《商颂·殷武》)

以上介宾结构表示行为发生所从或范围，介词用"自"。例⑦"自天子所"、例⑧"自彼殷商"表示行为所从；例⑨"自彼氐羌"表示行为发生的范围，意思是"从遥远的氐羌直到中国"。

⑩ 自我徂尔，三岁食贫。(《卫风·氓》)

⑪ 自伯之东，首如飞蓬。(《卫风·伯兮》)

⑫ 自我不见，于今三年。(《豳风·东山》)

⑬ 自彼成康，奄有四方。(《周颂·执竞》)

⑭ 迨我暇矣，饮此湑矣。(《小雅·伐木》)

⑮ 迨天之未阴雨，彻彼桑土。(《豳风·鸱鸮》)

以上介宾结构表示行为发生的时间。例⑩至⑬表示从某一时间开始，介词用"自"。其中例⑩"自我徂尔"、例⑪"自伯之东"、例⑫"自我不见"，介词宾语都是主谓词组；例⑬"自彼成康"，介词宾语是偏正词组。例⑭⑮表示利用某一时机，介词用"迨"。例⑭"迨我暇矣"、例⑮"迨天之未阴雨"，介词宾语都是主谓词组。

⑯ 以我覃耜，俶载南亩。(《小雅·大田》)

⑰ 以其介圭，入觐于王。(《大雅·韩奕》)

以上介宾结构表示工具，介词用"以"。它们都是和另一诗句合起来表示一个完整的意思。

⑱ 禴祠烝尝，于公先王。(《小雅·天保》)

"于公先王"承"禴祠烝尝"说，表示祭祀的对象。《诗经》里介宾结构独立成句而表示行为对象的只有这一例。

⑲ 皇皇者华，于彼原隰(《小雅·皇皇者华》)

⑳ 不自我先，不自我后。(《小雅·正月》)

㉑ 胡不自北？胡不自南？(《小雅·何人斯》)

㉒ 成不以富，亦祗以异。(《小雅·我行其野》)

例⑲至㉒和前面所举的介宾结构不同，句中并没有省去动词，而是以介宾结构充当谓语，有的还可以受副词的修饰(例⑳至㉒)。

丁、连动结构

《诗经》里有的诗句是连动结构，通常是两个动词连用，次序前后相承，不用连词，但往往带有宾语或其他句子成分。例如：

① 薄言往愬，逢彼之怒。(《邶风·柏舟》)

② 爱而不见，搔首踟蹰。(《邶风·静女》)

③ 曰为改岁，入此室处。(《豳风·七月》)

④ 彤弓弨兮，受言藏之。(《小雅·彤弓》)

⑤ 胡逝我梁，不入唁我。(《小雅·何人斯》)

⑥ 庶曰式臧，复出为恶。(《小雅·雨无正》)

⑦ 王命南仲，往城于方。(《小雅·出车》)

⑧ 自彼殷商，来嫁于周。(《大雅·大明》)

⑨ 虎拜稽首，天子万年。(《大雅·江汉》)

⑩ 送子涉淇，至于顿丘。(《卫风·氓》)

例①"薄言往愬"，两个单音动词连用，前有复音助词。例②"搔首踟蹰"、例③"入此室处"，都是第一动词后面带有宾语；例④"受言藏之"、例⑤"不入唁我"、例⑥"复出为恶"，都是第二动词带有宾语；例⑦"往城于方"、例⑧"来嫁于周"，都是第二动词后带有补语；例⑨"虎拜稽首"句首有主语。例⑩稍微有点不同，"送"和"涉"是属于同一主语的两个连续的动作。但"子"既是"送"的宾词，又是"涉"的参加者。

也有三个动词连用的连动结构，都带有一个别的句子成分。例如：

① 独寐寤言，永矢弗谖。(《卫风·考槃》)

② 匪来贸丝，来即我谋。(《卫风·氓》)

③ 握粟出卜，自何能穀。(《小雅·小宛》)

④ 保右命之，自天申之。(《大雅·假乐》)

⑤ 保右命尔，燮伐大商。(《大雅·大明》)

例 ①"独寐寤言"，句首带有状语；例 ②"来即我谋"，第二个动词带有宾语；例 ③"握粟出卜"，第一个动词带有宾语；例 ④"保右命之"、例 ⑤"保右命尔"句法相同，句末带有宾语与前面三个动语相贯。《集传》说："保之助之命之，而使之顺天命以伐商也。"由于《诗经》四字句的容量很有限，所以连动式所带宾语或状语都很简单。有的诗句形式上像连动式，其实不是。例如：

① 仪刑文王，万邦作孚。(《大雅·文王》)

② 仪式刑文王之典，日靖四方。(《周颂·我将》)

例 ①"仪刑文王"、例 ②"仪式刑文王之典"，诸家解说不一。《集传》："仪、式、刑，皆法也。"比较合理。这样"仪刑""仪式刑"都是同义词复用，作"效法"讲，不是连动结构。

戊、兼语结构

兼语结构也叫递系结构，至少包含两个动词，前一动词的宾语同时就是后一动词的主语，叫作"兼词"。《诗经》里的兼语结构主要有两种情况：

1. 前一动词含有祈使的意义。例如：

① 大夫夙退，无使君劳。（《卫风·硕人》）

② 既往既来，使我心疚。（《小雅·大东》）

③ 维子之故，使我不能餐兮。（《郑风·狡童》）

④ 俾尔单厚，何福不除。（《小雅·天保》）

⑤ 君子如届，俾民心阕。（《小雅·节南山》）

⑥ 毋教猱升木，如涂涂附。（《小雅·角弓》）

⑦ 将子无怒，秋以为期。（《卫风·氓》）

⑧ 将叔无狃，戒其伤女。（《郑风·大叔于田》）

⑨ 命彼后车，谓之载之。（《小雅·绵蛮》）

以上例①至③兼语式的前一个动词"使"，例④⑤的前一个动词"俾"，例⑨前一个动词"谓"，都是"使令"的意思。例⑦"将子无怒"、例⑧"将叔无狃"中的"将"是"请"或"愿"的意思；"戒其伤女"中的"戒"是"将"的反面。它们都必须有第二个动词或形容词对兼词进行叙述，句子的意思才完全。在《诗经》四字句里，兼语式最多容许一个单音的状语或宾语，否则就容易突破四字句的范围，例③⑥就是如此。在下面的诗句里"谓"作"说"讲，不是兼语式：

⑩ 谁谓雀无角，何以穿我屋。(《召南·行露》)

⑪ 谁谓女无家，何以速我狱。(《召南·行露》)

例⑩"雀无角"、例⑪"女无家"都是主谓词组做"谓"的宾语，不是兼语式。但"速我狱"是兼语式，"速"是"招致"的意思，译成现代话就是"招致我打官司"。

2. 前一动词是"有"或"靡"。例如：

① 有女怀春，吉士诱之。(《召南·野有死麕》)

② 有鹙在梁，有鹤在林。(《小雅·白华》)

③ 有鸟高飞，亦傅于天。(《小雅·菀柳》)

④ 有狐绥绥，在彼淇厉。(《卫风·有狐》)

⑤ 有车邻邻，有马白颠。(《秦风·车邻》)

⑥ 我戍未定，靡使归聘。(《小雅·采薇》)

⑦ 乱生不夷，靡国不泯。(《大雅·桑柔》)

以上例①至⑤兼语式的前一动词是"有"。兼词后面，例①②是动宾词组，例③是动词加状语。例④"有狐绥绥"、例⑤"有车邻邻"兼词后面是形容词；"有马白颠"兼词后面是偏正式体词词组，这里也是描写马的状态而不是进行判断。例⑥⑦前一动词是否定动词"靡"，意思与"有"相反。

兼语结构的兼词，有时可以省去。例如：

①　我思古人，俾无訧兮。(《邶风·绿衣》)

②　胡能有定，俾也可忘。(《邶风·日月》)

③　由醉之言，俾出童羖。(《小雅·宾之初筵》)

④　天位殷适，使不挟四方。(《大雅·大明》)

例①"俾无訧兮"、例②"俾也可忘"省去了兼词"我"。例③"俾出童羖"《郑笺》："使女出无角之羖羊。"兼词"女"（汝）省去。例④"使不挟四方"《郑笺》："使教令不行于四方。"兼词"教令"省去。但从意义上我们仍然可以判断它们是兼语结构。

己、紧缩结构

紧缩结构是把一个复句的内容紧缩为一个单句的形式。其中包括两个动词、形容词或词组，前后两部分有着种种不同的关系，中间可用关联词，也可以不用。《诗经》句子里的紧缩结构有以下几种：

1. 条件或假设关系。同一诗句内前半部分表示条件或假设，后半部分表示结果。例如：

①　深则厉，浅则揭。(《邶风·匏有苦叶》)

②　榖则异室，死则同穴。(《王风·大车》)

③　柔则茹之，刚则吐之。(《大雅·烝民》)

④ 无父何怙，无母何恃。(《小雅·蓼莪》)

⑤ 匪言勿言，匪由勿语。(《小雅·宾之初筵》)

以上例句都是两句相对，而每一句都是紧缩结构。例①至③有关联词"则"，例④⑤不用关联词。

2. 让步关系。同一诗句内前半部分退让一步，后半部分才说出正意。例如：

① 之死矢靡它。(《鄘风·柏舟》)

② 駪駪征夫，每怀靡及。(《小雅·皇皇者华》)

③ 不闻亦式，不谏亦入。(《大雅·思齐》)

④ 柔亦不茹，刚亦不吐。(《大雅·烝民》)

例①意思是"虽然到死也无他心"。例②"每怀靡及"的意思是"虽有私事也无暇顾及"。例③两句的意思是"（文王）虽事之无所前闻者，而亦无不合于法度；虽无谏诤之者，而亦未尝不入于善"(《集传》)。例④两句的意思是"虽是软的也不吞食，虽是硬的也不吐弃"。

3. 转折关系。同一诗句的前后两部分意思相反。例如：

① 醉而不出，是谓伐德。(《小雅·宾之初筵》)

② 谋臧不从，不臧覆用。(《小雅·小旻》)

③ 靡所止疑，云徂何往。(《大雅·桑柔》)

④ 匪且有且，匪今斯今。(《周颂·载芟》)

例①吃醉了不肯退出；例②计谋好却不愿所从，计谋不好却要采用；例③想走却不知走向哪里；例④不图有此而有此，不料如今而有如今。诗句前后两截意思相反，都有转折的关系。

4. 目的关系。同一诗句内前半部分表示一种行为，后半部分表示行为的目的。例如：

①雉鸣求其牡。（《邶风·匏有苦叶》）

②夫也不良，歌以讯之。（《陈风·墓门》）

③我徂维求定。（《周颂·赉》）

例①"雉鸣"的目的是"求牡"，例②"歌"的目的是"讯之"（告戒他），例③"我徂"的目的是谋求安定。

5. 因果关系。同一诗句内，前半部分表示原因，后半部分表结果。例如：

①假寐永叹，维忧用老。（《小雅·小弁》）

②岂不尔思，畏子不奔。（《王风·大车》）

③乃裹餱粮，于橐于囊，思辑用光。（《大雅·公刘》）

例①"维忧用老"意思是因为忧愁，所以变老；例②"畏子不奔"意思是因为怕你，所以不敢投奔；例③"思辑用光"意思是人民团结和睦，所以国家光大。都是前半句为因，后半句为果。

6. 选择关系。两件事实之间加以选择，二者必居其一。例如：

> 不能辰夜，不夙则莫。（《齐风·东方未明》）

"不夙则莫"，不是早就是晚，二者必居其一，中间用"则"联结。《诗经》里这种紧缩句只有一个例子。

第五节　诗句的加字、重复和省略

《诗经》里的句子以四字为主，句与句之间有韵，一句之中以两两为节奏，这在前面已经讨论过了。如果字数不够，有时就在句中加一个虚字或者重复某些句子成分；如果字数有余，则省略某些成分。这是《诗经》句式所要求的，也是《诗经》句法特点之一。

一、加字

诗句中加入某些虚词成分，有的有语法意义，有的却只起音节的作用。大抵可以分为构词性加字和非构词性加字两类。

所谓构词性加字，就是在单音形容词、名词、动词前面或后面加"有""其""斯""思"等助词，使之成为两个音节。形容词加"有""其"等字以后，增强了描写性，与重言词的作用相当。名词、动词加"有"，意义却基本上没有变化。

"有"只加在形容词、名词、动词前面，没有加在后面的。加在形容词前面的 116 次，王引之以为状物之词，王力先生《古代汉语》以为形容词词头。例如：

有忡——忡忡，忧愁的样子。《邶风·击鼓》"忧心有忡"《传》："忧心忡忡然。"陈奂《传疏》："有，状物之词。"《周南·草虫》"忧心忡忡"《正义》："忧心冲冲然。"

有弥——弥弥，水满的样子。《邶风·匏有苦叶》"有弥济盈"《集传》："弥，水满貌。"《新台》"河水弥弥"《传》："弥弥，盛貌。"

有洸——洸洸。《邶风·谷风》"有洸有溃"《传》："洸洸，武也。"《大雅·江汉》"武夫洸洸"《传》："洸洸，武貌。""有洸""洸洸"虽义分美恶，《传》训相同。

有实——实实，广大的样子。《小雅·节南山》"有实其猗"，王引之《经义述闻》卷六："实，广大貌。"《鲁颂·闷宫》"实实枚枚"《传》："实实，广大也。"

"有"加在名词前，名词的意义不变，共 15 次。例如：

有周——周。《大雅·文王》"有周不显"《传》："有周，周也。"孔颖达《正义》："以'周'文单，故言'有'以助之。《烝民》曰'天监有周'，《时迈》曰'明昭有周'皆同也。"

有北——北，指北方；有昊——昊，指昊天。《小雅·巷伯》"豺虎不食，投畀有北。有北不受，投畀有昊"《传》："昊，昊天也。"《集传》："北，北方，寒凉不毛之地也。"

有命——命，指天命。《大雅·大明》"有命既集"《集传》："其命既集于周矣。"

"有"在动词前，动词的意义也不变，共7次。例如：

有鸣——鸣。《豳风·七月》"春日载阳，有鸣仓庚"，"有鸣仓庚"即"仓庚鸣"，"有"无实义，主谓倒装是为了"阳""庚"押韵。

有来——来。《周颂·雝》"有来雝雝"《集传》："诸侯之来，皆和且敬。""有"无实义，主语"辟公"探下文省略。

"其"王引之以为"状物之词"，王力先生以为形容词词头。可以置于形容词前（25次），也可置于形容词后。它们的作用也是加强形容词的描写性。例如：

其霏——霏霏，雪花飞舞的样子。《邶风·北风》"雨雪其霏"，《列女传·楚处庄侄篇》引作"雨雪霏霏"。《小雅·采薇》"雨雪霏霏"《集传》："霏霏，雪甚貌。"

坎其——坎坎，鼓声。《陈风·宛丘》"坎其击鼓"《传》："坎坎，击鼓声。"《小雅·伐木》"坎坎鼓我"《笺》："为我击鼓坎坎然。"

这类后置于单音形容词的"其"字，清代学者已注意到它们的语法特点。《王风·中谷有蓷》"暵其干矣""啜其叹矣""暵其修矣""条其歗矣"，胡承珙《后笺》："'暵其'与'啜其''条其''啜其'四'其'字皆连上一字作形容之词，非以'其干''其修''其湿'二字相连也。"胡氏的分析是很正确的。

"斯"在单音形容词前也是加强形容词的描写性。作用

与"其"相似。《经传释词》卷八:"斯犹其也。"《诗经》2
见。例如:

斯皇——皇皇,色彩鲜明的样子。《小雅·采芑》"朱
芾斯皇"《传》:"皇犹煌煌也。"《皇皇者华》"皇皇者华"
《传》:"皇皇犹煌煌也。"

"斯"也可以加在形容词后面,例如《大雅·皇矣》"王
赫斯怒",意思就是王赫然发怒。

"思"加在形容词前,作用与"其"同,《诗经》里13
见。例如:

思娈——娈娈,美好的样子。《小雅·车辖》"思娈季女
逝兮"《传》:"娈,美貌。"《传疏》:"思,词也。'思娈季
女'与'思齐大任''思媚周姜'句例相同。"

思皇——皇皇,美好的样子。《大雅·文王》"思皇多
士"《传》:"思,辞也。"《假乐》"穆穆皇皇"《集传》:"皇
皇,美也。"

非构词性加字置于句中或句首,不与句中个别的词发生联
系,基本作用是足成四字,很难指出它们的具体意义。《诗经》
里这类加字有"聿""遹""云""曰""员""越""于"等。

聿 《唐风·蟋蟀》"岁聿其莫","聿"在句中;《大
雅·大明》"聿怀多福","聿"在句首。

遹 《大雅·文王有声》"遹骏有声,遹求厥宁,遹观
厥成",《传疏》:"遹即曰、聿,为发语之词。"

云 《小雅·小明》"曷云其还,岁聿云莫",《周
南·卷耳》"云何吁矣",《传疏》:"云为语词,凡全《诗》

云字，或在句首，或在句中句末，多用为语词，无实义。"

曰 《豳风·七月》"曰为改岁"，《汉书·食货志》引作"聿为改岁"，陈奂《传疏》："曰，语词。"

员 《郑风·出其东门》"聊乐我员"，《集传》："员与云同，语词也。"

越 《陈风·东门之枌》"越以鬷迈"《笺》："越，于。"陈奂《传疏》："越读同粤。《尔雅》：粤，于也。《采蘩》《采蘋》皆云于以，此云越以，皆合二字为发语之词。"

于 《大雅·文王有声》"既伐于崇，作邑于丰"，俞樾《古书疑义举例》："下于字乃语词，上于字则邘之假字也。""作邑丰"句意已足，加"于"字是为了使句子对偶整齐。

二、重复

1. 词的重复

为了构成整齐的四字句式，《诗经》往往让某些虚词或实词在句中重复出现。它们的作用是为了补足四字句的音节，有时也为了加强语气。例如：

① 其虚其邪，既亟只且。（《邶风·北风》）
② 言旋言归，复我邦族。（《小雅·黄鸟》）
③ 载驰载驱，归唁卫侯。（《鄘风·载驰》）
④ 式号式呼，俾昼作夜。（《大雅·荡》）
⑤ 曰止曰时，筑室于兹。（《大雅·绵》）

⑥ 于疆于理，至于南海。(《大雅·江汉》)

⑦ 侯作侯祝，靡届靡究。(《大雅·荡》)

⑧ 猗与那与，置我鞉鼓。(《商颂·那》)

⑨ 荟兮蔚兮，南山朝隮。(《曹风·候人》)

⑩ 恩斯勤斯，鬻子之闵斯。(《豳风·鸱鸮》)

⑪ 不震不动，不戁不竦。(《商颂·长发》)

⑫ 昊天疾威，弗虑弗图。(《小雅·雨无正》)

⑬ 匪载匪来，忧心孔疚。(《小雅·杕杜》)

⑭ 将恐将惧，维予与女。(《小雅·谷风》)

⑮ 既方既皁，既坚既好。(《大田》)

⑯ 乃疆乃理，乃宣乃亩。(《大雅·绵》)

⑰ 微我无酒，以敖以游。(《邶风·柏舟》)

⑱ 爰始爰谋，爰契我龟。(《大雅·绵》)

⑲ 我疆我理，南东其亩。(《小雅·信南山》)

⑳ 是伐是肆，是绝是忽。(《大雅·皇矣》)

㉑ 就其深矣，方之舟之。(《邶风·谷风》)

㉒ 王命召虎，来旬来宣。(《大雅·江汉》)

㉓ 为谋为毖，乱况斯削。(《大雅·桑柔》)

㉔ 无衣无褐，何以卒岁。(《豳风·七月》)

㉕ 靡室靡家，玁狁之故。(《小雅·采薇》)

㉖ 克禋克祀，以弗无子。(《大雅·生民》)

例①至⑦是助词"其、言、载、式、曰、于、侯"重出。

例①"虚邪"等于"虚徐"，从容缓慢的样子，二字连文成义。例②"旋归"、例③"驰驱"、例④"号呼"、例⑤"止时"、例⑥"疆理"、例⑦"作祝",都是意义相近的两个动词连用,加上助词重出,即成为四字一句。例⑧至⑩是语气词"与、兮、斯"重出,例⑧"猗那"叠韵,美盛的样子;例⑨"荟蔚"双声,形容云兴的样子;例⑩"恩勤"等于"殷勤",情意恳切深厚的样子。加上重出的语气词成为四字句。例⑪至⑯是副词"不、弗、匪、将、既、乃"重出,例⑪"震动""戁竦"、例⑫"虑图"、例⑬"载来"、例⑭"恐惧"、例⑮"方皁""坚好"、例⑯"疆理""宣亩",都是动词连用。《郑笺》:"方,房也。谓稃甲始生而未合时也。尽生房矣,尽成实矣,尽坚熟矣,尽齐好矣。"朱熹《集传》:"疆,谓画其大界;理,谓别其条理。"例⑰⑱是连词"以、爰"重出,"敖游"同义,动词连用。"始谋"却有两解:《郑笺》以为"于是始与豳人之从己者谋",是偏正结构;马瑞辰《通释》以为"始亦谋也……爰始爰谋犹言是究是图也",是同义动词并列。例⑲至㉑是代词重出。例⑲"我"是主语,例⑳"是"是宾语前置,例㉑"之"是后置宾语。例㉒至㉕是动词"来、为、无、靡"重出。例㉒"来旬""来宣"是两个连动式并列,例㉔㉕是两个动宾词组并列。例㉓"为谋""为毖"是并列结构。《毛传》:"毖,慎也。"马瑞辰《通释》:"诗善言在上者如善其谋,慎其事,乱状斯能减削耳。"例㉖是助动词"克"重出。以上重出的字多数是虚词,少数是实词。重出的目的是构成两两并列的四字结构,使句式整齐化。

2. 句子成分的重复

在这类诗句里，不只是个别的词重出，而是重复句子的某一部分，使一个诗句化成两句，或使不足一句的变成一句，以便诗章整齐划一。在散文里，这种重复是很少用的。重复的部分可以是谓语、宾语或状语。例如：

① 言告师氏，言告言归。(《周南·葛覃》)

这两句意思是告诉师氏（我）要回家去。第二句"言告"二字重出，是为了把一句内容变为两句，使句式整齐。

② 其德克明，克明克类，克长克君。(《大雅·皇矣》)

《集传》："克明，能察是非也；克类，能分善恶也；克长，教诲不倦也；克君，赏庆刑威也。"其实三句是说王季之德克明、克类、克长、克君。但四字两句装不下这么多内容，所以重复谓语"克明"，拉长为三句。

③ 戎车既安，如轾如轩。四牡既佶，既佶且闲。(《小雅·六月》)

《郑笺》："佶，壮健之貌。"后两句意思是四牡既佶且闲（四匹马强壮而且训练有素）。重复"既佶"，使一句变为两句，与前两句配对整齐。

④韩侯入觐，以其介圭，入觐于王。(《大雅·韩奕》)

三句的意思只是韩侯以其介圭入觐于王。"以其介圭"是介词结构，不能拆开，作两句又过长，所以前后重出谓词"入觐"，成为三句。

⑤四海来假，来假祁祁。(《商颂·玄鸟》)

《郑笺》："假，至也；祁祁，众多也。"两句是说前来的诸侯众多。重出谓词"来假"，也是为了形式整齐而把一句的内容分成四言两句。

⑥凡百君子，各敬尔身。胡不相畏，不畏于天。(《小雅·雨无正》)

后两句意思只是"胡不畏天"。这样就和前两句不相配对，所以重出"不畏"二字成为两句。

⑦无矢我陵，我陵我阿；无饮我泉，我泉我池。(《大雅·皇矣》)

四句意思是：不许陈兵于我们的丘陵山坡，不许饮我的泉水池水。为了使诗句成为整齐押韵的四字句，所以重出偏正结构"我陵""我泉"而成为现在这样的格局。

⑧卬盛于豆，于豆于登，其香始升，上帝居歆。
（《大雅·生民》）

前两句意思就是卬盛于豆于登（我把祭品盛在木豆和瓦登里）。因为要使全章成为八句，且与"升""歆"押韵，所以重出介词结构"于豆"，并把两个并列的介词结构独立成为一句。

总之，《诗经》较多地用了加字和重复的方法，使不足四字的句子变成四字，使只有一句的内容化为两句，从而达到诗句整齐、节奏和谐的目的。这是《诗经》句法的重要特点，古代散文里是很少用的。

三、省略

句子通常包括主语和谓语，大多数还包括定语、状语、宾语、补语等成分。省略句中的某些成分是古代汉语常见的现象，散文和韵文都不例外。《诗经》里的省略往往也是为了四字句式的需要。字数多了必须减去一些。省略同加字和重复的做法相反，目的却相同。大致地说，《诗经》里的省略有以下几种情况：

1. 主语省略

《诗经》里的主语省略，不外蒙上省略、探下省略、自叙省略、对话省略四种情况。例如：

①硕人其颀，（　）衣锦褧衣。（　）齐侯之子，（　）

卫侯之妻，（　）东宫之妹，（　）邢侯之姨。（《卫风·硕人》）

②我生之后，（　）逢此百罹。（　）尚寐无吪。（《王风·兔爰》）

③既见君子，（　）锡我百朋。（《小雅·菁菁者莪》）

④昊天上帝，则不我虞。（　）敬恭明神，（　）宜无悔怒。（《大雅·云汉》）

以上是蒙上省略。例①有六个诗句，主语"硕人"在首句出现。例②有三个诗句，主语"我"在首句出现，其余各句主语蒙上省略。例③两句，第二句主语"君子"蒙上句宾语省略。例④有四个诗句，前三句主语"我"，蒙第二句宾语省略；第四句主语"明神"，蒙第三句宾语省略。

⑤七月（　）在野，八月（　）在宇，九月（　）在户，十月蟋蟀入我床下。（《豳风·七月》）

⑥（　）有来雝雝，（　）至止肃肃。相维辟公，天子穆穆。（《周颂·雝》）

以上是探下省略。例⑤有四个诗句，一、二、三句主语都是"蟋蟀"，探第四句省略。《郑笺》："自七月在野至十月入我床下，皆谓蟋蟀也。"例②有四个诗句，一、二句主语"辟公"（即诸侯）探第三句省略。朱熹《集传》："言诸侯之来皆和且敬，以助我之祭事，而天子有穆穆之容也。"

⑦ 彼黍离离，彼稷之苗。（　）行迈靡靡，（　）中心摇摇。（《王风·黍离》）

⑧ 之子于归，（　）远送于野。（　）瞻望弗及，（　）泣涕如雨。（《邶风·燕燕》）

⑨（　）投我以木瓜，（　）报之以琼琚。匪报也，永以为好也。（《卫风·木瓜》）

以上是自叙省略。例⑦是诗人就沿途所见抒发自己的感情，例⑧是诗人自述其送别远嫁女子的心情，主语都是"我"，不言而喻。例⑨是赠答人之词，第一句主语是"人"，第二句主语是"我"，也不言而喻，所以都被省去。

⑩ 遵大路兮，（　）掺执子之手兮。（　）无我恶兮，不寁故也。（《郑风·遵大路》）

⑪（　）舒而脱脱兮，（　）无感我帨兮，（　）无使尨也吠。（《召南·野有死麇》）

⑫ 我言维服，（　）勿以为笑。（《大雅·板》）

⑬（　）毋逝我梁，（　）毋发我笱。（《邶风·谷风》）

以上是对话省略。例⑩四句是女子对情人的叮嘱，其中第二句主语是"我"，第三句主语是"女（汝）"。例⑪三句也是女子对情人的叮嘱，主语都是"女（汝）"。例⑫⑬对别人的禁戒，主语都是"女（汝）"。在对话中，主语不是自己就是对方，说话者自然清楚，往往省去。这种情况，散文里也很常见，倒是主语出现的不多。

2.宾语省略

宾语以蒙上省略为常，探下省略的偶见而已。例如：

① 未见君子，忧心忡忡。亦既见（　）止，亦既觏（　）止，我心则降。（《召南·草虫》）

② 思皇多士，生此王国。王国克生（　），维周之桢。（《大雅·文王》）

③ 弗问（　）弗仕（　），勿罔君子。（《小雅·节南山》）

以上例①五句，三、四句宾语是"君子"，蒙第一句宾语省略。例②四句，第三句宾语"多士"蒙第一句省略。例③两句，第一句"问"和"仕"的宾语是"君子"，探第二句宾语省略。

3.动词省略

在散文里，动词的省略主要有两种情况：在能愿式里，"能""敢"等字可以代替动词的用途；在对话里，答语"未也"（现代是"没有"）后面的叙述词可以省略。《诗经》里的情况不完全相同，动词有的蒙上文而省略，有的因为四字句字数的限制而省略。蒙上省略的例子：

① 云谁之思？（　）美孟姜矣。（《鄘风·桑中》）

② 侯谁在矣？张仲孝友（　）。（《小雅·六月》）

③ 有鳣有鲔，（　）鲦鲿鰋鲤。（《周颂·潜》）

④ 韦顾既伐，（ ）昆吾夏桀。(《商颂·长发》)
⑤ 如可赎兮，人百其身（ ）。(《秦风·黄鸟》)

以上各例中下句动词都蒙上句而省略，这从孔颖达或朱熹的解释里可以看出来。例①下句蒙上省略动词"思"，《正义》："我谁思乎？乃思美好之孟姜。"例②下句蒙上省略动词"在"。《正义》："维复谁在其中间矣？有张仲其性孝友在焉。"例③下句蒙上省略动词"有"。《正义》："有鳣有鲔，又有鲦鲿鰋鲤。"例④下句蒙上省略动词"伐"。《正义》："韦顾二国既已伐之，又伐昆吾之与夏桀。"例⑤下句蒙上省略动词"赎"。《集传》："若可贸以他人，则人皆愿百其身以易之矣。"因四字句字数限制而省略的例子：

① 有匪君子，充耳琇莹（ ）。(《卫风·淇奥》)
② 玉（ ）之瑱也，象（ ）之揥也，扬且之皙也。(《鄘风·君子偕老》)
③ 好言自口（ ），莠言自口（ ）。(《小雅·正月》)
④ 弓矢斯张，（ ）干戈戚扬，爰方启行。(《大雅·公刘》)
⑤ 镐京（ ）辟雍，自西自东，自南自北，无思不服。(《大雅·文王有声》)

例①下句当有动词"为"。《正义》："其充耳以琇莹之石为之。"例②一、二句也当有动词"为"。《正义》："又以玉为之瑱也，又以象骨为之揥也。"例③两句当有动词"出"。《正义》："善言从女口出，恶言亦从女口出。"例④二句当有动词"秉"。《毛传》："张其弓矢，秉其干戈戚扬，以方开道路。"例⑤首句也省略了动词。《郑笺》："武王于镐京行辟雍之礼，自四方来观者皆感化其德心，无不归服者。"这些句中应有的动词并没有在上文出现。只是因为句中已有四字，而其他成分又很重要，为了句式整齐，只好把动词省去了。

4. 中心语省略

在偏正结构中省略中心语，只保存定语部分，《诗经》里例子甚多。有的学者把这种情况看作"省名存定"的修辞手法。何者当省，何者不能省，往往以四字句式的要求为准则。下面是一些例子：

①髧彼两髦（　　），实维我仪。(《鄘风·柏舟》)

②叔于狩，巷无饮酒（　　）。岂无饮酒（　　），不如叔也，洵美且好。(《郑风·叔于田》)

③缟衣綦巾（　　），聊乐我员。(《郑风·出其东门》)

④罔敷求先王（　　），克共明刑。(《大雅·抑》)

⑤帝迁明德（　　），串夷载路。(《大雅·皇矣》)

⑥君子万年，介尔昭明（　　）。(《大雅·既醉》)

⑦维彼不顺（　　），自独俾臧。自有肺肠，俾民卒狂。(《大雅·桑柔》)

⑧无纵诡随（　　），以谨无良（　　）。(《大雅·民劳》)

⑨ 今夕何夕？见此邂逅（ ）。(《唐风·绸缪》)

⑩ 取彼斧斯，以伐远扬（ ）。(《豳风·七月》)

以上诸列都是偏正结构而中心语省略。例①省中心词"人"，定语是体词性偏正词组。《郑笺》："两髦之人，谓共伯也。"例②二、三句也省略中心词"人"，定语是动宾词组。例③首句省去中心词"人"，定语是体词性并列词组。《集传》："缟衣綦巾，女服之贫陋者，此人自目其室家也。"例④首句省略中心词"道"。《集传》："敷求先王，广求先王所行之道也。"例⑤首句省略中心词"君"。《集传》："明德，谓明德之君，即大王也。"定语是体词性偏正词组。例⑥下句省去中心词"道"。《疏》："与之以昭明之道。"定语是形容词。例⑦首句省略中心词"君"。《集传》："彼不顺理之君则自以为善而不考众谋。"例⑧两句都省中心词"人"。王引之《经义述闻》卷七："诡随，谓谲诈谩欺之人。"定语是形容词。例⑨"邂逅"指邂逅之人，省略中心词"人"，定语是动词。例⑩下句省略中心词"枝"，《集传》："远扬，远枝扬起者也。"中心词的省略，固然可以简化句子结构，但有时容易使句意隐晦而导致理解上的困难。例如《大雅·荡》六章："小大近丧，人尚乎由行。""小大"后面的中心词省略，解释上就不免众说纷纭。《郑笺》："君臣失道如此，且丧亡矣。"以"小大"指君臣。《正义》："王者所行，无小无大，莫不皆近于丧亡。"以"小大"指王者所行之事。《集传》："小者大者几于丧亡矣。"则不指明"小大"是指人还是指事。近人的

《诗经》的译注中，有的以"小大"为小小大大的事，有的以"小大"为小大官僚，也都没有什么新发现。这并不奇怪，原文省去中心语，究竟指人还是指事，本来就不清楚。

5. 定语省略

偏正结构中省略定语，也是为了句式整齐的需要。散文里极少发现，《诗经》里也只有不多的几个例子：

> ① 禴祠烝尝，于（ ）公先王。（ ）君曰卜尔，万寿无疆。(《小雅·天保》)
> ② 先祖匪（ ）人，胡宁忍予。(《小雅·四月》)
> ③ 经营四方，告成于（ ）王。(《大雅·江汉》)

例①二、三句都省去定语"先"。《毛传》："君，先君也。"《郑笺》："公，先公；先公，谓后稷也。"《正义》："言为此禴祠烝尝之祭于先公先王之庙也。"例②首句"人"前当省去定语"他"，意思是先祖不是他人，不当忍心我处于忧患之中而无所顾念。《郑笺》释为"先祖非人乎"，《正义》以为"出悖慢之言，明怨恨之甚"。因有怨恨而骂祖先非人，恐怕不一定符合诗旨。例③"告成于王"《正义》："告其成功于宣王也。"也因为同样理由省去定语"宣"。

6. 介词和介词宾语省略

介词结构通常在句子里做状语和补语，《诗经》里也可以独立成句。介词结构有时可以省略介词，只剩宾语；有时可以省去宾语，只剩介词。省略介词的例子：

① 于以采蘋，（ ）南涧之滨。于以采藻，于彼行潦。（《召南·采蘋》）

② 采苓采苓，（ ）首阳之巅。（《唐风·采苓》）

③ 不远伊迩，薄送我（ ）畿。（《邶风·谷风》）

④ 焉得谖草，言树之（ ）背。（《卫风·伯兮》）

⑤ 王命卿士，南仲（ ）大祖。（《大雅·常武》）

⑥ 莫高（ ）匪山，莫浚（ ）匪泉。（《小雅·小弁》）

⑦ 之子于归，（ ）百两御之。（《召南·鹊巢》）

⑧ 是用作歌，（ ）将母来谂。（《小雅·四牡》）

⑨ 绥我（ ）眉寿，介以繁祉。（《周颂·雝》）

⑩ 蠢尔蛮荆，（ ）大邦为仇。（《小雅·采芑》）

以上例①至⑤都省略表示处所的介词"于"。例①"南涧之滨"《正义》："言往何处采此蘋菜，于彼南涧之厓采之。"例②"首阳之巅"《郑笺》："言采此苓于首阳山之上。"例③"薄送我畿"《郑笺》："送我裁于门内。"例④"言树之背"《正义》："何处得一忘忧之草，我树之于北堂之上。"例⑤"南仲大祖"《毛传》："王命南仲于大祖。"例⑥两句意思是"没有什么比山高，没有什么比泉深"，也省去表示比较的介词"于"。《集传》"山极高矣，而或陟其巅；泉极深矣，而或入其底。"例⑦至⑨省去介词"以"。例⑦"百两御之"《正义》："其往嫁之时，则夫家以百两之车往迎之。"例⑧"将母来谂"《郑笺》："以养父母之志来告于君。"例⑨"绥我眉寿"《正义》："安我孝子以寿考，予之以福禄。"介以繁祉"不省介词"以"。例⑩"大邦为仇"省介词"与",《正义》："乃蠢蠢尔不逊之蛮荆，……与大邦为仇。"补"与"字。下面是省略介词宾语的例子：

① 籊籊竹竿，以（ ）钓于淇。(《卫风·竹竿》)
② 我闻有命，不敢以（ ）告人。(《唐风·扬之水》)
③ 鲁道有荡，齐子由（ ）归。(《齐风·南山》)
④ 此邦之人，不可与（ ）明。(《小雅·黄鸟》)

以上例句中，介词"以""由""与"后面都省略了代词宾语"之"或"此"。前面大都有先行词。例①"以钓于淇"，即"以之钓于淇"，"之"指竹竿；例②"不敢以告人"，即"不敢以之告人"，"之"指"命"；例③"齐子由归"，即"齐子由此归"。《郑笺》："文姜既以礼从此道嫁于鲁侯也。"例④"不可与明"，即不可与之明夫妇之道。"之"指"此邦之人"。

第六节　诗句的倒装

上古汉语的否定句和疑问句往往采用倒装的办法把代词宾语提到动词前面去。《诗经》的句子要讲究用韵和句式整齐，倒装的用法更多一些。前人已经看到了这一点。孔颖达说："古之人语多倒，《诗》之此类众矣。"[①] 俞樾也说："诗人

① 见《周南·汝坟》"不我遐弃"《正义》。

之词必用韵，故倒句尤多。"① 大约有以下几种情况。

一、词的倒用

词的倒用，一般不影响整个句子的结构，大都由于用韵和修辞的需要。例如：

①　之子于归，宜其室家。(《周南·桃夭》一章)

　　之子于归，宜其家室。(二章)

②　女子有行，远父母兄弟。(《鄘风·蝃蝀》一章)

　　女子有行，远兄弟父母。(二章)

③　东方未明，颠倒衣裳。(《齐风·东方未明》一章)

　　东方未晞，颠倒裳衣。(二章)

④　王事靡盬，不能蓺稷黍，父母何怙？(《唐风·鸨羽》一章)

　　王事靡盬，不能蓺黍稷，父母何食。(二章)

⑤　似续妣祖，筑室百堵，西南其户。(《小雅·斯干》)

⑥　其仆维何？釐尔女士。釐尔女士，从以孙子。(《大雅·既醉》)

例①"室家"与"家室"互为倒文。一章"家"与"华"韵，用"室家"。二章"室"与"实"韵，用"家室"。例

———————

①　见俞樾《古书疑义举例》卷一。

②"父母兄弟"与"兄弟父母"倒文。一章"弟"与"指"韵，用"父母兄弟"；二章"母"与"雨"韵，用"兄弟父母"。例③"衣裳"与"裳衣"倒文。一章"裳"与"明"韵，用"衣裳"；二章"衣"与"晞"韵，用"裳衣"。例④"稷黍"与"黍稷"倒文。一章"黍"与"饐""怗"韵，用"稷黍"；二章"稷"与"食"韵，用"黍稷"。例⑤"祖"与"堵""户"韵，所以不说"祖妣"而说"妣祖"。《集传》："妣先于祖者，协下韵尔。"例⑥不作"士女"而作"女士"，不作"子孙"而作"孙子"，是为了"士""子"协韵。俞樾说："女士者，士女也；孙子者，子孙也。皆倒文以协韵。犹衣裳恒言，而《诗》则曰'制彼裳衣'，琴瑟恒言，《诗》则曰'如鼓瑟琴'也。《甫田》篇'以穀我士女'。此云女士，彼云士女，文异义同。"①俞氏的分析是有道理的。但上面所举的例子都是并列结构，两个词或词组位置虽倒，并不影响整个句子的语法结构。

现代汉语里，方位词一般置于地名后面，从战国时期开始，这种词序就逐渐形成了。《诗经》里方位词"中"却总是放在名词前面，成为"中×"的格式。例如：

①葛之覃兮，施于中谷。(《周南·葛覃》)《毛传》："中谷，谷中也。"

②泛彼柏舟，在彼中河。(《鄘风·柏舟》)《毛

---

① 见俞樾《古书疑义举例》卷一。

传》："中河，河中。"

③顾瞻周道，中心怛之。(《桧风·匪风》)《正义》："我心中怛然而伤之兮。"

④鸿雁于飞，集于中泽。(《小雅·鸿雁》)《毛传》："中泽，泽中也。"

⑤中原有菽，庶民采之。(《小雅·小宛》)《毛传》："中原，原中也。"

⑥微君之故，胡为乎中露。(《邶风·式微》)《集传》："中露，露中也。"

这种倒装形式，古人早有认识。孔颖达《毛诗正义》："中谷，谷中也。倒其言者，古人之语皆然，《诗》文多此类也。"在《诗经》里，只有《王风·丘中有麻》"丘中有麻"中的"丘中"是方位词置于名词之后，算是特例。方位词和名词在一起是偏正结构，战国以后，方位词由前置变为后置，内部结构起了变化。但方位词组在句中只是一个句子成分，它的内部结构的变化并不影响全句的结构。

二、主谓倒装

汉语一般的词序是主语在前，谓语在后。如果把谓语置于主语之前，就是倒装。《诗经》里的主谓倒装，大都为了协韵，有时也为了强调谓语。在描写句和叙述句里，主谓倒装往往是为了协韵。例如：

① 桃之夭夭，灼灼其华。(《周南·桃夭》)

② 燕燕于飞，差池其羽。(《邶风·燕燕》)

③ 曀曀其阴，虺虺其雷。(《邶风·终风》)

④ 仓庚于飞，熠燿其羽。(《豳风·东山》)

⑤ 大风有隧，有空大谷。(《大雅·桑柔》)

⑥ 驿驿其达，有厌其杰，厌厌其苗，绵绵其麃。

(《周颂·载芟》)

⑦ 多我觏痻，孔棘我圉。(《大雅·桑柔》)

⑧ 谁谓尔无牛，九十其犉。(《小雅·无羊》)

⑨ 春日载阳，有鸣仓庚。(《豳风·七月》)

⑩ 有酒湑我，无酒酤我。坎坎鼓我，蹲蹲舞我。

(《小雅·伐木》)

例①至⑦前置谓语都是形容词。例①"灼灼其华"是"其华灼灼"的倒置，以"华"与下句"家"为韵。三章不必倒句就韵，即作"其叶蓁蓁"，主语在前。例②"差池其羽"就是"其羽差池"，主谓倒装，以"羽"与下句"野"协韵。例③《毛传》："如常阴曀曀然，暴如震雷之声虺虺然。"两句都是主谓倒装。例④"熠燿其羽"为"其羽熠燿"的倒装，《郑笺》："熠燿其羽，羽鲜明也。"例⑤两句都是主谓倒装，马瑞辰《通释》："言大风之状则有隧矣，大谷之状则空矣。今作'有空大谷'，倒句也。"例⑥四句都是主谓倒装，以"达"与"杰"韵，"苗"与"麃"韵。《毛传》："有厌其杰，言杰苗厌然特美也。"《郑笺》："厌厌其苗，众齐

等也。"凡《诗经》四字句前二字为形容词，后二字为"其
×"的，都可认为主谓倒装。如《周南·桃夭》"有蕡其
实"，《小雅·杕杜》"有睆其实"，《斯干》"殖殖其庭，有
觉其楹。哕哕其正，哕哕其冥"，《节南山》"有实其猗"，
《大雅·崧高》"有俶其城"，《周颂·载芟》"有嗿其馌，思
媚其妇，有依其士，有略其耜"，《商颂·殷武》"有截其
所"，等等。例⑦上句"多"是谓语，"我觏痻"是主语，
下句"孔棘"是谓语，"我圉"是主语。陈奂《传疏》："孔
棘我圉，犹云我边陲甚急耳，此倒句以就韵。"例⑧"九十
其犉"，谓语"九十"是数词，主谓倒装，"犉"与"群"
协韵。《郑笺》："谁谓女无牛，今乃犉者九十头，言其多
矣。"例⑨"有鸣仓庚"是动词谓语倒装，以"阳"与"庚"
协韵。《郑笺》："阳，温也。温而仓庚又鸣，可蚕之候也。"
例⑩四句也是动词谓语倒装。陈奂《传疏》："有酒湑我，
无酒酤我，此倒句也。我有酒则湑之，我无酒则酤之。……
坎坎鼓我，蹲蹲舞我，言我为之击鼓则坎坎然，我为之兴舞
则蹲蹲然，亦倒句也。"

感叹句为强调谓语，也往往将谓语前置。例如：

①展矣君子，实劳我心。（《邶风·雄雉》）

②假哉天命，有商孙子。（《大雅·文王》）

③皇矣上帝，临下有赫。（《大雅·皇矣》）

④假哉皇考，绥予孝子。（《周颂·雝》）

⑤休矣皇考，以保明其身。（《周颂·访落》）

⑥ 猗与漆沮，潜有多鱼。（《周颂·潜》）

⑦ 哿矣富人，哀此惸独。（《小雅·正月》）

⑧ 鞫哉庶正，疚哉冢宰。（《大雅·云汉》）

⑨ 孔填不宁，降此大厉。（《大雅·瞻卬》）

以上例句中的谓语都是形容词，置于主语之前。例①至⑥表示叹美。例①"展矣君子"叹美君子的诚实，例②"假哉天命"、例③"皇矣上帝"叹美上帝和天命的伟大，例④"假哉皇考"、例⑤"休矣皇考"叹美父祖的伟大。例⑥"猗与漆沮"叹美漆沮的美好。例⑦至⑨表示叹息。例⑦"哿矣富人"叹息富人生活快乐，而穷人可悲；例⑧两句叹息大小官僚穷困痛苦，无可奈何；例⑨"孔填不宁"叹息生活不宁时间已久。

祈使句谓语也可以置于主语之前。例如：

往近王舅。南土是保。（《大雅·崧高》）

这是周宣王送申伯往谢地的诫勉之辞。"往近王舅"谓语提到前面，是为了强调祈使的语气。同时，"宝、舅、保"幽部押韵。《诗经》里这类谓语前置的祈使句只有个别的例子。

在疑问句或反问句里，疑问代词做谓语，也可置于主语之前，例如：

① 何彼襛矣，唐棣之华。（《召南·何彼襛矣》）

② 王曰於乎，何辜今之人。（《大雅·云汉》）

例①"何彼襛矣"是疑问句,"彼襛矣"是主语,疑问代词"何"是谓语。例②苏辙《诗集传》:"今之人何罪而罹此祸?""何辜今之人"是反问句,"今之人"是主语,"何辜"是谓语。疑问代词做谓语也可以置于主语之后。例如《小雅·采薇》"彼路斯何,君子之车",谓语"何"仍置于主语"彼路"之后。

三、宾语倒装

宾语在动词后,这是汉语的一般词序。古代汉语里,宾语在一定条件下置于动词前面也是正常现象。《诗经》里动词宾语前置有以下五种情况:

1. 否定宾语前置。上古汉语里,否定句代词宾语一般在动词前,《诗经》也不例外。否定词有"不""无""莫""罔"四个,代词宾语有"女""尔""我""予""之""时"等。例如:

> ① 虽速我讼,亦不女从。(《召南·行露》)
> ② 胡能有定,宁不我顾。(《邶风·日月》)
> ③ 虽则佩觿,能不我知。(《卫风·芄兰》)
> ④ 岂不尔思,子不我即。(《郑风·东门之墠》)
> ⑤ 此邦之人,不我肯穀。(《小雅·黄鸟》)
> ⑥ 昊天上帝,则不我虞。(《大雅·云汉》)
> ⑦ 大夫君子,无我有尤。(《鄘风·载驰》)

⑧ 无我恶兮，不寁故也。(《郑风·遵大路》)

⑨ 谓他人父，亦莫我顾。(《王风·葛藟》)

⑩ 三岁贯女，莫我肯顾。(《魏风·硕鼠》)

⑪ 蝃蝀在东，莫之敢指。(《鄘风·蝃蝀》)

⑫ 民之讹言，宁莫之惩。(《小雅·沔水》)

⑬ 无曰不显，莫予云觏。(《大雅·抑》)

⑭ 神罔时怨，神罔时恫。(《大雅·思齐》)

例①至⑥有否定副词"不"，例⑦⑧有否定副词"无"，例⑨至⑬有否定副词"莫"，例⑭有否定副词"罔"，句中代词宾语都提到动词前。有些否定句的谓词是不及物动词或形容词用于使动或意动意义，它们的代词宾语也要置于动词前面。例如：

① 于嗟阔兮，不我活兮。(《邶风·击鼓》)

② 于嗟洵兮，不我信兮。(《邶风·击鼓》)

③ 宴尔新昏，不我屑以。(《邶风·谷风》)

④ 既不我嘉，不能旋反。(《鄘风·载驰》)

例①"活"是不及物动词用于使动，"不我活"就是"不让我活"；例②"信"也是不及物动词用于使动，"不我信"就是"不让我守信任"。《集传》读"信"与"申"同，意思是"不让我实现诺言"，也用于使动。例③"屑"读为"洁"，是形容词用于意动，"不我屑以"就是"不以我为洁而接近我"。例④"嘉"也是形容词用于意动，"不我嘉"就是"不以我为善"。否定句的代词宾语，《诗经》也有少数是放在动词后面的。但往往别有原因。例如：

① 不知我者，谓我何求。(《王风·黍离》)
② 君子不惠，不舒究之。(《小雅·小弁》)
③ 维仲山甫举之，爱莫助之。(《大雅·烝民》)
④ 岂不尔思，远莫致之。(《卫风·竹竿》)

例①"不知我者"唐石经作"不我知者"。马瑞辰《通释》："不我知，犹《论语》云'不患莫己知'，古人自有倒语耳。今本作'不知我'，盖因《笺》云'不知我所为歌谣之意者'而误。"但1977年安徽阜阳发现的《诗经》汉简似仍作"不知我者"，未必如马氏所云。例②"究"与上文"酬"韵，都在第三字，例③"举"与"助"韵，也在第三字，所以句末"之"字不提前。例④相反，"思"在句末，"之"与"思"韵，所以也保持在句末的位置。

否定句名词宾语通常置于动词后面。例如：

① 毋逝我梁，毋发我笱。(《邶风·谷风》)
② 我心伤悲，莫知我哀。(《小雅·采薇》)
③ 无弃尔辅，员于尔辐。(《小雅·正月》)

但为了押韵或强调宾语，否定句的名词宾语也有置于动词前面的。例如：

  ① 如何昊天，辟言不信。(《小雅·雨无正》)

  ② 匪其止共，维王之邛。(《小雅·巧言》)

  ③ 帝命不违，至于汤齐。(《商颂·长发》)

  ④ 於乎！前王不忘。(《周颂·烈文》)

  ⑤ 式夷式已，无小人殆。(《小雅·节南山》)

例①"辟言不信"即"不信辟言"的倒装，宾语前置，"天"与"信"协韵，也有强调宾语的意思。例②"止"与"职"通。《郑笺》："既不共其职事，又为王作病。"陈奂《传疏》："止共犹言共止，倒句协韵耳。"例③宾语"帝命"前置，以便"违"与"齐"协韵。马瑞辰《通释》："帝命不违，即不违帝命之倒文。"例④"前王不忘"即"不忘前王"，"前王"前置，是为了强调宾语的重要。⑤"无小人殆"，即"无殆小人"。俞樾《古书疑义举例》卷一："今作'无小人殆'，乃倒句也。"

  2. 疑问代词宾语前置。上古汉语里，疑问代词做宾语一般要放在动词前，《诗经》也不例外。例如：

  ① 人而无仪，不死何为？(《鄘风·相鼠》)

  ② 无父何怙？无母何恃？(《小雅·蓼莪》)

  ③ 靡所止疑，云徂何往？(《大雅·桑柔》)

  ④ 维莫之春，亦又何求？(《周颂·臣工》)

⑤ 微君之故，胡为乎中露？（《邶风·式微》）

⑥ 胡为乎株林？从夏南。（《陈风·株林》）

⑦ 天之生我，我辰安在？（《小雅·小弁》）

⑧ 有皇上帝，伊谁云憎？（《小雅·正月》）

⑨ 伊谁云从？维暴之云。（《小雅·何人斯》）

例①至④宾语为"何"，例⑤⑥宾语为"胡"，例⑦宾语为"安"，例⑧⑨宾语为"谁"，都置于动词之前。这些前置的疑问代词宾语有时以"之"字复指，例如：

云谁之思，西方美人。（《邶风·简兮》）

疑问句的重点在疑问代词上，虽然处在宾语的位置也要移到动词前面以表示强调。但是也有个别的例子因为协韵的需要，疑问代词宾语也置于动词之后。例如：

节彼南山，有实其猗。赫赫师尹，不平谓何？（《小雅·节南山》）

宾语"何"本应置于动词前，但为了与"猗""瘥"等字协韵，所以仍置于句尾。

"如何"是一个固定结构，也可以作"如之何"。《诗经》里，"何"总是在"如"的后面。例如：

① 伐柯如何？匪斧不克。（《豳风·伐柯》）

② 夜如何其？夜未央。(《小雅·庭燎》)

③ 子之不淑，云如之何？(《鄘风·君子偕老》)

④ 有美一人，伤如之何？(《陈风·泽陂》)

"如何"译成现代话是"怎么样"的意思。上古汉语里，也可以倒过来说成"何如"，如《论语·学而》："贫而无谄，富而无骄，何如？"《诗经》里却没有"何如"的例子。

3. 肯定宾语前置。上古汉语肯定句宾语在动词之后，《诗经》一般也是这样。例如：

① 我有嘉宾，中心喜之。(《小雅·彤弓》)

② 率时农夫，播厥百谷。(《周颂·噫嘻》)

但是《诗经》为了协韵，也有将肯定宾语置于动词之前的。这类宾语绝大多数是代词"是"。例如：

① 宛其死矣，他人是愉。(《唐风·山有枢》)

② 岂不尔思，中心是悼。(《桧风·羔裘》)

③ 赫赫师尹，民具尔瞻。(《小雅·节南山》)

④ 先祖是皇，神保是飨。(《小雅·楚茨》)

⑤ 申伯之功，召伯是营。(《大雅·崧高》)

⑥ 天子是若，明命使赋。(《大雅·烝民》)

⑦ 如贾三倍，君子是识。(《大雅·瞻卬》)

⑧ 民今之无禄，天夭是椓。(《小雅·正月》)

⑨ 谋之其臧，则具是违。谋之不臧，则具是依。（《小雅·小旻》）

⑩ 神保是格，报以介福。（《小雅·楚茨》）

⑪ 式月斯生，俾民不宁。（《小雅·节南山》）

⑫ 岂不尔受，既其女迁。（《小雅·巷伯》）.

以上例句中的前置宾语大都有先行词。例①"是"指车马。例②"是"指上文"羔裘如膏"之人，《诗序》说桧君"好絜其衣服，逍遥游燕，而不能自强于政"，大约就是诗人伤悼所在。例③"尔"指"师尹"。例④"先祖是皇"的"是"指祭事，"神保是飨"的"是"指祭品。例⑤"是"指申伯之功（工程）。例⑥"是"指贤能之士，即仲山甫。"若"依马瑞辰训为"择"。例⑦"是"指三倍之利。例⑧"是"指无禄之民。例⑨"则具是违"，"是"指善谋，"则具是依"，"是"指不善之谋。例⑩"是"指处所，"神保是格"就是神来到这里。例⑪"是"指祸乱，"式月斯生"就是月月发生祸乱。例⑫"女"指上文的谮人者。这类做宾语的"是"和复指前置宾语的"是"有时界限不清，容易造成两歧的解释。例如：

① 王之元舅，文武是宪。（《大雅·崧高》）

② 孔曼且硕，万民是若。（《鲁颂·闳宫》）

例①"文武是宪"有两解：《集传》："言文武之士皆以申伯为法也。或曰：申伯能以文王武王为法也。"依第一种解释，"文武"是主语，指文武百官，"是"是宾语。依第二种解释，"文武"是前置宾语，指文王武王，"是"是复指代词。两种说法都是赞美申伯，都讲得通。例②"万民是若"也有两种解释：《郑笺》："国人谓之顺也。""是"指奚斯所作的诗，"万民"是主语。《集传》："万民是若，顺民之望也。""万民"是前置宾语，"是"是复指代词。

4. 用复指成分使宾语前置。用代词复指宾语置于动词之前，这是古代汉语一种常见的句法结构。《诗经》为了协韵需要，为了强调宾语或句法整齐，这种句法结构用得十分普遍。复指成分有"之""是""斯""来""于"等。代词"之"用于复指前置宾语的有 30 次。例如：

① 燕婉之求，得此戚施。(《邶风·新台》)
② 鱼网之设，鸿则离之。(《邶风·新台》)
③ 园有桃，其实之殽。(《魏风·园有桃》)
④ 岂无他人，维子之好。(《唐风·羔裘》)
⑤ 未见君子，寺人之令。(《秦风·车邻》)
⑥ 舍彼有罪，予之佗矣。(《小雅·小弁》)
⑦ 止旅乃密，芮鞫之即。(《大雅·公刘》)

例①"燕婉之求"就是寻求燕婉（漂亮的人），例②"鱼网之设"就是张设鱼网，例③"其实之殽"就是食其果实，例④"维子之好"就是只有爱你，例⑤"寺人之令"就是命令寺人（传报），例⑥"予之佗矣"就是加在我身上，例

⑦"芮鞫之即"就是靠近水边的弯曲处。"是"用于复指前置宾语的也有 30 次。例如:

① 日居月诸,下土是冒。(《邶风·日月》)

② 骐駵是中,騧骊是骖。(《秦风·小戎》)

③ 乐只君子,德音是茂。(《小雅·南山有台》)

④ 靖共尔位,正直是与。(《小雅·小明》)

⑤ 古训是式,威仪是力。(《大雅·烝民》)

⑥ 保彼东方,鲁邦是常。(《鲁颂·閟宫》)

⑦ 戎狄是膺,荆舒是惩。(《鲁颂·閟宫》)

⑧ 龙旂十乘,大糦是承。(《商颂·玄鸟》)

⑨ 往近王舅,南土是保。(《大雅·崧高》)

⑩ 匪先民是程,匪大猷是经。(《小雅·小旻》)

例①"冒"是覆盖,"下土是冒"就是(日月)覆盖下土。例②两句就是用骐駵为中马(服马),用騧骊为骖马。"中""骖"都做动词用。例③"德音是茂"就是使德音美盛,"茂"是形容词做动词用。例④"正直是与"就是结交正直的人。例⑤两句就是效法古训,努力于君子的威仪,"式"与"力"协韵。例⑥"鲁邦是常"就是长守鲁国的疆土,"方"与"常"协韵。例⑦两句就是抵抗戎狄,惩办荆舒。宾语提前有强调的意思,"膺"与"惩"协韵。例⑧"大糦是承"就是载着供祭祀用的黍稷。"承"与"乘"协韵。例⑨"南土是保"就是保守好南方这块土地。例⑩

程，效法。大猷，大道。经，行。这两句就是：不效法祖先，不遵行治国大道。代词"斯"用于复指提前宾语的有 4 次。例如：

① 朋酒斯飨，曰杀羔羊。（《豳风·七月》）
② 大侯既抗，弓矢斯张。（《小雅·宾之初筵》）
③ 无俾城坏，无独斯畏。（《大雅·板》）
④ 笃公刘，于京斯依。（《大雅·公刘》）

例①"朋酒斯飨"就是喝着一壶一壶的酒，例②"弓矢斯张"就是安装好弓矢，例③"无独斯畏"就是不要畏惧孤立，例④"于京斯依"就是依据于京地。

用代词"之"或"是"复指前置宾语时，有的还可以在句首加"维"以加强语气，成为"维（唯）……是……"的格式。例如：

① 乃及王季，维德之行。（《大雅·大明》）
② 无非无仪，唯酒食是议。（《小雅·斯干》）
③ 匪舌是出，维躬是瘁。（《小雅·雨无正》）
④ 维迩言是听，维迩言是争。（《小雅·小旻》）

例①"维德之行"就是行有德之事；例②"唯酒食是议"，就是只议论酒食之事；例③"维躬是瘁"意思是只是伤害了自身；例④迩言，浅近的话。这两句的意思是只听浅近的话，只争论浅近的话。

"来"本是动词，《诗经》里常用于动词前帮助宾语前置，作用与"是"相当。王引之《经传释词》卷七："来，词之是也。"例如：

① 不念昔者，伊余来墍。(《邶风·谷风》)

② 既之阴女，反予来赫。(《大雅·桑柔》)

③ 匪安匪游，淮夷来求。(《大雅·江汉》)

④ 匪安匪舒，淮夷来铺。(《大雅·江汉》)

⑤ 匪疚匪棘，王国来极。(《大雅·江汉》)

例①"伊余来墍"就是维余是爱，例②"反予来赫"就是你反来威吓我，例③④"淮夷来求""淮夷来铺"就是征讨淮夷、讨伐淮夷。例⑤"王国来极"就是以王国为准则，《毛传》："极，中也。"

助词"于"也常用于动词前帮助宾语前置。杨树达《词诠》："于，句中助词，倒装用。"《诗经》有 4 次。例如：

① 赫赫南仲，玁狁于襄。(《小雅·出车》)

② 赫赫南仲，玁狁于夷。(《小雅·出车》)

③ 四国于蕃，四方于宣。(《大雅·崧高》)

例①"玁狁于襄"、例②"玁狁于夷"就是除去玁狁、平定玁狁。例③"四国于蕃，四方于宣"就是屏障四方国家，宣抚四方诸侯。"蕃""宣"协韵。总之，利用代词或助词把宾语提到动词前面，既可强调宾语，又便于协韵，所以《诗经》里用得比较多。

5. 介词宾语前置。介词宾语一般在介词之后，在一定条件下介词宾语也可以置于介词前面。在《诗经》里，疑问代词做介词"以"或"用"的宾语时，常置于前面。例如：

  ① 彼姝者子，何以畀之？ （《鄘风·干旄》）

  ② 谁谓雀无角，何以穿我屋。 （《召南·行露》）

  ③ 无衣无褐，何以卒岁 （《豳风·七月》）

  ④ 何以舟之，维玉及瑶。 （《大雅·公刘》）

  ⑤ 国既卒斩，何用不监。 （《小雅·节南山》）

例①至④用"何以"，表示工具，可译作"用什么"，例⑤用"何用"，表示原因，可译作"为什么"。它们的位置都在动词前面。相反，疑问代词做介词"于""自"的宾语表示处所，时常置于介词后面。例如：

  ① 哀我人斯，于何从禄。 （《小雅·正月》）

  ② 彼人之心，于何其臻。 （《小雅·菀柳》）

  ③ 我视谋犹，伊于胡底。 （《小雅·小旻》）

  ④ 握粟出卜，自何能穀。 （《小雅·小宛》）

例①"于何从禄"就是到哪里寻求幸福，例②"于何其臻"

就是他将走向何方，例③"伊于胡底"就是将到达什么境
地，例④"自何能穀"就是从哪里能够得到吉利。值得注
意的是《小雅·十月之交》二章"于何不臧"。王先谦《集
疏》引《韩诗》说："于何，犹奈何也。"俞樾《群经平议》
以为"于"即"吁"字，这里的"于何"不是介词结构。

名词做介词宾语有时也可以置于介词前面。例如：

① 将子无怒，秋以为期。（《卫风·氓》）

② 昏以为期，明星煌煌。（《陈风·东门之杨》）

③ 知子之来之，杂佩以赠之。（《郑风·女曰鸡鸣》）

④ 墓门有棘，斧以斯之。（《陈风·墓门》）

⑤ 夫也不良，歌以讯之。（《陈风·墓门》）

⑥ 民之失德，干餱以愆。（《小雅·伐木》）

⑦ 申伯还南，谢于诚归。（《大雅·崧高》）

⑧ 二矛重英，河上乎翱翔。（《郑风·清人》）

⑨ 载驰载驱，周爰咨诹。（《小雅·皇皇者华》）

例①"秋以为期"就是以秋天为期，例②"昏以为期"就
是以黄昏为约会之期，介词结构表示时间。例③"杂佩以
赠之"就是用杂佩赠送他，例④"斧以斯之"就是用斧劈断
它，介词结构表示工具。例⑤"歌以讯之"就是用歌唱来告
诫他，介词结构表示方式。例⑥"干餱以愆"就是因为一点
干粮也会得过失，介词结构表示原因。例⑦"谢于诚归"即
诚归于谢，倒词以就韵。例⑧"河上乎翱翔"就是翱翔乎河

上，介词结构表示处所。例 ⑨ "周爱咨诹"《毛传》："忠信为周。"《郑笺》："爱，于也。"就是访问于忠信之人。介词结构表示行为的对象。

代词做宾语而置于介词前面的，《诗经》里有"是以""是用"两个，它们已逐渐成为固定词组。例如：

① 维是褊心，是以为刺。(《魏风·葛屦》)
② 我心写兮，是以有誉处兮。(《小雅·裳裳者华》)
③ 是用作歌，将母来谂。(《小雅·四牡》)
④ 时纯熙矣，是用大介。(《周颂·酌》)

上述"是以""是用"都作"因此"讲，后来就逐渐虚化成为表示因果关系的连词。

四、修饰语和中心语的倒装

定语和状语在中心语之前，这是汉语古今一致的词序，《诗经》也不例外。但为了协韵，也有将定语或状语置于中心语之后的。其中定语后置的情况很特殊，因为一般地说，形容词置于名词后面就成为主谓结构而不是偏正关系了。《诗经》里这类例子也只是仅见。例如：

① 菀彼桑柔，其下侯旬。捋采其刘，瘼此下民。(《大雅·桑柔》)

②天命玄鸟，降雨生商，宅殷土芒芒。(《商颂·玄鸟》)

例①"菀彼桑柔"中的"桑柔"，当是"柔桑"的倒置。《诗经》里"〇彼△△"的句式中，"彼"后面都是名词或名词性词组，如《召南·小星》"嘒彼小星"、《邶风·泉水》"毖彼泉水"、《鄘风·柏舟》"髧彼两髦"、《秦风·晨风》"鴥彼晨风，郁彼北林"、《曹风·下泉》"冽彼下泉"、《小雅·沔水》"沔彼流水"、《大雅·大明》"凉彼武王"，等等，都无例外。这里变"柔桑"为"桑柔"，是为了"柔"与第三句"刘"字协韵。例②"宅殷土芒芒"当是"宅芒芒殷土"的倒装，定语"芒芒"后置，是为了与"商""汤""方"协韵。

状语从中心词之前移到中心词之后，结构上就变成了补语。《诗经》在不同章节里应用这种变换的句法，可以减少句式重复，有时也便于协韵。例如：

①
羔羊之革，素丝五緎。委蛇委蛇，自公退食。(《召南·羔羊》二章)

羔羊之缝，素丝五总。委蛇委蛇，退食自公。(同上三章)

②
日居月诸，出自东方。乃如之人兮，德音无良。(《邶风·日月》三章)

日居月诸，东方自出。父兮母兮，畜我不卒。(同上四章)

③ {
上帝既命，侯于周服。（《大雅·文王》四章）
侯服于周，天命靡常。（同上五章）
}

例①二章"自公退食"，"自公"是介词结构做状语，"革、緎、食"协韵；三章"退食自公"，"自公"在动词后成为补语，"缝、总、公"协韵。例②三章"出自东方"，"自东方"在动词后，是介词结构做补语，"方""良"协韵；四章"东方自出"介词结构在动词前做状语，而且介词宾语"东方"移到介词前，"出""卒"协韵。例③"侯"是助词，"服"者臣服。四章"侯于周服"，介词结构"于周"在动词前做状语，"服"与上文"亿"协韵。五章"侯服于周"不入韵，介词结构"于周"在动词后做补语。

第六章　《诗经》的修辞和章法

　　《诗经》所以在我国文学史上有着崇高的地位，而且至今仍然不失它的光彩，是因为无论在思想内容还是语言表达上，《诗经》都有自己特殊的优点。韩愈说："《诗》正而葩。"① "正"是就思想内容说。"《诗》三百，一言以蔽之曰：思无邪。"② "《诗》可以兴，可以观，可以群，可以怨，迩之事父，远之事君，多识于鸟兽草木之名。"③ "《国风》好色而不淫，《小雅》怨诽而不乱。"④ 这就是"正"。"葩"是就语言表达说，和谐的用韵，丰富的词汇，多样的句式，多种修辞的方式，整齐而多变的章法，使诗的语言生动活泼、美妙匀称，表达感情细致入微。这就是"葩"。《诗经》里做到了"正"和"葩"的统一。用现代的话说，就是做到了思想性和艺术性的统一。所以它能在封建社会中保持长久的生命力，有的至今读来仍觉优美感人。这一章里，我们将分别讨论《诗经》的修辞和章法问题，以便对它的语言运用有进一步的了解。

---

　　①　见韩愈《进学解》。

　　②　见《论语·为政》。

　　③　见《论语·阳货》。

　　④　见《史记·屈原贾生列传》。

第一节 《诗经》的修辞

《诗经》里的修辞方式主要有以下十四种。

一、比兴

赋、比、兴是《诗经》常用的语言表现手法，比、兴的大量运用更是《诗经》语言艺术的特点。什么叫赋、比、兴？郑玄说："赋之言铺，直铺陈今之政教善恶；比，见今之失，不敢斥言，取比类以言之；兴，见今之美，嫌于媚谀，取善事以喻劝之。"① 郑氏以为赋、比、兴分别反映国家的政教善恶，比用于刺恶，兴用于颂美，赋兼美刺两者。这与实际情况不合。《邶风·北风》"北风其凉，雨雪其雾"《毛传》："兴也。"《郑笺》："兴者，喻君政教酷暴，使民散乱。"《北门》"出自北门，忧心殷殷"《毛传》："兴也。"《郑笺》："兴者，喻己仕于暗君，犹行而出北门，心为之忧殷殷然。"《北风》是"刺虐"的诗，《北门》是"刺仕不得志"的诗，都不是颂美，却用了"兴"，郑氏也无法自圆其说。朱熹说："赋者，敷陈其事而直言之者也。"（《周南·葛覃》注）"比者，以彼物比此物也。"（《螽斯》注）"兴者，先言他物以引起所咏之词也。"（《关雎》注）朱氏的解释比较简

---

① 见郑玄《周礼·春官·大师》注。

单明了。兴是一首诗或一章诗的发端，就是先用一两句话描写周围的景物以引起下面所要歌咏的内容。诗的兴句通常在一章的开头，作用在于引起下文。兴句和下文的正意可以有联系，也可以没有联系。《诗经》305篇，《毛传》标明"兴也"的有113篇[①]，大约可分为以下三种情况：

1. 兴句兼有比喻的作用。例如：

　　① 桃之夭夭，灼灼其华。之子于归，宜其室家。（《周南·桃夭》）

　　② 何彼襛矣，唐棣之华。曷不肃雝，王姬之车。（《召南·何彼襛矣》）

　　③ 月出皎兮，佼人僚兮。（《陈风·月出》）

以上兴句都兼有比喻颜色的作用。例①首二句以桃花的鲜艳兴少女的艳丽。姚际恒《诗经通论》说："桃花色最艳，故以取喻女子，开千古词赋咏美人之祖。"例②首二句是以唐棣的华色兴王姬颜色的美盛。例③首句以月光的皎洁兴女子肤色的白皙。

　　④ 椒聊之实，蕃衍盈升。彼其之子，硕大无朋。椒聊且，远条且。（《唐风·椒聊》）

　　⑤ 南山崔崔，雄狐绥绥。鲁道有荡，齐子由归。（《齐风·南山》）

---

① 见 438 页附录一。

⑥泛泛杨舟，载沉载浮。既见君子，我心则休。
（《小雅·菁菁者莪》）

以上兴句兼有比喻形状的作用。例④以椒聊喻人。《传疏》："诗以椒实之蕃衍，兴桓叔子孙之蕃衍，又以椒气之远长兴桓叔之政教，此皆兴，唯中二句非兴。"例⑤有两兴。《毛传》："国君尊严如南山崔崔然。"《郑笺》："雄狐行求匹耦于南山之上，形貌绥绥然。兴者，喻襄公居人君之尊而为淫泆之行，其威仪可耻恶如狐。"古人以为狐是可恶的淫兽，故用以起兴。例⑥以舟的浮沉兴人心不定的状态。《集传》："'载沉载浮'犹言'载清载浊''载驰载驱'之类，以兴未见君子而心不定也。"

⑦营营青蝇，止于樊。岂弟君子，无信谗言。
（《小雅·青蝇》）

⑧瞻彼淇奥，绿竹猗猗。有匪君子，如切如磋，如琢如磨。（《卫风·淇奥》）

⑨鸤鸠在桑，其子七兮。淑人君子，其仪一兮。
（《曹风·鸤鸠》）

以上兴句兼有比喻品德的作用。例⑦首两句以青蝇的龌龊兴谗人的卑劣。陈奂《传疏》："兴者，青蝇以喻谗人也。"例⑧以淇奥绿竹的美盛兴君子（指卫武公）德行的美盛。《毛传》："武公质美德盛，有康叔之余烈。"例⑨以鸤鸠喂养幼鸤兴人君待下的品德。《毛传》:"鸤鸠之养其子,朝从上下,莫从下上,平均如一。"《郑笺》:"兴者,喻人君之德当均一于下也。"

⑩墙有茨,不可埽也。中冓之言,不可道也。(《鄘风·墙有茨》)

⑪习习谷风,以阴以雨。黾勉同心,不宜有怒。采葑采菲,无以下体。德音莫违,及尔同死。(《邶风·谷风》)

⑫墓门有棘,斧以斯之。夫也不良,国人知之。(《陈风·墓门》)

以上兴句兼有比喻事理的作用。例⑩首两句"墙有茨,不可埽"兴闺中丑恶的事不可说出。朱熹《集传》:"旧说以为宣公卒,惠公幼,其庶兄顽烝于宣姜,故诗人作此诗以刺之。言其闺中之事皆丑恶而不可言,理或然也。"例⑪首两句以东风和煦,万物生长,兴夫妇和睦,室家兴旺。《毛传》:"东风谓之谷风,阴阳和而谷风至,夫妇和则室家成,室家成而继嗣生。"例⑫首两句以墓门有棘木必须劈除,兴国家有不良的人必须除去,事虽不一,道理是一样的。

2. 即物起兴,与正句不一定有意义上的联系。例如:

①殷其雷,在南山之阳。何斯违斯,莫敢或遑。(《召南·殷其雷》)

②嘒彼小星，三五在东。肃肃宵征，夙夜在公，寔命不同。(《召南·小星》)

③彼黍离离，彼稷之苗。行迈靡靡，中心摇摇。(《王风·黍离》)

④东门之杨，其叶牂牂。昏以为期，明星煌煌。(《陈风·东门之杨》)

⑤翩翩者雕，烝然来思。君子有酒，嘉宾式燕又思。(《小雅·南有嘉鱼》)

⑥风雨凄凄，鸡鸣喈喈。既见君子，云胡不夷。(《郑风·风雨》)

⑦东门之池，可以沤麻。彼美淑姬，可与晤歌。(《陈风·东门之池》)

以上各例都以首两句起兴。例①"殷其雷"两句"但借雷以兴起下文，不必与雷相关也"(姚际恒语)。例②"嘒彼小星"两句，如《集传》所说，"因所见以起兴，其于义无所取，特取'在东''在公'两字之相应耳"。例③诗人见田野之黍稷，触景生情，因以起兴。例④"东门"两句，《集传》以为"此亦男女期会而有负约不至者，故因其所见以起兴也"。例⑤"翩翩者雕"两句如《集传》所说："此兴之全不取义者也。"例⑥是因时起兴，风雨之时，鸡鸣之晨，得见君子，其乐如何，因以所见所闻起兴。例⑦"东门之池"是女子劳动的地方，也是男女会合的地方，"盖因其会遇之地、所见之物以起兴也"(《诗集传》)。

3. 反兴，兴句的意思与正句的意思相反。例如：

①绵蛮黄鸟，止于丘阿。道之云远，我劳如何。（《小雅·绵蛮》）

②苕之华，芸其黄矣。心之忧矣，维其伤矣。（《小雅·苕之华》）

③有杕之杜，其叶湑湑。独行踽踽。岂无他人，不如我同父。（《唐风·杕杜》）

④有杕之杜，有睆其实。王事靡盬，继嗣我日。（《小雅·杕杜》）

⑤绵绵葛藟，在河之浒。终远兄弟，谓他人父。（《王风·葛藟》）

⑥弁彼鸒斯，归飞提提。民莫不穀，我独于罹。（《小雅·小弁》）

例①以黄鸟尚能止于丘隅，反兴自己行役远方，疲劳奔波，无法止息，人不如鸟。例②以花的黄盛，反兴人的衰老。王引之《经义述闻》："芸其黄矣，言其盛，非言其衰，故次章云'其叶青青'也。……诗人之起兴，往往感物之盛而叹人之衰。'有杕之杜，其叶湑湑'，何其盛也；'独行踽踽'，何其衰也。'隰有苌楚，猗傩其华'，何其盛也；'乐子之无家'，何其衰也。然则'苕之华，芸其黄矣。心之忧矣，维其伤矣。苕之华，其叶青青。知我如此，不如无生'，物自盛而人自衰，诗人所以叹也。"例③"有杕之杜"两句起兴。

《集传》说:"言杕然之杜,其叶犹湑湑然,而人无兄弟,则独行踽踽,曾杜之不如矣。"例④首两句也是反兴。《毛传》:"睆,实貌。杕杜犹得其时蕃滋,役夫劳苦,不得尽其天性。"例⑤"绵绵"两句以葛藟尚能滋生于河岸,反兴人不能安居家乡。《集传》:"世衰民散,有去其乡里家族而流离失所者,作此诗以自叹。言绵绵葛藟,则在河之浒矣,今乃终远兄弟,而谓他人为己父。"例⑥以乌鸦的提提归飞,反兴诗人遭祸的痛苦。陈奂《传疏》:"雅乌群集而飞归,则提提然而乐,以兴大子既被放逐,失父子之亲,是雅乌之不如也。"

比是比喻,以彼物比此物,意思容易懂。比喻可分明喻和隐喻两大类,《诗经》里应用都很普遍。明喻用"如"表示,个别有用"譬"或"而"表示的。例如:

① 自伯之东,首如飞蓬。(《卫风·伯兮》)

② 执辔如组,两骖如舞。(《郑风·大叔于田》)

③ 周道如砥,其直如矢。(《小雅·大东》)

④ 念彼共人,涕零如雨。(《小雅·小明》)

⑤ 胡然而天也,胡然而帝也。(《鄘风·君子偕老》)

以上例句都是比喻事物的形态。例①以"飞蓬"比头发的散乱;例②以织布比喻缰绳抖动的样子,以舞蹈比喻骖马奔走合拍;例③以砥石比喻周道平坦,以矢比喻周道的直;例④以下雨比眼泪的连绵不断;例⑤以"天"和"帝"比喻卫宣姜的美丽尊贵，"而"与"如"同。

⑥ 有女同车，颜如舜华。(《郑风·有女同车》)

⑦ 锦衣狐裘，颜如渥丹。(《秦风·终南》)

⑧ 大车啍啍，毳衣如璊(《王风·大车》)

⑨ 蜉蝣掘阅，麻衣如雪。(《曹风·蜉蝣》)

以上例句都是比喻事物的颜色。例 ⑥ 以"舜华"比女子容颜的艳丽；例 ⑦ 以"渥丹"比君子面色的红润；例 ⑧ "璊"是赤玉，以赤玉比毳衣的红艳；例 ⑨ 以雪比麻衣的洁白。

⑩ 谁谓荼苦，其甘如荠。(《邶风·谷风》)

⑪ 周原膴膴，堇荼如饴。(《大雅·绵》)

⑫ 言念君子，温其如玉。(《秦风·小戎》)

⑬ 有匪君子，如金如锡，如圭如璧。(《卫风·淇奥》)

⑭ 委委佗佗，如山如河。(《鄘风·君子偕老》)

⑮ 德辑如毛，民鲜克举之。(《大雅·烝民》)

以上例句都是比喻事物的性质。例 ⑩ 以荠菜的甜美比喻苦菜的味道，借以形容自己的遭遇比苦菜更苦。例 ⑪ 以饴糖的甜比喻堇荼的味道，是夸张周原土地的肥沃。例 ⑫ 以玉比喻君子品德的坚贞温和。例 ⑬ 金锡圭璧也都是比喻君子的品德，《毛传》："金锡炼而精，圭璧性有质。"例 ⑭ 以山河比喻君子胸怀的宽广，《毛传》："山无不容，河无不润。"

《集传》："如山，安重也。如河，弘广也。"例⑮以毛比喻德的重量很轻，但无人举起它，说明德是无形之物，深广无边。

　　⑯ 如蜩如螗，如沸如羹。(《大雅·荡》)
　　⑰ 戎车啴啴，啴啴焞焞，如霆如雷。(《小雅·采芑》)

以上例句是比喻声音。例⑯以蜩螗沸羹比喻语言嘈杂。《郑笺》："饮酒号呼之声如蜩螗之鸣，其笑语沓沓，又如汤之沸，羹之方熟。"例⑰以雷霆比喻戎车的声音。《正义》："戎车啴啴然众，焞焞然盛，如霆之发，如雷之声可畏。"

　　⑱ 彼采葛兮，一日不见，如三月兮。
　　　　彼采萧兮，一日不见，如三秋兮。
　　　　彼采艾兮，一日不见，如三岁兮。(《王风·采葛》)

以上"三月""三秋""三岁"都是比喻时间之长。成语"一日三秋"即由此而来。

　　隐喻不用"如"字，而是把本体事物和譬喻事物的关系隐藏在一个普通的句子里，或者干脆用譬喻事物代替本体事物。例如：

　　① 静言思之，不能奋飞。(《邶风·柏舟》)
　　② 他山之石，可以为错。(《小雅·鹤鸣》)

③ 既见君子，锡我百朋。(《小雅·菁菁者莪》)

④ 白圭之玷，尚可磨也；斯言之玷，不可为也。(《大雅·抑》)

⑤ 老马反为驹，不顾其后。(《小雅·角弓》)

以上例子是把比喻隐藏在动词谓语句里。例①"不能奋飞"《毛传》："不能如鸟奋翼而飞去。"是以鸟飞喻人。例②是以石攻玉，比喻以贤治国。《毛传》："错，石也，可以琢玉；举贤用滞，则可以治国。"例③"锡我百朋"非写实，《集传》："古者货贝，五贝为朋。锡我百朋者，见之而喜，如得重货之多也。"例④以白圭之玷可磨以喻斯言之玷不可为。朱熹《集传》："盖玉之玷缺，尚可磨镵使平，言语一失，莫能救之，其戒深切矣。"《论语·先进》："南容三复白圭。""白圭"当作"白圭之玷"，即来源于此诗。例⑤两句也是以马比人。《集传》："言其但知谗害人以取爵位，而不知其不胜任，如老马惫矣，而反自以为驹，不顾其后，将有不胜任之患也。"

⑥ 赳赳武夫，公侯腹心。(《周南·兔罝》)

⑦ 我心匪石，不可转也。我心匪席，不可卷也。(《邶风·柏舟》)

⑧ 祈父，予王之爪牙。(《小雅·祈父》)

⑨ 价人维藩，大师维垣，大邦维屏，大宗维翰。(《大雅·板》)

⑩ 懿厥哲妇，为枭为鸱。（《大雅·瞻卬》）

以上例子是把比喻隐藏在名词谓语句里，例 ⑥ "腹心"、例 ⑦ "石" "席"、例 ⑧ "爪牙"、例 ⑨ "藩" "垣" "屏" "翰"、例 ⑩ "枭" "鸱"，都是直接以譬喻语做名词谓语，不用 "如" 字。有时为了加强描写，连用几个比喻，例如：

　　① 手如柔荑，肤如凝脂，领如蝤蛴，齿如瓠犀，螓首蛾眉，巧笑倩兮，美目盼兮。（《卫风·硕人》）
　　② 天保定尔，以莫不兴。如山如阜，如冈如陵，如川之方至，以莫不增。……如月之恒，如日之升，如南山之寿，不骞不崩。如松柏之茂，无不尔或承。（《小雅·天保》）
　　③ 温温恭人，如集于木。惴惴小心，如临于谷。战战兢兢，如履薄冰。（《小雅·小宛》）

例 ① 连用四个明喻两个隐喻以形容卫庄姜容貌的美丽，姚际恒誉为 "千古颂美人无出其右者，是为绝唱"。例 ② 诗中连用九个明喻以祝贺福寿延绵不绝，后来 "九如" 或 "天保九如" 就成为祝寿之辞。例 ③ 连用三个比喻以形容 "温温恭人" 儆惕畏祸的心情。《集传》："如集于木，恐队（坠）也；如临于谷，恐陨也。" 它们都收到了很好的描写效果。有的诗通篇都用比喻，不说出正意，例如《小雅·鹤鸣》：

鹤鸣于九皋，声闻于野。鱼潜在渊，或在于渚。乐
彼之园，爰有树檀，其下维萚。他山之石，可以为错。
（一章）

鹤鸣于九皋，声闻于天。鱼在于渚，或潜在渊。乐
彼之园，爰有树檀，其下维榖。他山之石，可以攻玉。
（二章）

《鹤鸣》是劝告王朝最高统治者应当任用在野贤人的诗。《诗
序》："《鹤鸣》，诲宣王也。"《郑笺》："诲，教也，教宣王
求贤人之未仕者。"但通篇只用隐喻，不说出"求贤"的正
意，形成一篇风格特殊的诗。首章"鹤鸣"二句比喻贤者
虽隐居在野，但声名在外，大家知道。《毛传》："言身隐而
名著也。""鱼潜"二句比喻贤者进退不常。《郑笺》："喻贤
者世乱则隐，治平则出，在时君也。""乐彼"三句比喻朝
廷要尊重贤者，黜退小人。"树檀"喻君子，"萚"喻小人。
《郑笺》："此犹朝廷之尚贤者而下小人，是以往也。"姚际
恒《诗经通论》："'鹤鸣'二句，言贤者自有闻也；'鱼潜'
二句，言贤者进退不常也；'乐彼'二句，言用舍位置宜审
也。""他山"二句以琢玉比喻治国。《毛传》："错，石也，
可以琢玉，举贤用滞则可以治国。"全章四个比喻意思各有
侧重，合成一体，国君必须举贤任能的意思自然明白。二
章文字稍异，意思相同，末句"为错"与"攻玉"为互文。
《小雅·大东》五、六、七章也都借天象设喻，而不明言王
室徒有虚位并无实力的正意，表现手法和《鹤鸣》是大致相

同的。总之,《诗经》在比喻的运用上已达到了娴熟而巧妙的程度,值得我们认真地加以总结。

理论上赋、比、兴是不同的,但在具体的诗句里,有时界限并不十分清楚。有的兴句兼有比义,有的赋句又与兴、比相近,因此同一诗章诸家看法往往不同。例如《周南·卷耳》"采采卷耳,不盈顷筐"二句,《召南·行露》"厌浥行露,岂不夙夜,谓行多露"三句,《毛传》都以为"兴",《集传》都以为"赋",而姚际恒《诗经通论》都以为"比"。《邶风·谷风》"习习谷风,以阴以雨",《毛传》以为"兴",《集传》以为"比",《诗经通论》以为"赋"。《燕燕》"燕燕于飞,差池其羽",《毛传》未注,《集传》以为"兴",而《诗经通论》以为"兴而比"。《北门》"出自北门,忧心殷殷",《毛传》以为"兴",《集传》以为"比",《诗经通论》以为"赋"。《诗经》里这类例子很多,各家看法完全一致的倒少一些,这是值得注意的。

需要补充的是,赋的内容也不简单。赋不仅用于铺叙事实,描写景色,刻画人物形象、行动细节和心理活动,而且往往兼有比兴的意思。刘熙载说:"《风》诗中赋事,往往兼寓比兴之意。钟嵘《诗品》所由竟以'寓言写物'为赋也。赋兼比兴,则以言内之实事写言外之重旨。故古之君子,上下交际,不必有言也,以赋相示而已。不然,赋物必此物,其于用也几何?"[1] 以《豳风·东山》为例,通篇只用赋体,写东征战士归途中的心理活动,想象自己参军三年家中的凄

---

① 见刘熙载《艺概》卷三。

凉景象，妻子的盼望，回忆当年新婚的盛况，悲欢离合，情景交融，跃然纸上，绝对是一篇感人至深的好诗。《诗经》里这类作品还有不少，值得好好研究。

二、借代

事物都有一定的名称，为了修辞上的需要，临时借用与该事物有某种内在联系的词语来代替事物本来的名称，就叫作借代。《诗经》不少地方运用了这一修辞手法，有时为了让语言生动形象，有时为了诗句整齐的需要，借代成为一种习惯的用法。例如：

①春秋匪解，享祀不忒。(《鲁颂·閟宫》)

《郑笺》："春秋，犹言四时也。"《正义》："作者错举春秋以明冬夏，故云春秋犹言四时也。"《春秋正义》卷一《春秋序·疏》："春先于夏，秋先于冬，举先可以及后，言春足以兼夏，言秋足以兼冬，故举二字以包四时也。"举"春秋"代替一年四季，这是以部分代替全体。

②乘彼垝垣，以望复关。不见复关，泣涕涟涟。既见复关，载笑载言。(《卫风·氓》)

"复关"是地名。《毛传》："复关，君子所近也。"《正义》："复关者，非人之名号。"这里指所望之人，是以地名代人名。

③ 氓之蚩蚩，抱布贸丝。(《卫风·氓》)

"氓"本通名，《毛传》："氓，民也。"这里指"抱布贸丝"的男子，是以通名代专名。

④ 蒙彼绉绤，是绁袢也。(《鄘风·君子偕老》)

"绤"是细葛布，"绉"是极细的葛布，"绉绤"是制衣服的原料，此指衣服，是以原料代替成品的名称。

⑤ 出其东门，有女如云。虽则如云，匪我思存。缟衣綦巾，聊乐我员。(《郑风·出其东门》)

"缟衣綦巾"是诗人所爱女子的服饰，此以指女子，是以人的服饰特征代人。

⑥ 我姑酌彼金罍，维以不永怀。(《周南·卷耳》)

《正义》："我君子且酌彼金罍之酒。""金罍"是盛酒的器皿，此处指酒，是以器皿代替所盛的东西。

⑦ 来方禋祀，以其骍黑，与其黍稷。(《小雅·大田》)

《毛传》："骍，牛也；黑，羊豕也。""骍"是牛的毛色，"黑"是羊豕的毛色。此指牛和羊豕，是以事物的颜色代替事物本身。又"骍"是南方的颜色，"黑"是北方的颜色，"四方各用其方色之牲，此言骍黑，举南北以见其余也"（《集传》），则是用部分代替全体。

⑧ 先民有言，询于刍荛。（《大雅·板》）

按《说文》："刍，刈草也。……荛，薪也。"此指采薪的人。《正义》："询于刍荛，谓谋于取刍取荛之人，非谋于草木。"这是以人的行为代替从事这种行为的人。

⑨ 文王曰咨，咨女殷商。（《大雅·荡》）

《郑笺》："厉王弭谤，穆公朝廷之臣，不敢斥言王之恶，故上陈文王咨嗟殷纣切刺之。"这是以古人指代今人，开中国文学上借古讽今、指桑骂槐的先河。

上述例子表明，《诗经》里借代的内容是多方面的。从语法结构上看，这也就是偏正结构中中心语的省略，不过两者是从不同的角度进行讨论罢了。

三、夸饰

夸饰，现代也叫夸张，就是把事物说得远远超出客观实际，以加强人们的印象。夸张不等于浮夸虚假，言辞上出乎情理之外，实际上仍在情理之中，所以容易为读者所接受。《文心雕龙·夸饰篇》说："自天地以降，豫入声貌，文辞所被，夸饰恒存。虽《诗》《书》雅言，风格训世，事必宜广，文亦过焉。"《诗经》里应用夸饰的地方不少。例如：

　　① 谁谓河广，曾不容刀。谁谓宋远，曾不崇朝。（《卫风·河广》）

　　② 周余黎民，靡有孑遗。（《大雅·云汉》）

　　③ 乱生不夷，靡国不泯。民靡有黎，具祸以烬。（《大雅·桑柔》）

　　④ 崧高维岳，骏极于天。（《大雅·崧高》）

　　⑤ 鹤鸣于九皋，声闻于天。（《小雅·鹤鸣》）

　　⑥ 干禄百福，子孙千亿。（《大雅·假乐》）

　　⑦ 不稼不穑，胡取禾三百亿兮。（《魏风·伐檀》）

例① 说河广不容刀，是极言河窄；说宋远不崇朝，是极言宋近。例② "靡有孑遗"，是极言旱灾严重。《孟子·万章上》："故说《诗》者不以文害辞，不以辞害志；以意逆志，是为得之。如以辞而已矣。《云汉》之诗曰：'周余黎民，靡有孑遗'，信斯言也，是周无遗民也。"《论衡·艺增》："《诗》曰'维周黎民，靡有孑遗'，是谓周宣王之时，遭大旱之灾也。诗人伤旱之甚，民被其害，言无有孑遗一人不愁痛者。夫旱甚则有之矣，言无孑遗一人，增之也。夫周之民犹今之民也，使今之民也，遭大旱之灾，贫羸无蓄积，扣心思雨；若其富人谷食饶足者，廪困不空，口腹不饥，何愁之有？天之旱也，山林之间不枯，犹地之水，丘陵之上不湛也。山林之间，富贵之人必有遗脱者矣。而言靡有孑遗，增益其文，欲言旱甚也。"《论衡》所谓"增益其文"，就是修辞上的夸饰。例③"靡国不泯"《毛传》："泯，灭也。"《郑笺》："军旅久出征伐，而乱日生不平，无国而不见残灭也。"按厉王时征伐甚少，仅命號公长父伐淮夷一役。言"靡国不泯"，也是夸饰之辞。例④"崧"即嵩山，《礼记·孔子间居》引《诗》作"嵩"，高1440米，此言"骏极于天"，只是极言其高而已。例⑤"鹤鸣"两句是比喻，"声闻于天"则是夸饰。《论衡·艺增》："《诗》云'鹤鸣于九皋，声闻于天'，言鹤鸣九折之泽，声犹闻于天，以喻君子修德穷僻，名犹达朝廷也。其闻高远可矣，言其闻于天，增之也。……人无在天上者，何以知其闻于天上也？无以知，意从准况之也。诗人或时不知，至诚以为然；或时知，而欲以喻事，故增而甚之。"例⑥"子孙千亿"是极言子孙众多，并非真有"千亿"。《论衡·艺增篇》："《诗》言子孙千亿矣，美周宣王之德能顺天地，天地祚之，子孙众多……故《尚书》言'万国'，《诗》言'千亿'。"例⑦"胡取禾三百亿兮"，极言取禾之多，以见剥削之甚，不是实数。俞樾《群经平议》改"亿"为"繶"，训"捆"，"三百亿"即"三百捆"，得谷不过数十斗，完全失去了原诗夸饰的作用。

⑧ 周原膴膴，堇荼如饴。(《大雅·绵》)

⑨ 翩彼飞鸮，集于泮林。食我桑黮，怀我好音。
(《鲁颂·泮水》)

周原肥美，虽是苦菜也甘甜如饴；泮林美茂，虽恶声之鸮也
能怀我好音。这都是夸饰之辞。《文心雕龙·夸饰篇》说：
"鸮音之丑，岂有泮林而变好？荼味之苦，宁以周原而成
饴？并意深褒赞，故义成矫饰。大圣所录，以垂宪章。孟轲
所云'说《诗》者不以文害辞，不以辞害意也'。"刘氏对
于《诗经》所用夸饰手法的理解是非常正确的。

四、拟人

拟人是把动植物或其他没有知觉感情的东西当作人来描
写。《诗经》有好几首诗运用了拟人的修辞手法。例如：

① 硕鼠硕鼠，无食我黍。三岁贯女，莫我肯顾。
逝将去女，适彼乐土。乐土乐土，爰得我所。(《魏
风·硕鼠》)

《诗序》："《硕鼠》，刺重敛也。国人刺其君重敛蚕食于民，
不修其政，贪而畏人，若大鼠也。"诗中以硕鼠喻统治者，
这是比。但与硕鼠对语，怨其不肯顾我，并决心离他而去，
则是拟人的手法，把硕鼠作为人看待。整章都是对硕鼠说

话，实际上就是对统治者说话。

②黄鸟黄鸟，无集于穀，无啄我粟。此邦之人，不我肯穀。言旋言归，复我邦族。（《小雅·黄鸟》）

《正义》："言人有禁语云：黄鸟黄鸟，无集于我之穀木，无啄于我之粟。"这也是拟人的手法，赋予黄鸟以人的思想感情而与之对语。

③隰有苌楚，猗傩其枝。夭之沃沃，乐子之无知。（《桧风·隰有苌楚》）

《集传》："政烦赋重，人不堪其苦，叹其不如草木之无知而无忧也。"此诗也是采用拟人手法，把苌楚看成有感觉的人。诗人对它说："你长得如此茂盛而肥美，我真喜欢你的无识无知啊！"龚橙《诗本谊》以为这是男女相思之辞，"知"依《郑笺》训为"匹"，意思是因为对方没有配偶而高兴（自己好去追求）。解释虽然不同，拟人的修辞手法却是一致的。

此外，《豳风·鸱鸮》是我国最古的一首寓言诗，也是采用拟人的手法，假托大鸟以哀怨的口吻，诉说自己在鸱鸮抓去她的一二雏儿之后，仍然辛勤劳苦，修筑鸟巢。按《尚书·金縢》："武王既丧，管叔及其群弟乃流言于国曰：'公将不利于孺子。'周公乃告二公曰：'我之弗辟，我无以告我先王。'周公居东二年,则罪人斯得。于后,公乃为诗以贻王,名之曰《鸱鸮》。"据此《鸱鸮》是周公所作。周公自托为母鸟,又把人的语言和思想感情赋予它,这就是拟人的修辞手法。

五、谐音

谐音是用同一词语兼顾两种不同事物的修辞方式,民歌中应用很普遍。我们在《诗经》里已经看到不少这样的例子。例如:

> ① 摽有梅,其实七兮。求我庶士,迨其吉兮。(《召南·摽有梅》)

《摽有梅》是女子感于青春易逝,希望早日和追求她的男子成婚的诗。"梅"与"媒"回音,婚嫁必有媒人,所以诗人以"梅"起兴。

> ② 鬒发如云,不屑髢也。玉之瑱也,象之揥也,扬且之晳也。胡然而天也,胡然而帝也。(《鄘风·君子偕老》)

此章"瑱"与"天"谐音,"揥"与"帝"谐音,貌似赞扬,实为诙谐。

③芄兰之支，童子佩觿。虽则佩觿，能不我知？

（《卫风·芄兰》）

④譬彼坏木，疾用无枝。心之忧矣，宁莫之知。

（《小雅·小弁》）

例③"支"、例④"枝"，都是与"知"谐音。按《说苑·善说》："山有木兮木有枝，心说君兮君不知。"以木的"有枝"反衬君的"不知"，也是应用同样的修辞手法。

⑤鱼网之设，鸿则离之。燕婉之求，得此戚施。

（《邶风·新台》）

⑥蝃蝀在东，莫之敢指。女子有行，远父母兄弟。

（《鄘风·蝃蝀》）

例⑤"鸿"与"公"谐音。闻一多《说鱼》："旧说这是卫宣公强占太子伋的新妇——齐女的诗，则鱼喻太子（少男），鸿喻公（老公），鸿、公谐声，鸿是双关语。我从前把这鸿字解释为蝦蟆的异名，虽然证据也够确凿的，但与《九罭》篇的鸿字对照了看，似乎仍以训为鸟名为安。"例⑥《蝃蝀》是讽刺女子私奔的诗，"指"字双关。王先谦《集疏》："此诗'指'有二义，自本义言，则为手指之指；自喻意言，则为指斥之指。"

⑦采苓采苓，首阳之巅。人之为言，苟亦无信。

〇采苦采苦，首阳之下。人之为言，苟亦无与。(《唐风·采苓》)

⑧交交黄鸟，止于棘。谁从穆公，子车奄息。……〇交交黄鸟，止于桑。谁从穆公，子车仲行。……〇交交黄鸟，止于楚。谁从穆公，子车针虎。……(《秦风·黄鸟》)

例⑦"苓"与"怜"谐音，苦菜之"苦"与苦痛之"苦"谐音。《群经平议》卷九："诗人盖托物以见意，苓之言怜也，苦之言苦也。"例⑧《秦风·黄鸟》是哀悼子车氏三兄弟被迫为秦穆公殉葬的诗。三章首句都语含双关，"棘"音谐"急"，"桑"音谐"伤"或"丧"，楚木的"楚"音谐痛楚的"楚"。

又魏源《诗古微·周南答问》："《三百篇》言'取妻'者，皆以'析薪'起兴，盖古者嫁娶必以燎炬为烛。故《南山》之'析薪'，《车辖》之'析柞（析其柞薪）'，《绸缪》之'束薪'，《豳风》之'伐柯'，皆与此（指《汉广》）'错薪''刈楚'同兴。"按："薪""新"谐音，"新"者新妇、新婚之意，以"析薪"起兴，喻少女将成为新妇，也有谐音而带比喻的意思。

六、对偶

对偶是用字数相等、句法相似的语句表示相关或相反的意思。应用对偶，可以使诗句匀称，意思突出。形式上又可分为两句对偶和四句对偶两种：

1. 两句对偶。例如：

① 喓喓草虫，趯趯阜螽。(《召南·草虫》)

② 鴥彼晨风，郁彼北林。(《秦风·晨风》)

③ 麀鹿濯濯，白鸟翯翯。(《大雅·灵台》)

④ 诲尔谆谆，听我藐藐。(《大雅·抑》)

⑤ 柔则茹之，刚则吐之。(《大雅·烝民》)

⑥ 忘我大德，思我小怨。(《小雅·谷风》)

例①至③上下两句意思相关，例④至⑥上下两句意思相反。至于句子内容的结构则各例可以不同。

2. 四句对偶，即由四个复句两两相对，它们的意义较单对复杂。例如：

① 维南有箕，不可以簸扬；维北有斗，不可以挹酒浆。(《小雅·大东》)

② 无矢我陵，我陵我阿；无饮我泉，我泉我池。(《大雅·皇矣》)

③ 凤皇鸣矣，于彼高冈；梧桐生矣，于彼朝阳。(《大雅·卷阿》)

④ 昔我往矣，杨柳依依；今我来思，雨雪霏霏。(《小雅·采薇》)

⑤ 将恐将惧，维予于女；将安将乐，女转弃予。

403

（《小雅·谷风》）

⑥维此良人，弗求弗迪；维彼忍心，是顾是复。
（《大雅·桑柔》）

例①至③前两句和后两句意思相关，互相补充，描写更加全面；例④至⑥前后两句意思相反，互相对照，印象更加分明。各例前两句或后两句内部又可以有种种不同的关系，我们不详细讨论了。

七、排比

排比是用三个以上结构相似的平行句法构成，表示强调或层层深入。例如：

①期我乎桑中，要我乎上宫，送我乎淇之上矣。
（《鄘风·桑中》）
②如跂斯翼，如矢斯棘，如鸟斯革，如翬斯飞。
（《小雅·斯干》）
③父兮生我，母兮鞠我。拊我畜我，长我育我，顾我复我，出入腹我。（《小雅·蓼莪》）
④捄之陾陾，度之薨薨。筑之登登，削屡冯冯。
（《大雅·绵》）
⑤荏菽旆旆，禾役穟穟，麻麦幪幪，瓜瓞唪唪。
（《大雅·生民》）

例①以三句排比强调女子对己的热情，陈奂《传疏》："此思女之爱厚于我，从濮阳之南送至黎阳淇口也。"例②以四句排比描写宫室外表的雄伟轩嚢；例③以六句排比强调父母养育的恩情；例④以四句排比描写修建宫室的热烈场面；例⑤以四句排比描写庄稼生长的旺盛。也有六句三排或八句四排，而各句之间又有对偶关系的。例如：

　　⑥知子之来之，杂佩以赠之；知子之顺之，杂佩以问之；知子之好之，杂佩以报之。(《郑风·女曰鸡鸣》)

　　⑦东人之子，职劳不来；西人之子，粲粲衣服；舟人之子，熊罴是裘；私人之子，百僚是试。(《小雅·大东》)

　　⑧作之屏之，其菑其翳；修之平之，其灌其栵；启之辟之，其柽其椐；攘之剔之，其檿其柘。(《大雅·皇矣》)

以上都是两句为一排，每排两句与两句之间又相为对偶。例⑥六句三排，表现了年轻妻子对丈夫的热情关怀；例⑦八句四排，对比了东人与西人劳逸不均；例⑧也是八句四排，写大王垦辟山林营建宫室，气势磅礴而一贯。

八、设问

　　所谓设问，不是有什么问题要求回答，而是故作疑词，提醒下文，以引起读者注意，或表示委婉的语气。有以下三种情况：

1. 先问后答。例如：

① 何彼襛矣？唐棣之华。（《召南·何彼襛矣》）

② 何其处也？必有与也。何其久也？必有以也。（《邶风·旄丘》）

③ 伐柯如何？匪斧不克。取妻如何？匪媒不得。（《豳风·伐柯》）

④ 夜如何其？夜未央！庭燎之光。（《小雅·庭燎》）

⑤ 岂曰无衣？与子同袍。（《秦风·无衣》）

上述设问都是先作疑词，提醒下文，加强读者印象，紧接第二句就说出了正意。

2. 先拨后问。例如：

⑥ 青青子衿，悠悠我心。纵我不往，子宁不嗣音？（《郑风·子衿》）

⑦ 子惠思我，褰裳涉溱。子不我思，岂无他人？（《郑风·褰裳》）

⑧ 鲁道有荡，齐子由归。既曰归止，曷又怀止？（《齐风·南山》）

⑨ 不稼不穑，胡取禾三百廛兮？（《魏风·伐檀》）

以上各例都是前一句拨开一层，后一句设问，颇能传达说话者的神气。

3. 问而不答。例如：

⑩ 谁谓雀无角？何以穿我屋？谁谓女无家？何以速我狱？（《召南·行露》）

⑪ 自伯之东，首如飞蓬。岂无膏沐？谁适为容？（《卫风·伯兮》）

⑫ 何辜于天？我罪伊何？心之忧矣，云如之何？（《小雅·小弁》）

⑬ 嗟行之人，胡不比焉？人无兄弟，胡不佽焉。（《唐风·杕杜》）

以上例句里，诗人的意思其实是明白而肯定的。但采用问而不答的句式，语气比较委婉，能更好地表达诗人曲折复杂的心情，语言上也显得活泼一些。

九、垫衬

先否定某种意思作为垫衬，然后说出正面的意思。例如：

① 自牧归荑，洵美且异。匪女之为美，美人之贻。（《邶风·静女》）

② 投我以木瓜，报之以琼琚。匪报也，永以为好

也。(《卫风·木瓜》)

　　③匪伊垂之，带则有余。匪伊卷之，发则有旟。
(《小雅·都人士》)

　　④将仲子兮，无逾我里，无折我树杞。岂敢爱之，
畏我父母。仲可怀也，父母之言，亦可畏也。(《郑
风·将仲子》)

　　⑤籊籊竹竿，以钓于淇。岂不尔思，远莫致之。
(《卫风·竹竿》)

　　⑥大车槛槛，毳衣如菼。岂不尔思，畏子不敢。
(《王风·大车》)

例①"匪女之为美"、例②"匪报也"、例③"匪伊垂
之""匪伊卷之"，都是用"匪……"的形式否定前面所说
的事实，但都是作为垫衬，正意只在最后一句。例④至⑥
都是以反诘句作为垫衬。例④"岂敢爱之"意思是不敢爱惜
它，例⑤⑥"岂不尔思"意思是不是不想你。都是先用否
定或反诘形式撇开一层，然后说出正面的意思。采用这种形
式，可以使语言增加委曲回环、错落有致的妙处。

十、咏叹

　　咏叹可以帮助表示比较强烈的思想感情，《诗经》里常
常采用。凡是赞美、喜悦、哀怨、同情、不满、厌恶等感
情，都可以用咏叹的方式来表示。例如：

①彼茁者葭，壹发五豝。于嗟乎驺虞！（《召南·驺虞》）

②君子阳阳，左执簧，右招我由房。其乐只且！（《王风·君子阳阳》）

③於我乎！夏屋渠渠。今也每食无余。于嗟乎！不承权舆！（《秦风·权舆》）

④子之不淑，云如之何！（《鄘风·君子偕老》）

⑤之死矢靡它。母也天只，不谅人只！（《鄘风·柏舟》）

⑥硕鼠硕鼠！无食我黍！（《魏风·硕鼠》）

例①"于嗟乎驺虞！"表示赞美；例②"其乐只且！"表示喜悦；例③"于嗟乎！不承权舆！"表示哀怨；例④"不淑"等于"不善"，"不善"等于"不祥、不幸"，"子之不淑，云如之何！"表示同情；例⑤"母也天只，不谅人只！"表示不满；例⑥"硕鼠硕鼠！无食我黍！"表示厌恶。这些诗句都反映了诗人的强烈感情，不是一般的叙述。有时咏叹和提问结合起来应用，表示的感情更复杂一些。可以先叹后问，也可以先问后叹。例如：

①式微式微！胡不归？（《邶风·式微》）

②已焉哉！天实为之，谓之何哉？（《邶风·北门》）

③扬之水，不流束薪。彼其之子，不与我戍申。怀哉怀哉！曷月予还归哉？（《王风·扬之水》）

④ 逝将去女，适彼乐郊。乐郊乐郊！谁之永号？（《魏风·硕鼠》）

⑤ 子不我思，岂无他人？狂童之狂也且！（《郑风·褰裳》）

⑥ 心之忧矣，其谁知之？其谁知之？盖亦勿思！（《魏风·园有桃》）

⑦ 祈父，予王之爪牙。胡转予于恤？靡所止居！（《小雅·祈父》）

⑧ 防有鹊巢，邛有旨苕。谁侜予美？心焉忉忉！（《陈风·防有鹊巢》）

例①至④是先用咏叹，后用诘问；例⑤至⑧是先用诘问，后用咏叹。它们都可以使感情的表达更加深挚而曲折。

十一、顶针

顶针也叫"顶真""联珠"，是用前文的结尾（词语或句子）做下文的起头，使语句递接紧凑而文势畅达。《诗经》里已有多处应用这一修辞方式。例如：

① 及尔偕老，老使我怨。……信誓旦旦，不思其反。反是不思，亦已焉哉！（《卫风·氓》）

② 夫也不良，歌以讯之。讯予不顾，颠倒思予。（《陈风·墓门》）

③ 有駜有駜，駜彼乘黄。夙夜在公，在公明明。振振鹭，鹭于下。(《鲁颂·有駜》)

④ 烝衎烈祖，以洽百礼。百礼既至，有壬有林。锡尔纯嘏，子孙其湛。其湛曰乐，各奏尔能。(《小雅·宾之初筵》)

⑤ 昭明有融，高朗令终。令终有俶，公尸嘉告。(《大雅·既醉》)

⑥ 彼其之子，美无度。美无度，殊异乎公路！(《魏风·汾沮洳》)

⑦ 终远兄弟，谓他人父。谓他人父，亦莫我顾。(《王风·葛藟》)

⑧ 其钓维何？维鲂及鱮。维鲂及鱮，薄言观者。(《小雅·采绿》)

例①至③是词与词相叠。例①首句结尾"老"又是第二句的起头，四句结尾"反"又是第五句起头；例②第二句"讯"又是第三句起头；例③首句的结尾"駜"又是第二句起头，第三句"在公"又为第四句起头，第五句结尾"鹭"又是第六句起头。例④⑤是词组迭用。例④第二句"百礼"为第三句起头，第六句"其湛"又为第七句起头；例⑤第二句"令终"又为第三句起头。最后三例是诗句叠用。例⑥"美无度"叠用，例⑦"谓他人父"叠用，例⑧"维鲂及鱮"叠用，它们都能使诗意得到强调，上下衔接紧凑。这种修辞方式在历代中国文学作品中得到相当广泛的应用。例如元马致远《汉宫秋》第三折《梅花酒》："他他他（指王昭君），伤心辞汉主，我我我，携手上河梁；他部从入穷荒，我銮舆返咸阳；返咸阳，过宫墙；过宫墙，绕回廊；绕回廊，近椒房；近椒房，月昏黄；月昏黄，夜生凉；夜生凉，泣寒蛩；泣寒蛩，绿纱窗；绿纱窗，不思量。呀，不思量，除非是铁心肠；铁心肠也愁泪滴千行！"巧妙地运用顶针和叠句的手法，结合环境和景色的描写，把汉元帝对王昭君的深切思念和郁闷心情，表现得栩栩如生，成为千古绝唱。

十二、悬想

悬想是想象某人的言语行动或某种情况的发生，而不是写实。例如：

①采采卷耳，不盈顷筐。嗟我怀人，寘彼周行。○陟彼崔嵬，我马虺隤。我姑酌彼金罍，维以不永怀。○陟彼高冈，我马玄黄。我姑酌彼兕觥，维以不永伤。○陟彼砠矣，我马瘏矣，我仆痡矣，云何吁矣。（《周南·卷耳》）

②陟彼岵兮，瞻望父兮。父曰嗟予子，行役夙夜无已。上慎旃哉，犹来无止！（《魏风·陟岵》）

③我徂东山，慆慆不归。我来自东，零雨其濛。鹳鸣于垤，妇叹于室。洒埽穹窒，我征聿至。有敦瓜苦，烝在栗薪。自我不见，于今三年。（《豳风·东山》）

例①《卷耳》是"大夫行役，其室家念之之词"（明何琇《樵香小记》）。一章写实，"我"是怀人者；二、三、四章都是怀人者悬想所怀行人的情景，其中的"我"都是所怀的行人自称，不是写实。诗人不说自己怀念行人，却悬想行人想念自己忧思至极，正见自己怀人的深切。例②《陟岵》是"孝子行役，思念父母"的诗，一、二句写实，以下四句是悬想其父念己祝己，情深意切，语言方法与《卷耳》同。例③是征人归家途中悬想自己初到家中的情景。妻子在家愁苦自叹，"洒埽穹窒"以下是想象妻子自叹的话；"我"是妻子自称而不是征人自称。

十三、变文

变文是在两句话里，用不同的词表示相同的意思，或者本来是同一个词却也改用不同的字形，使语言增加变化，避免重复。《诗经》有时还为了使音韵和谐而采用变文的方式。例如：

① 母也天只，不谅人只。（《鄘风·柏舟》）

② 无父何怙，无母何恃。（《小雅·蓼莪》）

③ 我服既成，于三十里。王于出征，以佐天子。（《小雅·六月》）

④ 蔼蔼王多吉士，维君子使，媚于天子。（《大雅·卷阿》）

413

⑤ 京师之野，于时处处，于时庐旅，于时言言，于时语语。（《大雅·公刘》）

⑥ 天命玄鸟，降而生商，宅殷土芒芒。（《商颂·玄鸟》）

例 ① "天"即指父。《古书疑义举例》："母则直曰母，而父则称之为天，此变文协韵之例也。"例 ② "怙"与"恃"同义，《说文》，"怙，恃也。"两句分用两字，是因为"怙"与"父"协韵，"恃"与"母"协韵。例 ③ "王"与"天子"为变文。杨树达《文言修辞学》："言王又言天子，天子即王也。"例 ④ "君子"与"天子"为变文。《集传》："既曰君子，又曰天子，犹曰'王于出征，以佐天子'云尔。"例 ⑤ "庐旅"为"旅旅"变文。杨树达先生说："庐旅与处处同义，语语与言言同义，诗人自有复语耳。以上文处处、言言、语语文例推之，正当言庐庐，而言庐旅者，以庐是平音，故改用上声旅字，以与野、处、语协韵耳。音韵学家有疑古无上声者，观此诗可知古人确有平上之分矣。"例 ⑥ "殷"与"商"为变文。阎若璩《古文尚书疏证》卷四："既云生商，下自不得云'宅商土芒芒'，易商为殷，文字宜然。"以上都是用同义词相换以求文字的变化。也有利用本字和通假字、古今字互用以求文字变化的。例如：

⑦ 君子于役，不日不月，曷其有佸？鸡栖于桀，日之夕矣，羊牛下括。（《王风·君子于役》）

⑧ 清人在彭，驷介旁旁。（《郑风·清人》）

⑨ 父兮生我，母兮鞠我。拊我畜我，长我育我。（《小雅·蓼莪》）

⑩ 敦弓既坚，四镞既钧，舍矢既均，序宾以贤。（《大雅·行苇》）

⑪ 思乐泮水，薄采其芹。鲁侯戾止，言观其旂。（《鲁颂·泮水》）

⑫ 燎之方扬，宁或灭之？赫赫宗周，褒姒灭之。（《小雅·正月》）

例⑦"佸"与"括"为变文。马瑞辰《通释》："'羊牛下括'之括，即'曷其有佸'之佸。故《韩诗》于佸训至，《毛诗》于括亦训至。《毛诗》训佸为会，会亦至也。《广雅》：'会，至也。'乃上用本字为佸，下则假借括字矣。"例⑧"旁旁"与"彭彭"为变文。《小雅·北山》《大雅·烝民》都作"四牡彭彭"，此诗独作"旁旁"，是因为上句有"彭"，所以要言"旁旁"以与"彭"协韵。例⑨"鞠"与"育"为变文。《集传》："鞠、育，皆养也。"马瑞辰《通释》："鞠即育字之同音假借。育养之育借作鞠，犹育稚之育借作鞠，又借作鬻也。……此诗下言'育我'用本字，故上借鞠为育，以与下'育我'为韵，正所谓义同字变者也。"例⑩"钧"与"均"为变文。陈奂《传疏》："钧者，均之假借字。"下文用本字"均"，上文即变用通假字"钧"。例⑪"旂"为"旗"的假借，变文以协韵。《说文》：

"旂，旗有众铃以令众也。"马瑞辰《通释》："泛言旌旗者皆作旗，不作旂。此诗'言观其旂'亦是泛言旌旗。作旂者，盖作旗则与上文'薄采其芹'韵不相谐，故必改旗为旂。古音旂从斤声，读如邻，方与芹协也。"例⑫"威"与"灭"为变文。陈奂《传疏》："威，古灭字，《传》训威为灭，犹御为禦，罙为深，皆以今字释古字之例。"胡承珙《后笺》："灭与威义相同，诗人必变灭书威者，一字分二韵，则别二字书之，义同字变之例也。"

十四、互词

互词也叫"互文"，上下文（特别是相对的两句话）各举一端，互相补充，成为一个完整的意思。这是一种能使文辞精练的修辞方式，《诗经》里广泛应用。例如：

① 薄汙我私，薄澣我衣。害澣害否，归宁父母。（《周南·葛覃》）

② 邢侯之姨，谭公维私。（《卫风·硕人》）

③ 既破我斧，又缺我斨。周公东征，四国是皇。（《豳风·破斧》）

④ 方叔率止，钲人伐鼓，陈师鞠旅。（《小雅·采芑》）

⑤ 既张我弓，既挟我矢。发彼小豝，殪此大兕。（《小雅·吉日》）

⑥ 干禄百福，子孙千亿。（《大雅·假乐》）

例①"汙"是搓去污垢，"瀚"是在水中漂洗。陈奂《传疏》："上句言汙，下句言瀚；上句言私，下句言衣，皆互词耳。"例②妻的姊妹为姨，姊妹的夫为私。邢侯、谭公都是庄姜姊妹之夫，即都是庄姜之私；而庄姜为邢侯、谭公之姨。两句中"姨"与"私"为互词。例③斨与斧于战争中往往既缺且破。此于斧言"破"，于"斨"言缺，乃是互词。例④《郑笺》："钲也鼓也，各有人焉（即钲人击钲，鼓人伐鼓）。言钲人伐鼓，互言尔。二千五百人为师，五百人为旅。此言将战之日，陈列其师旅誓告之也。陈师告旅，亦互言之。"例⑤"发"为发矢，"殪"为杀死。《毛传》："殪，壹发而死。"陈奂《传疏》："小犴言发，大兕言殪，互词。故《传》以'壹发而死'释经殪字，必兼上句发字以明意耳。"例⑥"干"训"求"。《传疏》："禄、福义同，于禄言干，于福言百，互词也。""干禄百福"，就是干求百种之禄，干求百种之福。

以上讨论的是《诗经》里比较常用的修辞方式。此外如"萧萧马鸣，悠悠旆旌"（《小雅·车攻》）是映衬（军容肃整）；"先民有言，询于刍荛"（《大雅·板》）是引言；"殷鉴不远，在夏后之世"（《大雅·荡》）是用事；"女曰观乎，士曰既且"（《郑风·溱洧》）是问答；"叔兮伯兮，倡予和女"（《郑风·萚兮》）是呼谓；等等。这些《诗经》里都不乏其例。至于以重言词绘景摹声，省略或倒装句子成分以求句式的整齐，我们在词汇、语法章里已经讨论过，这里就不再讨论了。

第二节 《诗经》的章法

　　《诗经》305 篇，共 1150 章，各诗体制长短不一。《国风》是民间歌谣，一般较短，每诗多为 2、3 章，且多用叠咏体。《大雅》体制较长，平均 7.1 章，《桑柔》长达 16 章。《小雅》长短参半，平均 5.2 章，8 章以上的长诗有 10 篇，3 章以下的短诗有 19 篇。《周颂》体制最短，每诗只有 1 章。《鲁颂》与《商颂》中的《长发》《殷武》两篇，体制略同《大雅》，《商颂》其余三篇则与《周颂》相同。

　　《诗经》的章法可以分为以下三种情况。

一、完全叠咏体

　　完全叠咏体是各章句式整齐一致，多用同语反复，只是其中一二词语有所变易。意义上有的各章平列，有的前后互补，有的层层深进。例如：

　　　①子惠思我，褰裳涉溱。子不我思，岂无他人。狂童之狂也且！〇子惠思我，褰裳涉洧。子不我思，岂无他士。狂童之狂也且。（《郑风·褰裳》）
　　　②彼茁者葭，壹发五豝。于嗟乎驺虞！〇彼茁者蓬，壹发五豵。于嗟乎驺虞！（《召南·驺虞》）
　　　③摽有梅，其实七兮。求我庶士，迨其吉兮。〇

摽有梅，其实三兮。求我庶士，迨其今兮。〇摽有梅，
顷筐墍之。求我庶士，迨其谓之。(《召南·摽有梅》)

例①两章意义相同。"他人"就是"他士"。唯"人"与
"溱"韵，"士"与"洧"韵，所以易"人"为"士"。例②
一章"豝"是大兽，二章"豵"是小兽，两章合起来表示大
兽小兽都有所猎获。例③一章梅实七分在树，二章梅实三
分在树，三章梅实全落，比喻女子年华由盛而衰，开始尚求
吉日，最后则不待备礼即与庶士相会，意思逐章深进了。从
形式上看，《诗经》里的完全叠咏又有四式：

1. 二章叠咏。全《诗》二章叠咏共 38 篇，每章又有三、
四、五、六、七、八、九、十二句等不同的情况。例如：

①十亩之间兮，桑者闲闲兮，行与子还兮。〇十
亩之外兮，桑者泄泄兮，行与子逝兮。(《魏风·十亩
之间》)

②谁谓河广？一苇杭之。谁谓宋远？跂予望之。
〇谁谓河广？曾不容刀。谁谓宋远？曾不崇朝。(《卫
风·河广》)

③墓门有棘，斧以斯之。夫也不良，国人知之。知
而不已，谁昔然矣。〇墓门有梅，有鸮萃止。夫也不良，
歌以讯之。讯予不顾，颠倒思予。(《陈风·墓门》)

④泛彼柏舟，在彼中河。髧彼两髦，实维我仪。
之死矢靡它。母也天只，不谅人只！〇泛彼柏舟，在彼

河侧。髧彼两髦，实维我特。之死矢靡慝。母也天只，
不谅人只！（《鄘风·柏舟》）

⑤园有桃，其实之殽。心之忧矣，我歌且谣。不
知我者，谓我士也骄。彼人是哉？子曰何其。心之忧
矣，其谁知之？其谁知之，盖亦勿思！〇园有棘，其实
之食。心之忧矣，聊以行国。不知我者，谓我士也罔
极。彼人是哉？子曰何其。心之忧矣，其谁知之？其谁
知之，盖亦勿思！（《魏风·园有桃》）

例①二章章三句，例②二章章四句，例③二章章六句，
例④二章章七句，例⑤二章章十二句。其余《小星》《驺
虞》《式微》《二子乘舟》《鹑之奔奔》《芄兰》《君子于役》
《君子阳阳》《遵大路》《有女同车》《山有扶苏》《萚兮》《狡
童》《褰裳》《东门之墠》《扬之水》《出其东门》《野有蔓
草》《溱洧》《东方之日》《椒柳》《杕杜》《唐风·羔裘》《唐
风·无衣》《有杕之杜》《终南》《渭阳》《权舆》《东门之杨》
《防有鹊巢》《伐柯》《狼跋》《鹤鸣》等都是。

2. 三章叠咏。全《诗》三章叠咏共78篇，从每章二句
至每章十二句都有。例如：

①卢令令，其人美且仁。〇卢重环，其人美且鬈。
〇卢重鋂，其人美且偲。（《齐风·卢令》）
②蔽芾甘棠，勿翦勿伐，召伯所茇。〇蔽芾甘棠，
勿翦勿败，召伯所憩。〇蔽芾甘棠，勿翦勿拜，召伯所

说。(《召南·甘棠》)

③月出皎兮，佼人僚兮。舒窈纠兮，劳心悄兮。〇月出皓兮，佼人懰兮。舒忧受兮，劳心慅兮。〇月出照兮，佼人燎兮。舒夭绍兮，劳心惨兮。(《陈风·月出》)

④彤弓弨兮，受言藏之。我有嘉宾，中心贶之。钟鼓既设，一朝飨之。〇彤弓弨兮，受言载之。我有嘉宾，中心喜之。钟鼓既设，一朝右之。〇彤弓弨兮，受言櫜之。我有嘉宾，中心好之。钟鼓既设。一朝酬之。(《小雅·彤弓》)

⑤绵蛮黄鸟，止于丘阿。道之云远，我劳如何？饮之食之，教之诲之。命彼后车，谓之载之。〇绵蛮黄鸟，止于丘隅。岂敢惮行，畏不能趋。饮之食之，教之诲之。命彼后车，谓之载之。〇绵蛮黄鸟，止于丘侧。岂敢惮行，畏不能极。饮之食之，教之诲之。命彼后车，谓之载之。(《小雅·绵蛮》)

例①三章章二句，例②三章章三句，例③三章章四句，例④三章章六句，例⑤三章章八句，都是每章稍易词语。其余三章叠咏体还有《麟之趾》《采葛》《著》，都是每章三句；《樛木》《螽斯》《桃夭》《兔罝》《芣苢》《鹊巢》《采蘋》《羔羊》《摽有梅》《相鼠》《考槃》《有狐》《木瓜》《丘中有麻》《缁衣》《清人》《郑风·羔裘》《风雨》《还》《敝笱》《东门之池》《桧风·羔裘》《隰有苌楚》《蜉蝣》《无将大车》《青蝇》《鱼藻》，都是每章四句；《江有汜》《叔于田》《秦风·无衣》《庭燎》《泂酌》，都是每章五句;《殷其雷》《北风》《墙有茨》《干旄》《王风·扬之水》《中谷有蓷》《葛藟》《猗嗟》《汾沮洳》《陟岵》《绸缪》《晨风》《泽陂》《破斧》《鸿雁》《我行其野》《小雅·谷风》《瞻彼洛矣》《裳裳者华》《渐渐之石》，都是每章六句;《草虫》《桑中》《兔爰》《鸨羽》《小雅·黄鸟》，都是每章七句;《将仲子》《硕鼠》《蟋蟀》《山有枢》《采苓》《蒹葭》，都是每章八句;《淇奥》《伐檀》《有驰》，都是每章九句;《黍离》《大叔于田》，都是每章十句;《秦风·黄鸟》《頍弁》，都是每章十二句。

3. 四章叠咏。全《诗》四章叠咏共 5 篇，有每章四、五、六、八句等不同情况。例如:

　　① 幡幡瓠叶，采之亨之。君子有酒，酌言尝之。〇有兔斯首，炮之燔之。君子有酒，酌言献之。〇有兔斯首，燔之炙之。君子有酒，酌言酢之。〇有兔斯首，燔之炮之。君子有酒，酌言酬之。(《小雅·瓠叶》)

　　② 鼓钟将将，淮水汤汤，忧心且伤。淑人君子，怀允不忘。〇鼓钟喈喈，淮水湝湝，忧心且悲。淑人君子，其德不回。〇鼓钟伐鼛，淮有三洲，忧心且妯。淑人君子，其德不犹。〇鼓钟钦钦，鼓瑟鼓琴，笙磬同音。以雅以南，以籥不僭。(《小雅·鼓钟》)

例①四章章四句，"献""酢""酬"是古代乡饮酒一献之礼。例②四章章五句，末章字句稍异。四章叠咏体还有

《鸤鸠》《蓼萧》，每章六句；《駉》，每章八句。

四章叠咏中有一种变体，就是前二章叠咏，后二章换词叠咏。共有 5 篇。例如：

③子之丰兮，俟我乎巷兮，悔予不送兮。○子之昌兮，俟我乎堂兮，悔予不将兮。○衣锦褧衣，裳锦褧裳。叔兮伯兮，驾予与行。○裳锦褧裳，衣锦褧衣。叔兮伯兮，驾予与归。（《郑风·丰》）

④南山崔崔，雄狐绥绥。鲁道有荡，齐子由归。既曰归止，曷又怀止。○葛屦五两，冠绥双止。鲁道有荡，齐子庸止。既曰庸止，曷又从止。○蓺麻如之何？衡从其亩。取妻如之何？必告父母。既曰告止，曷又鞠止。○析薪如之何？匪斧不克。取妻如之何？匪媒不得。既曰得止，曷又极止。（《齐风·南山》）

例③前二章叠咏，每章三句；后二章叠咏，每章四句。例④四章章六句，前二章叠咏，后二章换词叠咏。但章末都是"既曰……曷又……"的句式，全诗一致。另外《绿衣》《载驱》《鸳鸯》都是四章章四句，前二章和后二章各为叠咏。

4. 五章叠咏。全《诗》五章叠咏的有《南山有台》《凫鹥》（五章章六句）、《民劳》（五章章八句）3 篇。例如：

①南山有台，北山有莱。乐只君子，邦家之基。乐只君子，万寿无期。○南山有桑，北山有杨。乐只君

423

子，邦家之光。乐只君子，万寿无疆。○南山有杞，北山有李。乐只君子，民之父母。乐只君子，德音不已。○南山有栲，北山有杻。乐只君子，遐不眉寿。乐只君子，德音是茂。○南山有枸，北山有楰。乐只君子，遐不黄耇。乐只君子，保艾尔后。（《小雅·南山有台》）

五章完全叠咏也有变体，就是前三章叠咏，后二章换词叠咏，《诗经》里有《唐风·葛生》1篇：

②葛生蒙楚，蔹蔓于野。予美亡此，谁与独处。○葛生蒙棘，蔹蔓于域。予美亡此，谁与独息。○角枕粲兮，锦衾烂兮。予美亡此，谁与独旦。○夏之日，冬之夜。百岁之后，归于其居。○冬之夜，夏之日。百岁之后，归于其室。

此外还有一诗六章，前三章与后三章各为叠咏的，《诗经》里只有《小雅·鱼丽》1篇：

③鱼丽于罶，鲿鲨。君子有酒，旨且多。○鱼丽于罶，鲂鳢。君子有酒，多且旨。○鱼丽于罶，鰋鲤。君子有酒，旨且有。○物其多矣，维其嘉矣。○物其旨矣，维其偕矣。○物其有矣，维其时矣。

前三章叠咏，每章四句；后三章叠咏，每章二句。

二、不完全叠咏体

一篇中数章叠咏，但有一二章独立；或各章部分叠咏，部分不叠咏，都属于不完全叠咏体。《诗经》里的不完全叠咏体共有七式：

1. 三章中前二章叠韵，末章独立。全《诗》此类不完全叠咏体共 16 篇。例如：

① 新台有泚，河水弥弥。燕婉之求，籧篨不鲜。〇新台有洒，河水浼浼。燕婉之求，籧篨不殄。〇鱼网之设，鸿则离之。燕婉之求，得此戚施。(《邶风·新台》)

② 有菀者柳，不尚息焉。上帝甚蹈，无自暱焉。俾予靖之，后予极焉。〇有菀者柳，不尚愒焉。上帝甚蹈，无自瘵焉。俾予靖之，后予迈焉。〇有鸟高飞，亦傅于天。彼人之心，于何其臻。曷予靖之，居以凶矜？(《小雅·菀柳》)

③ 扬之水，白石凿凿。素衣朱襮，从子于沃。既见君子，云何不乐？〇扬之水，白石皓皓。素衣朱绣，从子于鹄。既见君子，云何其忧？〇扬之水，白石粼粼。我闻有命，不敢以告人。(《唐风·扬之水》)

例①三章章四句，末章独立，但"燕婉之求"一句仍与前二章同。例②三章章六句，末章独立，第五句"曷予靖之"仍与前二章略同。例③前二章六句叠咏，末章四句独立，一、二句仍与前二章同。此外《汝坟》《采蘩》《蝃蝀》《大车》《子衿》《鸡鸣》《东方未明》《甫田》《匪风》《祈父》《苕之华》都是三章章四句；《葛覃》三章章六句；《沔水》前二章章八句叠咏，后一章六句独立。

2. 三章中后二章叠咏，前一章独立。全《诗》此类不完全叠咏共 7 篇。例如：

①庶见素冠兮，棘人栾栾兮，劳心慱慱兮。〇庶见素衣兮，我心伤悲兮，聊与子同归兮。〇庶见素韠兮，我心蕴结兮，聊与子如一兮。（《桧风·素冠》）

②厌浥行露，岂不夙夜，谓行多露。〇谁谓雀无角？何以穿我屋？谁谓女无家？何以速我狱？虽速我狱，室家不足。〇谁谓鼠无牙？何以穿我墉？谁谓女无家，何以速我讼？虽速我讼，亦不女从。（《召南·行露》）

③南有乔木，不可休息。汉有游女，不可求思。汉之广矣，不可泳思；江之永矣，不可方思。〇翘翘错薪，言刈其楚。之子于归，言秣其马。汉之广矣，不可泳思；江之永矣，不可方思。〇翘翘错薪，言刈其蒌。之子于归，言秣其驹。汉之广矣，不可泳思；江之永矣，不可方思。（《周南·汉广》）

例①二、三章叠咏，每章三句；一章独立，首句与二、三章相同。例②二、三章叠咏，每章六句；首章三句独立。宋王柏《诗疑》："《行露》首章与二、三章意全不贯，句法体格亦异，每窃疑之。后见刘向传列女，谓召南申人之女，许嫁于酆，夫家礼不备而欲娶之，女子不可，讼之于理，遂作二章，而无前一章也。乃知前章乱入无疑。"例③三章章八句，后四句全同，前四句首章独立，后二章叠咏。此外《宛丘》《衡门》三章章四句，《北门》三章章七句，都是首章独立，后二章叠咏；《车邻》首章四句独立，后二章章六句叠咏。

3. 四章中前三章叠咏，末章独立。全《诗》此类不完全叠咏体共8篇。例如：

① 日居月诸，照临下土。乃如之人兮，逝不古处。胡能有定？宁不我顾？○日居月诸，下土是冒。乃如之人兮，逝不相好。胡能有定？宁不我报？○日居月诸，出自东方。乃如之人兮，德音无良。胡能有定？俾也可忘。○日居月诸，东方自出。父兮母兮，畜我不卒。胡能有定，报我不述。(《邶风·日月》)

② 冽彼下泉，浸彼苞稂。忾我寤叹，念彼周京。○冽彼下泉，浸彼苞萧。忾我寤叹，念彼京周。○冽彼下泉，浸彼苞蓍。忾我寤叹，念彼京师。○芃芃黍苗，阴雨膏之。四国有王，郇伯劳之。(《曹风·下泉》)

例①四章章六句，前三章叠咏。末章三四句与末句不同前三章，可以认为是独立的。但有三句与前三章相同，又很接近四章叠咏体。例②四章章四句，前三章叠咏。末章四句，与前三章不同，却与《小雅·黍苗》雷同，可能是错简的结果。此外《燕燕》四章章六句，《终风》《南有嘉鱼》《湛露》《菁菁者莪》《隰桑》四章章四句，都属这一类不完全叠咏体。

4. 四章中后三章叠咏，前一章独立。全《诗》此类不完全叠咏体只有1篇，就是：

> 采采卷耳，不盈顷筐。嗟我怀人，寘彼周行。○陟彼崔嵬，我马虺隤。我姑酌彼金罍，维以不永怀。○陟彼高冈，我马玄黄。我姑酌彼兕觥，维以不永伤。○陟彼砠矣，我马瘏矣，我仆痡矣，云何吁矣。(《周南·卷耳》)

其中首章完全独立，末章句式也与二三章不尽相同。如果把它归入不完全叠咏的第六类，也不是不可以的。

5. 四章中前二章叠咏，后二章独立。全《诗》这类不完全叠咏体有5篇，都在《小雅》里。例如：

> ① 交交桑扈，有莺其羽。君子乐胥，受天之祜。○交交桑扈，有莺其领。君子乐胥，万邦之屏。○之屏之翰，百辟为宪。不戢不难，受福不那。○兕觥其觩，旨酒思柔。彼交匪敖，万福来求。(《小雅·桑扈》)

> ② 终朝采绿，不盈一匊。予发曲局，薄言归沐。○终朝采蓝，不盈一襜。五日为期，六日不詹。○之子

428

于狩，言韔其弓。之子于钓，言纶之绳。〇其钓维何？维鲂及鱮。维鲂及鱮，薄言观者。(《小雅·采绿》)

例①②都是四章章四句，前二章叠韵。此外《杕杜》(四章章七句)、《白驹》(四章章六句)、《何草不黄》(四章章四句)，也都属于这一类不完全叠咏体。

6. 四章中中二章叠咏，前后二章独立。全《诗》这类不完全叠咏体有2篇，就是：

①彼侯人兮，荷戈与祋。彼其之子，三百赤芾〇维鹈在梁，不濡其翼。彼其之子，不称其服。〇维鹈在梁，不濡其咮。彼其之子，不遂其媾。〇荟兮蔚兮，南山朝隮。婉兮娈兮，季女斯饥。(《曹风·候人》)

②九罭之鱼，鳟鲂。我觏之子，衮衣绣裳。〇鸿飞遵渚。公归无所，於女信处？〇鸿飞遵陆。公归不复，於女信宿？〇是以有衮衣兮！无以我公归兮！无使我心悲兮！(《豳风·九罭》)

例①四章章四句；例②首章四句，后三章章三句，都是中间两章叠咏，首尾两章独立。

7. 全篇三章或四章，上半部分叠咏，下半部分独立。这类不完全叠咏体，《诗经》里只有2篇。例如：

呦呦鹿鸣，食野之苹。我有嘉宾，鼓瑟吹笙。吹笙鼓簧，承筐是将。人之好我，示我周行。〇呦呦鹿鸣，

食野之蒿。我有嘉宾，德音孔昭。视民不恌，君子是则
是傚。我有旨酒，嘉宾式燕以敖。〇呦呦鹿鸣，食野之
芩。我有嘉宾，鼓瑟鼓琴。鼓瑟鼓琴，和乐且湛。我有
旨酒，以燕乐嘉宾之心。（《小雅·鹿鸣》）

《鹿鸣》三章章八句，各章前四句叠咏，后四句独立。另外
《豳风·东山》四章章十二句，每章前四句都是"我徂东山，
慆慆不归。我来自东，零雨其濛"，后八句则不叠咏，也属
这一类。

8. 其他不完全叠咏的诗。除了上面讨论的以外，《诗经》
里还有 11 篇更复杂一点的叠咏体，情况各异，都放在这里
讨论：

《小雅·皇皇者华》，五章章四句，后四章叠咏，首章
独立。

《都人士》，五章章六句，前四章叠咏，末章独立，与
前例正相反。

《四牡》，五章章五句，一、二章叠咏，三、四章换词
叠咏，末章独立。

《小明》，五章中二、三章叠咏，每章十二句；四、五章
叠咏，每章六句。首章十二句，前八句独立，末四句与二、三
章叠咏。

《黍苗》，五章章四句，二、三章叠咏，一、四、五章
独立。

《周南·关雎》，郑玄作五章章四句，二、四、五章叠
咏，一、三章独立。毛公作三章，二、三章章八句，其中前

四句叠咏首章四句独立。

《小雅·采薇》，六章章八句，前三章叠咏，后三章独立。

《小雅·巷伯》，七章，四章章四句，一章五句，一章八句，一章六句，一、二章叠咏，三、四章换词叠咏。后三章独立。

《蓼莪》，六章，四章章四句，二章章八句。一、二章叠咏，五、六章换词叠咏，中间两章独立。

《大雅·既醉》，八章章四句。一、二章叠咏。其余六章中上章末尾与下章开头"顶针"，章法紧凑，句式整齐，但不是叠咏体。

《卷阿》，十章，前六章章五句，后四章章六句。二、三、四章叠咏，五、六章末两句叠咏，七、八章换词叠咏。首末两章独立。有的学者怀疑《卷阿》本是两首诗，前六章为一篇，是为诸侯颂德祝福的诗；后四章为一篇，是歌颂群臣拥护周王，故以"凤凰"起兴。

以上完全叠咏体和不完全叠咏体共183篇，其中《国风》135篇，《小雅》41篇，《大雅》5篇，《鲁颂》2篇。《国风》是民间歌谣，大都篇幅短小，用叠咏体裁，一曲反复，一唱三叹，可以更好地表达思想感情，这也是后代民歌常用的表现手法。另外，183篇中，173篇章法整齐，只有10篇章法比较参差，这也显示了《诗经》叠咏体的一些特点。

三、非叠咏体

《诗经》非叠咏体的诗共计122篇，有的章法整齐，有的章法复杂，也有的只有一章，情况各异。

1. 章法整齐的。这类诗有 67 篇，它们章数或长或短，但各章句数相同。它们是：

二章章四句——《株林》

三章章四句——《何彼襛矣》《静女》《驷驖》《东门之枌》

三章章六句——《女曰鸡鸣》《简兮》

三章章七句——《定之方中》

三章章十句——《小戎》

三章章十二句——《伐木》

四章章四句——《凯风》《雄雉》《匏有苦叶》《旄丘》《竹竿》《伯兮》

四章章五句——《鸤鸠》

四章章六句——《泉水》《吉日》《假乐》

四章章七句——《硕人》

四章章八句——《无羊》《行苇》

四章章十句——《小雅·甫田》

四章章十二句——《采芑》

五章章四句——《击鼓》《棫朴》《灵台》

五章章六句——《邶风·柏舟》《车辖》

五章章八句——《采菽》

五章章十四句——《宾之初筵》

六章章四句——《旱麓》《下武》

六章章六句——《天保》《小宛》《信南山》

六章章八句——《邶风·谷风》《出车》《六月》《巧言》

《江汉》《常武》

　　六章章十句——《氓》《公刘》

　　六章章十二句——《楚茨》《韩奕》

　　七章章八句——《大东》《文王》

　　八章章四句——《常棣》《车攻》《四月》《角弓》《白华》

　　八章章五句——《文王有声》

　　八章章六句——《何人斯》

　　八章章八句——《十月之交》《小弁》《板》《荡》《崧高》
《烝民》《泮水》

　　八章章十句——《云汉》

　　八章章十一句——《七月》

　　八章章十二句——《皇矣》

　　九章章六句——《绵》

以上诗篇，二《雅》占三分之二以上（44篇）。它们大都是
叙事诗，包含的内容丰富，篇幅较长，不像大多数《风》诗
那样，体制短小，要用叠咏体反复歌唱才能充分表达诗人曲
折复杂的思想感情。不过它们章法整齐，在乐曲的配合上仍
然是十分方便的。这些诗里也有某些叠咏的诗句，例如《采
芑》一、二章开头五句都是"薄言采芑，于彼新田，于此菑
亩（中乡）。方叔涖止，其车三千"；《荡》二至八章首两句都
是"文王曰咨，咨女殷商"；《云汉》二至七章首句都是"旱
既大甚"；《泮水》前三章开头三句都是"思乐泮水，薄采其
芹（藻、茆），鲁侯戾止"；而《文王有声》一、二章末句
都是"文王烝哉"，三、四章末句都是"王后烝哉"，五、

六章末句都是"皇王烝哉"，七八章末句都是"武王烝哉"，句式相同，有连贯全篇的作用。但它们都只是个别的诗句，就全诗说，仍然各章独立，所以我们不把它们归入叠咏体。

2. 章法不齐的。这一类共计 21 篇，大体不外两种情况。一是诗的内容比较复杂，篇幅较长，诗人为求变化，在一篇诗里同时采用几种章法。其中有的是先用甲种章法，再用乙种章法，共 10 篇：

《野有死麕》三章，一、二章章四句，末章章三句。

《节南山》十章，一至六章章八句，七至十章章四句。

《正月》十三章，一至八章章八句，九至十三章章六句。

《小旻》六章，一至三章章八句，四至六章章七句。

《北山》六章，一至三章章六句，四至六章章四句。

《思齐》五章，一、二章章六句，三至五章章四句。

《抑》十二章，一至三章章八句，四至十二章章十句。

《桑柔》十六章，一至八章章八句，九至十六章章六句。

《召旻》七章，一至四章章五句，五至七章章七句。

《大田》四章，一、二章章八句，三、四章章九句。

有的是首尾用甲章法，中间用乙章法。例如：

《瞻卬》七章，一、七章章八句，二至六章章十句。

有的是先用甲章法，再用乙章法，再用丙章法。例如：

《雨无正》七章，一、二章章十句，三、四章章八句，五至七章章六句。

有的是甲、乙两种章法交替使用。例如：

《载驰》四章，一、三章章七句，二、四章章八句。

《生民》八章，一、三、五、七章章十句，二、四、六、八章章八句。

《斯干》九章，一、六、八、九章章七句，二、三、四、五、七章章五句。

《大明》八章，一、二、四、七章章六句，三、五、六、八章章八句。

有的更复杂一些，四种章法同时出现。例如：

《长发》七章，首章章八句，二至五章章七句，六章章九句，七章章六句。

二是字句可能有脱误，造成章法不齐。例如：

《葛屦》二章，一章六句，一章五句，可能是后一章脱落了一句。原诗当是：

> 纠纠葛屦，可以履霜。掺掺女手，可以缝裳。要之襋之，好人服之。
>
> 好人提提，宛然左辟。△△△△，佩其象揥。维是褊心，是以为刺。

《君子偕老》三章，首章七句，二章九句，三章八句，可能首章有一句窜入二章，所以参差不齐。如果恢复原貌，一、二章就可能是下面的样子：

> 君子偕老，副笄六珈。委委佗佗，如山如河。△△△△，象服是宜。子之不淑，云如之何？

435

> 玼兮玼兮，其之翟也。鬒发如云，不屑髢也。玉之
> 瑱也，象之揥也。[扬且之皙也]胡然而天也？胡然而
> 帝也？

这样《君子偕老》三章都是八句，就整齐了。二章"天"与
"瑱"谐音，"帝"与"揥"谐音，也更紧凑。

《闷宫》，毛郑作八章：一章十七句，二章十二句，三章
三十八句，四章十七句，五、六、八章章八句，七章十句。
朱熹《集传》作九章：一、二、三、五章章十七句，四章章
十六句，六、七章章八句，八、九章章十句。朱氏指出，"旧
说八章……多寡不均，杂乱无次。盖不知第四章有脱句而
然"。朱氏的说法可能是正确的。依他的意见，四章补上一
句，全诗章法就整齐了。大家知道，《诗经》的诗都入乐，如
依《毛传》，三章长三十八句，乐曲演奏上是无法安排的。

《殷武》六章，二、六章章七句，一、四、五章章六句，
独三章为五句。姚际恒《诗经通论》以为"'稼穑匪解'下
疑脱一句，则当为四章章六句，二章章七句"。按："解"与
上四句末字"辟、绩、辟、适"为韵，脱句当在倒数第二
句。《殷武》的章法仍然是整齐的。

总之，《诗经》的章法绝大多数非常整齐一致，章法不
齐的只有31篇。其中不完全叠咏体10篇，非叠咏体21篇，
也都可以做出合理的解释。真正在章法上杂乱无次的诗是没
有的。

3. 只有一章的。《诗经》只有一章的诗共计34篇，包括

全部《周颂》31 篇,《商颂》中的《那》《烈祖》《玄鸟》3篇。《颂》为祭歌,作用与《风》《雅》不同,乐曲也有区别,不必反复咏叹,所以《周颂》都只有一章。其中有些篇可能只是一首诗中的一章。例如《左传·宣公十二年》:"昔武王克商……又作《武》。其卒章曰:'耆定尔功。'其三曰:'敷时绎思,我徂维求定。'其六曰:'绥万邦,屡丰年。'"《左传》所引这几句诗,分别见于今本《诗经》的《武》《赉》《桓》三篇。王国维考证,《周颂》中的《昊天有成命》《武》《酌》《桓》《赉》《般》,都是武王(或周公)所作《大武》中的一章①。高亨先生也有类似的说法,不过他认为《大武》首章不是《昊天有成命》而是《我将》②。魏源《诗古微》以为《清庙》《维天之命》《维清》三诗意思连贯,"当亦本一篇而三章"③。当然全面的情况还有待进一步研究了解。但《周颂》中短诗不少,十句以内成篇的几占半数,《维清》最短,只有五句。其中有的也像《武》《酌》等一样是由一篇分裂而成,并不是不可能的。

末了,《诗经》里有八篇诗毛、郑与朱熹《诗集传》分章不同。我们列成下面的表④,供读者参考。

---

① 见王国维《观堂集林》卷二《周大武乐章考》。
② 见高亨《周颂考释》上,载《中华文史论丛》第四辑,92—97 页。
③ 见清魏源《诗古微·周颂答问》,岳麓书社,702 页。
④ 见 440 页附录二。

附录一

《毛传》标明"兴"体的113首诗：

《周南·关雎》《葛覃》《卷耳》《樛木》《桃夭》《汉广》《麟之趾》7篇。

《召南·鹊巢》《草虫》《行露》《摽有梅》《江有汜》《何彼襛矣》6篇。

《邶风·柏舟》《绿衣》《终风》《凯风》《雄雉》《匏有苦叶》《谷风》《旄丘》《泉水》《北门》《北风》11篇。

《鄘风·柏舟》《墙有茨》2篇。

《卫风·淇奥》《竹竿》《芄兰》《有狐》4篇。

《王风·扬之水》《中谷有蓷》《兔爰》《葛藟》《采葛》5篇。

《郑风·山有扶苏》《蘀兮》《风雨》《野有蔓草》4篇。

《齐风·东方之日》《南山》《甫田》《敝笱》4篇。

《魏风·园有桃》1篇。

《唐风·山有枢》《扬之水》《椒聊》《绸缪》《杕杜》《鸨羽》《有杕之杜》《葛生》《采苓》9篇。

《秦风·蒹葭》《终南》《黄鸟》《晨风》《无衣》5篇。

《陈风·东门之池》《东门之杨》《墓门》《防有鹊巢》《月出》《泽陂》6篇。

《桧风·隰有苌楚》1篇。

《曹风·蜉蝣》《鸤鸠》《下泉》3篇。

《豳风·鸱鸮》《九罭》《狼跋》3篇。

《小雅·鹿鸣》《常棣》《伐木》《杕杜》《南山有台》《蓼萧》

438

《湛露》《菁菁者莪》《采芑》《鸿雁》《沔水》《鹤鸣》《黄鸟》《斯干》《节南山》《小宛》《小弁》《巷伯》《谷风》《蓼莪》《大东》《瞻彼洛矣》《裳裳者华》《桑扈》《鸳鸯》《颊弁》《车辖》《青蝇》《采菽》《角弓》《菀柳》《采绿》《黍苗》《隰桑》《白华》《绵蛮》《苕之华》37篇。

《大雅·绵》《棫朴》《卷阿》《桑柔》4篇。

《周颂·振鹭》1篇。

附录二 《诗经》中分章不同的八篇

篇　名	毛、郑	朱熹
《关雎》	毛：三章，一章四句，二章章八句。 郑：五章，章四句。	三章，一章四句，二章章八句。
《简兮》	三章，章六句。	四章，三章章四句，一章六句。
《载驰》	五章，一章六句，二章章四句，一章六句，一章八句。	四章，二章章六句，二章章八句。
《伐木》	六章，章六句。	三章，章十二句。
《思齐》	毛：五章，二章章六句，三章章四句。 郑：四章，章六句。	五章，二章章六句，三章章四句。
《灵台》	五章，章四句。	四章，二章六句，章二章四句。
《行苇》	毛：七章，二章六句，五章章四句。 郑：八章，章四句。	四章，章八句。
《闷宫》	八章，二章章十七句，一章十二句，一章三十八句，二章章八句，二章章十句	九章，五章章十七句，二章章八句，二章章十句。

440

附录三 《诗经》篇名

国　风

周南　1　关雎
　　　2　葛覃
　　　3　卷耳
　　　4　樛木
　　　5　螽斯
　　　6　桃夭
　　　7　兔罝
　　　8　芣苢
　　　9　汉广
　　　10　汝坟
　　　11　麟之趾

召南　12　鹊巢
　　　13　采蘩
　　　14　草虫
　　　15　采蘋
　　　16　甘棠
　　　17　行露
　　　18　羔羊
　　　19　殷其雷
　　　20　摽有梅

21　小星
22　江有汜
23　野有死麕
24　何彼襛矣
25　驺虞

邶风　26　柏舟
　　　27　绿衣
　　　28　燕燕
　　　29　日月
　　　30　终风
　　　31　击鼓
　　　32　凯风
　　　33　雄雉
　　　34　匏有苦叶
　　　35　谷风
　　　36　式微
　　　37　旄丘
　　　38　简兮
　　　39　泉水
　　　40　北门
　　　41　北风
　　　42　静女

98 著

99 东方之日

100 东方未明

101 南山

102 甫田

103 卢令

104 敝笱

105 载驱

106 猗嗟

魏风　107 葛屦

108 汾沮洳

109 园有桃

110 陟岵

111 十亩之间

112 伐檀

113 硕鼠

唐风　114 蟋蟀

115 山有枢

116 扬之水

117 椒聊

118 绸缪

119 杕杜

120 羔裘

121 鸨羽

122 无衣

123 有杕之杜

124 葛生

125 采苓

秦风　126 车邻

127 驷驖

128 小戎

129 蒹葭

130 终南

131 黄鸟

132 晨风

133 无衣

134 渭阳

135 权舆

陈风　136 宛丘

137 东门之枌

138 衡门

139 东门之池

140 东门之杨

141 墓门

142 防有鹊巢

143 月出

144 株林

145 泽陂

桧风　146 羔裘

147 素冠

148 隰有苌楚

149 匪风

曹风　150 蜉蝣

151 候人

152 鸤鸠

后记

　　二十世纪八十年代初，我在四川大学中文系开了一门
"《诗经》语言问题"的选修课。1983 年应郭锡良教授之邀，
到北京大学中文系讲了一个学期。讲义经过修改，1987 年
由四川人民出版社出版，即《诗经语言研究》。内容包括
《诗经》的成书与研究史略，《诗经》的文字、音韵、词汇、
语法、修辞和章法，共计六章，与拙著《诗经词典》（1986）
是姊妹篇。以内容比较实在，颇获好评。中国《诗经》学会
会长夏传才教授说："该书是 80 年代《诗经》语言研究的总
结性著作，既总结了前人的研究成果，又经著作者归纳分
析，覃思精研，不但条理分明，而且理论上又有精进，可
以说该书代表了《诗经》语言研究的时代水平。"（夏传才
《二十世纪诗经学》271 页，学苑出版社，2005 年）我十分
感谢夏先生对拙著的肯定，同样十分感谢我国许多古代和近
代的《诗经》专家，正是前贤的著作给了我灵感和启发，使
我能在《诗经》研究方面做出一点成绩。

　　从 1987 年到现在三十年了。这三十年中我国《诗经》
研究有了巨大发展。《诗经》阐释、《诗经》译注、《诗经》
词典、《诗经》研究史、《诗经》文化研究、《诗经》论文

集、《诗经》出土文献研究、《诗经》目录学等著作先后大量出版，总数超 200 种，百花齐放，精彩纷呈。我也出版了《〈诗经〉古今音手册》（1988）、《〈诗经〉语文论集》（2002）、《诗经译注》（1995、2006、2013）、《诗经语言学》（和郭金芝教授合作，2014）等几种。不过综合研究《诗经》语言的著作仍然寥寥，市面上很难见到。商务印书馆决定出版《〈诗经〉语言研究》（修订本），使拙著有机会继续为读者服务，是大好事，谨向商务印书馆领导和编辑郭威同志表示感谢。为了保存本来面貌，我没有对原书进行大的修改补充，缺点错误在所难免，请读者批评指正。敬录七律《九十书怀》以表微忱：

> 为报亲恩谋立身，离乡负笈赴黉门。
> 井蛙难晓乾坤广，问道方惊物理深。
> 半世传书差努力，一生求是也艰辛。
> 春阳送暖心神爽，敢奉葑菲酬学人。